Dr. Ruth Westheimer
... und alles in einem Leben

Ich widme diese Autobiographie meinen geliebten Eltern und Grosseltern, die mich – ihr einziges Kind und Grosskind – unter unglaublichen Opfern in Sicherheit gebracht haben und selbst in Konzentrationslagern umgekommen sind.

Die Wertmassstäbe, die *joie de vivre* und die positive Einstellung, die sie mir mitgegeben haben, leben in mir und in meiner neuen Familie weiter und setzen ihre Tradition fort.

DR. RUTH WESTHEIMER

...und alles in einem Leben

Autobiographie

in Zusammenarbeit mit Ben Yagoda

Aus dem Amerikanischen von
Dieter W. Portmann

Benteli Verlag Bern

Die mit Tränen säen, werden mit Jubel ernten.
Psalm 126,5

PROLOG: 1939

Mein Name war Karola Siegel. Ich war zehn Jahre alt. Man schrieb den 5. Januar 1939, und ich stand am Bahnhof Frankfurt und nahm Abschied von meiner Familie.

Ich wusste nicht, wann ich sie wieder sehen würde; ich wusste auch nicht, dass ich eines Tages eine neue Heimat, eine neue Familie und einen neuen Namen –Ruth Westheimer – haben würde. Ich wusste nur, dass mein Vater sechs Wochen zuvor nach einer Nacht, in der ich zwischen meinen Eltern in deren Bett geschlafen hatte, frühmorgens aus unserer Wohnung in Frankfurt abgeholt worden war. Es klopfte an die Tür und mehrere grosse Männer in blank polierten Stiefeln traten ein. Meine Mutter weinte, sagte aber nichts. Ich hatte fürchterliche Angst und begann ebenfalls zu weinen. Sie sagte mir, ich solle still sein. Die Männer waren höflich – es gab keine Schläge, keine Brutalitäten –, aber sie bestanden darauf, dass mein Vater sie begleite. Und das tat er. Meine Grossmutter väterlicherseits (Selma) trug einen langen, bis auf den Boden fallenden Rock, aus dessen Saum kramte sie etwas Geld hervor, gab es den Männern und bat sie, sich um meinen Vater zu kümmern. Ich sah, wie er das Haus verliess, leicht gebeugt, mit Brille und Schnauz, klein, hager. Die Nachbarn spähten hinter ihren Vorhängen hervor und beobachteten ihn. Am Strassenrand stand ein grosser Lastwagen mit anderen Männern. Ich erinnere mich an den Lärm, der vom leer drehenden Motor des Lastwagens empordrang. Bevor mein Vater einstieg, wandte er sich noch einmal um und winkte; er versuchte zu lächeln, aber es gelang ihm nicht. Der Schmerz in seinem Gesicht war zu gross.

Meine Mutter, meine Grossmutter und ich (Geschwister hatte ich nicht) gingen jede in ein Zimmer. In der Wohnung herrschte Totenstille – nach einem ersten Ausbruch hatten wir alle aufgehört zu weinen. Das war nicht nur, weil wir alle noch unter Schock standen, sondern auch weil wir gute deutsche Juden waren – deutscher als die Deutschen, wie man so sagt, und sicherlich nicht Leute, die ihre Gefühle zu sehr zeigten.

Die folgenden Tage waren genau gleich. Ich erinnere mich, dass ich mir vornahm, nicht von meinem Vater zu sprechen, um meine Mutter und Grossmutter nicht aufzuregen. Vorher hatten die beiden oft kleine Meinungsverschiedenheiten und Streitereien gehabt. Nun, da sie ein Leid zu teilen hatten, fiel mir auf, dass sie viel besser miteinander auskamen.

Ein paar Wochen später war Chanukka. Dies war immer einer meiner liebsten jüdischen Festtage gewesen – ganz besonders mochte ich die Kartoffelfladen, die wir assen. Aber in jenem Jahr war zum ersten Mal mein Vater nicht da, um in den acht Nächten die Kerzen auf der Menora anzuzünden. Ich musste es selbst tun, und das machte mich sehr traurig.

Jeden Abend pflegte ich vor dem Schlafengehen das Schemah, das wichtigste jüdische Gebet, zu sprechen: «Höre, Israel! Der Ewige ist unser Gott, der Ewige ist einzig.» Nachdem mein Vater weggebracht worden war, pflegte ich am Ende hinzuzufügen: «Lieber Gott, pass auf meinen lieben Vater auf und schick ihn wieder nach Hause!» Schon bevor mein Vater weggeholt worden war, legte sich meine Mutter jeweils, bis ich eingeschlafen war, zu mir in mein Bett, das in einem Alkoven im Schlafzimmer meiner Eltern stand. Das tat sie nach wie vor, aber ich vermisste meinen Vater, wie er in seinem Bett lag und las oder betete. In manchen Nächten kletterte ich ins Bett meiner Mutter, um mich trösten zu lassen.

Eines Abends, ungefähr fünf Wochen, nachdem mein Vater abgeholt worden war, kamen Mutter und Grossmutter in mein Zimmer und setzten sich auf mein Bett. Sie sagten mir, ich müsste mich einem Kindertransport anschliessen, einer Gruppe von jüdischen deutschen Kindern, die in die Schweiz fuhren. Ich wusste, dass den Juden in Deutschland Schlimmes widerfuhr, und nicht nur, weil mein Vater weggebracht worden war. Wir gingen auch nicht mehr in die Synagoge, weil sie bis auf die Grundmauern abgebrannt worden war, und ungefähr eine Woche bevor sie meinen Vater holten, wurde auch der Unterricht an meiner Schule eingestellt. Dennoch wollte ich nicht von zu Hause weggehen und beteuerte das auch. Ich begann zu weinen und hielt mir die Ohren zu, damit ich nicht mehr hören konnte, was sie sagten. Ich war nur einmal von zu Hause weggewesen, in einem Sommerlager für Kinder, und es hatte mir dort gar nicht gefallen; wahrscheinlich in erster Linie, weil ich keine grosse Esserin war und gezwungen wurde, mehr zu essen, als ich eigentlich mochte.

Mutter und Grossmutter sagten, wenn ich in die Schweiz ginge, würde mein Vater aus dem Lager entlassen und könne nach Frankfurt, nach Hause zurückkehren. Mathilde, meine beste Freundin, würde auch im gleichen Zug mitfahren. Und dann erzählten sie mir – und daran erinnere ich mich, als ob es gestern erst gewesen wäre –, wieviel gute Schokolade es in der Schweiz gebe, dass ich in guten Händen wäre und dass sie alle bald nachkommen und mich abholen würden. Aber ich wollte einfach nicht weggehen. Bis sie mir ein paar Tage später einen Brief zeigten, den mein Vater –

6

wie ich später herausfinden sollte, an einem Ort namens Buchenwald – geschrieben hatte. Darin stand: «Es wäre mir viel leichter ums Herz, wenn Karola in die Schweiz ginge.» Und da wollte ich gehen.

Eine knappe Woche später brachten mich Mutter und Grossmutter eines Abends mit der Strassenbahn ins Frankfurter Waisenhaus, wo ich die Nacht mit allen andern Kindern verbrachte, die ebenfalls in die Schweiz fahren sollten. An jene Nacht erinnere ich mich überhaupt nicht mehr. Am folgenden Morgen, es war fast noch dunkel, marschierte die ganze Gruppe von etwa hundert Kindern die kurze Strecke zum Bahnhof. Mutter und Grossmutter waren mit der Strassenbahn gekommen, um mir auf Wiedersehen zu sagen. Ich hatte einen Koffer mit meinen Kleidern, etwas Schokolade, einer Puppe und einem einzigen Gegenstand aus unserem Haus dabei: einem Waschlappen, den ich heute noch habe. Später wünschte ich mir sehnlichst, ich hätte mehr aus jenem Haus mitgenommen – die Kerzenständer für den Sabbat, einen Teller, irgendetwas. Aber ich hatte damals nicht mehr mitgenommen, weil ich glaubte, bald wieder zu Hause zu sein.

Es regnete leicht, und im Bahnhof war es kalt und grau. Die Züge machten einen gewaltigen Lärm, die mächtigen Dampflokomotiven fauchten und zischten. Alles kam mir riesenhaft gross vor. Auf dem Bahnsteig schickten sich die Kinder an, den Zug Richtung Schweiz zu besteigen – keinen Sonderzug, sondern einen ganz gewöhnlichen, fahrplanmässigen Zug. Die jüngsten von ihnen waren ein paar Jahre jünger, die ältesten ein paar Jahre älter als ich. Sie alle verabschiedeten sich von ihren Müttern (Väter waren keine zum Bahnhof gekommen), genau wie ich meiner Mutter und Grossmutter auf Wiedersehen sagte. Meine Mutter hob mich in ihre Arme – ich war zwar zehn Jahre alt, aber immer noch sehr klein – und sagte: «Sei lieb und lern brav. Du wirst es schön haben in der Schweiz. Und wir sehen uns bald wieder.» Und meine Grossmutter, die sehr religiös war, sagte: «Vertrau auf Gott, den Allmächtigen.»

Und dann sass ich im Zug. Ich sah aus dem Fenster als er anruckte und sah, wie Mutter und Grossmutter ihm nachliefen und winkten. Es war schon etwas Besonderes, Grossmutter laufen zu sehen, denn sie schien mir sehr, sehr alt zu sein. Ich erinnere mich, dass ich traurig war, aber ich weinte nicht. Ich lächelte, damit *sie* nicht traurig waren.

KAPITEL 1

Wenn man bedenkt, dass ich als Verfechterin der Empfängnisverhütung bekannt werden sollte, mutet es vielleicht ein wenig ironisch an, dass meine Eltern genau im entscheidenden Augenblick nichts davon hatten wissen wollen. Irma Hanauer, meine Mutter, stammte aus Wiesenfeld, einem kleinen Dorf ungefähr achtzig Kilometer von Frankfurt am Main entfernt, wo ihr Vater Viehhändler war. Im Jahre 1927 kam sie dann als Haushalthilfe zur Familie meines Vaters nach Frankfurt. Und sie wurde schwanger.

Die Reaktion auf diese Neuigkeit kann ich mir sehr gut vorstellen. Für eine orthodox jüdische Familie muss sie verheerend gewesen sein. Eine Abtreibung kam auf keinen Fall in Frage – und dafür danke ich Gott, denn sonst wäre ich jetzt nicht hier. (Und dies bedeutet nun aber nicht, dass ich mich deswegen weniger intensiv für das Recht einer Frau einsetze, in dieser Angelegenheit selbst zu entscheiden.) So blieb also meinen zukünftigen Eltern nichts anderes übrig als eine Heirat.

Aber der Entschluss, diese Liebesaffäre zu legalisieren, löste wohl noch längst nicht alle Probleme meiner Eltern. Meine Grossmutter Selma, eine willensstarke, intelligente Frau, hatte wahrscheinlich grosse Hoffnungen in ihren einzigen Sohn Julius – meinen Vater – gesetzt, und nun heiratete er eine Haushalthilfe. (Über meines Vaters Vater weiss ich nicht viel, da er ein Jahr vor meiner Geburt verstorben war.) Ich habe einmal gehört, meine Grossmutter sei nicht einmal zur Hochzeit meiner Eltern gegangen, aber ich weiss nicht, ob dies wirklich wahr ist. Jedenfalls war klar, dass mein Vater weit unter seinem Stand heiratete. Meine Mutter kam vom Land, nicht aus der kosmopolitischen Grossstadt Frankfurt; ihre Eltern hatten kein Geld, und sie selbst hatte nicht viel mehr als eine Grundschulausbildung genossen – ich erinnere mich zum Beispiel nicht, dass sie jemals ein Buch gelesen hätte. Sie und meine Grossmutter kamen nie richtig miteinander aus, und ich bin sicher, dass daran zum Teil Selmas Unmut über meinen Vater schuld war.

Nun, ich kam auf die Welt und mir wurde der Name Karola Ruth gegeben. Karola ist in Deutschland ein eher ungewöhnlicher Name – Karoline ist viel häufiger –, und ich weiss nicht, wem ich ihn zu verdanken habe, wahr-

Meine Mutter, Irma   Mein Vater, Julius

scheinlich einer Urgrossmutter oder einer Grosstante. Und der zweite,
biblische Name Ruth sollte wohl sicherstellen, dass ich neben meinem
deutschen auch noch einen guten jüdischen Namen trug.

Die Spannungen zwischen Mutter und Grossmutter dürften der Grund
gewesen sein, weshalb sich meine Mutter entschlossen hatte, mich in Wiesenfeld auf die Welt zu bringen, wo ich dann auch mein ganzes erstes
Lebensjahr verbrachte. Vater kam an den Wochenenden aus Frankfurt zu
Besuch. Natürlich habe ich keine Erinnerungen mehr an dieses Jahr, aber
wir fuhren auch später jedes Jahr in den Ferien nach Wiesenfeld, ein Stück
Weges per Fahrrad, den Rest per Eisenbahn. Ich war sehr gern in Wiesenfeld. Mein Grossvater mütterlicherseits, Moses Hanauer, war ein guter,
religiöser Mensch, aber kein besonders erfolgreicher Geschäftsmann. Ich
erinnere mich, dass er einmal einen schweren Verlust hinnehmen musste, als
irgendwelche Leute ihn beauftragten, ihr Vieh zu füttern, ihn dann aber
nicht bezahlten. Er war ein kleiner, untersetzter Mann mit einer grossen
Narbe am Hinterkopf, eine Verwundung, die aus dem Ersten Weltkrieg
stammte. Meine Grossmutter Pauline war eine fröhliche, hübsche und
ebenfalls ziemlich kleine Frau. Sie stammte aus Berlin, aus einer «guten
Familie», wie man zu sagen pflegte, und ich erinnere mich, dass die Männer
im Dorf gern mit ihr flirteten.

Mir gefiel es immer sehr gut in Wiesenfeld. Ich war das erste Enkelkind
meiner Grosseltern (meine Mutter hatte fünf jüngere Geschwister) und

Meine Grossmutter väterlicherseits, Selma Siegel

wurde deshalb wahrscheinlich recht ausgiebig verwöhnt. Ich war auch gern mit den Geschwistern meiner Mutter zusammen, vor allem mit ihrem Bruder Benno, der seinem Vater auf dem Bauernhof half und mich sehr gern mochte, und mit ihrer jüngsten Schwester Ida, die nur wenige Jahre älter war als ich. Für mich war sie so etwas wie eine inoffizielle grosse Schwester. Eines Tages nahm sie Pferd und Wagen, um Freunde auf einer Wiese am Waldrand zu besuchen, und meine Grosseltern bestanden darauf, dass sie mich mitnahm. Sie ärgerte sich fürchterlich darüber und schlug mich. Später tat es ihr sehr leid, und sie schenkte mir eine Kette mit Perlen, die in der Dunkelheit leuchteten.

Ich war auch gern auf dem Bauernhof mit all den Kühen, Hühnern und Gänsen. Die Gänse waren besonders wichtig, denn sie spielten bei einer meiner grössten Übeltaten in meinem Leben eine Rolle. Eines schönen Sommerabends – ich war fünf oder sechs Jahre alt – beschloss ich, die armen Gänse sollten nicht länger eingesperrt bleiben. Also öffnete ich ihnen den Weg in die Freiheit und ins Dorf. Es gab einen gewaltigen Aufruhr, bis sie alle wieder zusammengetrieben waren, aber ich glaube, ich wurde nicht so hart bestraft, weil ich die Lieblingsenkelin war.

Nach Frankfurt zurückgekehrt, wohnten wir im Erdgeschoss eines Hauses an der Brahmsstrasse im Norden der Stadt. Frankfurt zählte damals über eine halbe Million Einwohner. Es war ein wichtiges Handelszentrum, Sitz des Rothschildschen Bankimperiums und überdies die Geburtsstadt

Goethes. Die Stadt war sich ihres kulturellen Erbes wohlbewusst. So waren zum Beispiel alle Strassen in unserem Quartier, das ausschliesslich von Leuten des Mittelstandes bewohnt war, nach Komponisten benannt.

Im Gegensatz zu den Strassen in Wiesenfeld war die Brahmsstrasse gepflästert und besass Gehsteige. Zu beiden Seiten standen vierstöckige Reihenhäuser aus roten Ziegelsteinen mit Fensterläden (und sie stehen auch heute noch). Etwas weiter nördlich lag ein jüdischer Friedhof, auf der anderen Strassenseite befand sich ein katholisches Krankenhaus, und am Ende der Häuserreihe gab es eine kleine Parkanlage mit Schaukeln, Rutsche, Sandkasten und Bänken. Uralte Kastanienbäume spendeten Schatten. Meine guten Erinnerungen an diesen Park sind möglicherweise daran schuld, dass ich Kastanien heute noch so gerne mag, besonders in der Form von Marrons glacés. Der Park und die Kastanienbäume waren auch für einen meiner grössten Kindheitspläne von entscheidender Bedeutung. Ich sammelte dort nämlich Maikäfer, die ich zu Hause in einem Schuhkarton hielt. Ich gab ihnen Salat zu fressen und machte ihnen aus Kastanienblättern ein weiches Bett. Ich besass ungefähr zehn von ihnen, und ich weiss noch, dass ich ziemlich traurig war, als ich einen von ihnen tot in der Schachtel fand: auf dem Rücken liegend, die Beine von sich gestreckt. Warum ich die Maikäfer dort gefangenhielt, die Gänse aber befreite, das kann ich Ihnen heute nicht mehr sagen.

Auf der andern Seite des Parks gab es einen kleinen Laden, der in meiner Kinderwelt ebenfalls einen sehr wichtigen Platz einnahm. Wir kauften alles für unseren Haushalt dort ein, am liebsten aber waren mir die Süssigkeiten – vor allem die kleinen, bunten Bonbons, die in kleinen Spazierstöcken verkauft wurden, die Gummibärchen und natürlich die herrlichen Mohrenköpfe.

Unsere Wohnung umfasste vier Räume – das Schlafzimmer der Eltern (mit einem kleinen Alkoven für mich), ein Zimmer voller Kurzwaren, mit deren Verkauf Vater unseren Lebensunterhalt verdiente, Grossmutters Schlafzimmer, das gleichzeitig als Wohnzimmer diente, und eine Küche. Sie hatte vor der Heirat meiner Eltern den Grosseltern gehört, und für vier Bewohner war sie ziemlich eng. Die Möbel waren altmodisch, ganz und gar nicht elegant. In der langen Diele probierte ich meine Rollschuhe und meinen aus Holz gebauten Roller aus. Auf der kleinen Wiese im Garten hinter dem Haus wuchsen Blumen, und dort hängten alle Hausbewohner ihre Wäsche zum Trocknen auf; jede Familie durfte an einem bestimmten Tag den gemeinsamen Waschraum benützen.

In Frankfurt wurde ich ebenso verwöhnt wie in Wiesenfeld. Nachdem sich die anfängliche Aufregung über die nicht standesgemässe Heirat mei-

Meine Grosseltern mütterlicherseits, Pauline und Moses Hanauer

nes Vaters ein wenig gelegt hatte, fand sich auch meine Grossmutter allmählich damit ab, und ich vermute, dass ich da eine nicht unwesentliche Rolle spielte. Ich war das einzige Kind, dem sie all ihre Liebe geben konnte. Ich besass nicht weniger als dreizehn Puppen. Onkel Lothar schenkte mir Rollschuhe. Und ich bekam sehr oft Schokolade.

Aber ich konnte natürlich nicht nur von Süssigkeiten leben. Zu Hause gab es nur selten Fleisch, weil koscheres Fleisch sehr teuer und nur in einer Metzgerei in einem andern Stadtteil erhältlich war; aber wir hatten oft Huhn und Fisch. Bei den Mahlzeiten pflegte meine Mutter nur mit der Hälfte ihres Hinterteils auf dem Stuhl zu sitzen, damit sie jederzeit aufspringen konnte, wenn bei Tisch etwas fehlte. (Und ich ertappe mich häufig dabei, dass ich mich ebenso verhalte.) Mein Lieblingsgetränk war Himbeersirup. Einen Backofen besassen wir nicht, und so knetete Mutter den Teig und schickte mich damit zum Bäcker, der es für uns buk. Jeden Freitagnachmittag machte ich mich mit zwei grossen Laiben «Challe» (weisses Sabbatbrot) und einem kleinen für mich auf den Weg. Mutter machte auch Streuselkuchen, und unterwegs nach Hause pickte ich meistens etwas davon weg, wobei ich stets sorgfältig darauf achtete, dass es keine auffälligen Lücken gab. Was ich hingegen gar nicht mochte, war meine tägliche Ration Lebertran, die ein Kind nach damaliger Auffassung einfach bekommen musste. Meine Ration war allerdings besonders gross – zwei Löffel pro

Tag – weil ich so klein war. Selbst heute liegt mir dieser schreckliche Geschmack noch im Mund, wenn ich bloss davon schreibe. Irgendwann kam dann – Gott sei Dank – ein neues, besseres Präparat auf den Markt; es präsentierte sich nicht mehr ölig gelb, sondern weiss, und schmeckte auch nicht mehr gar so fürchterlich.

Ja, schon als Kind war ich sehr klein. Und auch Lebertran oder irgendeine andere Medizin konnte nichts daran ändern. Es stimmt, als kleines Mädchen ass ich nicht sehr viel; mein Vater schnitt oft Brot in lange Streifen und tauchte sie in ein weichgekochtes Ei, damit ich wenigstens etwas ass. Aber ich wäre wohl auch nicht viel grösser geworden, wenn ich fünf volle Mahlzeiten am Tag gegessen hätte. Meine Grösse war eine reine Frage der Vererbung. Mutter und Vater waren beide klein, genau so wie meine Grosseltern und – wie ich erst später als erwachsene Frau bei Besuchen in London, San Francisco und Israel feststellte – auch meine Onkel und Tanten.

Ich denke, ich war schon bei meiner Geburt zu klein. Eine meiner frühesten Erinnerungen bezieht sich auf meine Mutter, die im Garten hinter dem Haus in Frankfurt Wäsche an die Leine hängt. Da wir im Erdgeschoss wohnten, war die Wohnung ziemlich dunkel, und so nahm sie mich meist mit hinaus an die Sonne. Ich war so klein, dass sie mich jeweils kurzerhand in den Wäschekorb steckte. Ich war auch noch klein, als ich fünf Jahre alt war und zur Schule gehen sollte. Die Tatsache, dass ich schon bald in die erste Klasse der Samson-Raphael-Hirsch-Schule in Frankfurt eintreten würde, brachte mich derart aus dem Häuschen, dass ich schon Wochen vorher unermüdlich mit Schulsack, Kreide, Schiefertafel und Schwamm durchs ganze Haus pilgerte. Am ersten Schultag trug ich schwarze Lackschuhe, Kniestrümpfe und ein Kleid, das einem viel grösseren Mädchen bestens angestanden hätte – Mutter hatte Ärmel und Saum tüchtig kürzen müssen.

Sechs Wochen später besuchte ein Arzt die Schule und untersuchte alle Kinder. Mich wollte er in den Kindergarten zurückschicken, weil ich noch nicht gross genug war. Ich wollte aber um jeden Preis bleiben, und um ihn davon zu überzeugen, dass ich auch wirklich in die Schule gehörte, begann ich das Einmaleins aufzusagen, das mein Vater mir schon beigebracht hatte. Und es klappte. Diese Episode beweist nicht, dass ich ein Genie in Mathematik war – das Examen in Statistik für meinen Hochschulabschluss in Soziologie zählte zu den härtesten Prüfungen, die das Leben für mich bereitgehalten hat. Nein, sie beweist nur, dass ich schon lange denken konnte, bevor ich am Radio, am Fernsehen oder in einem Auditorium heikle Fragen beantworten musste.

Lange Zeit war ich sogar zu klein, um radfahren zu können; dies warf einige Probleme auf, denn unsere Familie fuhr hauptsächlich Rad – wir

Grossmutter mit meiner Mutter,
die mich auf den Armen hält

Mit meinen Eltern in Wiesenfeld

waren nicht reich genug, um ein Auto zu haben. Zunächst fuhr mich Vater auf einem speziellen, auf der Stange des Rahmens montierten Kindersitz mit Lehne und Handgriffen spazieren. Und dabei brachte er mir das kleine Einmaleins bei – wofür ich ihm heute noch dankbar bin! Er brachte mich auf seinem Rad zur Schule, bis ich neun war und endlich ein eigenes Fahrrad bekam. Der Sattel musste so weit heruntergelassen werden, dass ich fast auf der Stange sass, aber sonst hätte ich die Pedale nicht erreicht. Es war herrlich, allein von der Schule nach Hause fahren zu können, denn nun konnte ich unterwegs eine Tante besuchen, die immer ein paar köstliche Kekse für mich bereithielt.

Hie und da wurde ich meiner mangelnden Grösse wegen ausgelacht, aber meist waren es keine bösartigen Spässe. Als ich in der ersten Klasse war, liessen mich die andern Kinder die Treppenstufen herunterspringen und schenkten mir Süssigkeiten, je nachdem, wieviele Stufen ich schaffte. In den ersten Schuljahren hatten wir stets die gleiche Lehrerin, Fräulein Spiro, die ich als sehr alt und sehr freundlich in Erinnerung habe; sie nannte mich «i-Pünktchen». In der fünften Klasse bekam ich dann einen andern Übernamen: Komma. Das schlimmste Ereignis, an das ich mich erinnere, fand in einer Pause statt: die andern Kinder steckten mich in einen Abfallkübel – und legten den Deckel darauf, damit man mein Rufen und Schluchzen nicht hören konnte. Und dann vergassen sie mich prompt da drin, bis die Lehrerin sich schliesslich nach meinem Verbleib erkundigte.

Am Abend sassen wir gewöhnlich im Wohnzimmer; Mutter und Grossmutter nähten, Vater und ich lasen. Meine Eltern mussten mir die Märchen der Brüder Grimm schon sehr früh vorgelesen haben, und als ich dann lesen konnte, verschlang ich Bücher förmlich. Ich besass alle Bücher, die sich ein Mädchen nur hätte wünschen können, und dies bedeutete für meine Eltern zweifellos ein finanzielles Opfer; ich erinnere mich jedenfalls nicht, dass es schon Leihbibliotheken gegeben hätte, und preiswerte Paperbacks gab es bestimmt noch nicht. Meine Lieblingsbücher waren *Nesthäkchen* von Else Uri, die Geschichte eines Mädchens von der Geburt an bis zur Grossmutter in dreizehn Bänden, *Der Struwelpeter,* der sich die Fingernägel nicht schneiden lassen wollte, *Max und Moritz* und *Rumpelstilzchen,* das sich in meiner Version vor lauter Wut ein Bein ausriss und im Boden versank. All diese Bücher waren Kinderklassiker des ausgehenden 19. Jahrhunderts, und ich liebte sie, ja ich kannte sie auswendig. Als ich kürzlich in Frankfurt war, kaufte ich mir alle wieder, und sie waren noch genau so, wie ich sie in Erinnerung hatte.

Ich glaube, ich war damals sehr glücklich; ich weiss, dass ich immer Freunde hatte. Da war Mathilde, das Mädchen, das später mit mir in die

16

Schweiz fuhr. Wir waren unzertrennlich. Einmal gingen wir miteinander Rollschuh laufen, und als es Zeit war, nach Hause zu gehen, begleitete ich sie zu ihrem Haus. Aber wir konnten uns nicht voneinander trennen, und so fuhren wir gemeinsam zu *meinem* Haus zurück. Aber es klappte immer noch nicht, und so ging es wieder zu Mathildes Haus zurück. Irgendwann einmal liess eine von uns – ob sie oder ich, weiss ich nicht mehr – dann die Freundin endlich allein ziehen. (Es bereitet mir heute noch Schwierigkeiten, mich von Freunden zu verabschieden – manchmal dauert der Abschied länger als der Besuch.) Ein andermal geriet ich bei Mathilde zu Hause in Schwierigkeiten, als ich ihr aus Jux den Stuhl wegzog, als sie sich setzen wollte. Ihr Vater, der Lehrer war, regte sich tüchtig auf und gab mir eine Ohrfeige. Und da war noch ein Junge aus der einzigen andern jüdischen Familie, die noch in unserem Haus wohnte. Er war nicht ein Freund im heute üblichen Sinne des Wortes, sondern ein Spielkamerad. Sein Name war Justin, und als ich später in der Schweiz war, schrieben mir meine Eltern auch immer Grüsse von ihm mit.

Zur Schule gehen war das grösste Erlebnis meiner ersten zehn Lebensjahre. Ich liebte die Schule. Und ich war auch eine gute Schülerin, denn in der fünften Klasse, in die ich wenige Monate vor der Abreise in die Schweiz eintrat, wurde ich dazu auserkoren, die «Sexta» zu besuchen, die erste Klasse des Gymnasiums. Dies war das erste Mal, dass ich mehr als einen Lehrer hatte, was zunächst etwas verwirrend war. Am meisten schüchterte mich Fräulein Birnbaum, meine Englischlehrerin, ein, die sehr gross, hager und streng war. Ich mochte die Schule allerdings nicht nur wegen des Unterrichts, sondern auch wegen der Pausen. Wir tauschten Abziehbilder von Puppen aus, so wie heute die Jungens Bilder von Fussballern austauschen, und wir spielten Himmel und Hölle und Seilhüpfen. Mein liebstes Spiel war aber «Der Prinz»: dabei fassten sich die Mädchen an den Händen und gingen im Kreis um ein anderes Mädchen herum, das eine kleine Prinzessin darstellte, die zunächst traurig war und weinte, bis sie am Ende ihrem Prinzen begegnete. Dazu sangen alle Lieder über diese Geschichte.

Ich bin von einer unverbesserlichen Sammelwut besessen, und etwas von den wenigen Dingen aus jenen Tagen, die ich auf irgendeine Art habe retten können, ist eine Aufnahme mit meinen Kameraden aus der ersten Klasse. Alle machen einen sehr glücklichen Eindruck, mehrere Mädchen liegen sich sogar in den Armen. Aus irgendeinem Grund stehe ich genau in der Mitte des Bildes, anstatt ganz vorne, wo die kleinsten eigentlich hingehören, und neben mir steht Mathilde. Auf der Aufnahme ist zu sehen, wie ich die beiden Zeigefinger zusammenlege. Und erst kürzlich ist mir aufgefallen, dass ich am Fernsehen immer noch genau die gleiche Geste mache.

Wenn ich diese Aufnahme anschaue, überkommt mich ein Gefühl tiefer Trauer, denn über die Hälfte dieser Mädchen konnten ihr Leben nicht zu Ende leben.

Ich bin überzeugt, dass verschiedene Leser auch gespannt auf die Antwort auf eine ganz bestimmte Frage warten: Was wusste ich damals über Sex, und wann erfuhr ich diese Dinge? Als ganz kleines Mädchen war ich – keineswegs überraschend – natürlich sehr unerfahren. Ich glaubte an den Storch und an das Märchen, welches man deutschen Kindern erzählte, wonach der Storch ein Baby brachte, wenn man nur ein Stück Zucker auf das Fensterbrett legen würde. Ich wollte unbedingt einen älteren Bruder und legte folglich – und mir erschien das sehr logisch – zwei Stück Zucker vors Fenster. Am nächsten Morgen waren sie weg, aber ein Brüderchen kam nicht. Ich weiss im Grunde genommen nicht, weshalb meine Eltern nicht mehr Kinder hatten, ob sie keine mehr wollten oder keine mehr haben konnten, geschweige denn was sie nach ihrer Heirat zur Empfängnisverhütung vorkehrten (falls überhaupt). Meine Mutter wäre jung genug gewesen – sie war erst fünfundzwanzig, als ich zur Welt kam –, und wir waren nicht arm. Vielleicht war meinen Eltern im Deutschland der 30er Jahre klar, dass den Juden schwere Zeiten bevorstanden, und wollten deshalb keine Kinder mehr. Das Ganze wird mir immer ein Rätsel bleiben.

Dass ich nichts über Sex wusste, verhinderte natürlich keineswegs, dass ich neugierig war, und ein paar Dinge erfuhr ich aus einem Buch meiner Eltern mit dem Titel «Die ideale Ehe». Später, als ich mich zur Sexualtherapeutin ausbilden liess, entdeckte ich dann, dass dieses Buch von einem Mann namens Van de Velde geschrieben worden war und als klassisches «Ehebuch» jener Zeit galt. Das Buch stand hoch oben in einem Schrank hinter einer abgeschlossenen Glastür. Ich wusste, wo der Schlüssel aufbewahrt wurde, und eines Tages stellte ich zwei Stühle aufeinander, kletterte hinauf, nahm das Buch heraus und las heimlich ein paar Seiten, bevor ich jemanden kommen hörte und es schnell wieder zurückstellte. Etwas mehr über die praktischen Seiten erfuhr ich eines Tages hinter einigen Büschen, als mir ein älteres Mädchen eine Damenbinde zeigte und mir das damit zusammenhängende Geheimnis verriet. Und als ich dann zehn war und sich meine Grossmutter kurz vor meiner Abreise in die Schweiz zu mir aufs Bett setzte, sagte ich eben: «Du brauchst mir nichts zu erzählen. Ich weiss schon.» Und dies, obgleich ich noch nicht viel wusste. Grossmutter war wohl ziemlich erleichtert, denn ich erinnere mich nicht daran, dass das kurze Gespräch fortgesetzt worden wäre.

Ich zweifle nicht daran, dass meine Mutter mich liebte. Aber wenn ich so zurückblicke, frage ich mich manchmal, wie glücklich sie wohl gewesen ist.

Wie war es für sie, ohne grosse Ausbildung vom Land in die Stadt und in diese Familie mit einer so starken Schwiegermutter zu kommen? Leicht war es bestimmt nicht.

Ich liebte meine Mutter, aber ich glaube, mir wurde schon als sehr kleinem Mädchen klar, dass sie nicht all meine Bedürfnisse befriedigen konnte. Ich habe schon immer gern geredet – und ich habe *immer* Menschen gebraucht, mit denen ich reden und zusammensein konnte –, und sie war wie alle ihre Familienmitglieder eher wortkarg. Und zudem, auch mein Vater sprach nicht viel. Die einzige Ausnahme war meine Grossmutter Selma. Sie war ziemlich füllig, im Gegensatz zu Mutter und Vater, die sehr hager waren, trug ihr weisses Haar in einem Knoten auf dem Kopf und trug lange Röcke. Sie muss einen sehr grossen Eindruck auf mich gemacht haben. Eine meiner schönsten Kindheitserinnerungen ist, dass sie mich jeden Sonntag mit in den Palmengarten nahm. Dort traf sie sich mit ihrer Schwester Regina und ein paar Freundinnen, die ebenfalls ihre Enkelkinder mitnahmen, und wir spielten. Und natürlich gab es jedesmal Baiser mit Schlagsahne. Als ich vor kurzem in Frankfurt war, konnte ich den Palmengarten nicht ohne eine Grossmutter besuchen, also nahm ich eine Freundin meiner Schwiegermutter mit (meine Schwiegermutter verlebte ihre letzten Jahre in einem Altersheim in Frankfurt).

Der schlimmste Zug meiner Grossmutter war ein gewisser Snobismus. Die deutschen Juden stehen im Ruf, ein bisschen auf die andern Juden herunterzuschauen. Diese Angewohnheit geht offenbar auf die Führer der deutschen Judengemeinschaft zurück, nachdem Napoleon in Osteuropa die Ghettos geöffnet hatte. Die deutschen Juden sahen sich dazu berufen, den «hinterwäldlerischen» Juden in Osteuropa die «Aufklärung» zu bringen (Haskala-Bewegung). Insbesondere wollten sie ihnen die deutsche Kultur vermitteln, die oft mehr deutsch als jüdisch war – hielt man doch Goethe für den grössten Dichter aller Zeiten. Und meine Grossmutter dachte genauso. Ja, sie liess mich nicht einmal mit polnisch sprechenden Kindern spielen.

Den grössten Einfluss auf mich übte aber, glaube ich, mein Vater aus. Als *sein* Vater starb, übernahm er das Familiengeschäft, eine Art Grosshandel für Kurzwaren – Taschentücher, Knöpfe usw. Jeden Morgen packte er seinen Koffer und klapperte mit seinem Fahrrad Laden um Laden ab. Zu Mittag verzehrte er den Lunch, den ihm meine Mutter mitgab. Er trug graue Knickerbocker, eine Strickjacke, Hemd und Krawatte dazu ein Jackett, und als orthodoxer Jude natürlich stets eine Kopfbedeckung: an Werktagen eine Art Mütze, wie sie Taxifahrer tragen, am Sabbat einen schwarzen, weichen Filzhut.

Ein ganzes Zimmer unserer Wohnung war mit seinen Kurzwaren vollgestopft, und auch in den anderen Zimmern waren sie selten zu übersehen. Vielleicht habe ich aus diesem Grund auch immer gern irgendwelchen Schnickschnak mitgeführt. So bereitet mir meine grosse Schachtel voller Werbegeschenke heute noch einen Riesenspass; da sind T-shirts, Radios, Einkaufstaschen und viele andere Dinge drin, die ich nur gesammelt habe, um sie wieder weiterzuschenken. Selbst die Tatsache, dass ich «Sammlerin» bin und jedesmal, wenn ich umziehe – und ich bin sehr oft umgezogen –, wirklich alles mitnehme, geht vielleicht unbewusst auf meinen Vater zurück, der mit all seinen Dingen kreuz und quer durch die Stadt fuhr.

Etwas anderes, was mir mein Vater mitgab, war die unbezähmbare Lust am Lernen, eine wundervolle Gabe, deren Bedeutung mir allerdings erst später bewusst wurde. Damals begriff ich nicht, wie ungewöhnlich es war, dass er mich, ein Mädchen, mit in die Synagoge nahm und mir so viele Dinge beizubringen versuchte. In der orthodoxen jüdischen Kultur pflegt man dies normalerweise mit einem Jungen zu tun, aber vielleicht wusste mein Vater, dass ich das einzige Kind bleiben und als Junge und Mädchen gleichzeitig dienen müsste. Jedenfalls sagte er nie: «Sei ein liebes Mädchen und spiel mit deinen Puppen.» Als wir einmal auf seinem Fahrrad das Einmaleins übten, machte ich einen Fehler, und er gab mir eine Ohrfeige. Soweit ich mich erinnere, schlug er mich nur ein andermal, als ich im Park gegenüber unserem Haus auf den Knien eines Fremden sass. Ich glaube nicht, dass mich dieser Mann belästigt hat; daran würde ich mich wohl erinnern. Aber mein Vater war sehr wütend. Es setzte eine Tracht Prügel ab, und er verbot mir, je wieder mit einem Fremden zu gehen, auch wenn er mir Süssigkeiten oder Puppen verspräche.

Mein Vater war ein guter, sanfter Mann, der mich sehr liebte. Und bis vor kurzem war der Schmerz über seinen Verlust zu gross, als dass ich zu oft über ihn nachdenken konnte. Jetzt aber kann ich sagen, dass ich ihn vermisse. Es wäre schön, wenn er in diesem Augenblick neben mir sässe.

Die jüdische Gemeinde Frankfurt durfte auf eine lange und grossartige Geschichte zurückblicken. Seit der Gründung der Stadt im Mittelalter waren Juden dort ansässig. Lange vor der Nazizeit spielten sie im geschäftlichen, intellektuellen, wissenschaftlichen, politischen und kulturellen Leben eine grössere Rolle als in irgendeiner anderen Stadt. Sogar auf die Sprache übten sie einen gewissen Einfluss aus: der Frankfurter Dialekt umfasst zahlreiche jiddische und hebräische Ausdrücke. Der «Minhag Frankfurt» war eine Gebetsart, der Juden in ganz Deutschland folgten, und die aus der Druckerei Rödelheim stammenden Gebetsbücher wurden von Juden in ganz Europa verwendet. (Auch heute noch werde ich sehr traurig,

Das Haus der Grosseltern in Wiesenfeld

wenn ich ein Rödelheimer Gebetsbuch sehe. Ich besitze mehrere Gebetsbücher, aber aus Gründen, an die ich mich nicht mehr erinnere, ist keines aus meiner Familie darunter. Ich kann mir nicht vorstellen, dass ich Frankfurt ohne ein Gebetsbuch von zu Hause verlassen hatte – kein orthodoxer Jude, der etwas auf sich hält, würde jemals ohne reisen.)

Aus den Frankfurter Juden ging eine erstaunliche Anzahl von grossen Gelehrten hervor – Leute wie Moses Mendelssohn, der die fünf Bücher Mose ins Deutsche übersetzt hat; Samson Raphael Hirsch, der die Lebensweise der orthodoxen Juden nachhaltig modernisiert hat; der Philosoph Theodor Adorno und Max Wertheimer, der Begründer der Gestaltpsychologie. (Wertheimer verliess Deutschland in den 30er Jahren und lehrte dann in New York an der New School for Social Research, an der ich später selbst studiert habe.) Dieses hervorragende intellektuelle Erbe mag vielleicht daran schuld sein, dass ich stets unbedingt studieren wollte – vielleicht lag es einfach in der Frankfurter Luft.

Meine Familie war sehr religiös. Sie waren orthodoxe Juden, die streng auf koschere Ernährung achteten und den Sabbat einhielten. Ich glaube, beide Grosseltern waren gleichermassen religiös, obwohl ich einmal glaubte, die Eltern meiner Mutter wären religiöser, weil sie Salz auf weichgekochte Eier streuten. Aber auch meine Grossmutter väterlicherseits war sehr gläubig, und sie hatte ihren Stolz geerbt. Ich erinnere mich, dass sie

21

Grossmutter und Tante Ida

häufig zum jüdischen Friedhof in Frankfurt ging und dort nicht nur das Grab ihres Mannes besuchte, sondern auch die Gräber von Samson Raphael Hirsch und Paul Ehrlich (ein deutscher, jüdischer Biologe, der mit dem Nobelpreis ausgezeichnet worden war). Ihn ehrte sie besonders, weil ihm einmal eine grossartige Beförderung angeboten worden war, wenn er auf sein Judentum verzichtete, er das Angebot aber ausgeschlagen hatte. Er war auch Zionist, was meine Grossmutter aber wohl nicht sonderlich beeindruckt hatte. Als ich in der Schweiz war, fragte ich sie in einem Brief, ob sie ein Buch von Herzl, dem Begründer des Zionismus, kenne. Sie antwortete mir, sie kenne keines und zudem habe sie sich «nie für Herzl oder die Zionisten interessiert.»

Jeden Morgen legte mein Vater Phylakterien an, die kleinen, schwarzen Würfel mit Tora-Texten, welche die Männer beim morgendlichen Gottesdienst tragen, und jeden Freitagabend, bei Sabbatbeginn, segnete er mich. Am Freitagabend nahm er mich auch mit in die Synagoge. Juden dürfen am Sabbat kein Geld auf sich tragen, aber er hielt immer genügend Kleingeld in seiner Westentasche bereit, dass er mir unterwegs, bevor die Sonne untergegangen war, ein Eis kaufen konnte. Meine Mutter ging selten mit am Freitagabend; dann gehen traditionsgemäss die Männer in die Synagoge, und die Frauen bleiben zu Hause und bereiten das Abendessen zu. Es war denn auch sehr ungewöhnlich, dass Vater mich, ein kleines Mädchen mitnahm.

22

Die Synagoge befand sich in der Börsenstrasse. Für mich war sie riesengross und sehr schön, und ich ging gerne hin. Wie in allen orthodoxen Synagogen sassen die Männer unten, die Frauen oben, aber Kinder durften sich frei bewegen. Nach dem Gottesdienst am Samstagmorgen strömten jeweils Hunderte von Menschen heraus. Ich erinnere mich noch, dass sozusagen alle Männer immer mit auf dem Rücken verschränkten Händen gingen. Weshalb, weiss ich nicht. Vielleicht, weil sie alle Bäuche hatten und so das Gleichgewicht besser halten konnten; vielleicht bedeutete es einfach, dass sie nicht arbeiten mussten und sich einen gemütlichen Spaziergang erlauben konnten. Oder vielleicht wollten sie auf diese Weise einfach sichergehen, dass sie nicht mit den Händen redeten – denn so etwas vermied ein beherrschter deutscher Jude geflissentlich.

Nach dem Gottesdienst pflegten wir Vaters Verwandte zu besuchen, denen es finanziell besser ging als uns. Ich mochte diese Besuche, weil man mit mir immer den gleichen Scherz trieb. Es gab Hering zum Mittagessen, und mein Onkel fragte mich immer, ob ich den Kopf haben möchte. Ich kicherte und schwieg dann, worauf ich ein sehr gutes Stück bekam.

Manchmal gingen wir nicht in unsere Synagoge, sondern in eine kleine Schul (Gebetsstube) im jüdischen Krankenhaus unweit von unserer Wohnung. Dort brauchte man für einen «Minjan» die notwendige Zahl von zehn Männern, um einen öffentlichen Gottesdienst abhalten zu können, und mein Vater trug gern dazu bei.

An Feiertagen gingen wir in die grosse Synagoge. An Simchat Thora gehört es zum Brauch, dass die Kinder mit Süssigkeiten beschenkt werden, und so zogen wir in einer grossen Gruppe von Synagoge zu Synagoge und bekamen überall Süssigkeiten. Eigentlich interessant, dass sich so viele meiner frühen Erinnerungen ums Essen drehen, wo ich doch – wie schon gesagt – gar nicht viel ass. Und dennoch: Im Zusammenhang mit Chanukkah erinnere ich mich an Grossmutters herrliche Kartoffelfladen, im Zusammenhang mit Purim an die Haman, die wir assen – nicht die Hamantaschen der osteuropäischen Juden, sondern kleine Lebkuchenmänner, die eben Haman darstellten, den Bösewicht der Purim-Geschichte. Meine Mutter pflegte einen besonders kleinen für mich zu backen, und ich bedauerte es immer, ihn aufessen zu müssen, weil er so hübsch aussah.

Am Pessachfest hatten wir sehr, sehr lange Sedern (häusliche Feiern); dies war bei den Frankfurter Juden ein besonderes Ehrenzeichen, das auf eine Passage in der Haggadah (Erzählung vom Auszug aus Ägypten) zurückgeht. Diese besagt, die Rabbiner seien aufgeblieben, bis sie das Sche-mah-Gebet bei Tagesanbruch sprechen konnten. Am folgenden Tag fragten die Leute nicht, was man gegessen habe, sondern wie lange der Seder gedauert habe. Am liebsten suchte ich natürlich den Afikomen, das versteckte Stück Matzah (ungesäuertes Osterbrot). Wenn ich es fand – und ich fand es natürlich immer – bekam ich einen Preis.

Religion war auch der Grund, weshalb ich auf die Samson-Raphael-Hirsch-Schule, eine Mädchenschule geschickt wurde (orthodoxe jüdische Schulen in Deutschland waren immer Mädchen- oder Knabenschulen). Es war eine traditionsreiche Schule, die im Jahr 1928 den Namen des Bibelübersetzers angenommen hatte, und sie hatte von allen jüdischen Schulen in Deutschland am meisten Schüler. (Sie hatte auch die «richtigen» Schüler, meinte wenigstens Grossmutter – eine meiner Klassenkameradinnen war eine Rothschild. Ich kannte sie nicht besonders gut, aber ich erinnere mich an ihr Haus, das wie ein Schloss aussah, und ich weiss noch, dass sie immer von Kindermädchen zur Schule gebracht wurde.) Eine andere Schule, die sogenannte Philantropin, lag näher bei unserem Haus, aber meine Grossmutter hatte entschieden, sie sei nichts für mich, weil sie zu wenig orthodox war – und Gott möge verhüten, dass ein anderes Mädchen mir ein Pausenbrot mit Butter und Wurst gibt! Es muss für meine Eltern ein grosses finanzielles Opfer bedeutet haben, mich auf diese Schule zu schicken. Später in New York zog die Samson-Raphael-Hirsch-Schule dann in meine Nähe. Selbstverständlich nicht wegen mir. Seit ich in Amerika bin, wohne ich im Bezirk Washington Heights, ganz im Norden von Manhattan, wo seit den 30er Jahren deutsche Juden wohnen. Heute befindet sich die Schule nur ein paar hundert Meter vom Hause weg, in dem ich meine Wohnung habe. Ich stehe nicht in direktem Kontakt mit ihr, aber alljährlich erhalte ich einen Brief und werde um Geld gebeten, und jedesmal, wenn ich diesen Namen sehe, muss ich einfach einen Check ausstellen.

Wie Sie sich denken können, wuchs ich in einer wohlbehüteten jüdischen Atmosphäre auf – Schule, Synagoge, Verwandte. Wahrscheinlich ist es auf diese Isolation zurückzuführen, dass ich in Frankfurt nie unmittelbar mit Antisemitismus in Berührung gekommen bin. Ich glaube nicht einmal, dass man mich je Jüdin genannt hat. Zugegeben, unsere Nachbarschaft war grösstenteils sehr nett (wir konnten es uns wahrscheinlich nicht leisten, in der teureren jüdischen Nachbarschaft zu wohnen), aber soweit ich mich erinnere, gab es nie irgendwelche Diskriminierungen oder Vorurteile. Neben uns wohnte eine sehr nette Nachbarin, eine Frau Luft, die nur einen Arm hatte. Sie kam an Samstagen zu uns herüber, um den Herd anzufeuern und das Licht ein- und auszuschalten – denn wir waren strenggläubige Juden und durften am Sabbat nicht die geringsten Arbeiten verrichten.

Der Antisemitismus existierte aber trotzdem. Bei den Wahlen im Jahr 1932 wurden die Nazis, die es schon seit ungefähr zehn Jahren gegeben

24

hatte, zur stärksten Partei im Reichstag erkoren. Ich erinnere mich noch, dass ich meine Mutter zur Wahlurne in einem grossen Schulhof begleitete. Sie stimmte vermutlich für Hindenburg. Im Jahr 1933 wurde Hitler zum Kanzler ernannt, und im folgenden Jahr übernahm er als Führer das höchste Partei-, Regierungs- und Staatsamt in einer Person. Ich glaube, ich habe als kleines Mädchen nicht viel von ihm gehört, nur, dass er ein Mann sei, der Juden nicht mochte.

Ich wusste aber nicht, dass er den Juden gegenüber weit Schlimmeres als nur Abneigung empfand. In seiner Programmschrift *Mein Kampf,* die 1925 erschien, bezeichnete er die Juden als die grössten Feinde, als wahrhafte Verkörperung des Bösen. Und als er an die Macht kam, begann er seine Theorien in die Praxis umzusetzen. Im April 1933 wurden die Juden aus den Regierungsämtern und Universitäten ausgeschlossen und nicht mehr in akademischen Berufen zugelassen. Die Nürnberger Gesetze vom September 1935 beraubten die Juden praktisch aller bürgerlichen Rechte – ja, sie verboten sogar die Eheschliessung zwischen Juden und «Staatsangehörigen deutschen oder artverwandten Blutes».

Als kleines Mädchen bekam ich keine direkten Auswirkungen dieser Politik zu spüren. Das Geschäft meines Vaters ging schlecht, aber ob dies nur auf den Antisemitismus oder auch auf die katastrophale wirtschaftliche Lage Deutschlands zurückzuführen war, weiss ich nicht. Ich weiss aber, dass Juden Ende der dreissiger Jahre kein Radio haben durften. Dennoch bastelte mein Vater heimlich ein Gerät zusammen und hörte am Abend Radio – vielleicht sogar BBC London.

Ich war nicht einfach zu jung, um zu wissen, was da vor sich ging – ich bin überzeugt, dass nur sehr wenige Leute es wussten. Bestimmt wusste damals noch niemand, dass es einmal so etwas wie Konzentrationslager geben würde. Unter den Juden Deutschlands herrschte ein grosses Gefühl von Nationalität und Stolz, und es beinhaltete auch das Vertrauen, gerecht behandelt zu werden. Schliesslich hatten die Juden ja im Ersten Weltkrieg für Deutschland gekämpft.

Nach den Ereignissen von 1938 brachen diese Illusionen aber allmählich zusammen. Im Oktober – im Monat, in dem auch das Münchner Abkommen unterzeichnet wurde, das Neville Chamberlain als «Frieden in unserer Zeit» bezeichnete – wurden siebentausend deutsche Juden polnischer Abstammung über die Grenze nach Polen und von den Polen wieder nach Deutschland zurückgetrieben. Trotz ihres Dünkels machten sich bei diesem Stand der Dinge auch die deutschen Juden immer mehr Sorgen. Es wurden Kleidersammlungen und andere karitative Veranstaltungen durchgeführt.

Dann kam am 9. November 1938 die Kristallnacht, nachdem ein siebzehnjähriger polnischer Jude, dessen Familie deportiert worden war, den Sekretär der deutschen Botschaft in Paris erschossen hatte. Danach brachen schreckliche Übergriffe auf Juden in ganz Deutschland aus. Viele wurden umgebracht; Synagogen wurden niedergebrannt; Geschäfte wurden zerstört; und die deutschen Juden wurden als Sühne für diesen Mord mit einer Sondersteuer in der Höhe von 1 Milliarde Mark belegt. Fortan war es Juden verboten, gewisse Strassen zu begehen, sich in öffentlichen Parkanlagen und Gebäuden aufzuhalten.

Und schliesslich begannen sich die Wirkungen des Nationalsozialismus auch unmittelbar auf mich auszuwirken. Unsere Synagoge wurde niedergebrannt. Der Unterricht an meiner Schule wurde eingestellt. Und obwohl sich beide Ereignisse sehr nahe an unserem Haus abspielten, erfasste ich immer noch nicht die volle Tragweite des Geschehens. Nur wenige Monate zuvor war meine Schule wegen einer Kinderlähmungsepidemie geschlossen worden, und ich nahm an, dass es beim zweiten Mal wieder um etwas ähnliches ging – um eine Krise, die bald gelöst werden würde. Dennoch keimte nach der Kristallnacht so viel Angst in mir auf, dass ich nur noch im Bett meiner Eltern schlief.

Am 15. November ging ich mit meinem Vater durch die Strassen. Jemand erzählte ihm, es würden schreckliche Dinge geschehen und er solle fliehen. Mein Vater antwortete: «Morgen wird nichts geschehen; es ist ein katholischer Feiertag.» Doch an jenem Morgen wurde er von der SS abgeholt und in ein Lager gebracht. Nach der Kristallnacht wurden viele Juden verhaftet und nach Dachau, Buchenwald und anderen Orten gebracht, wo sie für die Sünden ihrer Religion büssen mussten. Nachdem sie eine gewisse Zeit an diesen Orten – die erst später als Konzentrationslager bezeichnet wurden – verbracht hatten, wurden sie oft wieder freigelassen.

Ein paar Monate vor der Kristallnacht, im August 1938, hielten die verbündeten Nationen in der französischen Stadt Evian eine Konferenz ab. Es waren Vertreter von 32 Staaten, darunter auch der USA und des Völkerbundes, anwesend. Dabei ging es um Massnahmen zur Rettung der Juden. Das Ergebnis war allerdings gleich null. Die *New York Times* schrieb in einem Leitartikel: «Wenn zweiunddreissig Nationen, die sich Demokratie nennen, sich nicht auf einen Plan für die Nöte einiger Hunderttausend Flüchtlinge einigen können, schwindet alle Hoffnung, dass sie jemals imstande sein werden, sich über irgendetwas zu einigen.» Und der Londoner *Daily Herald* schrieb: «Die Verantwortung wurde abgelehnt.»

Eines der wenigen, greifbaren Ergebnisse dieser Konferenz war der Beschluss, die Schweiz, England, die Niederlande, Belgien und Frankreich würden je dreihundert jüdische Kinder aus Deutschland aufnehmen. Nicht sehr viel, bedenkt man, dass es in Deutschland rund 550 000 Juden gab. Diese Kinder sollten für ein halbes Jahr in ihrem Gastland bleiben, währenddem sich ihre Eltern oder Verwandten um eine Ausreise aus Deutschland bemühen würden.

Ich gehörte zu den dreihundert Kindern, die auserwählt wurden, in die Schweiz zu fahren. Es war wirklich Glück, dass ich dazugehörte. Meine Eltern hatten wohl von jemandem in der jüdischen Organisation einen Anruf bekommen und erfahren, dass für mich Platz wäre. Einhundert Kinder aus Frankfurt durften fahren: sie mussten deutsche Juden sein, noch nicht sechzehn Jahre zählen, und sie mussten Waisen sein – oder zumindest musste ihr Vater in einem Lager sein. Alles Bedingungen, die ich erfüllte. Wäre mein Vater noch zu Hause gewesen, hätte ich jenen Zug nicht bestiegen und wäre heute nicht mehr am Leben.

Bevor ich abreisen durfte, musste ich mich einer ärztlichen Untersuchung unterziehen. Ich besitze heute noch ein Dokument mit Datum vom 2. Dezember 1938, unterzeichnet von Dr. Arnold Merzbach, einem Arzt, der «die Bewilligung hat, sich um die medizinischen Belange ausschliesslich von Juden zu kümmern», worin bestätigt wird, dass «keine Krankheitserscheinungen auf körperlichem oder seelischem Gebiete» festzustellen seien.

Einen Monat später hatte ich Frankfurt verlassen, und ich sollte meine Eltern nie wiedersehen.

KAPITEL 2

Ich sass in der Ecke meines Zugabteils, die Tränen rannen über mein Gesicht, und ich sagte kein Wort, was für mich doch eher ungewöhnlich war.

Zwei Dinge trösteten mich. Das eine war eine Puppe; von den dreizehn Puppen, die ich besass, hatte ich meine Lieblingspuppe mitgenommen – eine Zelluloidpuppe der Marke Schildkröte mit einem entsprechenden Markenzeichen auf dem Rücken. Der andere Trost war meine Freundin Mathilde, die neben mir sass. Alle andern waren mir vollkommen fremd.

Nach und nach erholte ich mich ein wenig. Ich wurde später Kindergärtnerin, aber schon im Alter von zehn Jahren hatte ich gern jüngere Kinder um mich – wahrscheinlich aus dem gleichen Grund, aus dem ich auch Puppen so liebte. Ich brachte alle im Zug dazu, hebräische Lieder zu singen. Wir mussten uns irgendwie beschäftigen, denn die Reise, die vor uns lag, war lang – ungefähr zehn Stunden. Gegen Mittag erreichten wir die Schweizer Grenze bei Basel. Die älteren Kinder stiegen dort aus; die anderen erhielten Kakao und einen kleinen Imbiss. Ich hatte Mühe, das Schweizerdeutsch zu verstehen – es klang so hart.

In einem Ort namens Rorschach stiegen wir um. Es regnete immer noch. Am späten Nachmittag erreichten wir endlich unser Ziel, das Dorf Heiden im Kanton Appenzell. Wir stiegen alle aus, nahmen unser Gepäck und marschierten durch das Dorf. Es war ein malerisches Dorf mit hübschen Holzhäusern und vielen immergrünen Pflanzen. Aber alles lag unter einer Schneedecke – ein Anblick, wie man ihn von Postkarten kennt, aber ganz anders als alles, was wir je zuvor gesehen hatten. In der Ferne war ein grosser See zu erkennen. Später lernte ich, dass es der Bodensee war. Auf unserem Weg durchs Dorf begannen die Glocken zu läuten, allerdings nicht zu unserem Empfang, sondern um die Zeit zu verkünden. Ich weiss noch, wie die Dorfbewohner aus den Fenstern spähten und uns fünfzig verängstigte Kinder aus einem anderen Land neugierig musterten.

Ungefähr achthundert Meter weit führte der Weg leicht bergab, bis wir vor zwei Gebäuden anlangten. Das eine war recht gross und wirkte sehr elegant; das andere war kleiner und einfacher, und dorthin wurden wir geführt.

Als ich eintrat, stellte ich meine Tasche ab und bemerkte eine Frau, die auf uns gewartet hatte. Ich war ein wohlerzogenes Mädchen, und so beeilte ich mich zu sagen: «Guten Tag, ich heisse Karola Siegel und komme aus Frankfurt am Main.» Meine Eltern hatten mir wohl beigebracht, dass man sich so vorstellt.

Mein Tagesablauf während der Schulzeit:

Morgens stehe ich um halb sieben auf. Dann mache ich mich fertig. Um sieben Uhr werden die Kinder geweckt. Dann habe ich zu tun bis um halb acht. Dann gibt es Kaffe, anschliessend räume ich mit Max die Tische auf. Dann gebe ich – bei schlechtem Wetter – den Kleinen etwas zum Spielen. Danach gehe ich in den Zwischenstock und helfe Grete beim Putzen. Dann habe ich Schule. Nach der Schule putze ich den Saal, und dann gehe ich die Kleinen kämmen. Nach dem Essen bringe ich die kleinen Mädels ins Bett. Dann habe ich Schule bis um fünf. Um halb sechs kehre ich den Saal, und dann gehe ich die Kleinen waschen oder bessere etwas aus. Nach dem Essen bringe ich die Kinder ins Bett, und um halb acht gehe auch ich ins Bett.

Ferien:

Um viertel nach sechs kommt Hannelore und weckt mich. Dann gehen wir zusammen in die Kolonie. Zuerst stellen wir im Saal die Bänke zurecht, dann gehen wir in die Schlafräume und helfen Betten machen. Wenn wir damit fertig sind, gehen wir in den Waschraum und helfen die Kinder kämmen. Danach gehen wir zum Kaffee. Nach dem Kaffee hole ich mir einen Eimer Wasser in der Küche und einen Besen und wische die Böden der Gänge und Toiletten. Danach wasche ich alles aussen herum ab, und zum Schluss reinige ich die Toiletten. Wenn ich damit fertig bin, putze ich den Boden feucht auf. Am Freitag mache ich das alles gründlich. Bin ich mit meinem Amt fertig, so gehe ich hinauf zu Hannelore, und wir kümmern uns zusammen um die Schlafzimmer. Dann ist es halb zwölf Uhr, und wir essen. Nach dem Essen gehe ich bei schönem Wetter schwimmen. Um drei Uhr komme ich nach Hause, dann flicke ich. Am Abend helfe ich in der Kolonie Kinder waschen, und nach dem Essen putze ich Schuhe. Alle meine Ämter gefallen mir prima.

Aus dem Tagebuch von Karola Siegel

Es fällt mir sehr schwer über diese Jahre zu schreiben oder zu sprechen. In den Hunderten von Interviews, die ich als Dr. Ruth gegeben habe, kam ich eigentlich nie darauf zu sprechen; nicht nur, weil sie so schwierig und schmerzlich waren. Nein, vor allem wegen eines Satzes, der uns während der sechs Jahre in der Schweiz so erfolgreich eingehämmert worden war: Beklage dich nie. Du hast Glück, dass du noch am Leben bist. Da ich eine Tochter habe, die vor kurzem dreissig geworden ist, und einen Sohn, der in den Zwanzigern steht, weiss ich, dass es durchaus normal ist, wenn ein Teenager wütend wird, die Türen zuknallt oder mit dem Fuss auf den Boden stampft. Lauter Dinge, die wir nie taten. Und auch jetzt, rund fünfzig Jahre später, fällt es mir schwer, mich zu beklagen; ich suche automatisch immer die positiven Seiten und mache nie einen zu grossen Wirbel um mich selbst. Nun weiss das ganze Land, was meine Freunde immer schon gewusst haben: ich rede gerne und viel. Aber sie haben sich oft beklagt, dass sich von all dem, was ich rede, nur sehr wenig auf mich selbst und meine Gefühle bezieht. Und der Grund dafür ist in der Schweiz zu suchen.

Wie tief ich mir diesen Satz eingeprägt habe, geht schon aus dem obigen Abschnitt meines Tagebuchs hervor, das ich ungefähr zwei Jahre nach meiner Ankunft in Heiden zu führen begann. Zunächst schildere ich ein tägliches Arbeitspensum, das Aschenbrödels Leben vergleichsweise zu einem halben Urlaub werden lässt. (Es ist kein Zufall, dass das Märchen von Aschenbrödel zu meinen liebsten Kindergeschichten gehörte.) Aber dann schreibe ich: «Alle meine Ämter gefallen mir prima.» Und das war nicht sarkastisch gemeint, und es war auch nicht gelogen. Ich verstand einfach eins: gleichgültig, wie schwer mein Schicksal es mit mir meinte, das wichtigste war, dankbar zu sein. Ich verstand es so gut, dass ich nicht einmal heucheln musste.

Selbst wenn ich den Drang, mich zu beklagen, nicht beherrschen konnte, unterdrückte ich ihn doch so schnell wie möglich. Aus meinen Tagebüchern habe ich zwei Seiten herausgeschnitten, auf deren Rand steht: «Hier auf diesen zwei Blättern habe ich Quatsch geschrieben.» Ich weiss nicht mehr, was für fürchterliche Sachen ich damals geschrieben hatte, aber es muss wohl irgendeine Kritik über die Schweiz oder das Heim gewesen sein.

Ich wusste von allem Anfang an, dass es hart werden würde. An jenem Tag, als wir im Januar 1938 ankamen, wurden wir fünfzig Mädchen und Jungens in einen grossen Raum in der zweiten Etage eines einfachen Gebäudes, einer ehemaligen Scheune, geführt. Hier würden wir schlafen. Als wir uns am ersten Abend auf das Schlafengehen vorbereiteten, entdeckten wir im Fussboden eine Öffnung, durch welche die Wärme vom Holzofen in der unteren Etage zu uns heraufsteigen sollte. Natürlich schauten wir hinunter. Wir sahen, wie die Leute, die für uns verantwortlich waren, unsere Koffer öffneten und durchsuchten. Sie lachten über unsere altmodischen und ausgetragenen Kleider. Als sie meinen Koffer öffneten, steckten sie die Schokolade ein, die mir meine Mutter und Grossmutter mitgegeben hatten! Aus mit dem Bild, das sie mir von der Schweiz vorgegaukelt hatten: herrliche Seen und Berge und Schokolade in rauhen Mengen. Ich beklagte mich nicht. Erstens einmal gab es niemanden, bei dem ich mich hätte beklagen können – die Verantwortlichen selbst hatten ja das Unrecht begangen. Und zweitens fühlte ich instinktiv, dass ich nicht auffallen durfte. Ich sollte zufrieden sein mit dem, was ich hatte, und mich mit all den Dingen abfinden, die ich nicht hatte. An jenem Abend weinte ich mich buchstäblich in den Schlaf.

Wir wurden in einem Kinderheim für jüdische Schweizerkinder untergebracht, die aus irgendeinem Grund nicht bei den Eltern leben konnten – weil sie vielleicht geschieden oder tot oder einfach auf Reisen waren. Im Sommer wurde daraus ein Ferienlager für Kinder. Von aussen gesehen, war es ein wunderschöner Ort: mein Lebensstandard schnellte augenblicklich weit empor. Ich hatte vorher in einem Reihenhaus mitten in der Stadt ohne viel Sonnenlicht gewohnt; nun lebte ich in einer umgebauten Scheune inmitten einer prachtvollen Landschaft.

Im Winter, in der Jahreszeit in der wir ankamen, lag das ganze, sechzehn- bis zwanzigtausend Quadratmeter umfassende Gelände unter einer Schneedecke. Es war friedlich und still. Im Sommer aber wurde der Ort wirklich zu einer Augenweide. Da gab es Wiesen, unzählige Blumen und einen grossen Gemüsegarten mit Himbeeren und Erdbeeren. Nebenan lag ein Bauernhof mit Kühen, was mir sehr gefiel, da mich alles an meine Grosseltern in Wiesenfeld erinnerte. Der Duft des frisch gemähten Heus stimmte mich wehmütig, genauso der Geruch von Kuhmist! Ich liebte das Läuten der Kuhglocken sehr, genauso wie das Echo in den Bergen. Rundherum dehnten sich prächtige Schweizer Wiesen mit wilden Blumen aus; auch sie schloss ich in mein Herz, und wenn ich heute in die Schweiz komme, mache ich jedesmal zuerst einen tiefen, köstlichen Atemzug.

Zum Heim gehörte auch ein Spielplatz mit einer Rutsche und einem Sandkasten, was mich natürlich wiederum an den Park in Frankfurt erinnerte. Da standen auch Tische und Bänke, wo wir bei schönem Wetter auch assen. Und da gab es auch ein hübsches Plätzchen, das vom Hause aus nicht einzusehen war; dort spielten wir natürlich, wenn wir für uns sein wollten.

Das Gebäude, in dem wir zunächst untergebracht wurden, war eine ehemalige Scheune, die als Nebenhaus des Kinderheims umgebaut worden war. Bis zu unserer Ankunft war es nur im Sommer bewohnt worden. Unten befand sich ein riesiger Saal, in dem wir lernten, assen und spielten; daneben war noch ein anderer Raum mit Toiletten und Duschen. Oben lagen die vier Schlafräume – für die älteren und jüngeren Knaben und Mädchen – und zwei kleinere Zimmer für Leute, die im Kinderheim arbeiteten.

Als einige der älteren Kinder nach drei Jahren Stellen antraten und auszogen, wechselten wir anderen ins Hauptgebäude hinüber. Wir kannten es allerdings schon vorher sehr gut – denn wir mussten es ja putzen. Es war ein altes, dreistöckiges Holzhaus im Appenzellerstil. Eine Tür führte in eine grosse Küche, eine andere zum ersten Stock mit Duschen, Badezimmern und Schlafräumen, in denen jeweils zwei oder drei Kinder untergebracht waren. Im zweiten Stock lagen weitere Schlafzimmer und zwei Aufenthaltsräume: einer mit Büchern und einer mit einer Menge Spielzeug. Im Nebengebäude hatte es weder Bücher noch Spielzeug gegeben. Im dritten Stock befanden sich die Zimmer für die Lehrer und Heimleiter.

Unsere Zufluchtsstätte trug einen passenden und irgendwie auch ironischen Namen: Wartheim. Und wie wir warteten. Ursprünglich sollten wir ja sechs Monate lang dort bleiben und dann zusammen mit unseren Eltern in die USA, nach Palästina oder woandershin weiterreisen. Nach sechs Monaten waren wir aber immer noch dort, und deshalb mussten wir zur Polizei gehen, um unsere Aufenthaltsbewilligung zu erneuern. Und das wiederholte sich immer wieder bis zum Kriegsende. Niemandem wurde die Aufenthaltsbewilligung je verweigert, aber irgendwie spukte die fürchterliche Möglichkeit, nach Deutschland zurückgeschickt zu werden, wo so schreckliche Dinge geschahen, doch in unseren Köpfen herum. Ein weiterer Grund, sich nicht zu beklagen.

Vier Tage nach unserer Ankunft erhielten wir alle auf dem Polizeiposten Heiden ein Dossier. Ich habe meins heute noch – wie schon gesagt, ich behalte alles, was nur möglich ist. Mein Dossier trug die Nummer 855 555 und darin stand, ich besässe ausser meinem Kinderausweis keine andern amtlichen Papiere, ich sei zur weiteren Auswanderung in die Schweiz eingereist, mir sei eine vorübergehende Aufenthaltsbewilligung erteilt worden, ich sei jüdischer Abstammung, und ein Onkel, Lothar Hanauer, lebe in Palästina. Das Schweizerische Hilfswerk für Emigrantenkinder würde für alle Kosten aufkommen und habe dafür monatlich sechsundsiebzig Franken vorgesehen.

Gelegentlich war davon die Rede, wir würden bei Pflegeeltern in der Schweiz untergebracht, aber in meinem Fall geschah nichts dergleichen. Das Problem lag nicht daran, dass es keine Pflegeeltern gegeben hätte, sondern dass sie nicht Juden oder dann keine orthodoxen Juden waren. Wir alle im Heim kamen aus orthodoxen Familien, und wir lebten streng nach unserer Religion – wir hielten die Feiertage ein, achteten auf koschere Ernährung und arbeiteten am Sabbat nicht. Jeden Abend vor dem Schlafengehen sprach ich mein Gebet, und wenn ich einmal zu früh einschlief, erwachte ich irgendwann wieder, um das versäumte Gebet nachzuholen.

Im Heim erzählte man uns oft eine kleine Geschichte über die Schweizer Flagge, ein weisses Kreuz im roten Quadrat, die mich tief beeindruckte. Die Schweiz war ein sicherer Hafen inmitten Europas, und rundherum war alles blutrot. Und genau so schienen die Dinge zu liegen. Heiden liegt in den Bergen unweit des Bodensees. Tag für Tag schweifte mein Blick nach Deutschland hinüber – wo meine Eltern und meine Freunde waren, wo meine Heimat war – und ich wusste, dass ich nicht dorthin zurückkehren konnte. Später konnte ich zuschauen, wie die Alliierten Friedrichshafen am anderen Ufer des Sees bombardierten. Und ich war hier, in der Schweiz, in Sicherheit zwar, aber verlassen. Natürlich machte es keinen Unterschied, ob mir das passte oder nicht. Wohin hätte ich sonst gehen sollen?

Gestern bin ich dreizehn Jahre alt geworden. Am Morgen bin ich schon ganz früh aufgewacht. Dann gratulierten mir alle Kinder. Als ich dann wieder in das Praktikantinnenzimmer ging, lag auf meinem Bett eine wunderschön gestickte Schürze von Gretli und eine Briefmappe von den Kapps. Von der Edith ein Bild und von Rachele Stofffresten, zwei Bonbons und ein Bild von ihr. Nachher ging ich in den Bubenwaschraum. Da kamen alle und gratulierten mir. Fräulein Hanna sagte, sie wünsche mir, dass ich gross und schlank würde. Frau Berendt sagte, ich solle weiterhin so ein anständiges und liebes Mädel bleiben. Als ich in den Saal kam, lag auf dem Tisch ein süsses Kleid und eine Bluse und noch weitere schöne Sachen. Von Mathilde, Hannelore und Klärli bekam ich ein Nadelkissen mit Nadeln und von der Mathilde allein ein Büchlein Klebpapier. Frau Neufeld wünschte mir, ich solle so gut und jüdisch werden wie meine Oma. Es war ein sehr schöner Tag.

Aus dem Tagebuch von Karola Siegel, 5. Juni 1941

Als ich lange Zeit nach Heiden an der New School for Social Research in New York für meinen Magister in Soziologie arbeitete, beschloss ich, meine Doktorarbeit über die Kinder zu schreiben, die mit mir im Heim gewesen waren. Ich hatte bemerkt, dass diejenigen, mit denen ich noch in Verbindung stand, sich im grossen und ganzen sehr gut durchs Leben geschlagen hatten – und als ich begann, die andern auch noch aufzuspüren, bestätigte sich meine Feststellung. Sie hatten sich in alle vier Winde zerstreut, aber niemand war kriminell geworden, niemand hatte Selbstmord begangen, und ein bemerkenswert hoher Prozentsatz hatte es zu beachtlichem Erfolg im Berufsleben gebracht.

Angesichts des schweren, elternlosen Lebens, das wir bis zu sechs Jahre lang in unserem Heim zubringen mussten, mag dies vielleicht einigermassen überraschen. Die Erklärung dafür ist aber vermutlich in unserer frühen Kindheit zu suchen: wir stammten alle aus guten, soliden deutsch-jüdischen Familien des Mittelstandes, und die Liebe und Werte, die wir da erleben durften, liessen die unglückliche Zeit und die Einsamkeit in Heiden in den Hintergrund treten.

Aber da war noch etwas anderes. Im Heim dienten wir uns gegenseitig als Stützen. Wir hatten niemanden, an den wir uns wenden konnten, ausser uns selbst, und wir liessen uns kaum je im Stich. Wir lebten wie Brüder und Schwestern, ja manchmal sogar in einem noch engeren Verhältnis, da es keine Rivalitäten um die elterliche Zuneigung gab: wir wurden alle ganz genau gleich behandelt, und das wussten wir. Das einzige, was wir nicht taten – nicht einmal, um uns gegenseitig zu belehren – war, dass wir uns über unser Los beklagten und zeigten, wie traurig wir eigentlich waren. Und dies wohl aus verständlichen psychologischen Gründen: wir wussten alle, dass die anderen auch ihren Kummer hatten, und wollten sie nicht noch mit unseren Sorgen belasten.

Dennoch trösteten wir uns gegenseitig. Ich sprach kürzlich mit Marga Miller, einer meiner Kameradinnen aus dem Heim, mit der ich stets in Verbindung geblieben bin. Und sie erinnerte sich: «Es gab keine Eifersucht. Wir durchlebten eine schwere Zeit, und wir waren alle in der gleichen Lage. Bevor ich ins Heim kam, lebte ich bei Pflegeeltern in der Schweiz; und obwohl die Psychologen behaupten, es sei vorteilhafter, in einer Familie zu leben, fühlte ich mich im Heim besser. In einer Familie war ich auf mich selbst gestellt, aber im Heim sassen alle Kinder im gleichen Boot.»

Wir klammerten uns verzweifelt an jeden Trost, der uns zuteil wurde. Ich weiss heute noch nicht, wie es dazu kam, dass wir, die jüdischen Flüchtlingskinder aus Deutschland, die Schweizer Kinder im Heim bedienen sollten, aber wir taten es, und wir arbeiteten hart. Wir besorgten ihre Wäsche, wir bedienten sie bei Tisch, wir putzten ihre Toiletten. Die schlimmste Aufgabe war, bei Eiseskälte die Bettlaken im Freien zum Trocknen aufzuhängen. Wir wurden nicht eigentlich schlecht behandelt – wir assen gut (es gab zwar nur einmal pro Woche Fleisch, weil es schwierig und teuer war, koscheres Fleisch zu bekommen), wir bekamen guten Unterricht und vor allen Dingen: wir waren in Sicherheit. Aber dass wir Bürger zweiter Klasse waren, darüber gab es keine Zweifel. Wer diese Politik einführte, weiss ich nicht. Aber so war es nun einmal, und wenn ich heute daran zurückdenke, stehen mir die Haare zu Berg.

Es wurde unglaublich viel Wert auf Sauberkeit gelegt. Wir gingen ein paar Stunden pro Tag zur Schule, aber während der übrigen Zeit erledigten wir Arbeiten im Hause. Das Haus war nicht so riesig gross und infolgedessen stets blitzblank und sauber – man hätte sogar auf dem Fussboden essen können. Zum Teil wollten die Leute, die das Heim führten, den Dorfbewohnern und vor allem den Antisemiten unter ihnen wohl zeigen, dass Juden genauso wie Schweizer sein konnten – mit andern Worten: peinlich saubere Kleinbürger.

Nach drei Jahren zogen wir also ins Hauptgebäude um, in dem die Schweizer Kinder wohnten, aber der erste Eindruck blieb unverändert – es war, als ob wir in Quarantäne lebten, als ob wir Flüchtlinge den Rest der kleinen Gemeinschaft irgendwie verseuchen könnten. Ich glaube, sie verpassten damals eine hervorragende Gelegenheit, den Schweizer Kindern die politische Situation zu vergegenwärtigen. Wenn sie ihnen gesagt hätten: «Passt auf die deutschen Kinder auf – schaut nur, wie es ihnen ergangen ist. Sie mussten ihre Heimat verlassen und haben keine Eltern mehr.» Es wäre für uns ein Trost gewesen und für die Schweizer Kinder eine wertvolle Erfahrung. Aber stattdessen mussten *wir*, die bedürftigen, auf *sie* aufpassen, die doch alles zu haben schienen.

Es war unsinnig, aber in Anbetracht einiger für das Heim verantwortlichen Leute keineswegs überraschend. Am schlimmsten war ein Fräulein Riesenfeld. Sie war selbst Jüdin und hatte aus Deutschland fliehen müssen, und sie war absolut ungeeignet und unfähig, zu uns Kindern zu schauen. Heute weiss ich, was ihr Problem war – sie war unsicher und hatte keinen Mann –, aber damals kam sie uns einfach wie eine Hexe vor. Sie las alle Briefe, die zwischen uns und unsern Eltern hin- und hergingen, und sie schlug mich mit einem Turnschuh, wenn ich unartig war. Viel schlimmer aber war, dass sie uns erzählte, unsere Eltern seien schreckliche Leute und hätten uns bestimmt nicht geliebt, weil sie uns sonst nicht im Stich gelassen hätten. Ich habe vor kurzem mit anderen darüber gesprochen und weiss deshalb, dass dies nicht nur Einbildung meinerseits war. Sie bezeichnete unsere Eltern als *Schlangeneltern*, verglich sie also mit Tieren, die ihre Jungen auffressen. Natürlich beklagten wir uns bei unseren Eltern nie über Fräulein Riesenfeld oder über die Verantwortlichen in Zürich. (Kurz nachdem ich Frankfurt verlassen hatte, war mein Vater aus dem Lager entlassen worden und nach Frankfurt zurückgekehrt.) Wir wussten, dass wir als Flüchtlinge dankbar sein sollten und besser zu schweigen hatten. Ein Augenblick der Schadenfreude war mir aber dennoch vergönnt. Eines Tages rutschte Fräulein Riesenfeld auf dem Eis aus und fiel hin. Ich lachte laut heraus und erhielt als Quittung dafür prompt Schläge.

Fräulein Riesenfeld und die anderen setzten eine sehr dumme Regel durch. Wir schliefen alle oben in einem riesigen Saal, und wenn man einmal im Bett war, durfte man nicht mehr herunterkommen. Nun waren aber auch die Toiletten unten, und sobald ich einmal oben war und wusste, dass ich nicht mehr hinuntergehen durfte, glaubte ich natürlich erst recht, gehen zu müssen. Und so nässte ich eben mein Bett. Das gleiche passierte auch einem Jungen. (Er lebt heute in San Diego und hat mir kürzlich diese Geschichte bestätigt.) Fräulein Riesenfeld sorgte am folgenden Morgen nicht nur dafür, dass wir unser Bettzeug selbst waschen mussten – damit auch ja alle erfuhren, was wir getan hatten –, sondern sie zwang uns auch dazu, es unseren Eltern zu schreiben. Ich weiss noch, wie schrecklich ich mich nachher fühlte, aber ich kann mir die Reaktion meiner Eltern vorstellen: ihre wohlerzogene Tochter eine Bettnässerin! In ihrem nächsten Brief schrieben sie allerdings nur: «Sei brav» und «Wir sind so froh, dass du dort in Sicherheit bist.» Zwischen den Zeilen las ich aber, was sie nicht zu schreiben wagten: «Was für ein schrecklicher Ort.» Nein, ganz egal, wie schlecht ich behandelt wurde, ich sollte dafür dankbar sein, dass ich in der Schweiz war.

Ein Mädchen namens Ruth Hess, (heute Ruth Bernheim)das mir in all jenen Jahren eine sehr gute Freundin war, beklagte sich bei den Eltern. Ruth schickte ihnen heimlich einen Brief, in dem sie ihnen erzählte, wie schrecklich alles war. Natürlich fing Fräulein Riesenfeld die Antwort ab und konnte sich ausrechnen, was Ruth geschrieben hatte. Zur Strafe wurde sie vor uns allen geschlagen, wir durften nicht mehr mit ihr sprechen, und sie musste allein im Nebengebäude schlafen.

Briefe an Karola Siegel vom 22. Dezember 1940

Meine liebe Karola!
Deinen schönen Brief vom 15.12. erhielten wir heute. Wir freuten uns herzlich damit. Na, habt Ihr Eure Skitour gemacht? Hier liegt auch jetzt Schnee. Lb. Karola b., merke Dir doch mal daß vielleicht mit v geschrieben wird. Inzwischen ist Eure Chanukkofeier wohl schon vorüber bis Du diesen Brief erhältst. Ist sie gut ausgefallen? Im Philanthropin war auch eine Ausstellung von Handarbeiten. Es waren sehr schöne Sachen da. Renate Strauß hat auch sehr viel gemacht. Auch die Jungens haben sehr nette Sachen gebastelt. Hier sind eben auch Ferien. Frl. Hamburger freute sich mit Deinen Grüßen s erwiedert sie herzlichst. Ich lege Dir einen Antwortschein s Briefbogen bei. Von Onkel Max haben eine Weile nichts gehört s wird hoffentlich bald wieder Nachricht kommen. Hört I. Mathilde auch öfter was von Mathias? Bei Euch brennen sicher viele Lichtchen? Von Scherf soll ich Dir auch viele Grüße senden. Albert Eisemann wird jetzt auch bald 13 Jahre. Nun wünsche Dir, mein Liebling, noch recht vergnügte Chanukkoh s sei recht innigst gegrüßt s herzlichst geküßt von Deiner Dich liebenden Mutti.

Liebe Karola,

Skifahren ist ein Vergnügen,
beim schönen Sonnenschein,
hoch muss der Schnee dort liegen,
vereist darf er nicht sein.
Schnell werden die Bretter angeschnallt,
den Berg geht's ächzend hinauf,

Juhuu ruft man,
dass das Echo schallt.
Nun geht's abwärts in schnellem Lauf,
und gibt es eine Biegung mit einem scharfen Eck,
so ist manchmal die Fügung,
man fliegt dabei in den Dreck.
Dann ist man wirklich froh,
sind ganz noch die Bretter,
der blaue Fleck heilt sowieso,
doch nicht des Holzes Splitter.

Es grüsst und küsst Dich
Dein Dich liebender Vater Julius.

Meine liebe Karola!

Wie immer sind wir sehr glücklich über Deine lieben Zeilen. Nun kannst Du Deine Ferien geniessen. Das Skilaufen ist doch ein so wunderbares, gesundes Vergnügen, und es gehört zu den Schönheiten der Schweiz, ebenso das Rodeln. Wir haben hier auch ein bisschen Schnee. Es ist prächtig, ein herrliches Weiss. Schnee ist so rein, wenn er vom Himmel fällt – er verliert seine himmlische Reinheit nur durch uns Menschen. Bei meinen täglichen Spaziergängen durch den Park stelle ich oft philosophische Betrachtungen an... Wie war Deine Chanukkah-Feier? Ich sehe Dich vor mir mit Deiner Küchenschürze und Deinen hölzernen Hausschuhen. Weisst Du noch, wie Du jeweils gesungen hast? – «Wenn es eine Pfanne mit Bohnen hat, tanze ich mit meiner Marie.» Bleib stets gesund, vergnügt und ein braves Mädchen. Mit Grüssen und Küssen, Deine Dich liebende Oma.

Tagebuch von Karola Siegel, 1. Oktober 1940:

Die Feiertage stehen vor der Tür, und deshalb putzen wir das ganze Haus, wir backen einen Kuchen und kochen gute Sachen. Dann bringen wir unsere Kleider in Ordnung, ziehen etwas Hübsches an und gehen in die Synagoge... Als wir von der Synagoge nach Hause kommen, hat Mutti die Kerze angezündet und den Tisch gedeckt. Aber wenn sie mit zur Synagoge ging, hatte sie das schon vorher erledigt. Dann spricht der Vater den Kudusch (Segen) und anschliessend essen wir... Es ist immer eine Feiertagsstimmung, wenn wir am Sabbattisch mit den Lichtern sitzen. Wenn wir gegessen haben, sprechen wir darüber, wie es zu diesem

Sabbat kam und weshalb er so heilig ist und weshalb er den Leuten so gefällt. Und am folgenden Tag besuchen wir Verwandte oder sie kommen zu uns, und am Nachmittag machen wir einen Spaziergang. So ist es an fast allen Feiertagen.

Wenn man diesen Tagebuchauszug aufmerksam durchliest, klingt er, als ob ich noch zu Hause gewesen wäre. Das ist kein Zufall. In Heiden vermisste ich meine Eltern so sehr, dass ich – wann immer ich konnte – so tat, als ob ich nie weggefahren wäre. An den Feiertagen fehlten sie mir ganz besonders. In all meinen Jahren in Heiden hing an der Wand neben meinem Bett ein Bild von einem Vater, der ein kleines Mädchen in den Armen hält und die Chanukkah-Kerzen anzündet.

Kurz nach meiner Abreise kam mein Vater nach Hause. Dies war keineswegs ungewöhnlich, denn viele Juden, die nach der Kristallnacht in Lager gesteckt worden waren, wurden später wieder freigelassen. Aber es war unmöglich, dass wir uns gegenseitig besuchten: Juden durften das Land nicht verlassen. Und so schrieben wir uns halt; ich habe immer noch all ihre Briefe. Sie schrieben auf das hübsche, feine Papier, das mein Grossvater noch zu seinen Lebzeiten mit dem Briefkopf seines Unternehmens und seinem Namen hatte drucken lassen. Und sie füllten stets Vorder- und Rückseite eines Bogens, nicht mehr, aber auch nicht weniger. Wenn es nicht so viel zu erzählen gab, schickten sie eine Postkarte. Wenn ich diese Briefe heute anschaue, fallen mir zwei Dinge auf. Erstens, dass sie mit einem Hakenkreuz abgestempelt sind. Und zweitens, dass meine Grossmutter neben dem Wort «Absender» stets «Selma (Sara) Siegel» schrieb. Die Nazis hatten nämlich angeordnet, dass alle jüdischen Frauen Sara als zweiten Vornamen anzugeben hatten.

Wenn ich die Briefe heute lese, ist es verblüffend – ja beinahe schon beängstigend –, wie ausgesprochen fröhlich sie klingen. Meine Eltern plaudern umgänglich über Verwandte, Bekannte und das Wetter. Man könnte denken, die Briefe seien in einer Zeit prächtigsten Wohlstandes geschrieben worden, nicht in einem Land, in dem kurze Zeit später an den Juden Völkermord begangen werden sollte. Aber ich weiss, dass sie so schrieben, wie es ihnen ihr Herz diktierte – um mein, aber auch ihr Seelenheil zu bewahren.

Ich habe natürlich keine Kopien der Briefe, die ich an sie schrieb, aber ich erinnere mich, dass auch sie sehr fröhlich klangen. Was ich meinen Eltern nicht schreiben konnte, vertraute ich meinem Tagebuch an – wie unglücklich ich war, wie sehr ich sie vermisste. Ich hatte vor, ihnen eines Tages, wenn wir wieder beisammen wären, dieses Tagebuch zu zeigen, damit sie sehen könnten, wie schlimm die Dinge wirklich waren.

Aber würden wir jemals wieder beieinander sein? Ich sollte ja nur in diesem Heim bleiben, bis meine Eltern auch ausreisen durften. Aber dies erwies sich als wesentlich schwieriger, als es damals schien. Im Februar 1940, kurz nach seiner Freilassung, suchte mein Vater das amerikanische Konsulat auf und beantragte die Ausreise. Aber deutsche Juden kamen nicht so leicht nach Amerika. Um dorthin auszuwandern, musste man jemanden in den USA kennen, der für einen bürgen und sorgen würde, falls man keine Arbeit fand. Mein Vater kannte niemanden in den USA. Und so bekam er nur eine Ausreisenummer – 49 280 –, die viel zu hoch war, da pro Jahr weniger als 30 000 die Bewilligung erhielten. Im Nachhinein bin ich eigentlich überrascht, dass er wenigstens diese Nummer erhalten hatte.

Dass die Aussichten auf Emigration das Hauptthema war, um das meine Briefe und Gedanken kreisten, brauche ich wohl nicht zu erwähnen. Ich habe es so ziemlich in jedem Brief angeschnitten, weil in jedem Brief meiner Eltern davon die Rede war, dass es immer noch nichts Neues gäbe. Mit der Zeit begann ich mich zu fragen, ob es überhaupt einmal etwas Neues zu diesem Thema geben werde. Und aufgrund des Tonfalls in ihren Briefen fragte ich mich sogar allmählich, ob meine Eltern überhaupt ausreisen wollten.

In einem Brief vom 10. April 1941 – mehr als zwei Jahre nach meiner Ankunft in Heiden – schrieb meine Mutter: «Mit der Auswanderung ist es noch beim alten. Siehst Du, Mathildes Eltern sind schon so lange fort, und sie kann nicht zu ihnen. Man muss halt Geduld haben.» Mathildes Eltern waren in England, und sie konnte nicht zu ihnen fahren, weil inzwischen der Krieg ausgebrochen war.

Mutter, Vater und Grossmutter schrieben alle einzeln und pflegten ihre Briefe in denselben Umschlag zu stecken. In einem Brief sagte mir Grossmutter ganz gehörig ihre Meinung: Zuerst gratulierte sie mir zu meinem Zeugnis, ganz besonders zur guten Note in «Betragen».

«Jetzt geniesse nur die Ferien und gib Dir weiterhin in allem recht Mühe, dann macht Dir auch alles viel Vergnügen. Die Arbeit ist der beste Zeitvertreib.» Nach diesem calvinistischen Rat kam sie dann zur Sache: «Wieso frägst Du denn wiederholt wegen der Auswanderung. Du bist doch gottseidank so gut aufgehoben und behütet, und der Himmel und die Sonne ist hier wie überall über uns, und Sturm und Regen gibt es auch hier wie überall. Freue Dich mit Deiner sorglosen Jugend und sammle Kräfte und Wissen für den Ernst des Lebens. Bleibe recht gesund und vergnügt.
Herzliche Grüsse von allen Verwandten und recht vergnügte Feiertage wünscht Dir recht herzlich Deine Dich liebende Oma.»

Dann war mein Vater an der Reihe. Sein Briefteil war immer etwas Ausser-gewöhnliches, weil er immer in Versen schrieb. Heute hatte er folgendes zu sagen:

Liebe Karola!

Ein gutes Zeugnis macht jedem Freud,
man zeigt es gerne allen Leut'.
Es ist der Preis
für Müh und Fleiss.
Doch fleissig muss man lernen,
um Fehler zu entfernen
und nicht zurückzugehen,
um gute Noten wieder zu sehen.

In einem Brief vom Februar 1941 erklärte er, weshalb er immer in Versen schrieb:

Zwar kann ich nicht richtig dichten,
denn es gehört ein Versmass dazu.
Vielleicht wird man Dich darin unterrichten,
dann kannst es einmal auch Du.
In Versen kann man schreiben,
was man in Prosa oft nicht kann,
Gewöhnlich vom lustigen Treiben
Und die Zensur streicht nichts dann.

Die Zensur beschäftigte meinen Vater oft. Er schrieb einmal, die Entfer-nung zwischen mir und ihm sei wie die grosse chinesische Mauer – so lang, dass gar keine Nachrichten durchkämen –, aber wenn er in Versen schreibe, könne er mir mehr sagen als in Prosa. Das gleiche Bild verwendete er noch ein andermal. Normalerweise waren seine Briefe fröhlich und enthielten nur gute Neuigkeiten, aber einmal schrieb er, seine Familie habe schon lange Zeit kein Fleisch mehr gegessen, länger als am jüdischen Feiertag von Tischa Be-Aw, länger noch als die chinesische Mauer. Ich hatte jahrelang nicht mehr an dieses Gedicht gedacht. Es kam mir erst 1986 wieder in den Sinn, als ich mit Robin Leach's Fernsehprogramm *Life styles of the Rich and Famous* wirklich in China war und die Grosse Mauer bewunderte.

Als mein Vater aus dem Lager entlassen wurde, hatte er kein Geschäft mehr. Er erhielt Arbeit als Gärtner im jüdischen Friedhof unweit von unse-rem Haus, wo meine Grossmutter die Gräber ihres Mannes und berühmter Juden zu besuchen pflegte. Ich bewundere meinen Vater, wenn ich denke, dass er, der körperliche Arbeit nicht gewohnt war, den ganzen Tag lang als Gärtner arbeitete und am Abend nach Hause kam, um mir Gedichte zu schreiben. Und er tat es sogar, wenn ihm nichts in den Sinn kam:

Heute weiss ich nichts zu dichten,
deshalb musst Du darauf verzichten,
denn wärest Du daheim,
Du erhieltest nicht einen einzigen Reim.

Ein anderes Mal schrieb er sorgfältig ein ganzes Gedicht auf Schweizerdeutsch ab, das er gar nicht verstand – «Schweizerland» von Goethe.

Zu meinem dreizehnten Geburtstag im Jahr 1941 schrieb meine Mutter:

«Ich freue mich heute schon es (das Tagebuch) dann einmal zu lesen. Lb. Karola, zu Deinem Geburtstage sende ich dir die herzlichsten Glück- und Segenswünsche. Mögest Du zu einem braven, tüchtigen Mädel heranwachsen und immer gesund und zufrieden bleiben. Dein Geburtstagsgeschenk folgt später. Es wird noch ein Weilchen dauern.»

Dann kam wieder mein Vater mit dem folgenden Gedicht, für das er sich besonders viel Mühe gegeben hatte: ein Akrostichon, dessen erste Buchstaben je Zeile meinen Namen ergeben:

Dem lieben Geburtstagskinde!

Kannst du dich doch noch entsinnen,
Als du das Leben tatst beginnen.
Recht schwierig hast du oft gedacht,
O, vielen Leuten hast du Freude gemacht.
Lebe wohl und sei zufrieden.
Auch viel Glück sei dir beschieden.

Einmal entschuldigte er sich für einen Flecken auf einem Brief. Ich solle nicht etwa denken, es sei Öl oder Butter, denn sie hätten weder noch zum Kochen. Als ich kürzlich einem Freund davon erzählte, fragte er sich, ob es wohl eine Träne gewesen sei. Vorher wäre ich nie auf diese Idee gekommen. Der letzte Brief von meinen Eltern trägt das Datum vom 14. September 1941, also ungefähr vom jüdischen Neujahr.

Meine liebe Karola,

Dies ist ein Nachmittag so richtig zum Briefeschreiben. Liebe Rola (Mutters Kosename für mich), erinnerst Du Dich, dass ich Dir erzählt hatte, ich würde mit allen Neujahrskarten auch Grüsse von Dir mitschicken? Aber nun bist du ein grosses Mädel und kannst das selbst erledigen. Am Freitag erhielten wir mit grosser Freude Deinen lieben Brief vom siebten September mit dieser lebendigen Beschreibung Deines herrlichen Ausfluges, und wir freuten uns sehr… Liebe Karola, zum Jahresende schicke ich Dir meine allerherzlichsten Grüsse und Segenswünsche. Ich hoffe, all unsere Wünsche werden in Erfüllung gehen und Du mögest nur Glück, Gesundheit und Zufriedenheit erleben. Auch all Deinen Freundinnen sende ich herzliche Glückwünsche. Schöne Feiertage. Ich hoffe, Du fastest gut (Jom Kippur).

Ich umarme und küsse Dich, Deine Dich liebende Mutti.

Meine liebe Karola,

Wie immer waren wir sehr glücklich über Deinen ausführlichen und gut geschriebenen Bericht. Dein Ausflug muss herrlich gewesen sein, und Du bist sogar in einem Schnellzug gefahren! Die Schule macht Dich auch glücklich, und die guten Noten! Jetzt regnet es hier ohne Unterlass… Meine liebe Karola, zum Neuen Jahr sende ich Dir meine innigsten Glück- und Segenswünsche. Mögest Du Dich weiterhin zu unser aller und Deiner Freude entwickeln, und mögest Du unser Sonnenschein bleiben. Eine Frohnatur, Gesundheit und Zufriedenheit – sie sollen stets Deine Begleiter sein. All Deine Herzenswünsche sollen auf gute Art in Erfüllung gehen. Ich wünsche Dir schöne Feiertage und gut Fasten an Jom Kippur.
Mit herzlichen Grüssen und Küssen von Deiner Dich liebenden Oma.

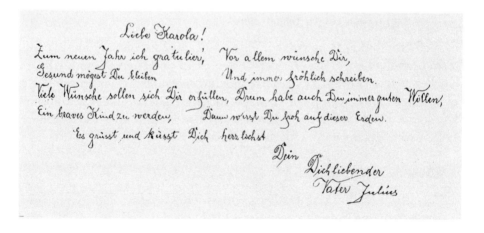

Ich sitze am Fenster in unserem Zimmer und neben mir steht ein Bild, auf welchem mein Freund Putz ist. Er lacht mich die ganze Zeit an und in meinem Traum letzte Nacht war er bei mir. Ich muss mein liebstes Lied in mein Tagebuch schreiben, denn das ist das Lied, das er mir jeden Abend zu singen pflegte:
«You are my sunshine, my only sunshine. You make me happy when skies are gray.»
«Du bist mein Sonnenschein, mein einziger Sonnenschein. Du machst mich glücklich, wenn der Himmel grau ist.»

Aus dem Tagebuch von Karola Siegel, 13. Juni 1943

Wie schon gesagt, wir Kinder im Heim standen uns sehr nahe. Von Anfang an sollten wir aufeinander aufpassen. Ich gehörte zur Gruppe der jüngeren Kinder, und ein älteres Mädchen mit dem Namen Grete sollte eigentlich für mich verantwortlich sein. Aber sie enttäuschte mich bitter. Im Mai 1940 sah es ganz so aus, als ob Hitler auch in die Schweiz einmarschieren würde. In diesem Fall sollten wir uns paarweise, jeweils ein älteres mit einem jüngeren Kind, in die Berge zurückziehen. Im allerletzten Augenblick erklärte Grete, sie würde nicht mit mir gehen, sie hätte sich jemand anders ausgesucht. Ich war fürchterlich aufgeregt.

Der Zufall wollte es, dass die älteren Kinder alles Mädchen waren, und die Situation war natürlich sehr schwierig für sie. Sie konnten kaum mit den Knaben sprechen, und niemand zeigte ihnen, wie sie für uns ältere Schwestern sein konnten. Sie gingen hart mit uns um – beinahe wie kleine Diktatorinnen. Ich erinnere mich an eine von ihnen – sie lebt heute in Kalifornien –, die einfach schrecklich war. Wir durften im Zimmer nicht einmal miteinander sprechen.

Ich habe bereits erwähnt, dass ich gern mit jüngeren Kindern zusammen war, und von allem Anfang an half ich Kindern, die viel jünger waren als ich. Als ich zehn war, war ich für einen sechsjährigen Knaben verantwortlich – er ist heute Professor in Haifa. Ein anderes kleines Mädchen war eines Tages aus einem anderen Grund sehr aufgeregt, und ich schenkte ihm zum Trost eine Halskette und meine einzige Puppe; die Puppe, die ich in Frankfurt mit in den Zug genommen hatte. Welch ein Opfer! (Der wahre Grund für diese Grossmut war aber, dass mich ihr älterer Bruder gebeten hatte, auf sie aufzupassen – und ich tat oft Dinge, nur um den Jungens zu gefallen.) Später musste ich eine kleine Gruppe Pfadfinder übernehmen; ich ging mit ihnen spazieren und schwimmen. Ich als Pfadfinderführerin, und das mit dreizehn Jahren! Nach ein paar Jahren in Heiden reifte in mir der Entschluss heran, meine Interessen auch zu meinem Beruf zu machen und Kindergärtnerin zu werden. Meine Grossmutter unterstützte mich in diesem Bestreben. Ich verriet es ihr nicht, aber teilweise bestand mein Motiv auch darin, dass ich mit den Spielsachen im grossen Haus spielen konnte, wenn ich mich mit den kleinen Kindern abgab.

Da waren auch Jungens in meinem Alter, und das war schon ein Glück. Da das Heim orthodox war, hätte man annehmen müssen, dass es nur Jungens *oder* Mädchen aufnahm; da aber nicht genügend Geld für zwei getrennte Heime zur Verfügung stand, waren wir eben gemischt. Von allem Anfang an interessierte ich mich für Knaben. Einmal – ich war gerade zehn Jahre alt – kletterte ich in einer verschneiten Nacht auf das Dach und klopfte mit einer Hacke ans Fenster der Jungen, um ihnen Angst zu machen. Sie versuchten das Fenster zu öffnen, und es ging in Brüche. Jemand berichtete natürlich Fräulein Riesenfeld von meiner Tat, und ich geriet in Schwierigkeiten. Sie versohlte mich mit einem Turnschuh.

Mein erster Schwarm war ein Junge namens Max, dem ich bei den Aufgaben half. In meinem Tagebuch wird er erstmals am 17. September 1941 erwähnt, als ich dreizehn war. Beiläufig vermerkte ich: «Ich stricke ein Stirnband für Max.» Im März darauf wurde die Angelegenheit schon ernster: «Den Max habe ich in letzter Zeit sehr gerne. Aber Karola: nimm dich zusammen!» Am 12. Mai schrieb ich: «Was Max angeht, wir verstehen einander ausgezeichnet.» Und am 25. Mai: «In Max habe ich wirklich einen guten Freund und Kameraden.» Als er einmal ein paar Tage mit einigen Mädchen und einem Lehrer auf eine Tour ging, schrieb ich: «Es ist scheusslich, wenn Max fort ist! Na, morgen ist er wieder da. Ich muss mich mal unbedingt zusammennehmen.» Im Oktober folgte ein weiteres, wichtiges Ereignis: «Inge, Mira, Erwin, Max und ich spielten in Gretes Zimmer. Ich hätte mir nie träumen lassen, dass Max so gut spielen kann! (Das Wort ‹gut› ist dreimal unterstrichen.) Wir spielten Spital.» Ich war so begeistert, dass ich mit andern Leuten über Max sprechen musste: «Letzthin sprach ich mit Ignatz (Mandel, Lehrer im Heim) über Max, und Ignatz sagte, Max könnte der Beste in seiner Klasse sein, wenn er sich nur etwas anstrengen würde.»

Aber schon machten sich am Horizont Schatten bemerkbar. Im Oktober merkte ich mir: «Ich kann Ruth L. nicht verstehen. Jedesmal, wenn Max und ich uneins sind, mischt sie sich ein! Und merkwürdigerweise ergreift sie immer seine Partei! Ich muss mir in erster Linie versprechen, nie, nie eifersüchtig zu sein.» Dieses Versprechen sollte ich nicht halten können, vor allem nicht, nachdem ich Max und Ruth beim Küssen erwischt hatte. Diese Enttäuschung handelte ich in meinem Tagebuch streng philosophisch ab: «Ich weiss, wie es mit Max dazu gekommen ist. Ich gab ihm so viel Liebe, wie ich nur konnte. Er jedoch nahm alles und gab nichts. Nun ja, ‹Es geht

1937/38 im Sommerlager in Bad Nauheim

alles vorüber, es geht alles vorbei. Auf jeden Dezember folgt wieder ein Mai›.» Dies war ein Zitat aus einem bekannten Gedicht.

Ich konnte mir dieses Verständnis gut leisten, denn der Mai war schon in Gestalt eines Jungen namens Putz gekommen. Wer Jiddisch spricht, weiss, dass «Putz» in dieser Sprache etwas ziemlich Vulgäres bedeutet, aber das wussten wir damals nicht. Sein wirklicher Name war Walter, und er war sehr klein. Vielleicht war es das, was uns zusammenbrachte.

Er war ein Jahr jünger als ich und kam ein Jahr nach mir ins Heim, nachdem er zuvor bei zwei Pflegefamilien in Zürich gelebt hatte. Ich mochte ihn vom ersten Augenblick an. Er war hübsch und sehr intelligent und äusserst geschickt mit seinen Händen – er wurde später Ingenieur in Israel. An der gleichen Stelle im Tagebuch, an der ich erklärte, was zwischen Max und mir fehlgegangen war, schrieb ich auch: «Putz und ich verstehen uns glänzend. Es ist aber keine oberflächliche Freundschaft, sondern einfach eine fabelhafte Kameradschaft.»

Und schon bald wurde mehr daraus. Aus einem Buch schrieb ich ein Zitat in mein Tagebuch ab, welches in entsprechend blumigen Worten beschrieb, wie mir zumute war:

47

«Wie herrlich es war. Kann etwas Sünde sein, das so wunderschön ist? Wir küssten uns zum ersten Mal und wussten dann beide nicht, wie es geschah. Es war ein wundervolles Geheimnis und wird es ein Leben lang bleiben. Und wenn wir uns anschauen, denken wir an das, was ausser uns beiden kein Mensch weiss.»

Wenn ich an Putz und mich denke, fällt mir am meisten auf, wie raffiniert wir es anstellten, um Zeit miteinander verbringen zu können. Wenn wir Unterricht hatten, lag ständig eine Näharbeit oder ein weiter Mantel auf meinem Schoss, und darunter konnten sich unsere Hände berühren.

Nach ungefähr einem Jahr bekam Fräulein Riesenfeld Hilfe von einer Frau Berendt. Sie war zwar nicht vollkommen, bedeutete aber immerhin eine gewaltige Verbesserung. Sie war geschieden und hatte ein Kind, das im Schweizer Heim lebte, und sie besass dementsprechend viel mehr Einfühlungsvermögen für uns Kinder. Sie war nicht orthodox, und so las sie jeden Freitagabend, wenn wir andern wegen des Sabbats nicht lesen durften, ein Kapitel aus dem Roman *So grün war mein Tal* vor. (In meinem Tagebuch steht: «Das ist das Wunderbarste, was ich in meinem ganzen Leben gelesen oder vorgelesen bekommen habe.») Zu einer bestimmten Zeit mussten die jüngeren Kinder ins Bett. Aber ich ging nicht ins Bett. Ich versteckte mich unter der Treppe neben den Wasserrohren. Dort traf ich mich mit Putz, und wir herzten und küssten uns.

Jungens und Mädchen durften nicht miteinander spazierengehen. Diese Regel war einfach zu umgehen: am Samstagmorgen gingen meine Freundin Marga und ich jeweils ins Büro und meldeten uns für einen Spaziergang ab. Ein wenig später taten Putz und Klaus, Margas Freund, das gleiche. Wir trafen uns bei den Höhlen im Wald und zogen uns dann paarweise zum Schmusen zurück. Auch heute noch würde ich diese Höhlen auf Anhieb wiederfinden. Aber wie Putz kürzlich bestätigte, in den Höhlen gingen wir nie soweit wie im Heim. Drinnen hatten wir unsere speziellen Winkel und Ecken, von denen niemand etwas wusste; draussen konnte uns jederzeit jemand überraschen. (Wenn es die Leser interessiert, ob Dr. Ruth damals ihre Jungfräulichkeit verloren hat: Die Antwort ist Nein! Putz küsste ausgezeichnet – und tut es auch heute noch –, aber weiter gingen wir nicht.)

In meinem Tagebuch gab ich eine sehr spröde Beschreibung dieses Ausfluges:

«Ich möchte die Ereignisse von gestern nachmittag beschreiben, damit ich darüber nachdenken kann, so oft ich möchte. Marga und ich gingen spazieren...»

Als Putz dann im Dorf eine höhere Schule besuchte, mussten wir einen anderen Plan aushecken. Ich musste jeden Tag im sogenannten blauen Zimmer im Nebengebäude sämtliche Betten machen. Nun pflegte ich es so einzurichten, dass ich in dem Augenblick, in dem er von der Schule nach Hause kam, gerade an einem bestimmten Bett in der Ecke neben dem Kamin an der Arbeit war, so dass niemand, der zufällig hereinkam, uns sehen konnte.

Putz – der spätere Ingenieur – erfand sogar ein geniales Kommunikationssystem. Er hatte sein Zimmer in der Etage über mir, und er tüftelte einen Plan aus, wie wir mit Hilfe von zwei Schnüren kleine Zettel mit Nachrichten austauschen konnten. Als ich Putz letztes Jahr in New York traf, erzählte er mir noch von einem anderen Projekt, von dem ich damals nichts wusste. Als ich meine erste Periode hatte, begann er ein Tagebuch zu führen, damit er ausrechnen konnte, wann ich die nächsten Tage haben würde – warum, weiss ich allerdings nicht. Eines Tages fand ich es und fragte ihn, was das sei. Er hatte es in einer Art Geheimschrift abgefasst, aber die Daten waren markiert, und das machte mich misstrauisch. Von da an benützte er für alle Eintragungen einen Code.

Putz neckte mich häufig. Einmal schrieb ich ins Tagebuch:

«Einmal mehr musste ich ihm versprechen, mir schmutzige Witze nicht von anderen erklären zu lassen.»

Aber es machte mir nichts aus, denn auch er war romantisch veranlagt. Das liebste Andenken, das ich von ihm hatte, war ein kleines, aus zwei Lederstücken angefertigtes und mit einer Sicherheitsnadel ansteckbares Herz, das auf der einen Seite rot, auf der anderen blau war. Ich trug es Tag und Nacht; ja, ich ging nie schlafen, ohne es an mein Pyjama zu heften. Eine Freundin von mir schrieb sogar ein kleines Gedicht darüber, wie ich mich vor den Spiegel stellte, das kleine Herz anheftete und dann zu unserem Rendezvous ging. Erstaunlich, wie romantisch wir waren. Wir lasen immer Liebesgedichte. Als er einmal ein paar Tage weg war, schrieb er mir einen Brief. Ich hatte so Angst, ihn zu verlieren, dass ich ihn in voller Länge in mein Tagebuch abschrieb:

«Liebe Karola, Kleines, Du weisst sehr gut, dass ich nicht schreiben kann, und nun verlangst Du von mir, dass ich Dir einen netten Brief schreibe. Ich weiss nur, dass ich Dich sehr gern habe. Verzeih mir, dass ich nicht mehr schreibe, aber Du weisst ja... Und Küsse, innige Küsse. Ich mag Dich auch sehr und möchte immer bei Dir bleiben.»

Wir schmiedeten alle möglichen Pläne. Zusammen mit Klaus und Marga hatten wir beschlossen, nicht mit den andern Kindern zu gehen, wenn die

Deutschen einmarschieren sollten. Nein, wir würden über Spanien nach Palästina fliehen. Wir hatten alles bis ins letzte Detail geplant – welchen Fluchtweg wir nehmen, wie wir uns ernähren und wo wir auf Nachzügler warten würden. Wir hatten sogar Reservepläne ausgeheckt: wenn jemand von uns nicht auftauchen würde, wollten wir am folgenden Tag an einem bestimmten Ort auf ihn warten. Wir waren bloss vier Kinder, aber wir nahmen alles sehr ernst. Unter meinem Bett lag ständig ein Rucksack mit Lebensmitteln.

Putz und ich schmiedeten auch Pläne über unsere Zukunft nach dem Krieg. In einem Notizbuch zeichnete er das Modell unseres Hauses, das wir bauen wollten, mit allen Zimmern und Möbeln. Am wichtigsten war das Kinderzimmer. Wir sehnten uns so sehr nach einem Familienleben, dass es in unserer Fantasie einen sehr wichtigen Platz einnahm.

Einmal setzte das gleiche Mädchen, das mir Max weggenommen hatte, ein schändliches Gerücht in Umlauf: ich hätte mich vor Putz ausgezogen. Ich fühlte mich fürchterlich beschämt, und es half auch nichts, dass Putz mich tröstete und mein Haar streichelte. Ich ging zu Frau Berendt und fragte sie, ob ich schlecht gewesen sei. Aber sie sagte nein, ich solle meine Freundschaft mit Putz ruhig weiter pflegen, aber darauf achten, dass sie sauber bliebe. Das half, aber *viel* besser ging es mir erst, als meine Erzrivalin das Heim ein paar Tage später verliess.

Aber schliesslich endete die Romanze zwischen Putz und mir dennoch – andernfalls wären wir wohl heute Mann und Frau. Aber vermutlich war unsere Beziehung in zu jungen Jahren in einer zu unsteten Atmosphäre zu intensiv, um wirklich bestehen zu können. Jedenfalls wurde ich nach ungefähr drei Jahren allmählich eifersüchtig, weil Putz einer älteren Frau, die im Heim arbeitete, immer mehr Aufmerksamkeit zu schenken begann. Er versuchte mich zu beschwichtigen, und ich schrieb in mein Tagebuch: «Aber er hat mir versprochen, mich lieber zu haben... Hauptsache, einer versteht mich und hat mich lieb! Tut er das auch wirklich?» Ich neigte dazu, die Fehler immer bei mir zu suchen. «Überhaupt quatsche ich viel zuviel, was ich mir so gerne abgewöhnen möchte... Ich muss viel zurückhaltender sein.»

Aber im Grunde genommen konnte unsere Beziehung nicht von Dauer sein. Das Ende kam – wie so oft – nach einem Streit über eine dumme Kleinigkeit: ich wollte, dass er sein Haar gerade zurückkämmte, aber er wollte einen Scheitel tragen. Nach dieser Auseinandersetzung schrieb ich: «Schluss damit! Strich darunter!»

Meine Beziehung zu Putz war für mich von unvorstellbar grosser Bedeutung. Wir waren beide sehr einsam. Und ich glaubte, ich sei klein und hässlich und dumm, und kein Mann würde sich je für mich interessieren. Wenn

Als Zehnjährige kurz vor der Abreise in die Schweiz

ich Fotos aus meiner Mädchenzeit anschaue, stelle ich fest, dass ich eigentlich nicht schlecht aussah. Aber niemand, nicht einmal meine Familie, sagte mir jemals, ich sei hübsch. Deutsch-jüdische Eltern sagten solche Dinge einfach nicht. Und die Leute im Heim würden nie auf eine solche Idee kommen – sie liessen vielmehr durchblicken, ich fiele ihnen zur Last, weil sie sich um mich kümmern mussten. Putz hingegen bewies mir, dass mich doch jemand begehrenswert fand.

Viele Jahre später pflegte ich mich bei meinen jährlichen Reisen nach Israel mit Putz zu treffen, und als er letztes Jahr in New York war, besuchte er mich. Wir sassen im Zimmer meines Sohns Joel und blickten auf den Hudson hinaus, und ich sagte: «Wenn ich an dich und diese Jahre denke, huscht immer ein Lächeln über mein Gesicht.»

Er erwiderte: «Schön, das beruht auf Gegenseitigkeit. Wenn ich an dich denke, liegt ebenfalls ein Lächeln auf meinem Gesicht.»

Und das tat mir in meiner Seele wohl.

In Anbetracht meiner späteren Tätigkeit sind die Leute wohl auch neugierig, wie *ich* in meiner Zeit in Heiden – also zwischen meinem zehnten und siebzehnten Lebensjahr – sexuell aufgeklärt worden bin. Mein Tagebuch ist in dieser Beziehung sehr aufschlussreich. Das erste Anzeichen meiner Pubertät geht aus einem Eintrag vom 19. Mai 1941 hervor, als ich noch nicht ganz dreizehn war. Als ich meine Sommerkleider aus dem Jahr zuvor auspackte war «fast alles zu klein». Warum, sagte ich allerdings nicht.

Ungefähr einen Monat später schrieb ich, ich dürfe anstatt zum Schwimmen zur Heuernte mitgehen. Dies klingt im ersten Augenblick nicht nach einer grossartigen Wahl, bis man die nächste Zeile liest:

«Es war wunderschön, vor allem, dass ich nicht zu Herrn Mandel gehen und ihm sagen musste, ich könne nicht schwimmen gehen.» Dies bedeutet, dass ich meine Periode hatte, und dies war nicht nur deshalb unangenehm, weil ich nicht gern mit Männern darüber sprach. Wir mussten zudem unsere Damenbinden selbst waschen, und das war eine fürchterlich unangenehme Aufgabe.

Damals interessierte ich mich wesentlich mehr für diese Dinge als zwei Jahre zuvor, als ich die Aufklärungsversuche meiner Grossmutter dankend ablehnte. Und eine mitfühlende Gesprächspartnerin fand ich ausgerechnet in Fräulein Riesenfeld, die inzwischen geheiratet hatte, nun Frau Neufeld hiess und wirklich ganz nett geworden war. Am 20. Juli schrieb ich:

«Vor neun Tagen ging ich mit Frau Neufeld spazieren. Ich stellte ihr alle möglichen Fragen. Sie erklärte mir, wie sich ein Kind im Mutterleib entwickelt. Und gestern abend erklärte sie mir noch mehr. Ich trage nun einen Büstenhalter.» 10. August: «Frau Neufeld erklärte mir noch mehr.»

Gegen Anfang Oktober war die Saat für Dr. Ruth ausgebracht:

«Gestern hörte ich, wie Edith vollkommen falsch über die Menstruation aufgeklärt wurde, dass Else ihr erzählt hatte, man brauche Damenbinden, wenn man schwanger sei. Ich stellte alles richtig, weil ich weiss, wie schlecht es ist, wenn man als Kind falsch über diese Dinge informiert wird.»

Und im folgenden April äusserte ich mich sogar philosophisch zu diesem Thema:

«Ich las ein Buch mit dem Titel *Briefe für junge Mädchen*. Es wurde von einem Arzt für sexuelle Aufklärung geschrieben. Es gab da einige Dinge, die ich nicht verstand. Ich ging zu Frau Berendt, und sie erklärte mir alles so ausgezeichnet, dass man kaum glauben kann, dass daran etwas schmutzig sein soll. Alles in der Natur ist so fantastisch gut organisiert!»

Auf meinen Lerneifer weisen die folgenden Tagebuchstellen:

Ich wurde in eine andere Gruppe versetzt, um die Bibel zu studieren. Es gefällt mir sehr gut. Wir studieren viel mehr als im anderen Kurs.
Tagebuch von Karola Siegel, 19. Juni 1941

Kürzlich las ich zwei gute Bücher. Beide von Pearl S. Buck. Das eine ist *Ostwind – Westwind*, das andere *Die gute Erde*. Ich habe sehr viel aus diesen Büchern gelernt, aber ich kann nicht alles aufschreiben... Es ist jemand hier, der mit mir jeden Tag eine Stunde Französisch macht. Ich lerne diese Sprache gern. Wir studieren!
Tagebuch von Karola Siegel, 25. Mai 1943

Wenn ich nur Kindergärtnerin lernen könnte, dann könnte ich mich allein und ohne fremde Hilfe durchs Leben schlagen. Dies ist ein grosser Wunsch von mir, nicht von andern Leuten abhängig zu sein, so wie jetzt.
Tagebuch von Karola Siegel, 24. Juni 1943

Immer lernen! Wenn ich meine Tagebücher durchblättere, wird mir bewusst, dass ich davon besessen bin. Selbst das Tagebuch war ein Mittel dazu. Nachdem ich einmal ein Buch ausgelesen hatte, schrieb ich:

53

«Nun ist auch dieses Notizbuch voll. Es hat mir mehr als alle alten geholfen, und ich hoffe, dass mir das nächste noch besser gefällt und dass ich viel lernen werde, indem ich diese Tagebücher schreibe.»

Aber ich hatte keine Gelegenheit, zu lernen. Und das ist das, was mich an der Führung des Heims nachträglich am meisten ärgert. Da war ich, ein Mädchen mit grossem Wissensdurst und es bestand nicht die geringste Möglichkeit, ihn zu stillen.

Es gab eine Schule im Heim – obwohl es von Januar bis Mai 1939 dauerte, bis sie endlich in Gang kam. Und als sie dann endlich begann, war sie ziemlich wertlos. Da waren vierzig Schüler von unterschiedlichster Intelligenz und Erziehung im Alter von sechs bis vierzehn Jahren in einem einzigen Klassenzimmer. Und der Unterricht dauerte nur wenige Stunden pro Tag – die übrige Zeit mussten wir arbeiten.

Und es gab nur einen Lehrer. Sein Name war Ignatz Mandel. Er machte einen ziemlich gebückten und schwachen Eindruck und hinkte, weshalb sich die Frauen im Heim über ihn lustig machten. Vielleicht lag es zum Teil auch daran, dass er ein polnischer Jude war. Er führte den Unterricht ziemlich offen, d. h. er stand nicht vor der ganzen Klasse, sondern ging von Gruppe zu Gruppe. Er war ein netter Mann, der sich Mühe gab, aus den bescheidenen Mitteln das Beste herauszuholen, und ich bekam ihn rasch sehr lieb. Möglicherweise spielte es dabei auch eine Rolle, dass er der einzige Mann im ganzen Heim war. Einmal schrieb ich: «Ein Mensch im Wartheim, den ich von Tag zu Tag besser leiden kann und mehr verehre, das ist unser Lehrer Ignatz Mandel. Ich möchte einmal halb so vollkommen sein wie er.» Und ein andermal: «Ich kann mit ihm über sehr viele Dinge reden ... Gestern abend diskutierte ich mit ihm über: ‹Bestimmt Gott unsern Weg schon bevor wir geboren sind?› Überhaupt das Thema ‹Gott›!»

Manchmal versuchten wir, Ignatz zu ärgern, aber das war sehr schwierig. Einmal zog ich ihn von hinten an der Jacke, als er mit jemand anderem sprach. Er stellte mich vor die Tür, aber er wurde nicht wütend. In meinem Tagebuch spekulierte ich sogar, er habe mich gar nicht hinausstellen wollen, sondern habe es nur als Exempel für die andern Kinder getan. Ich war also damals schon an diesen «Lehrmomenten» interessiert, über die ich in meinen Vorträgen heute noch spreche.

Auch er mochte mich. Ich weiss dies, weil ich *sein* Tagebuch besitze. Ich bin nicht mehr sicher, wie ich dazu kam – ob ich es im Heim gestohlen habe oder ob er es mir viele Jahre später bei einem Besuch in Israel geschenkt hat, als ich ihm erzählte, ich arbeite an einer Studie über die Kinder vom Wartheim. Über mich schrieb er: «Betragen: gut. Lebhafter und guter Charakter. Fleiss: gut, fleissig. Ordnungssinn: gut. Gute Intelligenz, manchmal durch zu reiche Impulsivität gestört. Etwas klein gewachsen, aber körperlich durchaus normal.»

Eine andere Eintragung beeindruckte mich sehr: «Mein Weg als Erzieher muss der Weg der Liebe sein. Wehe mir, wenn ich bloss zu herrschen suche. Lieber ein wenig schlechtere Disziplin und dafür etwas mehr Verstehen und Vertrauen.»

Ignatz liess sich nach dem Krieg in Israel nieder. Er besass in der Nähe von Haifa ein Haus mit einem Obstgarten, und ich besuchte ihn mehrmals. Ich erinnere mich besonders gut, wie glücklich er war, als ich ihm meine beiden Kinder, Miriam und Joel, zeigen durfte. Als die Schule im Frühling 1943 aus war, war ich zu alt für Ignatz' Unterricht. Am 22. Januar 1943 schrieb ich einen Aufsatz über meine Erziehung bis zum damaligen Zeitpunkt. Zuerst berichtete ich über meine Schulzeit in Frankfurt und schrieb dann:

«Dann kam jener schreckliche 10. November. Ich möchte nicht über jenen Tag sprechen ... Am 1. Mai 1939 begann unsere Schule hier im Wartheim. Wir haben einen sehr netten Lehrer, aber er gibt uns zu viele Aufgaben. Das meiste von dem, was ich weiss, habe ich hier in der Schule des Kinderheims gelernt. Ich bin nun in der achten Klasse, und nächsten Frühling werde ich aus der Schule kommen. Ich möchte viel lieber in der Schule bleiben. Es ist sehr traurig, dass ich nicht auf die Sekundarschule gehen kann, denn für meinen späteren Beruf wäre es sehr nützlich, die Sekundarschule zu besuchen.»

Aber es sollte nicht sein. Putz und ein anderer Junge durften die Sekundarschule im Dorf besuchen – weil sie Verwandte hatten, die dafür bezahlen konnten, und weil sie Jungs waren. Nach altem orthodoxem Brauch hat ein Junge zu lernen, währenddem Bildung für Mädchen einen Luxus darstellt. Aber ich war entschlossen, zu lernen, und Putz und ich nutzten unsere Beziehung auch dazu. Nachts kam er in mein Zimmer hinunter, gab mir seine Bücher und legte sich in meinem Bett schlafen. Unterdessen las ich draussen im Gang seine Bücher – in den Schlafzimmern durften wir kein Licht haben. Der Grund, weshalb ich in mein Tagebuch schrieb, ich würde so gern Französisch lernen, war schlicht und einfach der, dass ich Putz' Bücher benutzen durfte!

Wie durch ein Wunder wurden wir nie erwischt. Die Treppe knarrte so fürchterlich, dass Putz eine Methode herausfinden musste, vollkommen geräuschlos die Treppen herunterzurutschen. Aber die Aufseherin schlief im Zimmer neben mir, und eines nachts hörte sie ihn doch. Aber er versteckte sich flink unter dem Bett, und ich gab vor, tief zu schlafen, und so fand sie nie heraus, was wirklich vor sich ging.

Natürlich beklagte ich mich nicht, dass ich nicht zur Schule gehen durfte. Hätte ich damals gewusst, was ich heute weiss, wäre ich selbst nach Zürich gefahren und hätte dort irgendwie Geld aufgetrieben, um zur Schule gehen zu können. Ich erinnere mich noch, wie ich ins Dorf ging und voller Sehnsucht um das Schulhaus schlich. Ich blickte durch die Fenster hinein und dachte: «Warum kann ich nicht da drin sein?» Für mich war das Haus wie ein Palast.

Aber mein letzter Tag in Ignatz' Schule würde für lange Zeit mein letzter eigentlicher Unterricht sein. Am 7. April 1943, unmittelbar vor dem letzten Schultag, schrieb ich:

«Ich habe ein ganz unbeschreiblich komisches Gefühl. Es kommt mir vor, als ob immer schneller das Tor meiner Kindheit zufalle.

Das muss ein riesengrosses Tor sein, welches, nachdem es einmal zugefallen ist, nie wieder aufgeht. Ich möchte furchtbar gerne ... einen riesigen Stein zwischen den Türrahmen legen, um zu verhindern, dass dieses Tor ganz zufällt. Dann kann ich immer wieder ... hinter das Tor gehen (in die Kindheit). Hoffentlich gelingt es mir.»

Ich zweifle jeden Tag mehr an dem Glauben, meine Lieben je wieder zu sehen. Ich weiss, dass ich die Hoffnung nicht verlieren darf, aber trotzdem fällt es mir sehr schwer, noch daran zu glauben.

Aus dem Tagebuch von Karola Siegel

Bis auf den heutigen Tag ist mir nicht bekannt, weshalb meine Eltern sich nicht intensiver um die Auswanderung bemüht hatten. Ich glaube, es hatte mit meiner Grossmutter zu tun, die auf meinen Vater, ihr einziges Kind, ziemlich starken Einfluss ausübte. Sie wollte nicht weggehen. In einem Brief vom Herbst 1941 schrieb sie – wie üblich: «Mit dem Auswandern ist noch nichts Bestimmtes.» Und weiter: «Ich für meine Person gehe erst mit dem letzten allgemeinen Schub.» Schub wohin? Nach Osten oder Westen? Ich hatte keine Ahnung, was sie damit sagen wollte. Und ein andermal schrieb sie: «Das Auswandern ist nur für junge Leute.» Für meine Grossmutter war Deutschland die Heimat; ich glaube, sie konnte sich nicht vorstellen, freiwillig irgendwo anders hinzugehen. Und meine Eltern würden sie natürlich nicht im Stich lassen.

Wie gesagt, der letzte Brief von ihnen wurde im September 1941 geschrieben. Am 29. Oktober erhielt ich Nachricht von den Steins am Röderbergweg (sie waren die Verwandten, bei denen ich jeweils Hering ass). Sie schrieben, meine lieben Eltern und Oma seien ausgewandert. «Ich weiss aber nicht, wohin. Hoffentlich sind sie nicht verschickt worden und es geht ihnen gut. Jetzt kann ich nur noch hoffen.»

Aber sie wurden deportiert. Ich erfuhr schliesslich, sie seien nach Lodz gebracht worden, einer Stadt in Polen, die von den Deutschen Litzmannstadt genannt wurde. Wie in andern Städten waren auch dort Ghettos für Juden eingerichtet worden – fürchterliche Quartiere, wo sie auf ihren Transport in die Konzentrationslager warteten.

Ich hatte ihre Adresse: Lodz (Ghetto), Rembrandtstrasse 10. I/Zm.4. Ich schrieb dorthin, erhielt aber nie Antwort. Mein Tagebuch verrät meine Gefühle:

12. November 1941
Ich habe immer noch keine Nachrichten von meinen geliebten Eltern und meiner Grossmutter.

25. November
Es sind nun beinahe sieben Wochen, dass ich von meinen Eltern und von Grossmutter keine Post mehr bekommen haben.

14. Dezember
Heute abend ist Chanukkah, das erste Licht ist entzündet. Ich hoffe, dass wir alle nächstes Jahr mit unseren Lieben Lichter entzünden können.

17. Dezember
Am ersten Abend hatte ich so Heimweh.

18. Dezember
Ich habe jetzt von meinen Eltern 9 Wochen und 1 Tag keine Post mehr bekommen.

5. Januar 1942
Heute sind wir drei Jahre hier... Ich sollte nach Genf vorgemerkt werden. Aber ich möchte nicht, da sie nicht koscher essen. Ich würde ja schon nach Genf gehen, aber meinen lieben Eltern ist es sicher nicht recht.

5. April
Ich muss nun ins Bett. Gute Nacht Mutschi, Papa, Oma und alle, alle Verwandten.

Am 30. April erreichte mich unerwartet ein Brief von Ida, der jüngsten Schwester meiner Mutter. Er kam aus Izbica, einem Arbeitslager in der Nähe von Lublin. Sie schrieb: «Ich habe immer Hunger!» Dies war mein erster, eindeutiger Hinweis, dass sich fürchterliche Dinge abspielen mussten.

Im Mai 1942 schrieb ich:

«Nur noch ein paar Tage bis zu meinem vierzehnten Geburtstag. Ich bin froh, aber es ist der erste Geburtstag in meinem Leben, zu dem mir meine lieben, süssen, einzigartigen Eltern und Grossmutter nicht gratulieren werden. Ich hoffe, sie sind bei guter Gesundheit; das wäre die Hauptsache.»

Im September erhielt ich eine Brief von meinen Grosseltern in Wiesenfeld, in dem stand, meine Eltern und Grossmutter seien in Sicherheit. Ich schrieb in mein Tagebuch:

«Gott sei Dank weiss ich, dass es meinen Lieben in Polen gut geht.»

Aber ich habe nie mehr etwas von ihnen gehört – genauso wenig wie von meinen Grosseltern in Wiesenfeld. Im folgenden Juni, kurz vor meinem fünfzehnten Geburtstag, schrieb ich:

«Ich zweifle jeden Tag mehr an dem Glauben, meine Lieben je wieder zu sehen. Ich weiss, dass ich die Hoffnung nicht verlieren darf, aber trotzdem fällt es mir sehr schwer, noch daran zu glauben.»

Nach weiteren drei Monaten ohne Nachrichten – inzwischen war ich bereits seit fast fünf Jahren in Heiden – schrieb ich:

«Ich möchte so gerne wieder einmal an die Tage bei meinen Eltern zurückdenken. Damals wusste ich nicht, was ich an meinen Eltern hatte. Aber jetzt und gerade heute geht dies mir erst richtig auf. Ich möchte so gerne an ihnen all das vergelten, was sie mir getan haben, und was ich nie anerkannte!» Ich hatte offenbar die Hoffnung aufgegeben.

KAPITEL 3

26. Juni 1941

Am Sonntag durften die älteren Mädchen schwimmen gehen. Ich stand im Eingang zur Küche, und Frau Neufeld sagte: «Ach, wir können Karola auch gehen lassen. Sie hilft doch immer im Haushalt.» Und so durfte ich sie zum Schwimmbad im Dorf begleiten. Es war herrlich. Am Dienstag durfte ich ebenfalls schwimmen gehen. Ich kann schon vom Dreimeterbrett springen.

20. Juli

Jetzt habe ich viel zu schreiben. Erstens, wir haben Ferien. Zweitens, die Schweizer Kinder reisen am nächsten Freitag ab. Es gibt ein paar sehr nette Mädchen unter ihnen. Wir gehen jeden Tag schwimmen ... In letzter Zeit bin ich sehr oft mit den Kleinen spazieren gegangen. Einmal war ich mit sechzehn Kindern im Dorfpark. Ich hatte Dörrobst bekommen für sie, und es war ein sehr komischer Anblick, als sie alle dasassen und ich das Obst verteilte.

10. August

Letzte Woche machten wir einen Ausflug nach Trogen. Es war sehr schön. Auch gingen alle, die im Haushalt helfen, mit Frau Neufeld nach Rorschach. Wir waren siebzehn, und wir gingen sogar in ein Kaffeehaus. Es war sehr schön. Ich streite fast jeden Tag mit Hannelore. Ich habe ein Paket von zu Hause erhalten. Süssigkeiten und auch ein Taschenmesser. Bald haben wir wieder Schule. Ich muss mich besser zusammennehmen, nicht nur in meinem Verhalten, sondern auch in dem, was ich erreiche. Heute habe ich schreckliches Heimweh. Jetzt muss ich die Sachen für die Schule vorbereiten. Fräulein Hannah ist sehr lieb zu mir.

26. September

Ich räumte das Büchergestell auf. Ich habe die Bücher schön eingeordnet. Frau Berendt, die so nett ist, hat mich gelobt und mich beauftragt, die Bücher in Ordnung zu halten. Grossartig! Ich bin sehr glücklich.

16. Oktober
Juhui! Ich darf nun Lotte (der Kindergärtnerin) mit den kleinen Jungs helfen. Es ist so toll von Frau Berendt, dass sie es mir erlaubt. Ich bin so glücklich.

17. November
Alle sind garstig zu mir, weil sie eifersüchtig sind, dass Frau Berendt so nett zu mir ist.

8. Dezember
Heute wäscht mir Frau Berendt die Haare. Ich muss um fünf Uhr bei ihr sein. Meine Prüfung in Geographie war gut, und in Artithmetik bekam ich eine Eins.

Aus dem Tagebuch von Karola Siegel

Ich war mehr als sechs Jahre in Heiden; ich feierte meinen elften und auch meinen siebzehnten Geburtstag dort. Und so kam es halt, dass mich nicht in erster Linie die dramatischen Ereignisse und die Sorgen, von denen ich erzählt habe, in Anspruch nahmen, sondern die langweiligen – und auch weniger langweiligen – Ereignisse des Alltagslebens. Dinge wie ...

... Freundschaft: Ich hatte in Heiden viele Freunde. Da waren zum Beispiel Marga und Ilse Wyler-Weil, mit denen ich heute noch eng befreundet bin. Dann war da natürlich auch Mathilde, die ich von Frankfurt her kannte und die mit mir im Zug in die Schweiz gefahren war. Ich stand in enger Verbindung mit ihr, bis sie vor ein paar Jahren starb. (Mathilde lebte nach dem Krieg in London und besuchte mich eines Tages überraschend in New York, als ich noch am gleichen Tag nach Europa abreisen sollte. Ich bat meinen Freund Rudi – ledig, wie Mathilde – um einen Gefallen. «Eine Freundin von mir ist hier. Wenn du sie magst, gut. Wenn du sie nicht magst, hast du mir einen Gefallen getan, indem du ihr New York zeigst.» Es endete mit einer Heirat – und ich bin die Patin ihrer beiden Kinder. Ich habe auch vier andere Ehen gestiftet, worauf ich sehr stolz bin, denn jedermann, der den Talmud liest, weiss, dass es in der jüdischen Tradition als gute Tat gilt, eine Ehe – *schiddach* – anzubahnen.) Ich schloss auch Freundschaften ausserhalb des Heims, mit einem Schweizer Mädchen namens Erika. Wir sollten eigentlich nicht ausserhalb des Heims essen, weil wir da möglicherweise nicht koscher essen konnten, aber ich konnte meine Freundin ein paarmal in ihrem Haus besuchen, und das war herrlich für mich. Sie nannte mich Rugele, weil ich klein und rundlich war, und sie schrieb einmal ein ganzes Tagebuch für mich, das ich selbstverständlich noch habe.

Die Freundschaft, die mir wahrscheinlich am meisten bedeutete, war diejenige mit einer nicht jüdischen Frau namens Helen Haumesser, die als Lehrerin im Heim arbeitete. Sie mochte mich, und abends, wenn die anderen schon eingeschlafen waren, pflegte sie sich zu mir aufs Bett zu setzen und über die Ereignisse draussen in der Welt zu plaudern – wenigstens soweit es ein dreizehn oder vierzehn Jahre altes Mädchen verstehen konnte. Es war sehr wichtig für mich, dass sie mir ihre Zuneigung und auch den intellektuellen Ansporn genau zu einem Zeitpunkt in meinem Leben gab, wo ich mich am meisten nach einer Mutterfigur sehnte. Selbst mein privater Übername für sie war von Bedeutung: Helli, weil er so sehr nach *hell* klang. Als sie Wartheim verlassen sollte, schrieb ich in meinem Tagebuch einen langen und sehr emotionsgeladenen «Brief» an sie, wie ihn nur ein Teenager schreiben kann:

Helli, weisst Du, ich habe schon jetzt Sehnsucht nach Dir, bevor Du überhaupt weg bist. Obwohl ich (Sie) zu Dir sage – wenn ich an Dich denke, fühle ich «Du». Ich bin stolz, dass Du mir Dein Vertrauen schenkst, aber... verdiene ich es? Als ich letzthin mit Dir sprach, ging mir so viel durch den Kopf. Ich habe Angst, nicht mehr weiter zu kommen, in und mit mir! Du bist religiös, gescheit, gebildet – ich weiss nicht, was noch und... Du bist der einzige Mensch, dem ich bis jetzt mein volles Vertrauen schenkte, und Du verstehst mich mit allen meinen Fehlern. Du bist die einzige, die an mich glaubte, als ich Dir *das* sagte, was ich sonst *keinem* anvertraute.
Ich habe Dich lieb, fast wie eine Mutter, und das soll und muss aufhören, ja sogar schon bald... Ich habe das Gefühl, etwas Schwarzes, Dunkles, Unentrinnbares, Undurchdringliches muss dann kommen. Helli, eigentlich darf ich nicht so denken, aber... Du hast mir soviel geholfen, in welcher Beziehung es auch sei, Du hast viel durchgemacht, und ich kann und konnte Dir nicht helfen, nur fühlen und denken. Man meint, man müsse zerspringen, die Welt würde untergehen, aber nichts, gar nichts ändert sich! Erbarmungslos läuft ein Tag wie der andere! Morgens, mittags, abends, nur nachts ist es anders. Aber dann ist man so müde, dass man ohne zu wollen einschläft... Ich darf eigentlich weder «Helli» sagen noch denken, aber es fällt mir kein anderer Name ein... «Hell», wirklich, das warst du für mich. Wenn Du nicht gekommen wärest, was wäre aus mir geworden? Und trotzdem, ich schwärme absolut *nicht* für Dich, ich könnte auch nicht für Dich schwärmen, so wie ein Backfisch für einen Stern oder eine Flamme! Welches Kind könnte für seine eigene Mutter schwärmen?

... *Filme:* Hie und da durften wir ins Kino in Heiden gehen. Es kam nicht allzu oft vor, aber ich erinnere mich gut an alle Filme, die wir sahen. Am 27. Juni 1943 schrieb ich in mein Tagebuch:

«Gestern abend durften wir *Mrs. Miniver* sehen. Es war schön, aber sehr, sehr traurig. Man erlebt, wie England in den Krieg eintritt und dann auch noch einige Angriffe. Und dazwischen wird eine richtige ‹Familie› gezeigt. Ich weinte bittere Tränen, aber diesen Film werde ich dennoch nie vergessen.»

Und das habe ich auch nicht. Ich konnte mich mit dem bedrängten England identifizieren, weil ich in gewisser Weise das gleiche erlebte. Greer Garson war eine prächtige Mrs. Miniver, so tapfer und verantwortungsbewusst. Ich erinnere mich an die Szene, in der sie und ihr Mann die Kinder in den Keller bringen, weil in der Nachbarschaft Bomben fallen. Ich begriff damals, dass man einfach über irgendetwas reden muss, dass man weitermachen muss, selbst wenn rund um einen herum schreckliche Dinge passieren.

Wir sahen auch *So grün war mein Tal.* Das war ein merkwürdiges Erlebnis, weil Frau Berendt uns das Buch vorgelesen hatte. Und nun tauchten plötzlich diese arme walisische Familie und all die Bergarbeiter auf der Leinwand auf. Ich hatte keine Ahnung, wie sie das machten. Ich weinte grosse, grosse Tränen, als ich *Waterloo Bridge* sah, und die Rückkehr des Offiziers nach Hause hatte für mich eine ungeheure psychologische Bedeutung, weil ich selbst so weit von zu Hause weg war. Die Frau, die zur Prostitution gezwungen wurde, berührte mich zutiefst. Ich dachte, so leben zu müssen sei das Schlimmste, was einem passieren konnte.

Ich liebte auch Vivien Leigh in *Vom Winde verweht* – ihre schmale Taille und all diese hübschen Krinolinen und den wunderschönen Ball, auf dem sie mit Rhett Butler tanzt. Dieser Film war so herrlich anzuschauen, so ganz anders als das Leben, das ich lebte.

Aber mein Lieblingsstar war Shirley Temple. Für mich war sie eine Prinzessin, die von Reichtum und Schönheit umgeben war. Sie hatte diese prächtigen Locken und dies Grübchen, sie war in ihren Filmen so geistreich und lebendig – sie machte andere glücklich, und mir gefiel das sehr. Mein Haar war gerade, und ich dachte immer, ich sei klein und reizlos. Ich träumte immer davon, wenn ich nur wie sie sein könnte!

... *Pfadfinder:* Im Jahr 1943 kam ein Mann namens Moise Fuks nach Heiden und gründete eine Pfadfinderabteilung. Klaus und Putz übernahmen die zwei Gruppen mit den Jungs. Ich selbst brachte eine Gruppe von elf Wölflingen zusammen, die den Namen «Wieseli» bekam, und mein Pfadiname war Elster – «weil ich so wahnsinnig wenig schwatz', noch gleich wie früher.» Mein Wahlspruch war: «Mein Bestes!», meine Parole: «Sei Gehorsam!» und mein Ziel mit ihnen lautete: «Den Jungen, die hier im Wartheim so wenig geistige Anregung haben, das alles, was sie normalerweise brauchen, zu geben! Noch mehr; ich möchte, dass zwischen meiner Meute und mir ein herrliches Verstehen und ein Sich-Entgegenkommen herrscht. Dies alles, das weiss ich genau, ist nur durch grosse Geduld und mit viel Liebe sowie durch Disziplin erreichbar.»

Offensichtlich nahm ich das alles sehr ernst. Zu den schönsten Dingen gehörte dabei meine Beziehung zur Pfadfinderführerin von Heiden, Leni Rohner, die eine sehr gute Freundin wurde, und zu Moise Fuks, genannt «Büffel», mit dem ich lange Gespräche über alle möglichen Themen führte. Als er Wartheim verliess, schrieb ich: «Er war mir wirklich in jeder Hinsicht ein Pfadfinder.»

... mein Tagebuch: Mein Tagebuch, für das ich kleine, blaue Notizbüchlein verwendete, wie man sie auch für Prüfungen in der Schule brauchte, war wahrscheinlich mein bester Freund überhaupt – es war ganz bestimmt mein innigster Vertrauter. Ich machte fast jeden Tag Eintragungen, und ich vertraute ihm Dinge an, über die ich nicht einmal im Traum mit jemand anderem gesprochen hätte. Ich führte darin meine Buchhaltung, schrieb darin Gedichte und Lieder ab und übte mein Englisch. Unter anderem finden sich dort folgende Zeilen: «Write to me very often, write to me very soon. Letters from my dearest are like the loveliest flowers of June.»

Ich befürchtete stets, jemand könnte mein Tagebuch finden und lesen. Und am meisten Angst hatte ich, dass jemand dabei entdecken könnte, wie traurig ich war. Einmal schrieb ich:

«Ich wünschte, ich hätte ein echtes Tagebuch mit einem Schlüssel, so dass ich schreiben könnte, ohne befürchten zu müssen, dass jemand anders es liest. Der Grund, weshalb ich nicht darauf vertraue, dass andere es nicht lesen, ist der, dass ich selbst so neugierig bin.»

Ein anderes Mal schrieb ich:

«Der einzige andere Mensch, der da hineinschauen darf, ist Putz... Ich hoffe, dass ich es – so Gott will – eines Tages meinen Eltern zeigen kann. Ach, aber manchmal habe ich nicht die geringste Hoffnung, dass es je dazu kommen wird. Aber man kann nie wissen...»

... Schwärme: Welches Mädchen im Teenager-Alter hat keine? Ich erinnere mich besonders daran, wie ich für einen Rotkreuzhelfer schwärmte, der

gelegentlich das Heim besuchte. Ich vertraute meinem Tagebuch an, er sei «fabelhaft» und ich freue mich, dass er im August wiederkäme. Und ich beendete diesen Satz mit acht Ausrufezeichen.

... Ausflüge: Das Beste, was ich im Wartheim mit auf den Weg bekam, war wohl meine Liebe zur Natur. Wir machten oft lange Spaziergänge und Touren, wahrscheinlich einfach deshalb, weil diese Art von Aktivität nichts kostete, aber mir gefiel es sehr – ich entdeckte, welchen Trost die Berge und die mit Blumen übersäten Wiesen bedeuten konnten. Wir gingen auch oft schlitteln, Schlittschuh laufen und skifahren. Natürlich lief ich nicht Ski, wie es die Leute hier tun: wir hatten alte Skier, kletterten auf einen kleinen Hügel und fuhren dann hinunter. Aber es erwies sich später doch als ganz praktisch, als ich zu internationalen Prominenten-Skirennen in Sun Valley und Banff eingeladen wurde, zusammen mit Leuten wie Brooke Shields, George Hamilton und Cliff Robertson.
Gelegentlich gab es in einem Restaurant im Dorf Frühstück, und ab und zu machten wir einen Ausflug nach Rorschach. Das schönste Zwischenspiel in Heiden ereignete sich 1942, als ich für zehn Tage nach Zürich geschickt wurde. Weil ich so klein war, sollte ich einen Arzt aufsuchen und möglicherweise wachstumsfördernde Hormonspritzen bekommen.
Ich wohnte im Haus einer Familie Guggenheim, deren Tochter Susie als Praktikantin im Wartheim gearbeitet hatte, und ich war natürlich fürchterlich aufgeregt. «Lieber Gott, wie ich mich freue!», schrieb ich in meiner Vorfreude. Hier ein paar Höhepunkte dieses Aufenthalts, wie ich sie in meinem Tagebuch festgehalten habe:
«Freitagabend war fantastisch! Am Abend, als ich im Bett war, brachte mir Susie eine kleine Figur ganz aus Marzipan! Sie schmeckte köstlich! Dann las ich noch lange im Bett... Wir gingen mit Susies Freund Rudi, einem netten Kerl, ins Theater. Am Abend stellte ich die Schuhe vor die Tür. An nächsten Morgen waren sie geputzt. (Normalerweise war es meine Aufgabe, die Schuhe zu putzen.)... Am Dienstag nahmen sie mich in ein Konzert mit. Fabelhaft. (Dies war damals offenbar mein Lieblingswort.)... Am Sabbatmorgen ging ich in die Synagoge (zum ersten Mal seit vier Jahren). Es war schön. Am Nachmittag besuchte ich eine Studiengruppe von Jugendlichen, und ich habe mich gut behauptet. Sonntagabend Theater: Paganini. Fabelhaft.»

Zehn Tage lang war mir, als ob ich in eine seltsame, fast vergessene Welt zurückgekehrt wäre. (Und Hormonspritzen bekam ich auch keine, wofür ich heute dankbar bin – mich schaudert beim Gedanken an die Nebenwirkungen, die sie hätten haben können.)

... Lernen: Nachdem ich die achte Klasse bei Ignatz Mandel abgeschlossen hatte, galt es zu überlegen, was ich nun tun sollte. Irgendwann in der Schweiz hatte ich zu träumen begonnen, ich würde Ärztin werden – und ein Traum blieb es auch, denn es bestanden nicht die geringsten Aussichten, dass er jemals Wirklichkeit werden könnte. Und so griff ich eben auf meinen alten Plan zurück, Kindergärtnerin zu werden.

Nun gab es aber damals in der Schweiz eine seltsame Vorschrift. Um Kindergärtnerin zu werden, musste man zuerst ein Diplom als Haushälterin machen. Vielleicht ging man davon aus, man würde dereinst für eine reiche Familie arbeiten und müsse deshalb auch etwas von Putzen verstehen. Und so machte ich halt meine zweijährige Haushaltlehre im Wartheim und besuchte daneben im Dorf die entsprechenden Theoriekurse. In der Folge weiss ich auch heute noch, wie man eine Jacke flickt, ohne dass die Stiche zu sehen sind, wie man Hemden in Windeseile bügelt, wie man Betten auslüftet, wie man in den Ecken putzt und wie man ein gutes Schweizer Mittagessen auf den Tisch bringt. Allerdings tue ich nichts mehr von alledem. Ich kann es nicht ausstehen, wenn die Leute zu reinlich sind – ich hatte genug Reinlichkeit in jenen Jahren in der Schweiz.

Nach zwei Jahren musste ich in Herisau an einer Prüfung zeigen, was ich alles gelernt hatte. In den Theorieprüfungen schnitt ich ausgezeichnet ab, und im Nähen erhielt ich die Note 2. Aber dann mussten wir noch kochen. Jedes Mädchen stand an seinem eigenen Herd und bereitete ein Gericht zu. Mir brannten die Karotten an. Aber dann hatte ich einen Geistesblitz, genau wie damals in Frankfurt, als ich mich in der ersten Klasse behaupten konnte, indem ich mit dem kleinen Einmaleins mein Wissen unter Beweis stellte. Ich verwickelte die Aufseherin in ein interessantes Gespräch und bedeutete meiner Freundin Marga, schnell etwas Wasser über die Karotten zu giessen. Dank meiner Sprachfertigkeit gelang es mir, das Gemüse zu retten, und so bestand ich auch diese Prüfung.

... Feiertage und Geburtstage: Sie waren die Hauptereignisse in unserer kleinen Welt. Wir bekamen einmal jährlich, zu Chanukkah, Geschenke. Jedes Jahr brachten die Damen vom Hilfswerk aus Zürich für jedes Kind ein Geschenk. Darin fanden wir stets alte Kleider, nie neue.

An den Feiertagen führten wir kleine Theaterstücke auf. Einmal schrieb ich ein Stück für Tu B'shvat, den Feiertag der Bäume. Es ging um einen kleinen Baum, der von den anderen nicht akzeptiert wurde – was natürlich Aufschluss über meine Fantasie gibt.

Geburtstage waren grosse Tage, die ich immer in meinem Tagebuch vermerkte. Kurz vor meinem fünfzehnten Geburtstag notierte ich meine

Wunschliste: eine Uhr, eine Füllfeder, ein kleines Paket Stecknadeln, Nähnadeln, Stopfnadeln, eine Schere, weissen und schwarzen Faden. Keine extravaganten Wünsche also – es hatte keinen Sinn, mir etwas zu wünschen, von dem ich wusste, ich würde es sowieso nicht bekommen. Wenn ich etwas bekam, das auf meiner Liste stand, hakte ich es ab; mit der Zeit bekam ich alles ausser der Füllfeder und der Schere.

Ich schrieb: «Bald bin ich fünfzehn Jahre alt, und ich will nicht in diesem Heim sechzehn werden.» Aber ich wurde es dennoch, und ich wurde auch siebzehn. «Siebzehn. Ein merkwürdiges Gefühl. Ich muss mich besser kennenlernen, weiterlernen und ... mich beherrschen! Alles kocht und brodelt in mir, und nichts geschieht. Ich suche und finde nicht. Ich weiss nicht, was ich will ... Das darf niemand lesen, sonst fliege ich aus dem Kinderheim.»

Dann war der Krieg zu Ende

«Es ist Freitagabend. Der Tisch ist festlich gedeckt, und wir sind gerade dabei, unser Dessert zu essen. Plötzlich klingelt das Telephon. Im Saal ist es mäuschenstill. Wir hören Frau Berendts Stimme: ‹Aber das ist ja ganz wunderbar!› ... Ein paar von uns fangen an zu raten, was der freudige Ausruf wohl bedeuten möge ... Dann steht sie unter der Türe. Sie hat Tränen in den Augen. ‹Liebe Kinder, soeben habe ich eine sehr wichtige Nachricht erhalten. *Der Krieg ist zugunsten der Alliierten ausgegangen!*› Anstatt dass, wie man sich denken könnte, ein riesiges Getobe anfängt, ist es ganz still im Saal. Jedes denkt an die Möglichkeit, innerhalb weniger Tage seine so lange entbehrten Eltern und Verwandten wiederzusehen ... Frau Berendt sagt, dass wir am Sonntag alle unsere Koffer packen sollten. Das Aufwachen am Sabbath ist das Schönste meines bisherigen Lebens. Mein erster Gedanke: ‹Der schreckliche Krieg ist aus!› ... Am Sonntagmorgen fangen wir alle an, unsere Koffer zu packen. Ist das ein Hin und Her! ‹Ach, wie ich mich freue!› – ›Was werden meine Lieben sagen, wenn ich auf einmal zu ihnen hinspringe!› – ‹Ich glaube, wenn ich meine Eltern wiedersehe, weiss ich gar nichts zu sagen!› So geht das Geschrei von einer Ecke des Saals zur andern. Es gibt ein rührendes Abschiednehmen; denn wir waren jetzt vier Jahre zusammen und hatten uns aneinander gewöhnt ... Dann stehen wir alle am Genfer Bahnhof; denn jetzt kommt der grosse Augenblick, wo wir unsere Lieben, die direkt von Polen kommen, abholen. Ist das ein Hin und Her, bis sich alle gefunden haben. Unsere Lieben sehen sehr schlecht aus.

Acht Tage später befinden wir uns im Hafen von Tel Aviv. Meine Grosseltern mütterlicherseits und meine Grossmutter väterlicherseits bleiben in

Tel Aviv bei unsern Verwandten. Meine Eltern und ich fahren mit meinem Onkel, der schon zwei Jahre hier ist, zu einem benachbarten Kibbuz. Meine Mutter und ihre Geschwister finden sich sofort wieder bei der Landarbeit zurecht. Mein Vater findet auch eine angenehme Beschäftigung, und ich gehe als Kindergärtnerin in das Kinderheim des Kibbuz... Wir alle haben ein kleines Häuschen für uns.»

«Nach dem Kriege», Aufsatz von Karola Siegel,
16. September 1942

Beachten Sie das Datum. Dieser Aufsatz war kein Tatsachenbericht, sondern Wunschdenken, beinahe drei Jahre bevor es so weit war.

Während des Krieges hörten wir überraschend wenig. Wir hatten kein Radio, wir sahen keine Zeitungen, und aus irgendeinem Grund sahen sich die Erwachsenen im Heim auch nicht in der Lage, uns über die Geschehnisse an der Front zu informieren. Was wir an Nachrichten bekamen, waren seltsam gefilterte und losgelöste Brocken. In meinem Tagebuch vermerkte ich am 8. Dezember 1941, unmittelbar nach den Bemerkungen über meine Noten ganz beiläufig:

«Amerika steht nun mit Japan im Krieg. Nun wird wahrscheinlich das Brot rationiert.»

Wir hatten eine Karte, auf der die Positionen der Alliierten mit Nadeln markiert waren. Ab und zu sahen wir auch ein paar amerikanische Soldaten, die zur Erholung in die Schweiz geschickt worden waren. Ich glaube, einige der älteren Mädchen aus dem Heim gingen mit ihnen aus; aber ich sprach nie mit einem von ihnen. Ich weiss noch, dass sie für mich so etwas wie Engel waren, die vom Himmel heruntergekommen waren, um Europa zu retten. Als ich viele Jahre später am Lehman College in New York unterrichtete, hatte ich auch ein paar Studenten, die in Vietnam gekämpft hatten. Und obwohl ich mit diesem Krieg nie einverstanden war, stimmte es mich doch traurig, dass sie sich ihres Soldatentums so sehr schämten.

Fast während der ganzen Kriegsjahre wusste ich nicht, dass es Konzentrationslager gab. Aber ich wusste, dass sich ganz schreckliche Dinge abspielten. Im Jahr 1942 kamen ein paar französische Kinder aus dem Internierungslager Camp Gurs nach Wartheim, und was sie berichteten, beeindruckte mich tief. Ich schrieb in mein Tagebuch:

«Gestern abend halfen Ruth, Max und ich bei der Aufnahme von zwölf Kindern, die illegal in die Schweiz gekommen waren. Diese Kinder haben alle fürchterlich gelitten... Eines der Mädchen erzählte mir, am Morgen hätten sie Wasserkaffee bekommen, am Mittag und am Abend Wassersuppe mit einer Karotte. Zum Mittagessen habe es ein kleines Stück Brot gegeben. Nun wissen wir besser als je zuvor, wie unglaublich viel Glück wir haben, dass wir hier sind.»

Im Jahr 1945 hielten sich vorübergehend ein paar Leute aus dem Konzentrationslager Bergen-Belsen in unserem Heim auf. Sie waren die glücklichen, sie hatten überlebt. Ich schrieb:

«Es geschehen so viele Dinge, dass man kaum mehr klar darüber nachdenken kann. Soeben erzählte uns Frau Mandel aus Ungarn von all dem Leiden, das sie gesehen hat: Massenmord, Gaskammern und andere schreckliche Dinge. Es ist wirklich ein Wunder, dass diese Menschen noch am Leben sind. Und dann muss man sich fragen: ‹Und Du, ein winziges Sandkorn zwischen all dem Schrecklichen, Du hast mit Dir so viel zu tun, und machst solch ein Getue aus Dir.›»

Ich begann mich auch zu fragen, ob ich wirklich Jüdin sein wollte. Jüdin zu sein, schien soviel Leiden mit sich zu bringen – wollte ich mich dem allem wirklich aussetzen? Einmal schrieb ich: «Was bist du denn? Was ist das, ein Jude sein? Bin ich Deutsche, bin ich Jüdin? ... Wie soll das erst später werden? ... Schau Dir die andern an, die das alles mitgemacht haben. Können die je wieder von Herzen lachen und froh sein? Ich glaube nein. Und wozu das alles? Weil wir einen andern Glauben haben?»

Eine Zeitlang verfiel ich sogar in Atheismus, wie mein Tagebuch beweist. Ich machte mir wegen meiner Haushaltprüfung Sorgen, und ich schrieb:

«Lieber Gott, bitte, hilf mir dazu! Aber wie kann ich erwarten, dass Gott mir hilft, da doch mein Glaube im Laufe der Jahre schwankend geworden ist?»

Sie können sich meinen Seelenzustand vorstellen. Da war ich, ich hatte meine Eltern verloren, mein Volk war verfolgt worden – und dazu beschäftigten mich noch die normalen Probleme und Sorgen, welche die Pubertät so mit sich bringt. Wenn ich mein Tagebuch aus diesen Jahren wieder lese, kommt es mir vor wie der Bericht einer gefolterten romantischen Schreiberin. Hier ein paar Auszüge:

«Ich sehne mich nach ich weiss nicht was! Ich suche etwas Unbekanntes – ich kenne mich selbst nicht mehr.»

«Ich bin hässlich, ich bin dumm. Was wird aus mir werden? Wer bin ich? Was für ein Recht habe ich, am Leben zu sein? Welche Pflicht? ... Ich bin ein hohles, leeres, sehr oberflächliches Ding. Was wird geschehen? Was ist der Zweck meines Lebens? Ich werde nie etwas ausrichten.»

«Werde ich durchhalten? Ich weiss es nicht! Alles kocht und brodelt, und dann fehlt halt die Selbstbeherrschung! Nachher bereue ich es ja doch, wenn ich jemanden gekränkt oder beleidigt habe. Ich suche und finde nicht, und Geduld habe ich auch nicht. Was ich will, weiss ich nicht, und was ich muss, gleichfalls nicht. In meinem Innern legt sich alles zur Ruh, und ich komme zu mir selbst zurück. Doch dann schleicht etwas auf mich zu. Es reisst etwas in mir zu Stücken. Alle sind so oberflächlich, und die es nicht sind, ja, die sind weit von hier. Ein Wort kommt immer wieder: Allein, allein ist man auf dieser Welt. Man muss sich durchkämpfen – und trotz allem: allein, allein. Die Eltern vermisst man halt doch sehr. Kein Freund kann sie ersetzen. O, Sehnsucht, Sehnsucht, Sehnsucht! Ich muss jetzt nach Hause. Und ich will neu anfangen!»

Wie kam ich nur mit all dem zurecht? Wie üblich, nehme ich an. Ich machte lange Spaziergänge zu einer kleinen Kirche oberhalb von Heiden, wo ich mich hinsetzte, Selbstgespräche führte oder in mein Tagebuch schrieb. Einmal lief ich mitten in einem Fest im Heim weg und zog mich in ein kleines Bergrestaurant zurück, wo ich ganz allein dasass und schrieb. («Ganz hundertprozent richtig habe ich mich halt doch nicht verhalten», gab ich später zu.) Und ich fand Trost in sentimentalen Geschichten und Liedern. Da war zum Beispiel ein Lied mit einem Text von Heine, das ich immer wieder sang. Es handelte von einem Jungen, der sich in ein Mädchen verliebte und mitansehen musste, wie sich das Mädchen in einen anderen verliebte und ihn heiratete. Ich erinnere mich auch, dass ich einen Kalender hatte mit einem Zitat von Spitteler: «Was, wenn man dich fragt, was ist das schwerste, tiefste Leid auf Erden? Enttäuscht zu sein von dem, den man am meisten liebt.» All dies war Ausdruck einer tiefen, unbestimmten Sehnsucht; es war sehr romantisch, schon beinahe kitschig. Und es gefiel mir. Ich weinte aber nicht viel. Ich glaubte, ich könne mir das nicht zugestehen.

Und es gab noch ein anderes, bedeutenderes Ventil für meine Emotionen: den Zionismus. Sie erinnern sich, in meinem fiktiven Aufsatz über das Ende des Krieges hatte ich geschrieben, wir würden nach Tel Aviv gehen. Ich musste also damals irgendwie eingesehen haben, dass die meisten von uns dorthin gehen würden, wenn der Krieg endlich vorbei wäre. Die Schweiz wollte uns eindeutig nicht haben, und nach Deutschland zurückzugehen war undenkbar. Um in ein anderes westeuropäisches Land ausreisen zu können, musste man Verwandte haben, die bereits dort lebten, und das hatte ich nicht. Und die Vereinigten Staaten waren für mich so etwas wie

Sonntagnachmittag in Heiden; alle lesen:
Inge und Ruth Kapp, Else Katz, Marga Schwartz, Rosi Mayer und ich

ein Shirley-Temple-Traum. Also musste es Palästina sein.

Die zionistische Bewegung, deren Ziel die Errichtung und Besiedlung einer jüdischen Heimatstätte war, war um die Jahrhundertwende vom österreichischen Journalisten Theodor Herzl ausgelöst worden. Seit der Balfour-Deklaration von 1917 konzentrierte sie sich auf das Britische Territorium Palästina. Seit Hitlers Machtergreifung hatten die Auswanderung nach Palästina und das Interesse am Zionismus stark zugenommen.

Die Leute, die Wartheim führten, waren selbst nicht Zionisten, aber auch sie mussten erkannt haben, dass die meisten von uns nach dem Krieg nach Palästina gehen würden, und so waren sie zionistischen Gedanken und Vertretern gegenüber empfänglich. Schon 1940 hatte ich Herzl in einem Brief erwähnt, und aus meinem Tagebuch geht hervor, dass wir im Jahr darauf eine «Feier» zu seinen Ehren veranstalteten.

Eine Organisation mit dem Namen Jugend-Alijah versuchte, die jungen Leute für Palästina zu begeistern. Sie war während des Krieges sehr aktiv, und Mitglieder der Gruppe kamen auch nach Wartheim und machten uns mit den Tatsachen und Problemen bekannt. Der erste Besuch fand im Mai 1942 statt, und ich schrieb anschliessend:

Nun habe ich viel zu schreiben. Gestern war ein Herr namens Nathan Schwalb hier, ein Vertreter der Jugend-Alijah. Der langen Rede kurzer

Mathilde Apelt

1939/40 in Heiden,
ich stehe unten auf der Leiter

71

Sinn: ich gehe vielleicht – ja sogar sehr wahrscheinlich – mit dieser Organisation ins Eretz (hebräisch für «Land») Palästina, mit Rita, Klärli, Hannelore, Hannah, Appelschnut (mein Übername für Mathilde, die Apelt hiess), Rosa, Nathan und *Max*. In Israel werden wir sechs Monate lang studieren müssen, um alles über das Land zu lernen. In den folgenden sechs Monaten werden wir halbtags lernen und halbtags arbeiten. Dann werden wir ein ganzes Jahr arbeiten und abends lernen. Und dann kann ich hoffentlich ins Kinderhaus gehen und Kindergärtnerin werden. Nun muss ich studieren und Hebräisch lernen, in der Schule behandeln wir es nun drei- anstatt zweimal wöchentlich. Nathan Schwalb ist ein sehr netter Mann. Nun muss ich meinen Lebenslauf für ihn schreiben, und dann bekommen wir hebräische Bücher, die wir lesen müssen. Ich werde traurig sein, wenn ich mein liebes Wartheim verlassen muss, aber ich kann nicht ewig hier bleiben ... Lieber Gott, bitte hilf, dass ich mit ihnen nach Palästina gehen kann. Ich werde jeden Abend tüchtig beten. Und ich würde auch meinen Onkel Lothar wiedersehen.

Dass der Gedanke, nach Palästina zu gehen, mich so fesselte, hatte viele Gründe. Die Organisatoren verstanden es meisterhaft, Begeisterung zu wecken, und sie wussten genau, wie sie idealistische und emotional bedürftige Jugendliche packen konnten. Sie gaben auch zu, dass wir in den Kibbuzim hart arbeiten müssten, aber sie gaben uns auch Fähnchen und zeigten uns Bilder und erzählten packende Geschichten, wie jene von Hannah Senesh, einer Jüdin, die hinter den Nazilinien gefangengenommen wurde und trotz Folterung nichts von den strategischen Plänen verriet. Und sie brachten uns Tänze und Lieder bei. An einen Liedtext erinnere ich mich noch gut:

«Jeder Mensch auf dieser Welt hat sein Heimatland, und dort ist er zu Hause. Nur ein Volk auf der Welt hat keine Heimat. Wo immer es hingeht, wirft einer es hinaus, und Tag für Tag wird es mit der ewigen jüdischen Frage konfrontiert: ‹Jude, wohin gehst du, wer auf der Welt nimmt dich auf, wo fühlst du dich beschützt und brauchst dir keine Sorgen um den nächsten Tag zu machen?›»

Die Antwort darauf lautete offensichtlich: in Palästina.

Sie waren eifrige Leute, und sie erzählten uns, wir hätten die Verantwortung, etwas für die Flüchtlinge aufzubauen (irgendwie nahm man einfach an, die Alliierten würden siegen), die heimatlos und gebrochen wären und niemanden hätten, der sich um sie kümmerte. (Es kam uns nie in den Sinn, dass wir uns ja selbst genau in dieser Lage befanden.) Und was ebenso wichtig war: nachdem wir aus Deutschland vertrieben und widerwillig in der

Schweiz aufgenommen worden waren, gab es da plötzlich ein Land, das mich und all meine Freunde willkommen hiess und uns voller Begeisterung empfangen wollte! Und so richteten sich meine sentimentalen Ergüsse auf ein neues Ziel – auf Palästina, die Landarbeit und das jüdische Volk. Ich übertrug Lieder und Gedichte in mein Tagebuch – eines über das Leben in den Lagern, wo sich die Leute auf das Leben in Palästina vorbereiteten, eines über die Mutter, die am Freitagabend die Lichter anzündet, und eines über die Juden und ihre Leiden. Ich kann nicht singen, aber ich habe die Melodien alle noch im Kopf.

Es war der Sache zudem natürlich auch nicht abträglich, dass die meisten Mitarbeiter der Organisation gutaussehende, junge Männer waren. Ich schwärmte vor allem für einen von ihnen namens Itzhak Schwerzens, und vertraute meinem Tagebuch an:

> «Nun will ich ganz ehrlich sein. Ist es nur seine Person oder die gesamte Philosophie der Organisation, die mich so anzieht, oder ist es, weil alles Neue mich interessiert?»

Es wurde nie etwas aus Itzhak und mir, aber es kam zu einer Art Romanze zwischen mir und einem Mann namens Werner, dem Führer einer zionistischen Jugendgruppe. Aus irgendeinem Grund hatte er einen Briefwechsel mit Margas Freund Klaus angeknüpft, und ich beteiligte mich daran. Unsere Briefe wurden immer intimer, und eines Tages erhielt ich einen mit «meinem allerersten Heiratsantrag», wie ich im Tagebuch vermerkte. Wir hatten uns noch nie gesehen, anderseits war dies auch schon dagewesen – eine Verlobung würde einem das Einreisevisum für Palästina nach dem Krieg ersparen. Glücklicherweise war ich so klug, ihn wissen zu lassen, dass ich zu jung sei. Diese Entscheidung sollte sich später als doppelt so glücklich herausstellen, als auskam, dass Werner nicht nur nicht Jude war, sondern vor dem Krieg sogar Mitglied einer Nazi-Jugendorganisation gewesen war.

Etwas, was mir zu denken gab, war der Eifer gewisser Zionisten. Schliesslich hatte ich auch sehr gute Freunde, die nicht jüdischen Glaubens waren, zum Beispiel Helli; diese Leute schienen offenbar alle zu verdammen, die nicht Juden waren. Ich schrieb: «Ich möchte allen Menschen ein loyales Verständnis zeigen und nicht, wie die fanatischen Zionisten, alles andere verurteilen! ... Eretz Israel braucht nach dem Krieg Menschen (keine Fanatiker), die für die andern da sind und aufbauen wollen.» Wenn wir nach Palästina gingen, würden wir in einer Gemeinschaftssiedlung, in einem sogenannten Kibbuz leben, und vorherwissend hatte ich auch diesbezüglich meine Bedenken: «Ich bin bereit, mich in ein Kollektivleben einzugliedern, aber ich befürchte, das Individuum geht in der Gemeinschaft verloren.» Schliesslich wurden meine Zweifel aber zerstreut. Und wie üblich scheute ich nicht davor zurück, meine Gefühle meinem Tagebuch anzuvertrauen:

«Was heisst das, Jude sein? Ich sehe immer mehr ein: Wir müssen ein eigenes Land haben. Wenn auch nicht alle Juden hingehen können, so sind sie doch wenigstens einem Staat angehörig und geschützt und nicht wie jetzt vogelfrei.»

«Wir wollen ein neues, starkes Geschlecht! Wir fordern die jüdische Ehre.»

«Ich habe versprochen, dass ich meinem Bund, meinem Volk, meiner Sprache und meiner Kultur, das heisst der jüdischen Kultur, treu bleiben werde, und ich werde dies auch halten, komme, was mag.»

«Der Krieg ist aus, das heisst, der Friede ist da: denn der Krieg ist noch lange nicht aus! Ich weiss nicht, was ich darüber denken soll. Ich bin froh, dass dieser Kanonendonner und diese Menschenschlächterei aufhört, aber richtig von innen heraus kann ich mich nicht freuen. Die Kanonen schweigen, die Herzen fangen wieder an zu sprechen.»
Aus dem Tagebuch von Karola Siegel, 7. Mai 1945

Diesmal war der Krieg wirklich zu Ende. Aber die Wirklichkeit war ganz anders als jene Ausgelassenheit, die ich mir in meinem Aufsatz drei Jahre zuvor ausgemalt hatte. Anstelle von Freude und Wiedervereinigung ging erneut das grosse Warten los. Ich hätte es eigentlich wissen sollen – wir waren ja schliesslich im Wartheim. In erster Linie warteten wir auf Nachrichten von unseren Verwandten und Lieben. Und dies handhabten die Leute im Heim sehr ungeschickt. Jede Woche veröffentlichte das Rote Kreuz Listen mit Namen von Leuten, die das Konzentrationslager überlebt hatten. Aber anstatt diese Listen zuerst durchzugehen und dann Kinder, die Glück hatten, einzeln ins Büro zu rufen, versammelten sie uns alle und lasen uns die Liste vor. Möglicherweise taten sie es, damit ihnen auch ja nichts entging, aber sie hätten sich gar nicht zu bemühen brauchen. Es war nie ein Name von einem unserer Verwandten oder Freunde darunter. «Ein schreckliches Gefühl, wenn man Listen liest und auf zwei, drei Namen wartet, Atem anhält – dann fertig – nichts. Kalt – leer!»

Ja, eigentlich hätte ich darauf gefasst sein sollen, wie gefühllos all das angegangen wurde. Ein paar Jahre zuvor war eine Karte mit der Nachricht eingetroffen, Putz' Eltern seien in den Osten deportiert worden, und Frau Berendt hatte die Karte vor einer ganzen Gruppe von Kindern laut vorgelesen. Putz brach dann in hysterisches Gelächter aus, bis sie ihm eine Ohrfeige versetzte.

Jetzt, wo der Krieg vorüber war, galt es wichtige Entscheidungen zu treffen. Ich hatte ja mein Haushaltsdiplom und wollte mich nun weiterbilden. Unmittelbar vor Kriegsende war ich vom Kindergärtnerinnen-Seminar Sonnegg in Ebnat-Kappel aufgenommen worden. Ich freute mich sehr auf den Oktober. Das Schweizer Hilfswerk für Emigrantenkinder wollte nicht nur das Schulgeld von 150 Franken pro Monat übernehmen, sondern mir überdies ein Taschengeld von 10 Franken pro Monat bezahlen. Damit konnte ich mir natürlich keine grossen Dinge leisten, aber man darf nicht vergessen, dass dies das erste Mal in meinem Leben war, dass ich überhaupt ein bisschen Geld haben sollte. Es waren also herrliche Aussichten.

Aber auch wenn wir ohne alles – das heisst, nur mit unserem Rucksack und unseren alten Kleidern – nach Palästina gehen sollten, war die Anziehungskraft des Zionismus doch stärker. Zudem wusste ich, dass ich die Schweiz nach Abschluss des Seminars doch hätte verlassen müssen. Es war uns mit aller Deutlichkeit klargemacht worden, dass wir nicht auf ewige Zeiten in der Schweiz bleiben könnten. Und doch schrieb ich den Leitern des Seminars Sonnegg, dankte ihnen, dass sie mich hatten aufnehmen wollen, teilte ihnen aber gleichzeitig mit, ich würde den Kurs nicht besuchen.

Und es war nicht nur, dass ich beschlossen hatte, nach Palästina zu gehen. Ich war so begeistert, dass ich viele andere, auch jüngere Kinder, die zu mir aufblickten, mehr oder weniger dazu überredete, mitzugehen. Später gestanden mir einige, sie hätten mir das nie verziehen. Und wenn ich gewusst hätte, wieviel Blutvergiessen und Schwierigkeiten uns erwarteten, hätte ich vielleicht nicht so sehr darauf bestanden. Meine eigene Entscheidung aber habe ich nie bereut.

Jeder von uns erhielt einen sogenannten Nansenpass. Ich besass ja keine Papiere, nicht einmal eine Staatsbürgerschaft. Eine internationale Organisation stellte deshalb heimatlosen Menschen dieses Dokument aus. Aber es war trotzdem noch ungewiss, ob wir nach Palästina einreisen durften. Die Engländer, die versuchten, die Araber und Juden in ihrem Territorium auszusöhnen, hatten strenge Einwanderungsquoten festgelegt, und viele Siedler mussten illegal, zum Beispiel über Zypern, einreisen.

Ich musste noch eine weitere Entscheidung treffen. Man hatte uns gesagt, wir könnten nach unserer Ankunft in Palästina einer von zwei Gruppen beitreten – der Jugend-Alijah, deren Mitglieder halbtags studierten und halbtags arbeiteten, oder der Chalutzim, wo man den ganzen Tag arbeiten musste. Putz – mit dem mich immer noch Freundschaft verband – entschied sich für Jugend-Alijah. Nun könnte man denken, ich hätte mich mit meinem brennenden Wissensdurst für die gleiche Gruppe entschieden. Aber weit gefehlt – mein zionistischer Eifer trug die Oberhand davon. Mir war klar, dass die Juden Arbeiter brauchten, nicht Intellektuelle. Und so schloss ich mich der Gruppe an, die den ganzen Tag arbeitete.

Die meisten der rund fünfzig Kinder im Wartheim beschlossen, nach Palästina zu gehen. Meine Freundin Ilse, mit der mich später eine enge Freundschaft verband, und ein paar andere hatten Verwandte in der Schweiz und blieben dort. Mathilde ging nach England, Klärchen Rothschild, die Tochter eines orthodoxen Frankfurter Rabbiners, ging sogar zurück nach Deutschland, um beim Wiederaufbau zu helfen. Sie wurde später Kommunistin und eröffnete in Frankfurt eine Buchhandlung. Wir anderen verliessen Wartheim am 7. Juli 1945.

Wir nahmen einen Zug nach Bex im Waadtland, wo wir uns ungefähr zwei Monate lang auf die Reise nach Palästina vorbereiteten. Ich hatte ein neues, in Leder gebundenes, etwas erwachsener aussehendes Tagebuch gekauft. Es ist wahrscheinlich kein Wunder, dass meine Eintragungen aus jener Zeit, in der ich wieder ganz von vorn beginnen musste, mehr Unsicherheit und Anzeichen für einen «Minderwertigkeitskomplex» verraten als je zuvor. Hinzu kam noch meine Sehnsucht nach einem «Freund». Einer der Leiter in Bex, Franz, zeigte Interesse für mich, aber *ich* schwärmte für seinen gutaussehenden Kollegen Michael, der mich nicht einmal zur Kenntnis nahm.

12. Juli 1945

Bex. Mit meinem neuen Leben beginne ich auch ein neues Tagebuch. Trotz aller meiner Zweifel gehe ich nach Palästina. Ich habe keine Ahnung, wie das alles herauskommen wird. Ich muss ruhiger und gleichmütiger werden, Probleme tiefer ergründen und mich beherrschen. Und vor allem versuche ich, einen Freund zu finden.

13. Juli

Bin ich zufrieden? Habe ich mich schon ans Hiersein gewöhnt? Ich weiss es nicht. Ich lebe mit 150 Menschen zusammen, und ich bin allein. Bei welcher Jugendorganisation, bei welchem Menschen finde ich, was ich suche? Wann ist diese Suche zu Ende? Alles hier ist so fremd, so schwer zu begreifen. Bin ich Zionistin? Will ich wirklich mein persönliches Leben aufgeben, um in einem Kollektiv zu leben? Ich fühle mich so merkwürdig und allein.

15. Juli

Heute kamen Charles und Marga. Ich war froh, Marga wiederzusehen, und dennoch – bin ich eifersüchtig, dass Charles Margas Freund ist? Bin ich so klein und eigensinnig, dass ich auf den Freund von jemand anderem neidisch bin? Es schmerzt. Ich hätte auch gern einen Freund... Ich weiss, dass auch andere schwierige Probleme haben, aber ein bisschen Sonnenschein gehört dazu. Liegt es an mir? Einesteils bin ich sicher, aber ich kenne keine andere Lösung, als nicht so egoistisch zu denken und mich auf das gemeinsame Leben zu konzentrieren. Ich will *etwas* leisten. «Unser Weg ist nicht weiches Gras, es ist ein Bergpfad mit vielen Steinen. Aber er führt aufwärts, vorwärts, der Sonne entgegen.»

16. Juli
All mein Denken und Streben ist auf einen Punkt gerichtet – einen Freund finden. Jetzt weiss ich es. Ich bin oberflächlich. Ich gebe es nicht gerne zu, aber ich, die ich mich für tiefschürfend mit tiefen, inneren Gefühlen gehalten habe, bin leer. Ich verliebe mich in einen, bloss weil er gut aussieht, ohne auf seine inneren Werte zu achten.

31. Juli
Warum bin ich so klein und hässlich? Wenn ich normal gross gewachsen wäre, wäre alles viel leichter... Ob ich nicht mehr wachsen werde?

2. August
Ich musste nach Zürich fahren. Ich musste unter Menschen sein, in der Menge untertauchen. Ich muss Michael vergessen.

4. August
Morgen vormittag fahre ich mit Franz nach Bex zurück. Was bedeutet er mir? Ich weiss es noch nicht. Jedenfalls ist er mitfühlend, und er versteht mich ganz gut. Dies war für lange Zeit das letzte Mal in einer bürgerlichen Umgebung. Der Abend war fantastisch. Der klare See. Der sternenübersäte Himmel. Man konnte so gut träumen. Es war herrlich, in einem Boot zu sein und über den See gerudert zu werden. Die vielen Lichter rund um den See, die bunten Neonlichter. Alles unmöglich zu beschreiben, wie in einem Märchen.

6. August
Werde ich mich an diesen Ort gewöhnen können? Ich glaube, ich bin zu fröhlich und zu glücklich (obwohl ich weiss, dass dies zu einem grossen Teil künstlich ist, um meine Sorge und Feigheit zu verbergen!) Oder bin ich wirklich so, nehme ich das Leben wirklich nicht ernst?

8. August
Ich habe das Gefühl, ich passe nicht in dieses Kollektiv. Ich habe keine Antwort, und ich bin so allein und krank und zu müde, um darüber nach-

zudenken. Es hilft sowieso nicht. Ich bin mit 120 ähnlich denkenden Menschen zusammen, und niemand mag mich.

Ich will etwas leisten. Ich will für Flüchtlinge und Waisen das ersetzen, was ich am meisten vermisst habe – die Liebe und das Verständnis der Eltern. Aber was bedeuten das jüdische Volk, seine Sprache und seine Kultur für mich? Meine ganze Entwicklung – Körper und Geist – steht still. Jedermann weiss mehr als ich. (Minderwertigkeitskomplex.) Es scheint mir, als denke ich wie eine Elfjährige, nicht wie eine Siebzehnjährige. Früher sah ich stets einen klaren Weg, ein klares Ziel, aber jetzt verstehe ich weder den Weg noch das Ziel. Bin ich in einer Einbahnstrasse gelandet? Wo ist die reine Wahrheit? Ich weiss so wenig über die Geschichte des Zionismus, und ich wurde Zionistin. War das nicht ein wenig voreilig? Früher kritisierte ich immer Leute, die Dinge taten, ohne darüber nachzudenken.

Am 29. August, am Tag bevor wir Bex verliessen, nahmen wir den Zug nach Genf, wo eine Abschiedsfeier für uns veranstaltet wurde. Meine Kameraden baten mich, eine Rede zu halten. Ich weiss nicht mehr genau, was ich sagte, aber ich erinnere mich noch ans Thema. Ich dankte der Schweiz und allen Menschen, die uns geholfen hatten, von tiefem Herzen.

Ich war einerseits dankbar, anderseits aber auch nicht. Ja, wir waren vor dem sicheren Tod gerettet worden. Wir wurden genährt und gekleidet und beschützt. Aber meine Dankbarkeit ist getrübt, nicht nur durch meine Erinnerung an die gefühllose und gelegentlich grausame Art, mit der wir von den Schweizer Juden behandelt worden waren, sondern auch durch das Wissen, dass viele Schweizer Antisemiten waren, mit Hitler sympathisierten und es ablehnten, andere Leute in ihr Land hereinzulassen. Als die Schweizer die Juden über die Grenzen zurückschickten, schickten sie sie in den sicheren Tod.

Die Schweizer kümmerten sich nie gross um das Wohlbefinden von Aussenstehenden – vielleicht, weil sie schon seit Jahrhunderten von grösseren und unfreundlichen Nachbarn umgeben sind, vielleich auch aus anderen Gründen. Andere Schweizer Eigenheiten haben weniger feindlichen Charakter, trotzdem ist die Überempfindlichkeit gegen das Fremde zu spüren.

Die Schweizer sind ein seltsames Volk. Da haben sie ihr wunderbares Land mit diesen herrlichen Bergen und dem besten Gebäck der Welt, und so viele von ihnen sind nicht zufrieden. Man spaziert durch die Bahnhofstrasse in Zürich, eine prachtvolle, schöne Strasse, und man sieht so viele traurige Gesichter. Manche sitzen vor einem herrlichen Stück Kuchen in der Konditorei Sprüngli, und das einzige, was sie interessiert, ist, ob der Tisch richtig gedeckt ist. Natürlich werde ich mit offenen Armen empfangen, wenn ich wieder hinkomme, von Juden und Nicht-Juden gleichermassen. Aber nur, weil ich «ich» bin. Wenn ich in Zürich bin, gehe ich zweimal pro Tag zu Sprüngli, besuche alle Geschäfte an der Bahnhofstrasse und kaufe mir hübsche Kleider. Dann denke ich daran, wie ich als kleines Mädchen in der Schweiz kein Geld hatte, und ich lache vor mich hin.

Aber wie schon gesagt: die Schweiz hat mir und vielen andern das Leben geschenkt, und dafür bin ich wirklich dankbar. Das Leben in Heiden war hart, aber – wie ich im Zusammenhang mit meinen Nachforschungen für meine Doktorarbeit entdeckte – nicht so hart, dass wir nicht etwas aus uns machen konnten. Von den hundert Kindern, die aus Frankfurt in die Schweiz gekommen waren – einschliesslich der Gruppe, die mit mir nach Heiden ging und der Gruppe älterer Kinder, die in Basel blieb –, landete fast die Hälfte in den Vereinigten Staaten, die andere Hälfte in Israel, und der kleine Rest zerstreute sich über die ganze Welt. Soweit ich informiert bin, führten alle später ein normales, angepasstes Leben. Nur wenige sind noch auf dem Beruf tätig, den sie in der Schweiz erlernt hatten, und ein paar von ihnen wurden sehr erfolgreich. Da ist ein Sozialarbeiter, verschiedene Geschäftsleute und Farmer, ein Ladenbesitzer, ein Psychotherapeut, mehrere Krankenschwestern, einige Lehrerinnen und Lehrer, ein Zoologieprofessor, ein Hotelmanager, ein Bäcker, mehrere Hausfrauen, ein Mann (mein Freund Fred Rosenberg), der als Uhrenflicker begonnen hatte und nun viele der Duty-Free-Shops im Kennedy-Airport besitzt, und schliesslich eine Sexualtherapeutin und Fernsehpersönlichkeit.

Offensichtlich hatte Wartheim uns nicht vollkommen untergekriegt. In einem Brief, den er uns in den siebziger Jahren zusandte, spielte Ignatz Mandel darauf an, wie wir die Probleme unserer Jugend bewältigt hatten:

«Was für prächtige Menschen seid Ihr alle geworden! Ihr seid der Beweis, dass nicht Alles falsch gemacht wurde. Trotz allem war das Leben im Wartheim schön und reich. Der Reichtum wuchs vor allem unter Euch selbst, in der Freundschaft (oft auch im Gegenteil), im regelmässigen Erfüllen von Pflichten, im Spiel, bei Ausflügen, Ski- und Schlittenfahrten, Pfadfinderei usw. Einmal, im ersten Jahr im Wartheim, als ich schier verzweifelte, schrieb ich in mein Tagebuch einen Vers, der mich selber aufrichten sollte:

Wer Blumen sät, wird bald sich Sträusse binden,
Wer Bäume pflanzt – spät erntet er die Frucht.

Heute scheint mir das wie eine erfüllte Prophezeiung. Alle seid Ihr zu grossen, schönen Bäumen herangewachsen, habt Familie, Beruf und einen guten Stand im Leben. Und jetzt, spät, nach beinahe dreissig Jahren, gaben die Bäume mir von ihren Früchten.»

Im gleichen Brief sprach Ignatz aber auch von den Entbehrungen, die wir erlitten hatten und unter deren Auswirkungen wir immer leiden würden:

«Ich sah, wie schwach die pädagogische Organisation im Wartheim war. Wir Erwachsenen (ich mache dabei keine Ausnahme) hatten wenig Zusammenhang in der Arbeit. Nie wurden ernsthafte Sitzungen abgehalten, um zu auftauchenden Problemen Stellung zu nehmen. So musste es kommen, dass die Arbeit für einen Teil der Erwachsenen zu einer Tretmühle wurde. Sie beschränkten sich auf einen möglichst kleinen Pflichtenkreis und suchten den andern möglichst viel aufzuhalsen, vor allem den grösseren Mädchen. Es musste zu Missverständnissen, Reibereien und Intrigen kommen, und Ihr hattet am schwersten darunter zu leiden. Jedes von Euch, aber auch wir Erwachsenen, tragen noch die Narben und zum Teil auch Wunden, die damals geschlagen wurden.»

Was mich angeht, nun, ich versuche, nicht an die Narben zu denken. Aber das war wohl die Hauptwirkung, welche Wartheim, das ganze Erleben des Krieges und der Holocaust selbst auf mich ausgeübt haben: eine sture Entschlossenheit, von allen Dingen immer nur die positive Seite zu sehen. In all meinen Tagebucheintragungen aus jener Zeit, in denen ich so oft die Unzufriedenheit mit mir selber ausdrückte, wagte ich es kein einziges Mal, die Schweiz oder die Leitung des Heims zu kritisieren. Am nächsten kam ich einer Kritik wohl einmal im Jahr 1943, als ich schrieb:

«Jetzt, wo ich älter werde, verstehe ich Dinge, denen ich früher überhaupt keine Aufmerksamkeit geschenkt hätte. Ich glaube, sie sollten sich ein bisschen mehr um uns kümmern. Vielleicht tun sie es, wenn wir keine Kinder mehr sind.»

Danach kam ich nie mehr auf dieses Thema zurück. Selbst das Thema meiner Doktorarbeit – der Erfolg der Kinder von Wartheim im Leben – war ein Weg zu sagen: Schau, es war doch nicht so schlimm.

Dies zeigt sich am deutlichsten in der Art, wie ich das Problem mit meinen Eltern meisterte. Auch wenn ihre Namen nie auf der Liste waren, konnte ich mir gegenüber nie zugeben, dass sie tot waren. Als ich nach Palästina kam, sagten mir die Leute, ich müsse einen neuen Vornamen annehmen – Karola klinge zu deutsch und die Zionisten wollten nichts mit Deutschem zu tun haben. Also wählte ich meinen zweiten Vornamen, Ruth, weil

Meine Freundin Ilse Wyler-Weil

Mein erster Schulfreund, Walter (Putz),
der jetzt Ezra Nothman heisst

Max Laub, der jetzt Mordechai Lavi heisst

Onkel Lothar,
der später Jehudah Naor hiess

er es meinen Eltern erleichtern würde, mich zu finden. Sie fanden mich aber
nie, weil sie in Auschwitz umgebracht worden waren. Ich bin ziemlich
sicher, dass sie und meine Grossmutter dort ums Leben kamen, weil ich
weiss, dass die Juden aus dem Ghetto von Lodz dorthin gebracht worden
waren. Meine Grosseltern aus Wiesenfeld kamen zweifellos ebenfalls in
Konzentrationslagern um. Von ihren Kindern starb Tante Ida mit ihnen;
Onkel Benno überlebte ein Arbeitslager und floh 1938 nach England, wo er
vor einigen Jahren starb; ein Bruder ging nach Shanghai und dann nach San
Francisco, wo er 1988 starb. Ein anderer Bruder, Lothar, ging schon vor
dem Krieg nach Palästina, dort ist er vor ein paar Jahren gestorben.

Selbst fünfzehn Jahre später, zu Beginn der sechziger Jahre, als ich in den
USA lebte, hatte ich mich noch nicht ganz mit der Wirklichkeit abgefunden. Ich stand kurzfristig in psychotherapeutischer Behandlung bei Dr. Arnold Bernstein, und nachdem ich ihm beim ersten Termin etwas über mein
Leben erzählt hatte, meinte er: «Sie sind also Waise.» Ich war schockiert. Bis

Onkel Max

Tante Erna

zu jenem Tag hatte ich mir das nie mit diesen Worten überlegt. Der Grund für meine Gefühle war wohl teilweise in einem irrationalen Schuldgefühl zu suchen: obwohl keine faktischen Grundlagen vorhanden waren, glaubte ich viele Jahre lang, ich hätte meine Eltern retten können, wenn ich nicht in die Schweiz gefahren, sondern in Deutschland geblieben wäre. Nach und nach konnte ich dieses Gefühl verdrängen und durch Bewunderung für das Opfer ersetzen, das meine Eltern für mich erbracht hatten. Ich glaube, ich hätte nie den Mut, meine Kinder für immer wegzuschicken, selbst wenn ich wüsste, dass es nur zu ihrem eigenen Besten wäre.

Selbst als ich mich endlich mit dem Geschehenen abfand, versuchte ich, mich um das Thema zu drücken. Obwohl ich sie immer bei mir hatte, warf ich nie einen Blick auf meine Tagebücher oder auf die Briefe meiner Eltern, bis ich mich an die Vorbereitungen für dieses Buch machte. Ich würde nie nach Auschwitz gehen, und niemals bemühte ich mich wirklich herauszufinden, wann und wo genau meine Eltern starben. Nie schrieb ich ihre Namen im Holocaust-Memorial in Israel ein; erst meine Tochter tat es jüngst für mich. Ich versuchte, nicht an die Gaskammern zu denken, in denen sie wahrscheinlich starben, aber wenn ich eine Dusche oder eine Sprinkleranlage sehe, denke ich unweigerlich: So ist es geschehen.

Auch wenn ich kein Konzentrationslager überlebt habe, weiss ich jetzt, dass ich ähnliche psychologische Muster gezeigt habe. Manche Überlebende sprechen unaufhörlich und besessen über ihre Erlebnisse, so dass sie auch ihre Freunde und Familie belasten; andere wie ich behalten am liebsten alles für sich. Ich sprach nie mit Miriam und Joel über das, was geschehen war. Ich war mir auch des anderen Extrems bewusst, der Eltern nämlich, welche die ganze Schuldenlast unwissentlich auf ihre Kinder übertragen und vorwurfsvoll sagen: «Ich hatte nie, was du hast.» Das wollte ich vermeiden, und vielleicht ging ich zu weit in die andere Richtung. Als Joel mich in sehr jungen Jahren fragte: «Wie war es für dich, so ganz ohne Mama zu leben?» da wechselte ich rasch das Thema. Meine beiden Kinder haben mir mehrmals gesagt, ich hätte wohl nicht oft genug darüber gesprochen.

Es entbehrt nicht der Ironie: eine Folge meiner Erlebnisse ist, dass ich stets die positiven Seiten einer Situation sehe. Eine andere ist aber, dass ich tief in meinem Innern oft mit dem Schlimmsten rechne. Als ich vor dreissig Jahren nach Amerika kam, lernte ich eine Frau namens Hannah kennen, eine aus Deutschland stammende Jüdin, die eine meiner besten Freundinnen werden sollte. Ich mochte sie von Anfang an sehr gut, aber ich sagte zu ihr: «Ich will dich nicht gern haben. Denn immer, wenn ich jemanden mochte, verschwand er.»

Und nun muss ich wieder die positive Seite sehen. Hannah wurde meine Freundin, und sie verschwand trotzdem nicht; und ich habe eine wundervolle Familie, und ich bin Dr. Ruth geworden. Und so habe ich mich vierzig Jahre nach meiner Feuerprobe allmählich mit einer wichtigen Lektion vertraut gemacht: Es können auch gute Dinge geschehen.

KAPITEL 4

Im Spätsommer 1945 verliessen wir Bex, um per Zug nach Marseille und von dort per Schiff nach Israel zu reisen. Es war eine lange Fahrt, und ich musste unwillkürlich wieder an meine letzte ähnliche Fahrt denken. Einmal mehr liess ich zurück, was mir vertraut war, um mich ins Unbekannte zu begeben. Nur konnte ich diesmal wenigstens das Ziel selbst bestimmen.

Michael, der Führer unserer Gruppe, war zwar erst ungefähr zwanzig, aber er machte einen unglaublich reifen Eindruck auf mich. Er sah auch sehr gut aus. Michael war ein polnischer Jude, dessen Eltern nach Belgien fliehen konnten und dort feststellen mussten, dass auch dieses Land von den Nazis besetzt war. Und da hatte er sich zusammen mit seiner Schwester zu Fuss aufgemacht und war über die Berge in die Schweiz geflohen. Michael besass belgische Papiere, und er hatte sein Haar blond gefärbt, damit niemand ihn für einen Juden hielt. Sie schafften es, und Michael fand Aufnahme bei einer nicht-jüdischen Schweizer Familie. Später arbeitete er als Kellner und engagierte sich als Organisator für die zionistische Gruppe.

Wie schon gesagt, ich schwärmte für ihn. Vor allen Dingen aber war ich begeistert, dass sich Leute wie er, Franz (einer der älteren jüdischen Jungen, welche die Kriegsjahre in Basel verbracht hatten) und Abraham, ein sehr, sehr cleverer, buckliger junger Mann, sich überhaupt für mich interessierten. Abraham war so clever, dass ich mich sogar geehrt fühlte, wenn er mit mir sprach. Nach sechs Jahren in Heiden befand ich mich plötzlich in der Gesellschaft von Menschen, die von Ideen besessen waren, und das gefiel mir ausserordentlich.

Franz und Michael waren nur etwa zwei oder drei Jahre älter als ich, aber sie benahmen sich beinahe wie unsere Eltern. Wir hatten Heiden buchstäblich mit nichts verlassen, denn es war immer wieder betont worden, wir würden nichts *brauchen*, nicht einmal einen Kleiderbügel – in Palästina würden wir alles bekommen. (Später musste ich feststellen, dass dies leicht übertrieben war.) Aber während unserer Zeit in Bex wurde uns Mädchen doch klar, dass wir Büstenhalter brauchten. Ich war die inoffizielle Sprecherin, und so war ich es, die Michael bat, welche für uns zu kaufen. Und er erledigte die Angelegenheit, als ob er unser Vater wäre.

Michael wusste, wie ergeben wir ihm waren, und er ging sehr geschickt mit uns um. Wir bestiegen den Zug in Basel mit je einem Rucksack und einem Koffer mit unserer ganzen irdischen Habe. Vor der Abfahrt bat er mich, etwas aus seinem Rucksack zu holen. Geschmeichelt machte ich mich an die Arbeit und stiess in seinem Rucksack auf eine Pistole samt Halfter. Ich nahm sie mit und fragte: «Michael, was hast Du damit vor?» Er sagte, sie habe seinem Vater gehört, der bei den Partisanen in Frankreich gewesen sei, und er wolle sie als Andenken mit nach Palästina nehmen. Die Schweizer und die Engländer (die für unser Schiff nach Palästina zuständig waren) seien sehr grosszügig und würden das Gepäck eines jungen Mädchens wohl kaum durchsuchen. Ob ich die Pistole für ihn aufbewahren würde? Ich war natürlich einverstanden; ich trug das Halfter unter dem Arm und wurde prompt nicht durchsucht. Später in Palästina beichtete mir Michael, es sei alles eine Lüge gewesen. Die Pistole habe nicht seinem Vater gehört, er habe sie vielmehr für die Haganah, die jüdische Selbstschutzorganisation, mitgebracht, die dringend Waffen benötige. Was er allerdings nicht sagte, war, dass er uns alle in Gefahr gebracht hatte: wenn die Pistole gefunden worden wäre, wären wir möglicherweise alle aus dem Zug geworfen worden. Junge Menschen – vor allem Menschen, die an eine Sache glauben – tun manchmal die verrücktesten Dinge.

An die Zugfahrt erinnere ich mich nicht mehr besonders gut. Ich weiss noch, dass ich Lieder anstimmte, genau wie schon sechs Jahre zuvor. Und ich weiss noch, dass ich aus dem Fenster die ausgebombten Bahnhöfe und ausgebrannten Dörfer in Frankreich sah, das eben erst von der deutschen Besatzung befreit worden war. Auf einem Bahnhof mussten wir lange warten, um einen anderen Zug, einen Güterzug, passieren zu lassen. Die Wagen waren überfüllt mit deutschen Kriegsgefangenen. Wir konnten sogar ihre Gesichter erkennen. Sie sahen mitgenommen, bleich und unrasiert aus. In solchen Güterwagen waren wohl auch unsere Eltern nach Osten verfrachtet worden. Und die Männer, die wir da sahen, hatten vielleicht sogar in den Konzentrationslagern gearbeitet, in denen unsere Eltern ums Leben gekommen waren.

Es ist mir unverständlich, dass niemand ausstieg und sie anschrie. Wir starrten sie nur schweigend an. Vielleicht war es unsere eigene deutsche Zurückhaltung, die anderes verbot. Aber ich erinnere mich, dass ich die Männer ansah und dachte: «Wo seid ihr wohl gewesen?»

Ich war traurig, verspürte aber gleichzeitig auch eine gewisse Abenteuerlust. Da sass ich nun mit meinen Kameraden im Zug, unterwegs in ein Land, von dem ich allerhöchstens eine romantische Vorstellung von Sand und herrlichem Mittelmeer hatte. Und vorher würden wir noch Marseille kennenlernen. Ich schlief die ganze Nacht nicht und konnte es kaum erwarten, zum ersten Mal das Meer zu sehen.

In Marseille waren für uns Zelte am Strand vorbereitet worden, in denen wir zwei Nächte verbrachten. Die Sterne leuchteten hell, und ich weiss noch, dass wir alle zusammenrückten, um uns gegenseitig Wärme und Schutz zu geben, und ich erinnere mich, dass ich die Nacht in Franzens Armen verbrachte. Es war herrlich.

Dann fuhren wir im Zug nach Toulon, wo wir uns nach Palästina einschiffen sollten. Und dort musste Michael seinen Einfallsreichtum erneut unter Beweis stellen. Er sollte sechshundert junge Leute an Bord des englischen Navy-Schiffes *Mataruah* bringen und erfuhr in allerletzter Minute, es würden noch sechshundert mehr sein. Er bemerkte, dass der britische Soldat, der die Papiere kontrollierte, sehr speditiv arbeitete. Also sammelte er, nachdem wir alle an Bord waren, unsere Papiere ein und ging nochmals an Land mit der Ausrede, er habe noch etwas vergessen. Dann verteilte er unsere Papiere der zweiten Gruppe und brachte auch sie alle an Bord.

Die Folge war, dass es mit der doppelten Zahl von Passagieren an Bord sehr eng wurde, und die Rationen waren entsprechend klein. Marga und ich traten unsere Kabine einer illegal zugestiegenen Mutter mit zwei Kindern ab. Wir schliefen an Deck unter einem Sternenhimmel, wie ich ihn zuvor noch nie gesehen hatte. Und wieder schlief ich in Franzens Armen. Es war eine vergnügliche Fahrt, wir sangen, tanzten und waren voller Erwartungen. Ich war aber auch ein wenig traurig, denn jetzt ging ich nach Palästina und würde wohl – so dachte ich wenigstens – Europa nie mehr sehen.

Meine Gefühle hielt ich folgendermassen in meinem Tagebuch fest:

4. September, an Bord

Alles kommt mir immer noch vor, als wäre es ein Traum. Was wird sein, wenn ich aus ihm erwache? Glücklich und endlich zufrieden, oder wieder enttäuscht?… Wir fahren unserem Ziel entgegen. (Ist es auch meins?)… Alles, was geschehen ist, sollte in der Diaspora und auf dem Grunde des Ozeans bleiben. Ist es möglich? Dieses Wasser, diese weisse, endlose Fläche, glitzernd, voller Wellen und dann wieder spiegelglatt, ist einfach wunderbar. Es ist so wunderbar, dass ich es nicht beschreiben kann – man muss es erleben mit der ganzen Kraft und den Gefühlen, die ein Mensch aufbringt. Eine Welle stürzt über eine andere, und eine neue entsteht.

Nach sechs Tagen auf hoher See fuhren wir nachmittags um drei Uhr in den Hafen von Haifa ein. Kaum an Land, erwartete mich eine neue Überraschung. Anstatt sofort in einen Kibbuz zu fahren und beim Aufbau helfen zu können, wurden wir ins Lager Atlit gebracht. Dort mussten wir warten, bis die Engländer festlegten, wer wohin gehen sollte, wer Papiere hatte und wer nicht. Zum Glück wurde niemand zurückgeschickt, auch niemand von den Leuten, die Michael illegal an Bord gebracht hatte. Dieses Lager brachte mich durcheinander. Unterdessen hatte ich natürlich auch Bilder von Konzentrationslagern gesehen, und nun, wo wir Juden auf diesem von Stacheldraht umzäunten Platz standen, gingen mir diese Bilder nicht mehr aus dem Kopf. Und als ich meinen Onkel Lothar entdeckte, der mir damals in Deutschland Schokolade gegeben hatte und schon vor Kriegsausbruch nach Palästina ausgereist war, konnte ich ihn nicht einmal umarmen oder küssen. Er hatte mir wiederum Schokolade mitgebracht, und diese konnte er mir immerhin über den Drahtzaun hinweg reichen.

Wir konnten auch sprechen, und Lothar sagte, er möchte mich in seinen alten, angesehenen, reichen Kibbuz Ashdot Yaakov mitnehmen. Es war ein verlockendes Angebot. Ich wäre mit eingesessenen Leuten zusammen und kein richtiger Neuankömmling mehr; vielleicht könnte ich dort sogar eine Schule besuchen. Aber ich hatte Marga und Michael versprochen, ich wolle mit ihnen und einer Gruppe von ungefähr fünfunddreissig Einwanderern zusammenbleiben. Und so lehnte ich Onkel Lothars Angebot dankend ab.

Nach ein paar Tagen im Lager wurden wir in einem Konvoi von gedeckten Lastwagen in den Kibbuz gefahren. Ich hatte schon erfahren, wie heiss und trocken Palästina war – besonders nach sechs Jahren in den Schweizer Bergen. Unterwegs konnte ich nun feststellen, wie öde das Land war. Am Himmel war keine Wolke, auf der Erde kaum ein Fleckchen Grün zu sehen.

Die Kibbuz-Bewegung nimmt in der Geschichte des Zionismus eine sehr grosse Bedeutung ein. Sie nahm ihren Anfang 1901 mit der Gründung des Jüdischen Nationalfonds, dessen Zweck es war, in Palästina für die Juden Land zu kaufen. Der Fonds hatte im Laufe der Jahre sehr viel Land zusammengebracht und verpachtete es an die rund zweihundert über ganz Israel verstreuten Kibbuzim. Kibbuzim waren (und sind) landwirtschaftliche Kollektive, deren Mitarbeiter keinen Lohn als Entgelt für ihre Arbeit, aber alles bekommen, was sie zum Leben brauchen – Unterkunft, Nahrung, Kleidung, medizinische Hilfe, Erholung und Ferien. Sie erlaubten es, das Land sehr effizient aufzubauen, aber sie waren auch philosophisch wichtig: die Idee des kollektiven, gemeinschaftlichen Lebens wurde zu einem integralen Bestandteil der zionistischen Ethik.

Unser Kibbuz hiess Ayanot und lag in der Nähe von Nahalal, unweit von Haifa, und ist der Geburtsort von Moshe Dayan. Ayanot war in den zwanziger Jahren gegründet worden und produzierte in der Hauptsache Oliven, Orangen, Äpfel, Trauben, Grapefruits und Tomaten, und zudem gab es auch Kühe. Die Bewohner aller Altersstufen zählten um die dreihundert.

Es war eigentlich sehr schön. Ausserhalb des Kibbuz war das Land kahl, steinig und trocken, aber im Innern gediehen ein sattgrüner Rasen und viele Bäume. Mir gefielen auch das Land und die Kühe, weil sie mich an Wiesenfeld erinnerten. Es gab ein paar Dutzend einstöckige, weiss verputzte Gebäude mit je vier Einzimmerwohnungen. Die schöneren hatten zudem ein eigenes Badezimmer; einige glichen aber mehr Schuppen mit Wellblechdächern. Es gab auch ein paar Zelte, und in einem davon wohnte auch ich. Die Gemeinschaftsräume wie zum Beispiel der Speisesaal waren viel schöner, und die Kinderhäuser waren wirklich prächtig; sie hatten sogar eigene kleine Toiletten und Duschen. Und dies, weil in einem Land, das selbst noch in seinen Kinderschuhen steckt, Kinder buchstäblich als Staatsschatz galten. In Ayanot hatten sie sogar einen eigenen kleinen Zoo.

Das Erwachsenenleben in Ayanot war hart. Es gab zwar genug zu essen, aber an vielem herrschte dennoch Mangel – Milch zum Beispiel gab es nur einmal pro Woche. Selbst die Orangen, für die das Land ja berühmt ist, waren nicht besonders gut; die besten wurden natürlich exportiert. Es gab keinen persönlichen Besitz, und niemand bekam Geld ausser am Ende des Jahres, wenn jeder einen kleinen Betrag für die Ferien erhielt. Wir erhielten alle zwei Ausrüstungen zum Anziehen – ein weisses Hemd und ein Paar Hosen für den Samstag, ein Hemd und ein Paar Shorts – beinahe wie Pumphosen – für die Arbeit. Wir arbeiteten den ganzen Tag lang und schliefen zu viert in einem Zelt auf Strohmatratzen. Dies mag vielleicht romantisch klingen, aber das war es nicht, besonders nicht bei Regen. Es gab nirgends Gehsteige, nur hie und da ein paar Pflasterquadrate, und wenn man dem Schlamm ausweichen wollte, war man gezwungen, vom einen zum anderen zu hüpfen. Das Schlimmste war, als Shaul, einer meiner Zeltgefährten (die übrigens alle männlichen Geschlechts waren), Malaria bekam. Da marschierte ich mit einem Nachttopf durch die Gegend und pflegte ihn.

Ich hatte gar nichts gegen dieses harte Leben – damit hatte ich gerechnet. Ich schlief sogar freiwillig im Zelt; einige meiner Kameraden waren in Hütten untergebracht. Wogegen ich aber etwas hatte – und dies nach wie vor, wenn ich daran zurückdenke –, das war die Art, wie wir im Vergleich zu den anderen Kibbuzniks behandelt wurden. Es war beinahe so, wie es in der Schweiz gewesen war, nur dass wir hier nicht von Schweizer, sondern von polnischen Juden ausgenützt wurden. Teilweise war es vielleicht deshalb, weil diese Leute alle schon lang vor dem Krieg nach Palästina ausgewandert

Als jüngste und kleinste Kindergärtnerin in Heiden

waren und in uns nicht nur deutsche Juden sahen, die schon immer auf sie herabgeschaut hatten, sondern auch Leute, die offenbar das Menetekel nicht zu lesen verstanden und viel zu lang geblieben waren. Und irgendwie schienen sie uns dafür die Schuld zu geben. Aus diesem Grund bestanden sie möglicherweise so hartnäckig darauf, dass wir unsere «deutschen» Namen sofort nach unserer Ankunft änderten. Aus Hannelore wurde Aviva, was auf Hebräisch «Frühling» bedeutet, aus Marga wurde Dahlia, aus Franz Dror, was «Freiheit» bedeutet, und aus Karola wurde Ruth. Wie bereits erwähnt, befürchtete ich, meine Eltern könnten mich nicht finden, und so nahm ich einfach meinen zweiten Namen und behielt K. als zweite Initiale bei. Und so halte ich es auch heute noch, und als ich vor ein paar Jahren beschloss, eine Firma zu gründen, nannte ich sie eben Karola.

Ein Mitglied des regulären Kibbuz wurde uns als Verbindungsfrau zugeteilt, aber ich erinnere mich nicht einmal mehr an ihren Namen, was wohl auch beweist, wie sehr sie sich um uns gekümmert hat. Und so entstand halt so eine Art Kibbuz im Kibbuz drin – ein kleiner Kibbuz, in dem das Leben spürbar härter war. Sie schliefen in den Häusern, wir in den Zelten. Und wie in Heiden fielen uns die niedrigsten und schwersten Arbeiten zu. Die meisten arbeiteten auf dem Feld; Franz – oder jetzt eben Dror – wurde Rinder-

Das wöchentliche Bad im Wartheim

hirt. Ich selbst erntete zunächst Oliven und Tomaten, wechselte dann aber zur Hausarbeit. Ich arbeitete zwei Stunden in der Küche, putzte zwei Stunden die Toiletten und verrichtete in Zweistundenschichten andere Arbeiten, bis mein tägliches Achtstundenpensum erledigt war.

Sie hätten es wirklich nicht zulassen sollen, dass ein siebzehnjähriges Mädchen so behandelt wurde. Natürlich hatte ich mich dafür entschieden, den ganzen Tag zu arbeiten und nicht zur Schule zu gehen, aber es gab eine Sekundarschule im Kibbuz. Sie hätten sagen sollen: «Egal, auch wenn du sagst, du wollest den ganzen Tag lang arbeiten. Du bis gleich alt wie unsere Kinder, die zur Schule gehen. Ich möchte, dass auch du in diese Schule gehst und nachher arbeitest.» Stattdessen nutzten sie unsere Unwissenheit, unseren Idealismus als Möchtegern-Pioniere aus und liessen uns die Dreckarbeit machen. Sie brachten uns nicht einmal Hebräisch bei. Gut, vielleicht war zum Teil auch schuld daran, dass sie es selbst nicht gut sprachen – als polnische Juden sprachen sie eben Jiddisch, das auch wir dank der Ähnlichkeit mit dem Deutschen ein wenig verstanden. Der Hauptgrund war aber bestimmt der, dass sie sich einfach nicht um uns kümmerten.

Selbstverständlich beklagte ich mich nicht. Aber über etwas war ich doch sehr unglücklich. Ich wollte unbedingt im Kindergarten des Kibbuz arbeiten – Kindergärtnerin zu werden war ja das Ziel, das ich mir schon in der Schweiz gesteckt hatte. Und es war eine wichtige Arbeit im Kibbuz, weil man dort die Kinder kollektiv betreut, und ich hatte mich sehr darauf gefreut. Aber leider fiel ich einer Intrige zum Opfer. Es wurde nämlich ein anderes Mädchen als Helferin der Kindergärtnerin auserkoren. Damals dachte ich, das Mädchen, das – in meinen Augen wenigstens – viel hübscher als ich war, habe mit dem Mann der Kindergärtnerin geflirtet, der dann seine Frau entsprechend beeinflusst habe. Kürzlich erfuhr ich aber, dass die ganze Angelegenheit wesentlich komplizierter war. Michael teilte den Leuten unserer Gruppe die Arbeiten zu, und als er mich vor kurzem in New York besuchte, erzählte er mir, er habe das andere Mädchen dem Kindergarten zugeteilt und mich mit Toilettenputzen beauftragt.

Nach dem Grund befragt, erklärte er mir: «Die Antwort ist sehr einfach. Nehmen wir an, eine Mutter habe zwei Buben. Der eine ist ein guter Junge, der andere weniger. Sie wird stets die leichtesten Aufgaben dem Schlingel übertragen, die schwierigsten dem Braven. Sie sagt zu ihm: ‹Du bist mein Liebling. Bitte, erledige das für mich.› Und genau so war es auch mit dir. Unsere Beziehung war gut, deshalb konnte ich zu dir sagen: ‹Schau, die wichtigste Person im Kibbuz ist diejenige, die überall arbeiten kann. Du wirst gebraucht.›»

Michael war jung und unerfahren, aber er war ein guter Psychologe. Er wusste, dass ich in meinem zionistischen Eifer wirklich glauben würde, das Putzen von Mistkübeln wäre dem Aufbau des jüdischen Heimstaates förderlich.

Dies war 1945 und 1946. Ich hatte schon in drei Ländern gelebt und mehr Tragisches und Dramatisches erlebt als manche Menschen in ihrem ganzen Leben, aber ich war dennoch erst siebzehn Jahre alt: ein Teenager. Ich hatte mein geliebtes Tagebuch mit übers Meer genommen, und die Eintragungen aus dem ersten Jahr in Palästina zeigen, dass ich noch immer unter den Sehnsüchten, Selbstzweifeln und Problemen eines Teenagers litt:

18. September 1945
Ich *muss* versuchen, Michael zu vergessen. Ich muss mich beherrschen, und er kann es nicht wissen. Ich muss darüber hinwegkommen, koste es, was es wolle. Ich hoffe, es klappt mit Dror, dass er klarer denken kann. Warum hat all das mit Michael geschehen müssen? Ich wäre viel glücklicher und freier ohne diese Gefühle.

24. September
Ich frage mich, weshalb und worüber du Tagebücher führst. Willst du schreiben, dass das ganze Problem von Onkel und Eltern so gross ist und

dass du in deinem Herzen so sehr leidest? Willst du schreiben, dass du wegen Michael so einsam bist, auch wenn du weisst, dass er Henni und nicht dich mag? Das Leben, so denke ich jetzt, ist wie eine Hühnerleiter – man kommt vor lauter Dreck nicht weiter. Michael, warum das alles? ‹Das Leben ist ein Kampf! Also kämpfe!› – Goethe. Wenn ich nach Ayanot zurückkehre, will ich stark sein, ich will nicht, dass Michael etwas erfährt, und wenn ich dabei umkomme. Es muss in Ordnung sein, ich muss kämpfen. Aber...

20. Oktober

Ich weiss nichts. Alles ist tot, grau, leer. Ich lebe nicht, ich vegetiere nur. Essen, schlafen, arbeiten, essen, schlafen, und alles wieder von vorne. Ich habe nicht genug Energie, nicht einmal um Hebräisch zu lernen, obwohl ich weiss, dass ich es lernen muss, wenn ich mein Ziel erreichen will. Shaul sagt, es ist das erste Mal, dass ich im Leben stehe, und ich, die ich immer geglaubt habe, ich hätte eine gewisse Weltanschauung, kapituliere vor den ersten Schwierigkeiten. Was wird werden? Nicht einmal in meiner Freizeit tue ich etwas... Die Gruppe hier gibt mir überhaupt nichts. Gebe ich der Gruppe etwas? Nein, weil alle gebildeter sind als ich. Dies ist nicht einfach ein Minderwertigkeitskomplex – ich fühle mich wirklich so, dass ich aus einer unteren Schicht komme, und ich wage es nicht, etwas zu unternehmen. In Heiden musste ich die Initiative ergreifen, weil niemand anders da war und nichts erreicht worden wäre, aber hier bin ich wie ein Schaf, das mit der Herde rennt. Genau, was ich nicht tun wollte, und ich habe in mir nicht die Kraft, es zu ändern.

25. November

Ich hatte beschlossen, nicht mehr in mein Tagebuch zu schreiben, um diese mühsame Teenager-Phase abzuschliessen. Ich will mit dem dummen Gerede über Jungens aufhören, und ich will mich andern Dingen des Alltagslebens zuwenden, um dieser Oberflächlichkeit ein Ende zu bereiten. Wenn ich einen tieferen Weg finde oder einen Menschen, den ich suche, gut. Wenn nicht, versuche ich einen Ausgleich mit freundlichen Beziehungen zu schaffen, weil diese noch lohnender sind! (Diese Art, die Dinge zu sehen, stammt voll und ganz aus einem Gespräch, das ich heute abend mit Michael geführt habe.)

27. November

Mein Gott, was ist dieser Tod? Ich werde das Bild vor meinen Augen nicht los. Dunkelheit, Sterne, Wind, Laternen, Leute, Leichen, die ins Grab gelegt werden, und damit aus. Bedeutet das Leben? Welch höhere Macht trifft diese Entscheidungen? Warum? Und wer ist sie? Gib mir eine Antwort. Wie sind meine Eltern gestorben? Wo sind sie *begraben?* Sind sie ganz allein gestorben, ohne Menschen, ohne *Liebe?* Sind sie vergast worden? Das haben sie nicht verdient, genausowenig wie all die Tausende von anderen. Mutti, warum bist du nicht mehr hier? Ich würde für dich arbeiten, hart arbeiten. Aber da ist nichts, nicht einmal ein Stein als Zeichen, dass hier ein Grab ist.

31. Dezember
Ich möchte die Schönheit und Wahrheit des Lebens hier in Erez Israel beschreiben. Aber warum ich nicht glücklich bin – abgesehen von den Arbeitsproblemen –, weiss ich nicht. Ist es immer noch der Minderwertigkeitskomplex? Ich verstehe nichts von Musik. Ich kann nicht singen. Wie kann ich dann Kindergärtnerin sein? Ich weiss nichts über Kunst oder Literatur. Wie kann ich einem Mann etwas geben, wie kann ich ein Leben aufbauen (abgesehen von sexuellen Belangen, und das allein reicht nicht), weil ich ihn zu Tode langweilen werde.

16. Januar 1946
Alles ist schwierig. Ich muss für alles ganz allein kämpfen, und das tut weh. Wird das Leben nie anders sein, nur voller Sorgen und schlafloser Nächte? Ich möchte jung und glücklich sein wie die anderen. Ist es nur, weil ich klein und hässlich bin?

Anfang April
Aus meinem Leben wird nichts Lohnendes werden. Warum ihm kein Ende setzen? Ich bin nervös, ich bin launenhaft, ich lebe nur für meinen Minderwertigkeitskomplex: es ist schrecklich. Alle andern wissen und sind mehr als ich, weil sie zur Schule gegangen sind.

Ich weiss, es klingt unglaubhaft nach all dem: aber dennoch bestand mein Leben nicht nur aus Plackerei und Verzweiflung. Zum einen fand ich Halt bei Onkel Lothar – und Sie können sich vorstellen, wie schön es war, wieder einmal Familie in der Nähe zu haben. Sein Kibbuz lag am See Genezareth, ungefähr zwei Stunden von Ayanot entfernt. Das erste Mal besuchte ich ihn zwei Wochen, nachdem ich in Palästina angekommen war. Ich schrieb in mein Tagebuch:

«Ich komme sehr gut mit Jehudah aus (dies war der hebräische Name, den er angenommen hatte). Wir haben keine innige Beziehung, aber wir müssen uns auch erst aneinander gewöhnen.»

Lothar tat mir viel zuliebe. Einmal jährlich wurden in seinem Kibbuz die Vorschriften über den persönlichen Besitz ein wenig gelockert: alle Mitglieder durften sich ein Buch aussuchen und es auch behalten. Da Lothar wusste, dass ich auf Studieren und Lernen erpicht war, schenkte er mir immer seine Bücher. Einmal gab er mir zwei Bände des berühmten hebräischen Dichters Chajim Bialik.

Aber ich blieb es ihm nicht schuldig. Er lernte in einem Kibbuz eine geschiedene Frau mit zwei Kindern kennen. Er war sein Leben lang Junggeselle gewesen und wusste nicht, ob er nun noch heiraten sollte oder nicht. Ich sagte: «Heirate sie», und er tat es. Sie hatten noch ein Kind miteinander und führten bis zu seinem Tod vor ungefähr drei Jahren eine glückliche Ehe.

Zur Zeit des 1. Israelisch-Arabischen Krieges 1948 war Onkel Lothar noch ledig, und so wurde er zum Lastwagenfahrer bestimmt – eine gefährliche Arbeit, da Jerusalem belagert war. Er fuhr auf der Hauptstrasse Tel Aviv-Jerusalem, die ständig unter schwerem Beschuss stand. Er fuhr in einem der letzten Konvois, die Jerusalem noch erreichten, bevor die Stadt vollkommen abgeriegelt wurde. Unterwegs flog eine Kugel durch die Führerkabine seines Lastwagens, dicht über seinen Kopf hinweg. Sein Glück verdankte er einzig und allein der Tatsache, dass er ziemlich klein war! Seit damals zürne ich nicht mehr so sehr über dieses Merkmal unserer Familie.

Ich möchte auch nicht den Eindruck vermitteln, wir hätten in Ayanot nicht auch unseren Spass gehabt. In einem Kibbuz in der Nähe gab es einen Teich zum Schwimmen, und dorthin gingen wir oft. Ab und zu gab es auch Filme zu sehen. Aber was ich in Ayanot am meisten mochte, waren die Volkstänze, ohne die man sich in Palästina das Leben kaum vorstellen kann. Miteinander Tanzen bedeutet eben Begeisterung und Gemeinsamkeit – dieses Gefühl von Volksfest, wo man nicht unbedingt ein Startänzer sein muss, und wo jedermann mitmacht, alle mit dem gleichen Schritt. Wir tanzten nie Walzer oder irgendeinen Tanz zu zweit – das wäre zu bürgerlich gewesen. Zudem war der Volkstanz eine billige Art der Unterhaltung. Man brauchte nur einen Raum und einen Akkordeonspieler. Jeden Freitagabend war Tanz, und mir gefiel es, auch wenn die Leute manchmal nicht mit mir tanzen wollten, weil ich so klein war; und die Alteingesessenen tanzten sowieso nicht mit uns Neuankömmlingen. (Die einzige Ausnahme war Michael – er wurde wahrscheinlich akzeptiert, weil er so gut aussah.) So mussten wir halt innerhalb unserer Gruppe tanzen, aber wir tanzten die ganze Nacht.

Wohlgemerkt: Wir tanzten am Freitagabend – unser Kibbuz war also nicht orthodox. Zum ersten Mal in meinem Leben war ich in einer derartigen Situation. Die Leute reisten und arbeiteten am Samstag – nach dem Tanzen legte ich mich für zwei Stunden schlafen und begann dann, Toiletten zu putzen. Dies war nicht nur in unserem Kibbuz so, sondern im grössten Teil

Ignatz Mandel, mein verehrter Lehrer

von Palästina. Die Religion stand nicht im Vordergrund. Man beachtete die Feiertage, aber sie waren eher weltlicher denn religiöser Natur. Das Pessachfest zum Beispiel hatte mehr mit Erde und Ernte zu tun als mit der biblischen Geschichte von Moses. Diese neue Interpretation von Religion fiel mir schon zehn Tage nach meiner Ankunft auf, denn ich vermerkte in meinem Tagebuch:

«Heute war Jom Kippur. Ich habe gefastet, nicht aus Überzeugung, sonder um meiner Eltern willen, denn ich weiss, sie wären sehr unglücklich, wenn ich alles, was mit Religion zu tun hat, so radikal ablehnen würde.»

Ich hielt mich immer noch für eine gläubige Jüdin, aber mein Leben in Israel drehte sich nicht mehr um Religion. Ich ging nicht einmal mehr in die Synagoge. Ich glaube, die Synagoge und das religiöse Leben ganz allgemein sind in der Diaspora ein weit wichtigeres Symbol der jüdischen Identität als in Israel, wo jeder Aspekt des Lebens vom Judentum geprägt ist.

Am wichtigsten für meine Moral war aber trotz meiner Selbstzweifel die Tatsache, dass ich Freunde, *männliche* Freunde hatte. Einer von ihnen war Dror (Franz), in dessen Armen ich am Strand bei Marseille geschlafen hatte. Ihm war immer mehr an mir gelegen als mir an ihm. Eines Abends war ich bei Michael, der mit ihm das Zimmer teilte, und sprach mit ihm über irgendein Problem; wie jeder Teenager machte auch ich gerne aus jeder Mücke

96

einen Elefanten. Da kam Dror herein. Michael lag auf seiner Matratze, ich sass daneben, und meine Hand lag auf seinem Knie. Vielleicht hatten wir uns auch geküsst. Als Dror uns sah, riss er seinen Rucksack an sich und stürmte, blind vor Eifersucht, aus dem Zelt – und aus dem Kibbuz. Und dies war sehr gefährlich, denn die Araber waren überall. Michael lief ihm nach und schlug ihn mehrmals ins Gesicht, um ihn aus seinem Schockzustand zurückzuholen. Er schrie: «Wohin gehst du mitten in der Nacht? Warte bis morgen, morgen früh kannst du gehen, aber heute nacht bleibst du hier.» Schliesslich siegte die Vernunft, und Dror kehrte um.

Ich gebe zu, ich genoss all diese Aufmerksamkeit. Und Dror erkannte bald, dass zwischen uns nichts war. Er ging später nach Kanada, um zu studieren und kehrte als Sozialarbeiter nach Israel zurück. Wir sind immer noch gute Freunde.

Und da war noch jemand, der es auf mich abgesehen hatte – Shaul, mein Zeltgenosse. Auch er war aus der Schweiz gekommen, aber ich weiss nicht mehr genau, woher. Wie Dror war auch er schon etwas älter, und seine Gefühle für mich waren stärker als meine für ihn. So richtig ernsthaft war unsere Beziehung nie, aber wir hatten viel Spass miteinander. Bei den Mahlzeiten im Kibbuz konnte man sich seine Tischnachbarn nicht auswählen – man hatte einfach beim nächsten freien Platz anzuschliessen. Aber das sollte mich nicht davon abhalten, trotzdem neben Shaul zu sitzen. Ich rechnete jeweils aus, wann er vom Feld zurückkommen würde und richtete es so ein, dass ich den Speisesaal genau gleichzeitig mit ihm betrat.

Wann es zwischen uns aus war, weiss ich noch ganz genau – am Tag nämlich, als sein jüngerer Bruder Kalman auftauchte. Kalman war schon länger in Palästina als sein Bruder – seit zwei oder drei Jahren –, und im Krieg hatte er in der britischen Armee in Ägypten gegen die Nazis gekämpft. Als ich ihn zum ersten Mal traf, war er immer noch in der Armee, und er sah in seiner Uniform wie ein Filmstar aus. Ich habe bereits gesagt, was Soldaten für mich waren – vom Himmel herabgestiegene Engel –, und Kalman sah besonders engelhaft aus. Er war schlank, hatte braunes Haar und wunderschöne braune Augen. Ich sagte mir: «Der ist es.» Und wir verliebten uns prompt. Als ich Shaul gestand, was geschehen war, trug er es mit Fassung. Ich erinnere mich noch genau, was er zu Kalman sagte. Er sagte: «Pass gut auf sie auf» und ging. Kalman besuchte mich jeden Freitagabend, und er schenkte mir ein goldenes Armbändchen, in das mein Name eingraviert war. Ich besitze es heute noch.

Im Kibbuz hatte ich auch zum ersten Mal Geschlechtsverkehr. Ich sage nicht, mit wem, denn ich bin mit ihm *und* seiner Frau heute noch gut befreundet. Aber ich kann sagen, dass es wunderschön war. Ich wusste, dass es einmal geschehen würde, und eines Abends, als wir beide dazu bereit waren, gingen wir Hand in Hand unter dem Sternenhimmel zu einer Scheune und kletterten über die Leiter auf den Heuboden. (Vermutlich hatten wir diesen Ort nicht nur gewählt, weil wir da allein waren, sondern auch weil wir wussten, dass es weicher als auf unseren harten Matratzen sein würde.) Wir verbrachten manche Nacht in jener Scheune und schliefen dort bis am Morgen. Aber am besten erinnere ich mich doch ans allererste Mal, weil es zeigt, dass das erste Erlebnis wunderschön sein kann, wenn sich zwei Menschen lieben. Ganz und gar nicht zufrieden bin ich allerdings mit der Art, wie wir das Problem der Verhütung gelöst hatten. Heute weiss ich natürlich viel, viel mehr darüber, aber damals war ich wohl der Auffassung, Hoffnung allein würde genügen.

Interessant war auch die allgemeine Einstellung zum Sex in unserem Kibbuz. Oft sieht man Filme wie *Exodus* und macht sich dann Vorstellungen von freier Liebe, von Menschen, die kreuz und quer miteinander ins Bett gehen; aber so war es in Wirklichkeit nicht. Gewiss, einige vom linken Flügel versuchten es, aber sie mussten feststellen, dass es an Eifersucht und Besitzansprüchen scheiterte. Einmal versuchten sie durchzusetzen, dass Jungen und Mädchen bis zum Alter von achtzehn Jahren gemeinsam duschen sollten – als Zeichen der Gleichheit sozusagen, und als Zeichen dafür, dass mit unseren Körpern alles in Ordnung war. Auch das klappte nicht. Sobald sich bei den Mädchen Schamhaare und Brüste, die sekundären Geschlechtsmerkmale, zu entwickeln begannen, änderten sich die Dinge. Dann gingen sechs Mädchen miteinander in die Dusche und liessen ein siebtes bei der Tür Wache halten. Und den Jungs ging es bei ihrer Duscherei genau gleich. Vielleicht wohnt der westlichen Kultur einfach eine gewisse Sittsamkeit inne. Auf Hebräisch nennt man es *tzniut*.

Die Vorstellungen von Sex waren aber eindeutig liberaler, als ich es gewohnt war. Von Anfang an stellte ich fest, dass Männer und Frauen beim Schlafen nicht getrennt waren. Und die Ehe war keine unabdingbare Voraussetzung für Sex. Monogam sein hingegen war eine. Die Leute standen unter einem ungeheuren Druck, sich zu Paaren zu finden, und zwar sowohl von innen her, weil es kaum etwas anderes zur Befriedigung der Gefühle gab, als auch von aussen her, weil die Mitglieder des Kibbuz natürlich an Familien und damit an mehr Mitgliedern interessiert waren. Wenn ein junger Mann zwei aufeinanderfolgende Wochen lang mit ein und demselben Mädchen gesehen wurde, begannen die Leute zu fragen: «Wollt ihr zwei ein Zimmer?» Natürlich wollten sie, und die Tatsache, dass Paare ein eigenes Zimmer bekamen, war vielleicht sogar die beste Motivation zur Paarung: sonst hiess es, in Zelten oder Baracken schlafen. Und wenn

Mit einer Gruppe von Pfadfinderinnen vor dem Wartheim

sie dann Kinder haben wollten, standen sie auch unter dem Druck, die Ehe zu schliessen.

Aber ich war noch nicht bereit, zu heiraten. Und ich begann allmählich einzusehen, dass es noch andere Dinge gab, für die ich ebenfalls noch nicht bereit war. Ich war mit einem glühenden Idealismus nach Palästina gekommen, aber er begann sich langsam abzukühlen. Ursprünglich hatte mir das Sozialistische sehr zugesagt: jedermann gab nach seinen Fähigkeiten, jedermann bekam nach seinen Bedürfnissen, und jedermann trug seinen Teil dazu bei. Ich hielt dies für eine grossartige Weise, ein Land aufzubauen. Aber es funktioniert nicht ganz so. Es gab Leute wie wir, die wirklich unseren Teil leisteten, und es gab eben auch andere.

Ich kam auch mit der Art und Weise nicht zurecht, mit der Frauen und Familien behandelt wurden. Ein Neugeborenes blieb nur gerade einen Monat lang bei seiner Mutter. Danach kam es ins Kinderhaus, wo es von Kindermädchen und Lehrern erzogen wurde. Den Rest seiner Kindheit verbrachte es praktisch hundertprozentig innerhalb der Gruppe; die Eltern besuchten es nur gerade zwei Stunden am Tag, von fünf bis sieben nachmittags, und damit hatte es sich. Kinder kollektiv zu erziehen, war natürlich billig, aber es geschah auch aus philosophischen Gründen. Im Kibbuz war

alles kollektiv – es gab keinen persönlichen Besitz, nicht einmal eine Kaffee-
kanne oder ein Radio im Zimmer, nur einen Anzug für die Werktage und
einen zweiten für das Wochenende. Und dieses Denken schloss eben auch
Kinder mit ein. Frauen galten ausserdem als frei und gleichberechtigt und
sollten sich nicht mehr nur mit Kochen und Waschen abmühen müssen.
Aber auch damit klappte es nicht. Sobald ein Kind geboren war, stand die
Frau schon wieder in der Küche.

Ich selbst hatte aber eben erst sechs Jahre in einer Art Kollektiv hinter
mir, und so sehnte ich mich nach einer Familie, in der auch das individuelle
Leben zum Zuge kam. Und die ganze Vorstellung des Kibbuz – und des
Zionismus im allgemeinen –, dass es nicht darauf ankomme, was in diesem
Augenblick geschehe, sondern der Aufbau für die kommende Generation
stehe im Vordergrund – auch diese Vorstellung machte mir zu schaffen.
Wenn wir uns schon so sehr um die nächste Generation kümmerten, wo
blieb dann ich? Ich war doch erst achtzehn. Würde auch jemals eine Zeit
kommen, in der *ich* mich entwickeln könnte?

Unsere Gruppe hatte also vor, eine Zeitlang in Ayanot zu bleiben und
dann einen eigenen Kibbuz zu gründen – entweder im Negev im Süden
oder in Galiläa im Norden. Aber mit der Zeit wurde klar, dass auch aus diesem Plan nichts werden würde. Einmal sprach Michael bei den Leuten in Tel
Aviv vor, welche die Kibbuzim im ganzen Land organisierten. Sie gaben
ihm keinen ermutigenden Bericht. Als ich letztes Jahr mit ihm sprach,
erklärte Michael: «Man sagte mir, ‹Das ist ja gut und recht, aber zuerst müssen wir den Kibuzzim helfen, die bereits existieren. Man kann nicht jeden
Tag hingehen und einen neuen gründen.›» Zudem waren die Leute von Ayanot auch nicht besonders scharf darauf, uns ziehen zu lassen: die Alteingesessenen hatten nun einmal nicht viele Kinder in unserem Alter, und sie
brauchten jemanden, der die unangenehmen und schweren Arbeiten erledigen konnte.

Nach einem Jahr im Kibbuz hatte man Anrecht auf zwei Wochen Ferien.
Ich nutzte sie für einen Besuch bei meinem Onkel. Als ich nach Ayanot
zurückkehrte, erlitt ich einen Schock: in den zwei Wochen meiner Abwe-
senheit hatten die meisten von meiner Gruppe Ayanot verlassen, um eine
Stelle anzutreten oder in einen anderen Kibbuz zu wechseln. Ich fühlte mich
im Stich gelassen. Nach einiger Zeit sah ich dann aber ein, dass ich meine
Freunde nicht verurteilen durfte – die Dinge hatten sich offensichtlich sehr
rasant entwickelt, und da es damals kein privates Telefon gab, konnten sie
mich einfach nicht erreichen. Nun stand ich aber vor einer grossen Entscheidung. Ich konnte in Ayanot bleiben, was wohl die sicherste Lösung bedeutet hätte. Marga und ich waren die beiden jüngsten unserer Gruppe, und mit

achtzehn konnte man eigentlich nicht von uns erwarten, dass wir uns selbständig machten, vor allem nicht, weil wir weder Geld noch Familie hatten und der Landessprache nicht mächtig waren. Oder ich konnte weggehen.

Ich entschied mich für die zweite Möglichkeit. Trotz der Schwierigkeiten, mit denen ich zu rechnen hatte, sah ich zum ersten Mal eine Chance, etwas für mich selbst zu tun. Rückblickend war es eine mutige Entscheidung – nach sieben Jahren Gruppenleben ganz allein in die Welt hinauszugehen. Aber damals sah ich dies nicht so, ich musste es einfach tun.

Ich hatte gehört, ein anderer Kibbuz näher bei Haifa führe ein eigenes Kindergärtnerinnen-Seminar, und das wollte ich besuchen. Um zugelassen zu werden, musste man aber entweder von einem Kibbuz geschickt werden oder Schulgeld bezahlen. Das erste war bei mir nicht der Fall, und Geld hatte ich keines. Aber es gelang mir, eine Regelung auszuhandeln: für jedes der drei Studienjahre würde ich ein Jahr in der Küche des Kibbuz arbeiten. Also verliess ich im Herbst 1946 Ayanot mit einem einzigen Koffer, der meine Abschiedsgeschenke enthielt: einen mit Streu gefüllten Schlafsack und die eine Hose und das eine Hemd, die man im Kibbuz nach einem Jahr Arbeit geschenkt bekam. Natürlich nahm ich auch meine Tagebücher, alle Briefe von meinen Eltern und den einen Waschlappen mit, der noch aus Frankfurt stammte.

Dass ein neues Kapitel meines Lebens beginnen sollte, erfüllte mich mit freudiger Erwartung. Eine Enttäuschung blieb allerdings nicht aus. Als ich Ayanot verliess, begann sich mein Freund Kalman plötzlich Sorgen zu machen. Er befürchtete wohl, ich würde mich an ihn hängen, nachdem ich nun die Sicherheit des Kibbuz verlassen würde. Er sagte zu mir: «Ich kann keinen Stein an meinem Hals brauchen,» und er verliess mich. Ich war traurig. Er enttäuschte mich fürchterlich, weil er mich just dann sitzen liess, als ich ihn am meisten gebraucht hätte.

Yagur, der neue Kibbuz, war für mich ganz anders als Ayanot, denn ich war jetzt nicht mehr Mitglied, sondern nur noch Angestellte. Ich wohnte und ass dort, aber ich war nicht am eigentlichen Kollektivleben beteiligt, und das war mir nur recht. Nicht, dass ich es dort einfach gehabt hätte. Im Gegenteil: ich arbeitete wieder einmal in der Küche unter der Aufsicht von einer jener schrecklichen Frauen, die ich förmlich anzuziehen schien, und sie sorgte dafür, dass ich nicht übermütig wurde. Tag für Tag sagte sie zu mir: «Ruth, wenn du diese Teller fallen lässt, bist du raus.» Und ich liess sie natürlich fallen.

Jetzt, wo ich allein war, wurde mein Leben etwas abenteuerlicher. Einmal kam Marga auf der Suche nach einer Stelle als Kinderschwester nach

Haifa. Sie hatte kein Geld und keinen Platz zum Schlafen; also versteckte ich sie unter meinem Bett und stahl in der Küche etwas zu essen für sie. Abgesehen davon, dass ich für das folgende Jahr kein Schulgeld zu zahlen brauchte und Unterkunft und Verpflegung bekam, verdiente ich auch einen kleinen Lohn. Zum ersten Mal in meinem Leben hatte ich ein bisschen Taschengeld, und das war ein herrliches Gefühl. Ich weiss noch genau, wo ich Schokolade zu kaufen pflegte. Es war aber nicht einmal so viel Geld, dass ich mir zum Reisen den Bus leisten konnte, geschweige denn, dass ich mir hätte ein Auto kaufen können. Also reiste ich per Anhalter. Einmal war ich mit einem andern Mädchen aus dem Kibbuz unterwegs; zwei Araber nahmen uns mit, und am Ende landeten wir auf einem Dachgarten in Nazareth. Dass wir uns mitnehmen liessen, war wirklich dumm – sie hätten uns töten können. Aber da waren wir nun einmal auf diesem Dachgarten, und die beiden begannen herumzualbern – nicht bösartig, nur ein wenig fummeln. Ich begann auf sie einzureden und redete pausenlos: «Wir sind nicht aus Europa hierhergekommen, damit ihr euren Spass habt.» Ich redete und redete so viel, dass sie es schliesslich aufgaben. Einmal mehr war mein Redefluss ganz nützlich gewesen.

Ich musste ein Jahr warten, bis ich ins Kindergärtnerinnen-Seminar eintreten konnte, aber so lange wollte ich nicht sein, ohne etwas zu tun – und so begann ich, für mich selbst zu studieren. Wenn ich zurückdenke, wundere ich mich eigentlich, dass ich noch den Eifer dazu aufbrachte; wahrscheinlich hatte ich dies von meinem Vater mitbekommen. Ich begann Hebräisch zu lernen, wohl eine der schwierigsten Sprachen überhaupt, was jedermann bestätigen kann, der sich einmal ein bisschen damit befasst hat. Ich habe jetzt noch Hefte voller Grammatik und Wortschatz. Einmal wöchentlich stattete ich im Nachbardorf Kiryath Motzkin bei Freunden von Ayanot einen Besuch ab. Dort trafen sich viele Mitglieder unserer alten Gruppe am Wochenende. Ich brachte ihnen Fleisch mit, und dafür unterrichteten sie mich in Mathematik und Französisch – zwei Fächer, in denen ich mich besonders schlecht vorbereitet fühlte. Ich machte mir Sorgen, wie es mir wohl im Seminar ergehen würde, da doch alle andern Teilnehmerinnen eine höhere Schulbildung genossen hatten.

Nach einem Jahr in Yagur erkannte ich, dass es mit meiner Vereinbarung nicht klappen würde. Ich hatte mit der Ausbildung noch nicht einmal angefangen, und es würde sechs Jahre dauern, bis ich fertig war – drei Jahre Studium, drei Jahre Arbeit dazwischen. Wiederum fand ich eine andere Lösung. Durch eine entfernte Verwandte meiner Mutter in Jerusalem, eine Frau namens Liesel, hatte ich Bekannte von ihr, das Ehepaar Goldberg, kennengelernt und mich mit ihnen angefreundet. Der Mann war in

Deutschland Rechtsanwalt gewesen, durfte seinen Beruf in Israel allerdings nicht ausüben und hatte deshalb eine Schreinerlehre gemacht. Es waren prima Leute, und dank Frau Goldbergs Einfluss wurde ich ins Kindergärtnerinnen-Seminar Jerusalem aufgenommen.

Frohgemut schrieb ich am 1. Februar 1947 – und zwar in hebräischer Sprache – in mein Tagebuch: «Ich bin so glücklich. Sie haben mich zum Kindergärtnerinnen- Seminar zugelassen, und nun habe ich die Chance, mich selber zu bestätigen. Gott helfe mir, dass es mir gelingt.»

Ich verliess Yagur, hatte aber immer noch drei Monate, bevor der Unterricht begann, und deshalb nahm ich eine Stelle als Babysitter und Hausmädchen an. Ich hatte ja nun schon einige schlimme Stellen hinter mir – und es sollten noch schlimmere kommen, aber dies war wohl die schlimmste von allen. Ich putzte das Haus, schaute zu den Kindern und besorgte die Wäsche; das war an und für sich ja nicht unangenehm, aber die Leute, für die ich arbeitete, gaben mir nicht einmal genug zu essen! Ich hatte immer Hunger. Einmal war es gar so schlimm, dass ich Fleisch aus der Pfanne stahl, als ich allein zu Hause war. Und ich hatte panische Angst. Dort, wo ich ein Stück abgeschnitten hatte, war das Fleisch noch ganz rot. Ich war sicher, dass die Leute es bemerken und mich bestrafen würden. Nach ein paar Minuten glich sich dann aber die Farbe des Fleisches an, und mein Vergehen wurde nie entdeckt. Und daraufhin machte ich es noch einige Male so, bis die drei Monate um waren.

Später nahm ich eine Stelle als Kellnerin an, die mir viel besser gefiel. Das einzige Problem war nur, dass damals in Israel Kaffeemangel herrschte und ich angewiesen worden war, die Tassen nur zu ungefähr drei Vierteln zu füllen. Da ich es aber einfach nicht fertigbrachte, beim Eingiessen rechtzeitig aufzuhören, füllte ich die Tassen randvoll. Zuerst wurde ich ein paarmal verwarnt, nach nur gerade drei Wochen dann aber entlassen.

Ich war sehr gern in Jerusalem. Die Stadt war einzigartig in Palästina: da lebten Juden, Araber und Christen, und für sie alle war Jerusalem eine heilige Stadt. Sie liegt auf einem Hügel, und wenn ich mich ihr abends näherte und die untergehende Sonne die Häuser aus «Jerusalemer Stein» in goldenes Licht tauchte, empfand ich tief in meinem Innern ein Gefühl von Geschichtlichkeit und Kontinuität. Selbst in Frankfurt pflegten wir am Pessachfest zu sagen: «Nächstes Jahr in Jerusalem!» Und da war ich nun. Es lebten viele orthodoxe Juden dort, die schon um die Jahrhundertwende aus Europa in die heilige Stadt gekommen waren. Als ich ankam, war die Altstadt (das spätere arabische Viertel) noch jedermann zugänglich. Ich ging zur Klagemauer, dem einzigen Rest von Salomons Tempel. Ich sah, wie

Grünzeug aus den Rissen der alten Mauer hervorwucherte und dachte bei mir: «Ungefähr so ist es auch mit unserem Überleben.»

Es war auch herrlich, ganz allein in einer grossen Stadt zu sein – ich war zwar in Frankfurt zur Welt gekommen, hatte aber eben sechs Jahre in einem Dorf in der Schweiz und zwei Jahre in einem Kibbuz verbracht. Der Lärm der Stadt, die Busse und das geschäftige Treiben wirkten auf mich wie ein Stärkungsmittel. Ich konnte mir zwar nichts kaufen, aber ich machte liebend gerne Schaufensterbummel.

Und was am meisten zählte: ich war endlich Studentin. Ende April 1947 schrieb ich in mein Tagebuch:

«Nun habe ich schon eine ganze Woche studiert, und ab heute arbeite ich nicht mehr. Was ich mir drei lange Jahre ersehnt hatte, habe ich nun ... Es ist sehr, sehr schwierig, denn wieder *einmal* wissen *alle* andern mehr als ich. Aber ich will studieren, und ich will lernen.» Und ich musste einfach hinzufügen: «Über mich selbst will ich nichts schreiben. Nach aussen bin ich fröhlich und zufrieden. Was innen ist, geht niemanden etwas an.»

Im Unterricht studierten wir das Werk berühmter Erzieher wie Montessori, Froebel und Pestalozzi; wir widmeten uns aber auch praktischen Dingen: wir lernten, wie man mit Kindern singt und mit ihnen bastelt. Aber der Lehrplan beschränkte sich nicht nur auf den Kindergarten. Die Schule war fast so etwas wie eine Mittelschule, und wir hatten auch akademische Fächer: Hebräische Grammatik, Bibelkunde, Philosophie, Literatur, Geschichte und Englisch. Wie erwartet, wurde es sehr hart für mich. Besonders mit der Grammatik kam ich nie zurecht, und so stand später auch in meinem Diplom: «Sie hat alle Fächer ausser Grammatik bestanden.»

Das Problem lag zum Teil darin, dass ich kaum Zeit zum Lernen hatte. Mein Stipendium deckte nicht sämtliche Ausgaben, und so hütete ich jeden Nachmittag Kinder, deren Mutter als Pianistin und der Vater als Kalium-Ingenieur am Toten Meer arbeitete. Es waren nette Leute, aber einmal mehr bekam ich nicht genug zu essen, und ich war immer noch zu sehr das anständige deutsch-jüdische Mädchen, als dass ich reklamiert hätte. Ich machte den Kindern oft weichgekochte Eier, und oft verschlang ich heisshungrig, was übriggeblieben war. Und dabei musste ich an Vater denken, der mich als kleines Mädchen auch immer mit in Ei getunkten Brotstreifen gefüttert hatte. Auch heute noch wird mir dabei ganz warm ums Herz.

Aber ich brauchte *noch* mehr Geld, und so verdingte ich mich abends bei anderen Familien als Babysitter. Damals bedeutete Babysitten in Israel aber nicht das, was es heute in Amerika oder Europa bedeutet, nämlich dass man Hausaufgaben machen oder fernsehen kann, wenn die Kinder einmal schlafen. Nein, ich musste dann bügeln oder nähen. Zum Glück hatte ich in der Schweiz eine ausgezeichnete Ausbildung genossen, und deshalb gingen mir diese Arbeiten so rasch von der Hand, dass mit trotzdem noch eine Stunde zum Lernen blieb, bevor ich nach Hause ging. Und im Bett lernte ich weiter, bis ich die Augen einfach nicht mehr offenhalten konnte.

Ich wohnte in einem Heim für junge Mädchen, so in einer Art Jugendherberge, und hatte zum ersten Mal in meinem Leben ein Zimmer ganz allein für mich. Ich war von allem Anfang an beliebt und genoss dieses Gefühl sehr. Später bezog ich im Haus der Witwe eines berühmten Israeli ein Zimmer in der zweiten Etage. Es kostete mich fast nichts, und ich musste nur ein bisschen auf sie aufpassen und ein paar Kleinigkeiten für sie erledigen. Eines Nachts hatte ich Herrenbesuch, und als es für ihn Zeit war zu gehen, konnte ich die Tür nicht öffnen. Es war vollkommen ausgeschlossen, dass er bei mir übernachten würde – wir waren ja schliesslich nicht in einem Kibbuz –, und so knotete ich zwei Laken zusammen, damit er aus dem Fenster klettern konnte.

Ich freundete mich im Seminar auch mit einem jemenitischen Mädchen namens Judith an. Damals kamen sehr viele jemenitische Juden nach Palästina, weil sie in ihrem Heimatland verfolgt wurden, und sie reisten auf dem sogenannten «fliegenden Teppich», einer Luftbrücke, ein. Ihr Vater war Thoraschreiber, das heisst, er sass den lieben langen Tag über mit eingeschlagenen Beinen da und schrieb die Thora ab. Ich besuchte die Familie sehr oft, weil ich irgendwie den Eindruck hatte, durch ihre Lebensweise Einblick in ein anderes Jahrhundert zu bekommen.

In Jerusalem gingen mir in vielen Beziehungen die Augen auf. Liesel, deren Mann nicht mehr lebte, war gut zu mir, obschon sie die Dinge manchmal kompliziert machte. Für sie war meine Mutter eine arme Verwandte gewesen, und sie hegte eindeutig die Befürchtung, ich würde für sie eine Last bedeuten, wenn ich nach Jerusalem käme. Ich weiss noch, wie sie sagte «Das ist keine besonders gute Idee.» Aber als ich einmal dort war, fand sie sich damit ab. Sie war eine sehr kultivierte Dame, und bei ihr zu Hause kam ich in vielen Dingen erst so richtig auf den Geschmack, zum Beispiel an klassischer Musik. Da gab es Bücher und Schallplatten und intelligente Gespräche, und ich dachte: «Mein Gott, wenn nur ich einmal einen solchen Haushalt haben könnte!» Auch Frau Goldberg war gut zu mir. Zum einen verdiente ich trotz meiner Arbeit immer noch nicht viel, und so schenkte sie mir die alten Kleider ihrer Kinder – ich war so klein, dass sie mir ausgezeichnet passten. Zum andern nahm ich bei ihr das Abendessen ein, und was mich besonders beeindruckte, war das Dessert nach jeder Mahlzeit. Ich sagte zu mir: «Da schau nur, wie bürgerliche Leute leben!»

Nur ein paar Jahre zuvor hätte ich noch überhaupt nichts von bürgerlichem Leben wissen wollen – ich hätte ja nicht einmal einen Walzer getanzt! Nun sehnte ich mich danach. Für mich war klar, dass ich nie in einen Kibbuz zurückkehren würde; das Kollektivleben war mir gründlich vergällt worden. Viele Jahre später, nachdem ich Fred Westheimer geheiratet hatte und in Amerika lebte, machte mir unser Freund Howard Epstein den Vorschlag, wir könnten auf der West Side von Manhattan ein paar Sandsteinhäuser kaufen und einen gemeinsamen Hof einrichten, eine Art Kommune. Meine Antwort darauf: «Nein, ich glaube nicht, keine Kommunen mehr.»

Ehrlich gesagt, es war gar nicht das Dessert, das mich derart beeindruckt hatte, es war vielmehr das Familienleben. Das war es, wonach ich mich sehnte. Ich pflegte am Freitagabend durch die Stadt zu wandern, durch die Fenster in die kerzenerleuchteten Stuben zu schauen und zu denken: Sie alle haben Familie. Sie alle sind mit jemandem zusammen. Warum ich nicht?

Es sollte noch eine Weile dauern, bis ich meine eigene Familie hatte, aber es gab doch eine gute Nachricht. Eines Tages tauchte im Mädchenheim eine Frau auf, die mich besuchen wollte. Es war Dr. Nettie Sutro, die Leiterin des Schweizer Hilfswerks für Emigrantenkinder. Offenbar hatte das Hilfswerk noch Geld übrig, und Frau Dr. Sutro suchte nun ihre ehemaligen Schützlinge auf und gab ihnen von diesem Geld. Jedes von uns erhielt zweitausend Schweizerfranken. Dies war ein Geschenk des Himmels: ich konnte mich nun aufs Lernen konzentrieren, und überdies konnte ich mir zum ersten Mal in meinem Leben neue Kleider und Schuhe kaufen.

Aus jener Zeit datiert auch mein letzter Tagebucheintrag. Am 4. Juni 1947 schrieb ich:

«Neunzehn Jahre. Niemand gratuliert mir, niemand weiss, dass ich Geburtstag habe. Ich bin die einzige, die mir gratuliert. Es ist sehr traurig, aber man gewöhnt sich an alles. Eines Tages wird alles anders sein. Ich weiss, ich brauche *so viel Liebe!* Aber ich werde mein Ziel erreichen!»

Während dieser Zeit geriet die politische Lage in Palästina in immer grössere Spannung. Juden und Araber, die ihre eigenen Territorien bekommen hatten, fanden es unmöglich, nebeneinander zu existieren. Schliesslich stimmten die Vereinten Nationen am 29. November 1947 einem Plan zu, wonach sich die Engländer aus Palästina zurückziehen sollten und das Land in einen israelischen und einen palästinensischen Staat sowie eine kleine, international verwaltete Zone um Jerusalem aufgeteilt werden sollte. Dies war eine gute Nachricht, aber sie löste einen intensiven Kleinkrieg zwischen Juden und Arabern aus. Überall kam es zu Gefechten und Schiessereien.

1947 in Jerusalem

Und nicht nur Soldaten wurden darin verwickelt. Auch Zivilisten wurden aufgefordert, der Haganah, der jüdischen Wehrorganisation beizutreten. Obwohl mir meine Freunde davon abrieten, entschloss ich mich ebenfalls dazu, wollte aber mein Studium fortsetzen. Ich hatte noch nicht den ganzen Idealismus verloren und war überzeugt, jeder Bürger solle sein Teil zur Verteidigung des jüdischen Volkes beitragen. In meiner Grundausbildung lernte ich, Maschinengewehre auseinanderzunehmen und mit geschlossenen Augen wieder zusammenzusetzen (ich kann es heute noch!), Handgranaten zu manipulieren und zu schiessen. Dabei entpuppte ich mich als Scharfschützin – ich traf jedes Ziel unfehlbar in der Mitte.

Nach der Ausbildung hatte ich verschiedene Aufträge zu übernehmen. Weil ich so klein war, wurde ich oft als Nachrichtenübermittlerin eingesetzt. Viele Nächte lang stand ich in meinem Khakianzug mit Maschinengewehr und Handgranaten bewaffnet auf einem Dach und bewachte eine Barrikade, an der israelische Soldaten den Verkehr in die Stadt hinein kontrollierten. Bei ungewöhnlichen Ereignissen sollte ich sofort telefonische Meldung machen und notfalls auch schiessen. Gottseidank musste ich das nie tun. Falls ich auf jemanden hätte schiessen müssen, hätte ich ihm befohlen, mir den Rücken zuzuwenden, und ihm in die Beine geschossen, um ihn nicht töten zu müssen. Einmal wäre es fast so weit gekommen: wir gingen durch ein Aussenquartier von Jerusalem und trafen auf jemanden, der das Passwort nicht kannte. In solche Situationen hätten wir eigentlich schiessen sollen. Mickey Marcus, der amerikanische Kriegsheld in Israel, vergass einmal das hebräische Passwort und wurde prompt erschossen. Aber in unserem Fall erinnerte sich die Person noch rechtzeitig ans Passwort, und wir mussten nichts weiter unternehmen.

Es war eine gefährliche und schwierige Zeit. Viele Kibbuzim wurden abgeschnitten und konnten nur unter Lebensgefahr versorgt werden. Überall herrschte Mangel. In Jerusalem bekamen die Leute pro Woche ein Ei. Eine Freundin von mir, Vera Peyser, die mich jeden Freitagabend zum Essen einlud, war schwanger, und so bekam sie immer auch mein Ei. Da sie Schweizerin war, hatte sie Nescafé, und so bekam ich dafür eine anständige Tasse Kaffee.

Die Knappheit an Lebensmitteln war aber nicht das einzige Problem. In ungefähr fünf Monaten wurden rund 1200 jüdische Männer, Frauen und Kinder getötet, die Hälfte von ihnen Zivilisten. Einmal wurde ein Konvoi, der mit vierzig Ärzten und Krankenschwestern zum Hadassah-Spital unterwegs war, aus dem Hinterhalt überfallen; alle wurden von den Arabern getötet. Da war ein Park zwischen der Altstadt von Jerusalem, dem arabischen Viertel, und der neuen, jüdischen Stadt, und die Araber pflegten das jüdische Viertel zu beschiessen. Wie es eben so war, führte mein Schulweg an diesem Park vorbei, den ich immer schnell passierte. Einige Zeit später gab mir ein Freund ein Fahrrad, damit ich den Weg noch schneller zurücklegen konnte. Schliesslich wurde eine Schutzmauer errichtet, damit wir ungehindert passieren konnten. (Und das war gut so, weil mein Freund mit mir Schluss machte – er war wütend, weil ich mit seinem Cousin ausgegangen war – und nun wollte er das Rad zurückhaben). Wenn ich an diese Zeit zurückdenke, höre ich immer noch unwillkürlich, wie Geschosse und Granaten heulen und explodieren.

Am 14. Mai 1948 verliess der Britische Hochkommissar für Palästina, dem Plan der Vereinten Nationen gemäss, das Land. Am selben Tag noch verkündete David Ben Gurion vor den Mitgliedern des Volksrates in Tel Aviv die Unabhängigkeit Israels. Diesen Tag und die folgende Nacht werde ich nie vergessen. Eine ganze Schar von uns bestieg einen Lastwagen und fuhr kreuz und quer durch die Stadt. In ganz Jerusalem tanzten und sangen die Menschen auf den Strassen.

Aber wir hatten nicht lange Grund zur Freude! Gleichentags noch marschierten libanesische, syrische, jordanische, ägyptische und irakische Truppen in Israel ein. Am 4. Juni war mein zwanzigster Geburtstag. Ich hatte meinen üblichen Wachdienst absolviert und war eben ins Mädchenheim zurückgekehrt, als die Sirenen losheulten. Ich hätte mich in den Bunker, einen grossen, mit Kerzen erleuchteten Raum im Keller, begeben sollen. Schon auf dem Weg dorthin überlegte ich mir: «Ich will mich dort unten nicht langweilen.» Also kehrte ich um und wollte aus meinem Zimmer einen hebräischen Roman holen, den mir jemand zum Geburtstag geschenkt hatte. Hätte ich dieses Buch nicht geholt, wäre ich schon im Bunker gewesen, aber so befand ich mich erst in der Eingangshalle, als es eine gewaltige Explosion absetzte. Eine Schrapnellgranate hatte unmittelbar vor dem Gebäude eingeschlagen und verschickte ihre vernichtende Ladung auf allen Seiten.

Mauersteine und Gipsbrocken flogen durch die Luft. Menschen schrien; der Verputz rieselte von der Decke herunter. Ein Soldat und zwei Mädchen wurden getötet, eines davon hatte unmittelbar neben mir gestanden. Ich weiss nicht wie, aber plötzlich sass ich am Boden, gegen eine Wand gelehnt. In beiden Beinen tobte ein stechender Schmerz. Hannelore, die mit mir in Heiden gewesen war und auch in diesem Mädchenheim wohnte, war dabei, meine neuen Schuhe aufzuschnüren, die ich eben zum Geburtstag bekommen hatte, und ich wunderte mich, weshalb sie das wohl tue. Dann blickte ich auf meine Füsse hinunter und sah, dass alles voll Blut war. Ich fragte: «Muss ich sterben?»

Ich wurde in einen Krankenwagen gelegt, und unterwegs verlor ich keinen Augenblick das Bewusstsein. Ich wollte unbedingt ins Hadassah-Spital gebracht werden und redete unentwegt auf den Fahrer ein, bis er dazu bereit war. Dort arbeitete nämlich ein Bekannter von mir als Chirurg – Putz' Cousin Eli Peyser, den ich auf der Überfahrt von Marseille kennengelernt hatte. Seine Frau Vera war die schwangere Frau, der ich jeweils mein Ei gebracht hatte. Nur zwei Monate zuvor hatte ich ihm eine aus der Schweiz mitgebrachte Dynamo-Taschenlampe geschenkt, unter deren Licht er schon zahlreiche Verwundete operiert hatte. Aber Eli war nicht da. Ein Kollege von ihm operierte mich und machte seine Sache grossartig. Überall in meinem Körper steckten Schrapnellsplitter, auch in meinem Nacken. Am schlimmsten hatte es aber die Füsse erwischt. Ein Rist war völlig zerfetzt, oberhalb beider Knöchel war alle Haut abgeschürft, und überall steckten Splitter. Ich hätte beide Füsse verlieren können, aber ich hatte Glück: es blieb kein Schaden zurück, und heute laufe ich wieder Ski, als ob nie etwas gewesen wäre.

Ich brauchte allerdings eine lange Erholungszeit. Das Spital war früher ein Kloster gewesen, und man wollte mich in einem oberen Stockwerk unterbringen. Ich fürchtete mich aber so sehr vor weiteren Granaten, dass ich bat, mich in einem geschützten Raum einzuquartieren. Also brachte man mich in den Keller in eine ehemalige Bibliothek. Überall lagen verwundete Soldaten. Kein Bett war mehr frei, aber da ich so klein war, bettete man mich auf ein grosses Büchergestell.

Einigen der Soldaten ging es sehr schlecht. Einer hatte beide Hände und das Augenlicht durch eine Handgranate verloren. Er lag im Sterben. Ich glaube, er bat seinen Bruder sogar, ihm etwas zu geben, um das Leiden abzukürzen. Aber im grossen und ganzen herrschte eine ausgezeichnete Moral. Die Leute waren nicht krank, nur verwundet – und das machte psychologisch einen grossen Unterschied aus. Alle versuchten sich gegenseitig zu helfen. Ich spielte mit einem Erblindeten Schach. Ich bekam viel Besuch; Liesel kam jeden Tag, selbst als es gefährlich war, überhaupt nur eine Strasse zu überqueren. Auch die Leiterin meines Mädchenheims besuchte mich. Sie wirkte äusserst verlegen, denn vor allen Gebäuden in Jerusalem, deren Eingang dem arabischen Sektor zugewandt war, hätte eigentlich ein Bombenschutz aus Beton gebaut werden sollen. Hätte es vor dem Heim einen solchen Bombenschutz gehabt, wäre ich nicht im Spital gelandet. Die Leiterin versicherte mir aber, man sei schon dabei, die Mauer zu errichten. Ich verzichtete auf die Bemerkung, es sei zu spät, die Stalltür zu schliessen, nachdem der Ochse schon entwischt sei.

Zudem war meiner Moral bestimmt auch zuträglich, dass ich die einzige Frau unter all den Männern war. Ich erinnere mich besonders an einen Pfleger, in den ich mich verknallt hatte; er war ein gutaussehender, kräftiger Blonder, der in Rumänien Medizin studiert hatte, aber vor Abschluss seiner Studien nach Palästina hatte fliehen müssen. Ich gab vor, nicht allein essen zu können, damit er mich füttern musste. Um die Verbände zu wechseln, musste er mich in seinen Armen vom Gestell hochheben, und das gefiel mir sehr.

Am 11. Juni, eine Woche nach dem Unglück, wurde ein Waffenstillstand vereinbart, der vier Wochen dauern sollte. Jeden Tag kam der Pfleger, nahm mich in seine Arme, trug mich ins Freie und legte mich unter einem Baum in die Sonne. Es war herrlich. Ich muss wohl sehr offensichtlich mit ihm geflirtet haben, denn er meldete sich bei mir, nachdem ich aus dem Spital entlassen worden war, und wir erlebten eine kurze, aber glückliche Romanze miteinander.

110

Meine sonst so idyllische Rekonvaleszenz wurde eines Tages jäh unterbrochen, als eine Oberschwester mich in der Bibliothek entdeckte und fand, ich hätte bei all diesen Soldaten überhaupt nichts verloren. Es war wirklich dumm – aber was hätten wir tun sollen? Wie sehr ich auch protestierte, ihr Entschluss stand fest, und ich wurde hinauf in ein Zimmer mit lauter kranken Frauen gebracht, die die ganze Zeit klagten und stöhnten. Ich wurde sehr traurig. Als ich es nicht mehr aushielt, wandte ich mich an Eli, den Chirurgen, und sagte: «Eli, ich muss aufstehen, und wenn du mir nicht hilfst, werde ich es allein schaffen. Ich gehe nach Hause, und wenn du nicht dorthin kommst, um die Verbände zu wechseln, werde ich *auch das* selber tun.» Er willigte ein. Ich verliess das Spital an zwei Krücken, und Eli kam regelmässig ins Mädchenheim, um mir die Verbände zu wechseln, bis es mir wieder gut ging.

Am 18. Juli ordnete der Sicherheitsrat der Vereinten Nationen einen endgültigen Waffenstillstand an, und Ende Januar 1949 waren die letzten Bedingungen ausgehandelt. Israel hatte nicht nur den Krieg gewonnen, sondern auch sein Territorium beinahe verdoppelt. Aber diesmal gab es kein Tanzen auf den Strassen. Zu viele Menschen waren gestorben; fast jede Familie hatte einen Angehörigen verloren. Auch ich. Liesels Sohn war mit fünfunddreissig andern Angehörigen der Palmach, der Elite-Jugendorganisation der Haganah, bei einem Einsatz in einen Hinterhalt geraten und brutal getötet worden. Auch wenn er ihr Liebstes war, sah ich sie doch nie weinen. Ich glaube, wir deutschen Juden sind so, wir weinen nur in aller Einsamkeit und Stille.

KAPITEL 5

Im Frühjahr 1949 schloss ich meine Ausbildung ab. Trotz des Makels in meinem Diplom (hebräische Grammatik) wies mir das Erziehungsministerium eine Stelle – meine allererste! –als Kindergärtnerin zu, und zwar in Eshtaol, einem kleinen Dorf in den Bergen zwischen Jerusalem und Tel Aviv. Ich musste um sechs Uhr aufstehen, eine Stunde lang Bus fahren und dann noch ins Dorf hinaufsteigen. Ich sollte jemenitische Kinder unterrichten. Dank der Familie meiner Freundin Judith war ich mit der jemenitischen Kultur einigermassen vertraut, und es war für mich besonders reizvoll, mit Leuten aus einer so andern, ja fast märchenhaft exotischen Welt zu arbeiten. Die Jemeniten hatten zwei Frauen, eine ältere und eine jüngere; sie lebten in Wohnungen mit einem Zimmer und einer Terrasse, und eine Frau hielt sich jeweils auf der Terrasse, die andere im Zimmer drin auf, wobei sie sich nach einer gewissen Weile abwechselten. Im Kindergarten war es beinahe so, als müsste ich ganz allein ein altes Volk an die moderne Zeit gewöhnen. Nicht nur die Kinder, sondern auch die Mütter kamen zur Schule, und auch ihnen brachte ich sehr viel bei, unter anderem, wie man Kinder duscht. Da diese Frauen mit abstrakten Anweisungen nichts anfangen konnten, war es wenig sinnvoll, die ganze Angelegenheit an einem einzigen Kind vorzumachen. Und so musste ich jedes Kind duschen, damit *jede* Frau wusste, wie sie *ihr* Kind zu duschen hatte.

Zu jener Zeit tauchte auch David in meinem Leben auf. Ich hatte ihn durch Eli, den Chirurgen, kennengelernt. Elis Schwester Miriam hatte einen Freund namens Nachum, und David war sein bester Freund. Er stammte aus Tel Aviv, aus der damals wie heute grössten Stadt Israels, war damals aber Soldat in der israelischen Armee und in der Nähe von Jerusalem stationiert. An den Wochenenden besuchte er seine Freunde. Als ich ihn zum ersten Mal sah, gingen wir alle vier ins Kino und nachher in einem Kaffeehaus tanzen. Ich dachte bei mir: «Uff, was für ein herrliches Leben. Diese Leute müssen sehr reich sein.» Ich mochte David auf Anhieb. Er sah gut aus, war intelligent, trug eine Brille und tanzte ausgezeichnet. Und er wies vier Eigenschaften auf, die ihn für mich auf jeden Fall interessant gemacht hätten: er war Soldat, er war gebildet, er wollte Arzt werden, und er war klein. Auch er mochte mich, und so waren wir ab sofort ein Paar. Einige Male schlich er sich sogar aus seiner Kaserne und musste über ein hohes Tor klettern, um mich zu sehen. David, Nachum, Miriam und ich hatten viel Spass miteinander; wir gingen jeden Freitagabend ins Kino und oft tanzen. Woran ich mich von jenen Abenden am besten erinnere, ist der gewaltige Mond über Jerusalem.

David war drei Jahre älter als ich und war mit seinen Eltern mit nur drei Jahren von Rumänien nach Palästina ausgewandert. Sie hatten nie in einem Kibbuz gelebt; sein Vater war in Tel Aviv ins Geschäft eingestiegen und hatte grossen Erfolg gehabt. Damals besass er eine eigene Zaunfabrik. Und was noch eindrücklicher war: er besass ein Auto, was sich in jener Zeit in Israel nur Millionäre leisten konnten. Sie waren nicht ganz so reich, dass auch David ein Auto hätte haben können, aber er besass einen Motorroller und ein Fahrrad. Er gab auch mir ein Rad, und damit machten wir herrliche Ausflüge und Picknicks ausserhalb der Stadt. Ich erinnere mich auch noch an den Tag, als ich Davids Eltern kennenlernen sollte. Wir trafen uns in einem Restaurant im Hotel Sharon, einem der exklusivsten Hotels von Tel Aviv. Die Halle war so elegant eingerichtet, dass ich mit offenem Mund stehenblieb. Zudem stand das Hotel direkt am Meer. Ich kannte Tel Aviv sonst eigentlich nur von der Durchreise, und nun gefiel mir die Stadt sehr. Und seit ich in Marseille zum ersten Mal das Meer gesehen hatte, war es etwas ganz Besonderes für mich, und ich war entzückt, dass es auch in Israel eine Stadt unmittelbar am Meer gab.

Und nun sollte ich Davids Eltern kennenlernen – und das bedeutete natürlich, dass unsere Beziehung ernst wurde. Wir kannten uns erst ein paar Monate, als er mir einen Heiratsantrag machte. David liebte mich offensichtlich, was für mich eine angenehme Überraschung war – ich hielt mich selbst nach wie vor für unattraktiv und klein. Aber er sah etwas Besonderes in mir, und davon bin ich überzeugt, denn ich habe immer noch all die gefühlvollen Liebesbriefe, die er mir geschrieben hatte. Dass ich sofort ja sagte, hatte natürlich etwas mit meinem geringen Selbstwertgefühl zu tun; ich weiss noch, wie ich bei mir dachte: «Was habe ich für ein Glück, dass mich jemand heiraten will.» Aber es steckte mehr dahinter als bloss das. Ich sehnte mich so sehr nach einer Familie, und nun konnte ich nicht nur Kinder haben, sondern ich bekam obendrein einen ganzen Satz fixfertiger Verwandter. David hatte zahlreiche Onkel und Tanten und zudem einen jüngern Bruder, den ich sehr gut mochte; und wenn ich heiratete, würden sie alle auch zur Familie gehören. Ich mochte auch seine Eltern, obwohl Davids Vater von den Heiratsplänen seines Sohnes nicht eben entzückt schien. Er meinte, David sei noch zu jung, und ausserdem hätte er natürlich lieber ein Mädchen aus gutem Haus als ein verwaistes Flüchtlingskind als Schwiegertochter gesehen. Später kamen wir allerdings trotzdem ganz gut miteinander aus. Seine Mutter, die kurz zuvor einen Herzschlag erlitten hatte und schwerhörig war, mochte mich auf Anhieb gut leiden. Sie konnte kein Hebräisch, aber sie sprach französisch, und ich kannte mich in dieser Sprache gut genug aus, um Konversation zu machen. Und das allein reichte aus, damit sie mich in ihr Herz schloss.

Wir heirateten im November auf der Terrasse von Liesels Wohnung in Jerusalem. Es war eine prächtige Hochzeit mit etwa fünfzig Gästen. Ich trug ein kurzes, sehr helles, fast weisses Kleid. Viele von Davids Verwandten waren gekommen, während von meiner Seite nur Liesel, Lothar und ein paar Freunde da waren. Nach dem Schlussgebet der Trauungszeremonie dachte ich, wie traurig es war, dass meine Eltern und Oma dies nicht miterleben konnten. Und seit damals sind alle für mich freudvollen Gelegenheiten durch diesen Wermutstropfen getrübt worden.

Aber es war ein frohes Fest. Und ich genoss es als Hannelore, meine Heidener Freundin, mich beiseite nahm und mir sagte: «Mein Gott, du heiratest aber in eine reiche Familie.» Sie war nie besonders nett zu mir gewesen – sie war es auch gewesen, die mir die Stelle im Kindergarten von Ayanot weggeschnappt hatte –, und ich weiss noch, dass ihre Worte in mir ein tiefes Gefühl der Befriedigung ausgelöst hatten.

In der Zwischenzeit war David aus der Armee entlassen worden und wollte nun sein Medizinstudium in Angriff nehmen. Da es damals in Israel keine medizinische Fakultät gab, mussten alle angehenden Ärzte im Ausland studieren. Wir hatten uns für Paris entschieden; er sollte studieren, und ich würde mir eine Stelle suchen. Seine Eltern waren bereit, die Kosten für das Studium zu übernehmen. Für ein paar Wochen mieteten wir uns ein Zimmer in einer herrlichen, nahe am Meer gelegenen Wohnung in Tel Aviv, und im Dezember 1950 reiste David nach Paris ab. Ich folgte ihm einen Monat später.

Deutschland, Schweiz, Israel, Frankreich – mit zweiundzwanzig Jahren war dies nun schon das vierte Land, in dem ich leben würde. Was ich dabei wahrscheinlich gelernt habe, ist, wie man sich anpasst, denn die Eingewöhnung in Frankreich fiel mir erstaunlich leicht. Als ich ankam, hatte David bereits eine Wohnung mit fliessend kaltem Wasser im zwanzigsten Arrondissement gefunden, in einem Quartier der unteren Arbeiterschicht. Ich war aufgeregt, denn dies war meine allererste Wohnung. Aber wir blieben nicht lange dort, denn es stellte sich heraus, dass Davids Weg zur Universität im Quartier Latin viel zu lang war. Und so zogen wir in eine andere Wohnung in unmittelbarer Nähe der Sorbonne um. Nun lebten wir in einem vornehmen Quartier, dafür reichte unser Geld nicht so weit. Wir bewohnten nun ein Zimmer mit kaltem Wasser, aber ohne Heizung und Toilette im dritten Stock eines Mietshauses ohne Fahrstuhl. Der Hockabort befand sich zwei Etagen tiefer, und wenn man einmal mitten in einer kalten Nacht musste, war es wirklich *sehr* kalt.

Wir lebten nicht freiwillig so primitiv, sondern aus purer Notwendigkeit. Davids Eltern kamen zwar für das Studium auf, aber viel weiter reichte das Geld nicht. Ich musste also etwas dazuverdienen. Von Freunden hörte ich, dass eine internationale jüdische Organisation mit dem Namen «Les Femmes Pionnières» eine Kindergärtnerin für jüdische Kinder suchte. Ich bewarb mich um die Stelle und wurde angenommen, wenn auch etwas inoffiziell, denn als Ausländer hätte ich eigentlich keine volle Stelle in Frankreich einnehmen dürfen. Aber die Leute drückten beide Augen zu. Und dann war da noch ein anderes Problem – die Sprache. Viele der Kinder stammten aus anderen Ländern – Polen, China, Marokko und Jemen – und waren auf dem Weg nach Israel. Sie verstanden die einzigen Sprachen, die ich kannte – nämlich Deutsch und Hebräisch – nicht. Und Deutsch war sowieso ein Sonderfall: viele der Eltern waren in Konzentrationslagern gewesen und wollten von dieser Sprache verständlicherweise nichts mehr wissen. Also machte ich mich daran, mein bisschen Jiddisch und Französisch so rasch wie möglich aufzupolieren. Glücklicherweise fällt mir das Sprachenlernen sehr leicht, und so war dieses Problem schnell gelöst. Im grossen und ganzen waren die Damen, die für den Kindergarten verantwortlich waren, mit mir zufrieden, nur an einer Sache hatten sie etwas auszusetzen – an meiner Stimme. Ich habe nie eine Melodie durchhalten können, und Singen ist für eine Kindergärtnerin sehr wichtig. Die Damen brachten mich sogar dazu, bei einem älteren Herrn Singstunden zu nehmen, aber bei mir war Hopfen und Malz verloren. Und so löste ich das Problem schliesslich so, dass ich nur sehr leise mitsang und den Kindern die Führung überliess.

Nach einer Weile verschlechterte sich unsere finanzielle Lage noch mehr; in Israel war ein Gesetz angenommen worden, welches die Geldmenge, die ins Ausland gebracht werden durfte, streng begrenzte. Davids Eltern konnten uns zwar ein ganz klein wenig Geld über den schwarzen Markt zukommen lassen, aber ich musste mich trotzdem nach einer weiteren Stelle umsehen. Und so begann ich, französisch-jüdischen Kindern Hebräisch beizubringen. Dies war das erste Mal, dass ich mit älteren Kindern arbeitete, und es gefiel mir zu meiner Überraschung sehr gut. Ich ging jeweils mit rund siebzig Schülern ins Theater oder ins Museum. Und das muss schon ein

No. 9344	IDENTITY CARD	
Name of holder RUTH (KAROLA) SIEGEL	Place of residence	

Meine Identitätskarte von 1946, die mich als Bäuerin ausweist

Anblick gewesen sein, wenn ich – klein wie eh und je – mit einem ganzen Rattenschwanz von grösseren Kindern die Strasse überquerte.

Schon bald entdeckte ich unmittelbar neben der Schule ein Künstleratelier und freundete mich mit dem Besitzer an. Es war ein Israeli, der seltsame kleine Mobiles herstellte. Es dauerte nicht lange, bis ich feststellte, dass er noch ärmer war als wir. Und so brachte ich ihm von da an jedem Sonntagmorgen ein Frühstück. Viele Jahre später, als ich schon in New York lebte, las ich einen Artikel über einen bekannten israelisch-französischen Bildhauer namens Yaacov Agam und erkannte, dass es sich um ein und denselben Künstler handelte. Von da an verfolgte ich mit Interesse seine Karriere und las eines Tages, er sei zu einem Empfang in New York. Ich brachte es fertig, dass ich da auch hingehen konnte, und erzählte ihm, wer ich sei. Aber er erinnerte sich nicht an mich.

Ich musste auch während der Schulferien arbeiten und übernahm in den ersten beiden Sommern einen Job als Lagerleiterin an der französischen Küste. Im Jahr darauf schoss mir ein anderer Gedanke durch den Kopf: es gab da doch ein Sommerlager, das ich wie meine Hosentasche kannte. Wäre es wohl nicht interessant, nun mit der entsprechenden Ausbildung dorthin zurückzukehren und Vergleiche mit den alten Zeiten anzustellen? Ich holte

117

1945/46 mit Shaul im Kibbutz

Erkundigungen ein und bekam problemlos die Stelle als Lagerleiterin in Heiden. Der Ort war noch genau so, wie ich ihn in Erinnerung hatte. Und seltsamerweise berührte es mich nicht weiter, wieder dort zu sein. Ich war nur ein bisschen traurig, als ich mich an die in mancher Beziehung schlechten Zeiten erinnerte.

Ich war sehr froh, dass ich mir die Mühe genommen hatte, französisch zu lernen, weil die Franzosen sehr stolz auf ihre Sprache sind. Man bezeichnet sie manchmal als überheblich und arrogant, aber das sind sie in der Regel nur Besuchern gegenüber, die sich nicht darum bemühen, französisch zu sprechen. Auch David sprach sehr gut französisch, und so empfanden wir die Franzosen als sehr angenehme Leute. Wir schlossen zahlreiche Freundschaften, währenddem die meisten von unseren Bekannten – israelische Studenten wie wir – sich ziemlich stark absonderten.

Es war auch hilfreich, dass ein Cousin von David etwas ausserhalb von Paris wohnte. Er hiess Ernst David, war Arzt und schon vor dem Krieg aus Rumänien emigriert. Wir verbrachten fast jeden Sonntag bei ihm und seinen Freunden. Dr. David und seine Frau waren sehr nett zu uns. Sie hatten eine Adoptivtochter, Irene, und ich glaube, sie behandelten David und mich eigentlich auch wie eigene Kinder. Er pflegte verständnisvoll den Kopf zu schütteln und zu murmeln: «Ach, diese jungen Leute...» Ich meinerseits genoss es, Familie zu haben. Einmal war ich krank, und Dr. David machte sogar einen Hausbesuch; er musste alle Treppen bis in den dritten Stock

1946 in Israel
zusammen mit Marga

hinaufklettern. Sie nahmen uns auch mit zum Essen in Restaurants – sie
zeigten uns, wie man richtig Wein trinkt, und sie besassen auch ein Auto.
Einmal nahm mich Frau David mit zu ihrem Schneider, und ich bekam mein
allererstes massgeschneidertes Kleid. Ich habe es längst nicht mehr, aber ich
sehe es heute noch vor mir: Rock und Oberteil in einem schwarz-weissen
Würfelmuster. Als ich vor ein paar Jahren zu Dreharbeiten für den Film
One Woman or Two in Frankreich war, rief ich Dr. David an. Ich wollte ihm
zeigen, was aus mir geworden war, was ich nun alles tat! Aber ich musste leider erfahren, dass er nur gerade zwei Tage zuvor gestorben war.

Ausser an Sonntagen führten wir ein spartanisches Leben. Wir gehörten
zu einer Gruppe von vielleicht zwanzig israelischen Studenten in Paris, und
obwohl wir kein Geld hatten, verbrachten wir eine herrliche Zeit. Wir assen
in Studentencafés, und manchmal gelang es uns sogar, mit einem Bon zwei
Mahlzeiten zu ergattern. Ich hatte eine gute Freundin, Bracha, die jetzt als
Psychiaterin in Israel lebt, und jedesmal wenn wir uns sehen, lachen wir
über die «Vergehen», die wir am Staat begangen hatten. Unser liebstes
Lokal war das Kaffeehaus «Le Petit Suisse» beim Jardin du Luxembourg im
Quartier Latin. Wir gingen zu zweit hin und bestellten uns eine Tasse Kaffee. Eine von uns blieb dann bei diesem Kaffee sitzen, währenddem die
andere auf der anderen Strassenseite zu Mittag ass und dann zum gleichen
Kaffee zurückkam. Wie dieses Café mit solcher Kundschaft überleben
konnte, ist mir schleierhaft.

119

Ich mochte auch die kulturellen Aspekte von Paris. Wir gingen oft in die Comédie Française und sassen auf den billigsten Plätzen in der allerhintersten Reihe. Sie hiess im Volksmund *poulailler,* was so viel wie Hühnerstall bedeutet. Ich erinnere mich noch gut an meinen ersten Theaterbesuch. Als ich die Unmengen von Stoff sah, die da für den Vorhang und die Kostüme vergeudet wurden, regte ich mich fürchterlich auf. Ich war es gewohnt, jahrelang die gleichen Kleider zu tragen, und ich brachte für solche Extravaganzen überhaupt kein Verständnis auf. (Ganz ähnlich reagierte ich, als ich zum ersten Mal an einer Metzgerei vorbeiging und da Braten und Steaks in rauhen Mengen ausgestellt sah. Ein solcher Überfluss nach all den mageren Zeiten machten mich buchstäblich körperlich krank.) Nachdem ich diesen Schock überwunden hatte, begann ich mich fürs Theater zu begeistern. Ich stellte mich vor dem Bühneneingang auf, um Autogramme von den Stars zu bekommen. Ein Gehilfe sammelte alle Autogrammhefte ein, liess sie dann signieren und brachte sie wieder heraus. Einmal hatte ich zwei Stunden gewartet, um das Autogramm einer berühmten französischen Schauspielerin zu bekommen, und als die Autogrammhefte verteilt wurden, langte ein grosser Kerl einfach über mich hinweg und schnappte sich *mein* Heft. Von da an war ich von meiner Autogrammjägerei geheilt.

Ich ging auch gern in Museen und ins Kino. Um Studentenkarten fürs Kino zu bekommen – und mehr konnten wir uns nicht leisten –, musste man sich stundenlang anstellen; aber das war kein Problem. Es entwickelten sich so interessante Gespräche, dass die ganze Schlange sich in eine Art Party verwandelte. Und was ich ebenfalls gerne mochte, war die französische Musik. Ich mochte Edith Piaf, den «Spatz von Paris», aber am liebsten mochte ich Mouloudji. Er sang romantische Liebeslieder, die oft traurig klangen, aber Hoffnung ausstrahlten. Ein Lied von einer Frau, die mit entblössten Brüsten in einem Feld lag und auf ihren Liebsten wartete, beeindruckte mich ganz besonders, weil es auch ein ganz ähnliches hebräisches Lied gibt.

Nach einer Weile konnten David und ich uns eine Lambretta leisten, was uns natürlich viel mehr Bewegungsfreiheit verschaffte. Leider konnte ich selbst nicht fahren. Ich wusste zwar wie, aber ich konnte mit meinem Fuss das Gaspedal nicht erreichen; wenn ich mich so weit herunterliess, kippte der Roller. Also musste jemand hinter mir sitzen. Einmal unternahmen wir mit der Lambretta einen langen Campingausflug an die Côte d'Azur. Wir assen nicht viel, denn wir mussten unseren Roller mit Benzin füttern, aber es war eine herrliche Zeit. In Monaco wollten wir auch das Casino besuchen. Da dies wiederum Geld kostete, verzichteten wir aufs Nachtessen – wir kauften uns nur eine *baguette* und ein wenig Schokolade. Dafür bezahlten wir mit dem Geld den Eintritt und schauten den ganzen Abend lang faszniert den Spielern zu.

Meine Arbeit als Kindergärtnerin gefiel mir sehr, aber nach ein paar Jahren begann sie auf mich abzufärben. Ich ertappte mich dabei, dass ich zu meinen Freunden sprach, als ob *sie* Kindergartenschüler wären. Ich gebrauchte Sätze wie: «Also los, eins, zwei, drei!» Zudem stach ich aus unserer Gruppe von israelischen Freunden in zweierlei Hinsicht heraus. Ich war die einzige, die keine Eltern mehr hatte; und ich war die einzige, die nicht studierte. Am ersten konnte ich leider nichts ändern; und lange Zeit glaubte ich, auch am zweiten nichts ändern zu können. Ich spazierte durch die Sorbonne, berührte die alten Steine, beobachtete die Studenten und sagte mir: «Wenn ich nur zu ihnen gehörte!» In Sachen Wissen hatte ich einen gewaltigen Minderwertigkeitskomplex. Ich hatte keinen Mittelschulabschluss und hatte nie etwas von Physik, Chemie und Mathematik gehört. Der Wunsch, meine Ausbildung weiterzuführen, schien absolut unrealistisch.

Doch dann hörte ich vom sogenannten *année préparatoire,* einem Spezialkurs der Sorbonne. Infolge der Kriegswirren hatten viele junge Leute ihre Ausbildung unterbrechen müssen, und die französische Regierung hatte nun beschlossen, Leute ohne Mittelschulabschluss sollten einen einjährigen Kurs besuchen können und nach bestandener Prüfung dann zur Universität zugelassen werden. Ich beschloss, mich anzumelden. Man musste nur ein paar Formulare ausfüllen, aber ich weiss noch, wie mein Herz klopfte, als ich über diesen Papieren sass.

Ich besuchte diesen einjährigen Kurs und arbeitete daneben als Kindergärtnerin weiter. Ich belegte unter anderem die Fächer Französisch, Geschichte und Psychologie. Es war sehr schwierig, besonders weil alle Vorlesungen in französischer Sprache gehalten wurden. Ich las Sartre und de Beauvoir. Ich verstand nicht, was in den Büchern stand, aber das war mir egal: Hauptsache, ich konnte diese grossen Philosophen überhaupt lesen und in der gleichen Stadt wie sie leben. Am besten gefiel mir Psychologie. Ich liebte es so sehr, dass ich mich dazu entschloss, klinische Psychologie zu studieren. Diese Wahl kam ganz natürlich, hatte ich doch eine Schwäche für Introspektion und ein beständiges Interesse für die Probleme anderer Menschen. Und schliesslich wäre ich dann so etwas Ähnliches wie Ärztin.

Ich bestand die Abschlussprüfungen und begann am Psychologischen Institut der Sorbonne zu studieren. Mein Ziel war ein *license* oder Lizentiat. Mir war, als ob ich gestorben wäre und nun im Himmel schwebte. Es waren nicht so sehr die einzelnen Dinge, die ich lernte, sondern einfach die Tatsache, dort zu sein, durch die Hallen zu wandeln und Vorlesungen zu besu-

1948 in Israel

chen in Auditorien, die nach Richelieu, Michelet und Descartes benannt waren. Ich verspürte unbändige Lust, auszurufen: «Schaut her, da bin ich!» In jener Zeit herrschte eine sehr aufgeräumte und aufgeregte Stimmung an der Sorbonne. Die Vorlesungen wurden in Amphitheatern gehalten, und obwohl sie sehr gross waren, musste man gut zwei Stunden vorher dort sein, wenn man einen Sitzplatz ergattern wollte. Mit all meinen Nebenbeschäftigungen konnte ich mir das aber nur selten leisten, doch fand ich schon bald eine Lösung. Ich bat irgendeinen grossgewachsenen Studenten, mich auf das Fensterbrett zu setzen und hatte so den besten Platz im ganzen Haus.

Meine Vorlesungen waren schwierig. Mit einigen Dingen wie zum Beispiel mit dem Rorschach-Test und mit Psychopathologie hatte ich keine Probleme. Wenn aber wie beispielsweise in der Physiologie ein mathematisches oder naturwissenschaftliches Hintergrundwissen verlangt wurde, kam ich in Schwierigkeiten. Üblicherweise bestand ich die Kurse, indem ich alles auswendig lernte, ohne es wirklich zu verstehen, und mir ein paar Dinge zurechtlegte, die mir sinnvoll erschienen. Bei einigen Prüfungen fiel ich allerdings durch, und zwar einmal im gleichen Raum, in dem wir später eine Szene für *One Woman or Two* drehten! Nach den Prüfungen wurden

122

Als Kindergärtnerin betreue ich jemenitische Kinder in Eshtaol bei Jerusalem

jeweils in der Halle der Sorbonne die Namen der Kandidaten angeschlagen, die bestanden hatten. Wenn ich dort stand und Namen um Namen las, ohne auf meinen eigenen zu stossen, kam ich mir ein bisschen vor wie damals in der Schweiz, als sie die Listen mit den Namen der Überlebenden aus den Konzentrationslagern vorlasen.

Bei einer Physiologieprüfung tat ich etwas sehr Dummes. Obwohl ich den Stoff eigentlich beherrschte, hatte ich kein Selbstvertrauen und versteckte einen Spickzettel im Saum meines Kleides. Ich wurde natürlich erwischt. Der Professor war fuchsteufelswild: «Noch nie, nie hat jemand in meinen Prüfungen betrogen!» Ich setzte zu einer Erklärung an, aber er hörte mir gar nicht zu. Er sagte, ich müsse die Prüfung wiederholen, aber ich schämte mich zu sehr. Und so habe ich eben heute noch keinen Abschluss in Physiologie.

Die meisten Professoren waren sehr hilfsbereit. Ich schrieb stets auf alle Prüfungsblätter, Französisch sei weder meine Mutter- noch meine erste Fremdsprache, und normalerweise entschieden sie «in dubio pro reo». Einer meiner Professoren war der berühmte Psychiater Lagache. Er pflegte immer vor den Studenten auf- und abzugehen, die Daumen in die Westentasche gehakt, und einmal sagte er etwas, was ich nie vergessen werde:

123

«Berühmte Leute gehen genauso auf die Toilette wie alle andern.» Ich begriff, was er damit sagen wollte, aber ich war dennoch immer überrascht, dass Leute wie er oder der Psychologe Piaget nicht nur mit mir sprachen, sondern sogar nett zu mir waren! Piagets Vorlesung war sehr schwierig, und ich schaffte den Abschluss nur, weil eine seiner Studentinnen sehr ausführliche Notizen machte und sie in der Wochenzeitschrift *Bulletin de Psychologie* veröffentlichte, so dass ich sie in Ruhe studieren konnte. Im Jahr 1957, ein Jahr nachdem ich nach Amerika gekommen war, rief mich eine Frau an und sagte, sie habe an der Sorbonne Psychologie studiert und möchte wissen, wie ihr dieses Studium hier angerechnet werde. Diese Frau entpuppte sich als Francine Ruskin, die Studentin, die damals Piagets Vorlesungen so wortwörtlich aufgenommen hatte. Seither sind wir eng befreundet. Ja, zum Zeitpunkt, als ich dieses Buch schrieb, leitete ich gerade mit ihrem Mann Asa, der als Arzt tätig ist, ein Rehabilitierungs-Seminar.

Währenddem mein Studentenleben blühte, ging es mit meinem Privatleben bergab. David und ich hatten uns im Laufe der Jahre auseinandergelebt. Ich glaube, wir erkannten beide, dass wir zu jung geheiratet hatten. Zudem hatte er auch beschlossen, sein Medizinstudium aufzugeben und sich in Israel dem Studium des Nahen Ostens zu widmen. Im Sommer 1954 kehrten wir miteinander nach Israel zurück; nach den Ferien würde ich nach Paris zurückgehen, um mein Studium zu beenden, und er würde bleiben. Im Jahr darauf wurde mir vollständig klar, dass unsere Ehe gescheitert war, und ich bat ihn um die Scheidung. Nach einigem Zögern willigte er ein. Die ganze Angelegenheit wurde von einigen Rabbinern in Paris per Post arrangiert.

Nach seinem Abschluss trat David eine Stelle bei der israelischen Regierung an; heute ist er Sprecher im Finanzministerium. Wir kommen immer noch gut miteinander aus. Interessanterweise kommen er und mein Mann Fred auch ausgezeichnet miteinander aus. Wann immer wir uns treffen, sagt Fred zu David: «Warum nur hast du sie nicht behalten?» Und David erwidert: «Ich bin froh, dass du sie hast!»

Nach meiner Scheidung verliebte ich mich in einen Mann namens Dan. Ich lernte ihn im Kaffeehaus durch ein paar israelische Freunde kennen. Er war ein französischer Jude, hatte aber vor seiner Rückkehr nach Paris mehrere Jahre in einem Kibbuz gelebt. Dan hatte kaum Angehörige und tat auch in Paris nicht allzu viel; er war – um mit den Worten einer späteren Generation zu reden – noch dabei, «sich selber zu finden». Er sah gut aus und war nett und lieb, und wir erlebten eine wundervolle Zeit.

Kurze Zeit danach bekam ich aus heiterem Himmel einen Check über 5000 Deutsche Mark. Er kam von der westdeutschen Regierung, die beschlossen hatte, Opfern von Nazi-Kriegsverbrechen, die ihre Ausbildung noch nicht beendet hatten, eine Wiedergutmachung auszurichten. Ich hatte es ganz bewusst nie auf eine Wiedergutmachung durch die Deutschen angelegt – und werde es auch nie tun. Aber dieses Geld, das da einfach so vor mir lag, konnte ich nicht ablehnen.

Damals dauerte es immer noch ein ganzes Jahr bis zum Abschluss meiner Studien an der Sorbonne. Und da beschloss ich, aufzuhören. Ich wollte ja sowieso nach Israel zurückkehren, als Kindergärtnerin arbeiten und mein Studium fortsetzen; ich hätte also eigentlich nichts von einem Abschluss an der Sorbonne. Ich sagte zu Dan: «Komm mit mir nach Amerika.»

Die Vereinigten Staaten waren für mich immer etwas Besonderes gewesen, seit ich damals im Krieg die amerikanischen Soldaten und die Shirley-Temple-Filme gesehen hatte. Für mich bedeutete Amerika so etwas wie ein Paradies, wo es einfach alles gab. Ich hatte sogar während der ganzen Zeit in Paris eine Zehn-Dollar-Note in meinem Geldbeutel herumgetragen. Ich weiss nicht einmal mehr, wie ich dazu gekommen war, aber ich weiss noch, dass ich mir immer sagte, es könne mir ja nichts zustossen – ich hätte noch zehn Dollar! Wir wollten ein paar Monate in den Staaten bleiben, wo ich Freunde aus der Heidener Zeit und meinen Onkel Max besuchen wollte, der als Bäcker in San Francisco lebte und den ich seit meinem dritten Altersjahr nicht mehr gesehen hatte. Und dann würden wir nach Israel zurückkehren.

Wir kauften uns Karten vierter Klasse – billigere gab es nicht – für den Dampfer *Liberté,* und mit dem restlichen Geld leistete ich mir einen Anzug, Hemd und Schuhe für Dan, und ich glaube, es reichte sogar noch für ein Kleid für mich. Ich fand die Überfahrt herrlich aufregend, auch wenn unsere Kabinen tief unten im Bauch des Schiffes waren. In der letzten Nacht tat ich kein Auge zu; ich blieb auf, um die Freiheitsstatue begrüssen zu können.

In New York wurden wir von Freunden abgeholt, machten einen Nachtbummel durch die Stadt und wohnten in einem Hotel an der Lexington Avenue. Das Zimmer kostete sieben Dollar pro Nacht, und am folgenden Morgen wurde uns klar, dass wir uns das nicht leisten konnten. Ich wusste, dass in New York eine wichtige deutsch-jüdische Zeitung erschien, der *Aufbau.* Er diente als Organ für die deutschen Juden in aller Welt – vermittelte Informationen über Verwandte in fernen Ländern, usw. Ich kaufte mir ein Exemplar, weil ich hoffte, darin ein Zimmer bei einer Familie zu finden, bei der Dan und ich während unseres Aufenthaltes in New York billig wohnen konnten.

Beim Durchblättern fiel mir ein grosses Inserat auf. Es war von der Graduate Faculty of Political and Social Science der New School for Social

Research (eine New Yorker Universität) aufgegeben worden und bot ein Stipendium für den akademischen Grad eines Masters in Soziologie für ein Nazi-Opfer an. Kaum gelesen, wusste ich: «Da werde ich mich melden. Wenn ich schon in den Staaten bin, kann ich doch gleich den Master machen.»

Noch am gleichen Tag sprach ich an der Schule vor. Sie war so eine Art Universität im Exil, die von aus Europa, vor allem aus Nazi-Deutschland geflüchteten Leuten, gegründet worden war. Da waren Leute wie Hannah Arendt, Hans Jonas, Robert Heilbroner, Kurt Lewin und Max Wertheimer. Zu meinem Glück sprachen sie alle Deutsch oder Französisch, und so hatte ich wenigstens kein Sprachproblem. Innerhalb von vierundzwanzig Stunden hatte ich das Stipendium in der Tasche.

KAPITEL 6

Neben dem Inserat für das Stipendium fand ich im *Aufbau* auch eine Wohnungsanzeige. Dan und ich hatten am zweiten Tag unseres Aufenthaltes in den USA Glück. Es war eine Wohnung am Cabrini Boulevard in den Hügeln nördlich von Manhattan, ganz in der Nähe der George Washington Bridge; die Gegend heisst Washington Heights. Heute lebe ich nur vier Häuserblocks davon entfernt. Es ist durchaus keine Überraschung, dass wir in diesem Quartier landeten, denn es war schon seit den dreissiger Jahren das Refugium der Judenflüchtlinge aus Deutschland. Nun, für sieben Dollar pro Woche bekamen wir ein Zimmer mit Küchenbenützung bei einer deutsch-jüdischen Familie. Ich empfand es als herrlich, dass diese Leute auch deutsch sprachen und wussten, wie man sich in einem fremden Land fühlen musste.

Am gleichen Tag, an dem wir einzogen, wollte ich unbedingt den Times Square sehen, von dem ich schon soviel gehört hatte. Jemand fragte: «Und wo ist Ihr Wagen? Es sind ungefähr sieben Meilen dorthin.» Ich lachte und erwiderte: «Ich habe kein Auto. Ich möchte zu Fuss gehen.» Und so ging ich den ganzen Weg über den Broadway bis zur Zweiundvierzigsten Strasse. Was mich – wohl kaum überraschend – am meisten beeindruckte, waren die Wolkenkratzer. Ich kam mir noch kleiner vor als sonst, weil alles so riesengross war, dass ich ständig hinaufschauen musste.

Obwohl ich mein Stipendium hatte, brauchten wir Geld zum Leben. Unsere Vermieterin am Cabrini Boulevard hatte mir von einer Freundin erzählt, die ein Hausmädchen suchte. Ich war mir bewusst, dass mir meine Ausbildung als Kindergärtnerin ebenso wenig nützen würde wie mein Psychologiestudium. Zum einen sprach ich nicht Englisch, und zum andern durfte ich als Ausländerin gar keine Ganztagesstelle annehmen. Also beschloss ich, auf meine Ausbildung zurückzugreifen, die ich in der Schweiz bekommen hatte. Meine Brötchengeberin hiess Eva Stroh, und sie bezahlte mir fünfundsiebzig Cents pro Stunde. Im Gespräch stellte sich heraus, dass sie ebenfalls aus Frankfurt stammte, allerdings aus besseren Kreisen, und dass sie einige Jahre vor mir ebenfalls die Samson-Raphael-Hirsch-Schule besucht hatte. Ihr Mann Oskar hatte in Wien Jura studiert und arbeitete nun für eine Reederei. Wir wurden mit der Zeit gute Freunde, und sie erinnert mich heute noch gern an einen Satz aus unserem ersten Gespräch: «Ich weiss nicht, wie man Spiegel und Fenster putzt.»

Kurz danach fand Dan durch Leute der französischen Gemeinschaft für uns Stellen bei der Kulturabteilung der französischen Botschaft. Wir wurden beide zum stupenden Lohn von einem Dollar pro Stunde eingestellt. Dafür mussten wir Ausstellungen für Schulen vorbereiten, Bilder aufhängen und die Böden kehren. Ich war so dankbar, dass Eva mir nicht böse war, als ich ihr nach so kurzer Zeit gestehen musste, wir hätten etwas Besseres gefunden.

Die New School war für Leute, die tagsüber arbeiteten wie geschaffen. Die Vorlesungen fanden am späten Nachmittag und frühen Abend statt. Ich konnte also ohne weiteres zunächst arbeiten, dann die Vorlesungen besuchen und anschliessend nach Hause gehen. Es gefiel mir sehr gut, und die Schule war in der Tat ideal für mich. Die meisten Professoren stammten aus Europa, und so verstanden sie mich und ich verstand sie besser, als wenn ich zum Beispiel an der Ohio State University studiert hätte. Dies mag seltsam klingen, aber ein Problem war, dass ich erst angefangen hatte, Englisch zu lernen, und die Dozenten sprachen mit starkem Akzent, so dass ich manchmal fast erwartete, das nächste Wort wäre ganz Deutsch oder Französisch.

Nach ein paar erfolgreichen Sommerkursen wurde ich zum Studium zugelassen und konnte mich ab Herbst auf meinen Master in Psychologie vorbereiten. Viele Dinge waren mir schon bekannt, zum Beispiel der Rorschach-Test, bereiteten mir aber der Sprache wegen dennoch Probleme. Doch auch das konnte ich lösen. Eines Tages hörte ich in einer Vorlesung von Frau Professor Florence Miale Leute hinter mir Deutsch sprechen. Ich drehte mich um und kam mit ihnen ins Gespräch. Es stellte sich heraus, dass sie von allen Vorlesungen deutsche Notizen machten, und sie waren so freundlich, mir davon Kopien zu überlassen. Und so bestand ich meine Kurse.

Die eifrig Notierenden waren Else und Bill Haudek, und wir wurden gute Freunde. Sie stammten beide aus Deutschland; sie studierte, um einen Abschluss zu bekommen, er nur aus Spass, denn er hatte sich bereits als Anwalt etablieren können. Sie war die Tochter des berühmten Psychologen Kurt Goldstein, der bahnbrechende Forschungsarbeit über das Problem der Aphasie (Verlust des Sprechvermögens) geleistet hatte und nun – wo sonst? – an der New School lehrte. Nach der Vorlesung nahmen sie mich mit nach Hause, und unterwegs machten wir oft Halt bei Schrafft's, einem Restaurant an der Fifth Avenue, unweit der Schule, «um eine Tasse Kaffee zu trinken». Ich war normalerweise hungrig wie ein Wolf, aber da ich wusste, dass Bill die Rechnung bezahlen würde, war ich zu höflich – und zu dumm –, mir etwas zu Essen zu bestellen. Dabei hätte Bill sicher nichts dagegen gehabt, wenn ich mir ein Steak bestellt hätte. So blieb es stets bei einem Milchshake für mich. Zu meinem Glück bestellte Else immer Muffins (ein englisches Teegebäck), und ich wartete geduldig, weil ich wusste, dass sie selten das ganze aufass. Sie bot es mir dann an, und ich versuchte so beiläufig wie möglich anzunehmen.

Ich bestand alle meine Kurse, stellte aber zu meinem Erstaunen fest, dass mir experimentelle Psychologie eigentlich gar nicht so lag. Ich war nicht besonders interessiert an Ratten und abstrakten Experimenten; ich interessierte mich für die Menschen. Anderseits gefiel mir die akademische Atmosphäre der New School; zum ersten Mal in meinem Leben hatte ich das Gefühl, mich in einer Gemeinschaft von Gelehrten zu befinden. Und so begann ich mich auf Soziologie zu konzentrieren. Ich hatte Max Weber, Durkheim, Talcott Parsons und Robert Merton gelesen und gustiert, im verwandten Gebiet der Anthropologie Margaret Mead und Ruth Benedict. Ich stellte fest, dass ich mich viel mehr für breitere gesellschaftliche Belange interessierte, mit denen man es in der Soziologie zu tun bekommt, besonders für das Studium der Familie.

Dies würde auch schon bald von praktischem Nutzen sein, denn ich war auf dem besten Weg dazu, meine eigene Familie zu gründen. Als ich feststellte, dass ich schwanger war, fühlte ich mich gleichzeitig überrascht und überglücklich: ich hatte angenommen, ich sei zu klein, um ein Baby zu haben. Auf diese Neuigkeit hin beschlossen Dan und ich zu heiraten. Ich war im siebten Himmel. Ich musste mich zwar drei Monate lang jeden Morgen übergeben, erlitt es aber mit einem Lächeln auf den Lippen.

Als die Zeit der Geburt näherrückte, hatten wir kein Geld, um uns eine Privatklinik zu leisten, und so hatte ich mich für das Municipal Hospital in der Bronx entschieden, wo ein mir bekannter, israelischer Arzt arbeitete. Leider war er im entscheidenden Augenblick nicht im Dienst, und so bekam ich es stattdessen mit einer unfreundlichen Ärztin zu tun. Ich hätte durchaus etwas Mitgefühl brauchen können, denn nach siebzehn Stunden des Wartens hatten die Wehen immer noch nicht eingesetzt, und man sagte mir, es würde einen Kaiserschnitt geben. In jenen Tagen war das noch eine sehr grosse Sache. Für mich bedeutete es schon fast, dass ich sterben müsste. Bei der Operation bekam ich eine Rückenmarkanästhesie, damit ich zuschauen konnte. Irgendwann einmal erkundigte ich mich, ob es denn schon bald so weit wäre und erhielt zur Antwort, ich solle still sein. Und ein anderer Arzt fügte hinzu: «Sie haben Ihren Spass gehabt, und nun bezahlen Sie eben dafür.»

Aber als Miriam auf der Welt war, hatte sich alles gelohnt. Babys, die durch Kaiserschnitt entbunden werden, machen nicht den Stress einer normalen Geburt durch und sind deshalb in ausgezeichneter Verfassung. Und als ich das schöne, prächtige Kind sah, das ich hervorgebracht hatte, war ich schockiert. Es war eine überraschende Erfahrung, die mich veränderte. Ich hielt es für das Wunder des Jahrhunderts und dachte, es hätte noch nie zuvor eine Mutter ein Baby zur Welt gebracht. Mein ganzes Leben lang war ich tief in meinem Inneren davon überzeugt gewesen, ich sei hässlich. Aber als ich nun Miriam sah, begann sich mein Bild von mir zu ändern. Als sie etwas älter war, sah sie noch hübscher aus: sie hatte blonde Locken und ein sprühendes, warmes Wesen. Nicht nur ich hielt sie für ein prachtvolles Kind, denn wo ich auch hinkam, beugten sich die Leute über den Kinderwagen und brachten ihr Entzücken zum Ausdruck.

Eigentlich wollte ich sie nach meiner Mutter nennen, aber Irma schien 1957 nicht gerade der beste Name für ein kleines Mädchen zu sein. Ich spielte etwas mit den Buchstaben herum und kam schliesslich auf Miriam. Und damit auch mein Vater zu Ehren kam – ich nahm nicht an, dass ich noch mehr Kinder haben würde –, spielte ich mit den Buchstaben seines Namens (Julius) auf Hebräisch und kam auf den zweiten Namen Yael.

Natürlich hatten wir nicht viel Geld für Miriam, aber unsere Freunde sprangen ein. Eva Stroh hatte eine reiche Schwester, mit der ich mich angefreundet hatte. Sie bat Eva, mit mir zu Gimbels zu gehen und eine komplette Baby-Ausstattung zu kaufen. Wir erstanden sechs Hemdchen, sechs Höschen, sechs Pyjamas und sechs Flanellwindeln (eine davon habe ich heute noch) für nur fünfzig Dollar, eine Summe, die in meinen Augen nur ein Millionär ausgeben konnte. Jemand lieh mir einen grossartigen französischen Kinderwagen, der fast gleich hoch war wie ich. Eines Tages ging ich mit ihm von der Zweiundachtzigsten Strasse auf der East Side (wo wir vorübergehend wohnten) bis zur New School spazieren, damit ich Miriam allen Leuten präsentieren konnte.

Als Miriam 1958 ein Jahr alt war, gingen Dan und ich in aller Freundschaft auseinander. Er war lieb und gut zu Miriam, aber wir hatten beide eingesehen, dass wir eine wunderschöne Liebesaffäre gehabt hatten, aber nicht mehr. Ganz bestimmt nicht etwas, was ein Leben lang halten würde. Wir hatten verschiedene Interessen, ich selbst begann mich ein wenig zu langweilen. Zudem wusste ich, dass er nach Europa zurückfahren wollte, währenddem mein Ziel immer noch Israel war.

Ich wusste, dass er mich finanziell nicht unterstützen konnte, weil er kein Geld hatte. Aber ich hatte auch nicht damit gerechnet – so sah ich die Dinge nämlich nicht an. Ich hatte seit meinem zehnten Lebensjahr auf eigenen

Füssen gestanden und hatte gelernt, mit dem auszukommen, was ich gerade hatte. Ich hatte nie vorgehabt, mich von jemandem unterstützen zu lassen. Im Gegenteil, während der Jahre in Paris hatte ich David und mich durchgebracht, und ich hatte auch Dans Schiffskarte nach Amerika bezahlt. Dass Miriam bei mir bleiben würde, stand ausser Frage, und so sah ich es als meine Angelegenheit an, für sie zu sorgen.

Bei der ganzen Sache bereitete mir eigentlich nur eine Sache Kummer: Miriam würde jetzt keinen Vater haben. Anderseits war mir tief in meinem Herzen klar, dass ich irgendwann wieder heiraten würde, und dann wäre auch wieder jemand für sie da.

Kurze Zeit später bekamen Dan und ich die Scheidung, die mein Freund und Rechtsanwalt Bill Haudek in die Wege geleitet hatte. Miriam und ich flogen nach San Diego und fuhren per Taxi zu einem Gericht in Tijuana, wo die Ehe auf mexikanische Art geschieden wurde. Vor dem Gerichtsgebäude sang ein Mexikanerjunge ein Lied für Miriam. Dann gingen wir über die Grenze zurück, und ich fuhr nach San Francisco, um meinen Onkel Max zu besuchen. Wegen ihm war ich ursprünglich nach Amerika gekommen, hatte ihn aber immer noch nicht gesehen. Er war Bäcker, und noch lange nach seiner Pensionierung schickte er mir immer wieder herrliches Gebäck.

Die Zeit als alleinerziehende Mutter war schwierig, aber auch aufregend schön. Ich wohnte mit Miriam in einer Wohnung an der Seaman Avenue 80 – auch in Washington Heights –, ging tagsüber arbeiten und abends zur Schule. Nun galt es vor allen Dingen, Englisch zu lernen. Die meisten Wörter stammen aus dem Französischen oder Deutschen, aus zwei Sprachen also, die ich beherrschte, und das war schon ein Plus. Und wenn man einmal Hebräisch gelernt hat, fällt einem jede andere Sprache viel leichter. Und schliesslich trägt auch die Notwendigkeit ihr Teil bei. Wenn man in einem Supermarkt Milch für sein Baby kaufen muss, ist es schon von Vorteil, wenn man sich in der Sprache auskennt. Als ich in Paris Französisch lernte, kaufte ich mir billige Romane. Sie waren einfach geschrieben und interessierten mich auch, weil ich immer wissen wollte, ob sich die Hauptpersonen am Ende auch wirklich fanden oder nicht. Hier hatte ich weder Zeit noch Geld, um Englischunterricht zu nehmen, und ich wusste, dass ich Dickens oder Shakespeare nicht verstehen würde. Also kaufte ich mir die Zeitschrift *True Confessions* und verschlang sie von A bis Z. Jemand gab mir auch einen Fernseher, dank dem ich viel von der Sprache aufnehmen konnte. Zudem war ich am Samstagmorgen sehr froh um das Gerät, weil Miriam Trickfilme anschauen konnte, und ich etwas Zeit für mich hatte.

Es dauerte nicht lange, bis ich genug verstand und sprach, um mich durchschlagen zu können. Wenn ich nach einem Wort suchte, lief ein eigenartiger Vorgang in mir ab, den ich mir bis heute noch nicht abgewöhnt habe. Ich suchte zunächst das Wort auf Deutsch, übersetzte es dann auf Hebräisch und Französisch und erst ganz am Schluss auf Englisch. Natürlich reichte es immer noch nicht für Shakespeare, und mit gewissen idiomatischen Wendungen stehe ich heute noch auf Kriegsfuss. Auch mit der Abkürzungsmanie der Amerikaner hatte ich meine liebe Müh und Not: UN, FDR, NBC, FBI usw. Für einen Ausländer ist es nicht leicht mitzukommen, worüber die Leute eigentlich sprechen. Ich habe mich immer gefragt, warum die Amerikaner so auf die Zeit aus sind, die sie mit ihren Abkürzungen einsparen. Ich für mein Teil war nie der Ansicht, Zeit sei Geld. Ich konnte ohne weiteres stundenlang am Küchentisch sitzen und plaudern, aber in Amerika scheint man nicht viel für ausführliche, gemütliche Gespräche übrigzuhaben.

Natürlich hörte man mir die Ausländerin immer noch an, und die Leute rieten mir, Sprechunterricht zu nehmen und meinen Akzent loszuwerden, wenn ich in Amerika bleiben und Arbeit finden wolle. Ich willigte gern ein, fand aber nie Zeit dazu. Gottseidank nicht!

Die grösste Herausforderung war die Wirtschaft. Ich verliess die französische Botschaft und nahm eine Stelle als Marktforscherin an. Dabei musste ich Leute anrufen und nach ihrer Meinung zum einen oder andern befragen. Aber ich verdiente nach wie vor nur einen Dollar pro Stunde. Damit musste ich die Miete von fünfundsiebzig Dollar pro Monat bestreiten und für mich und Miriam Kleider und Nahrungsmittel kaufen. Mir ist heute noch nicht ganz klar, wie ich es geschafft habe. Wir führten ein spartanisches Leben. Wir ernährten uns von Sandwiches und Eiern, und ich kaufte *nie* neue Kleider. Ich hatte mir nur während der Schwangerschaft ein schwarzes Kostüm aus Kordsamt und drei Blusen geleistet – und das war alles. Ich bürstete und wusch das Kleid so oft, bis es im wahrsten Sinne des Wortes auseinanderfiel.

Trotz unserer finanziellen Engpässe wollte ich aber nicht auf alles verzichten. Ich hatte kein Geld für Babysitter, also gab ich Partys in unserer Wohnung. Ich stellte Platz und Pommes Chips zur Verfügung, alles andere brachten die Gäste mit: Es waren fabelhafte Partys. Ich ging auch zu Besuch bei anderen Leuten und nahm Miriam einfach mit. Mein Freund Lou Lieberman sagt, was ich damals getan habe, sei revolutionär gewesen. Anstatt zu sagen: «Psst! Seid bitte ruhig, die Kleine sollte jetzt schlafen», legte ich Miriam einfach ins Bett, auf dem die Leute ihre Jacken und Mäntel hingelegt hatten, und sie schlief beim grössten Lärm selig ein.

Und schliesslich bekam ich grosse Hilfe. Zunächst bezahlte die Organisation Jewish Family Service (Jüdische Familienhilfe) tagsüber eine Pflegefamilie für Miriam, damit ich arbeiten und lernen konnte. Die Familie wohnte ungefähr zehn Häuserblocks von unserem Heim entfernt, und ich brachte Miriam am Morgen hin und holte sie am Abend wieder ab – bei Regen, Schnee und Eis ein ziemlich anstrengendes Programm. Die Familie gab ihr zu essen, aber wenn ich Miriam abholte, hatte ich noch nichts gegessen, und ich werde nie vergessen, wie hungrig ich jeweils war. Als sie drei war, bezahlte die gleiche Organisation eine deutsch-jüdische orthodoxe Kinderkrippe. Die Leute mochten Miriam – sie waren wie Grosseltern zu ihr –, und die Atmosphäre war genau so, wie ich sie mir immer gewünscht hatte. Und das Beste war: Miriam wurde im Auto abgeholt und wieder nach Hause gebracht!

Und auch meine Freunde halfen mir sehr. Vom ersten Tag an schloss ich zahlreiche Freundschaften, von denen die meisten auch heute noch bestehen. Obwohl nie jemand von meinen Freunden wusste, über wie wenig Geld ich wirklich verfügte, weil ich mich ja nie beklagte, bildeten sie eine richtige Unterstützung für mich. Ich brauchte nie um Geld zu bitten, aber ich wusste, dass sie mich nicht im Stich lassen würden, wenn ich einmal wirklich Hilfe nötig hätte.

Meine Freunde halfen mir mit vielen kleinen Gesten. Grace Griffenberg, eine Frau in unserem Haus, hatte zwei kleine Kinder und ging ebenfalls zur Schule; wir schauten gegenseitig zu unseren Kindern. Ich entdeckte in Washington Heights eine entfernte Verwandte von mir, Babette Adler, die ich Tante Babette nannte. Durch sie lernte ich eine weitere entfernte Verwandte kennen, Rachel Schramm, die mit einem Mann namens Max verheiratet war und in Teaneck, New Jersey, lebte. Sie hatten zwei Töchter, die etwas älter als Miriam waren, und Rachel schenkte mir all ihre ausgetragenen Kleider. Miriam trug sie, und später auch ich. Das einzige Problem waren die Schuhe, aber irgendwie schaffte ich auch das. Und es war fabelhaft, eine Familie um mich zu haben.

Wenn ich an jene Jahre zurückdenke, bin ich überrascht, wie viele gute Freunde ich in so kurzer Zeit gewonnen hatte. In der New School traf ich Debbie Offenbacher, eine Schulkameradin aus Frankfurt, Ruth und Howard Bachrach sowie Cynthia und Howard Epstein, und sie sind alle fünf auch heute noch gute Freunde von mir.

Eines Tages ging ich an eine Party an der Columbia University und anschliessend in ein chinesisches Restaurant. In unserer Gruppe war ein junger Mann, den ich nicht kannte. Seine Art zu reden machte Eindruck auf mich. Er sprach über Skifahren, das meiner Ansicht nach in Amerika nur etwas für reiche Leute war; er erwähnte auch den Bildhauer Bernini. Ich nahm mir vor, diesen jungen Mann näher kennenzulernen. Ich tat es, und Dale Ordes ist seither ein guter Freund und Begleiter beim Skifahren.

Francine Ruskin war die Frau, deren Notizen von Piagets Vorlesungen mir an der Sorbonne so sehr geholfen hatten; ich freundete mich mit ihr und ihrem Mann Asa an, der damals Arzt am Montefiore Hospital in New York war. Ich hatte keine Krankenversicherung, aber ich wusste, dass Asa sich um uns kümmern würde, wenn etwas Schlimmes geschehen sollte. Eines Tages verletzte sich Miriam im Kindergarten an der Stirn. Die Leiterin rief mich an, ich setzte mich in ein Taxi, holte Miriam ab und brachte sie direkt ins Montefiore Hospital. Asa sorgte sich nicht nur um Miriam, sondern fuhr uns nachher auch noch nach Hause.

Einmal bekam ich einen Brief von der Einwanderungsbehörde mit der Aufforderung, ich müsste die Vereinigten Staaten innerhalb von vierundzwanzig Stunden verlassen. Als ich in die USA einreiste, hatte ich ein Touristenvisum; als ich in der französischen Botschaft arbeitete, bekam ich ein spezielles Botschafts-Visum, und später hatte ich ein Studentenvisum. Offenbar war damit irgendetwas nicht in Ordnung, und ich geriet in Panik. Ich rief Bill Haudek an, der mich beruhigte und sagte, er kenne eine ausgezeichnete Anwältin, die auf Einwanderungsfragen spezialisiert sei. Martha Bernstein schaffte das Problem in Windeseile aus der Welt. Sie und ihr Mann Henry, der ebenfalls Anwalt ist, zählen heute ebenfalls zu meinen besten Freunden. Ich besuchte sie alle zwei Wochen in ihrer Wohnung am Central Park West, und ich schätzte diese Besuche sehr, weil sie einen Hauch von Eleganz in mein Leben brachten.

Meine Freunde halfen mir aber nicht nur mit beruflichen Dienstleistungen. Sie wussten alle, dass ich wieder heiraten wollte, und so versuchten sie immer wieder, mich mit einem passenden Mann zusammenzubringen. Einmal kamen Asa und Francine überein, ein ihnen bekannter, gutaussehender Psychiater wäre genau das Richtige für mich, und luden uns beide zu einer Party ein. Ich besass ein paar Klappstühle, er hatte ein Auto, und um uns zusammenzubringen, baten sie ihn, mich mitsamt den Stühlen abzuholen. Ich war fürchterlich aufgeregt, und ich hatte mir in der Kinderabteilung von Best & Co. sogar ein neues Kleid für die ungeheure Summe von achtundzwanzig Dollar gekauft. Das Kleid war lila und weiss und bestand aus dicker Wolle; es war bis hoch zum Hals geschlossen, wie alle meine Kleider es bis vor sehr kurzer Zeit gewesen sind. Ich weiss nicht warum, aber hatte immer das Gefühl, Brust und Hals müssten bedeckt sein.

Nun, besagter Psychiater holte mich also ab, und ich mochte ihn auf Anhieb. Er war nett, intelligent und gross. Aber auf der Party kam es zur Katastrophe. Eine von Francines Freundinnen hatte gebeten, eine andere Freundin mitbringen zu dürfen, und diese Freundin war eine echte Schönheit. Und sie trug obendrein ein tief ausgeschnittenes Kleid. Den ganzen

Abend sprach mein Psychiater nur noch mit ihr. Ich dachte mir: «Was solls! Er muss mich und meine Stühle ja nach Hause bringen.» Ich war ja gut im Reden, und ich wollte ihn auf eine Tasse Kaffee oder Tee einladen, und dann käme auch meine Chance. Aber weit gefehlt! Als er mich nach Hause brachte, fuhr die Dame im weit ausgeschnittenen Kleid mit. Sie wartete im Auto, während er mich samt den Stühlen hinaufbegleitete; es gab weder Tee noch Kaffee. Am folgenden Tag tat es Asa und Francine so leid, dass sie Miriam und mich in den Zoo einluden. Ab und zu schauen wir uns wieder die Fotos von jenem Tag an und amüsieren uns köstlich darüber.

Meine beste Freundin wurde Hannah Strauss. Einen Sommer lang wohnten Dan und ich im Apartment von Professor Julie Mayer, einer Lehrerin der New School, an der Seaman Avenue 80 in Washington Heights, und während dieser Zeit wurde für uns eine Wohnung im gleichen Haus frei. Allerdings war sie erst ein paar Wochen nach Julies Rückkehr bezugsbereit, und deshalb sorgte sie dafür, dass wir solange bei einer Freundin von ihr, eben bei Hannah, bleiben konnten. Hannah war ebenfalls eine deutsche Jüdin und besuchte an der New School Vorlesungen. Sie war es, zu der ich damals sagte: «Ich will nicht, dass wir Freunde werden, weil ich immer die Leute verliere, denen ich nahestehe.» Glücklicherweise machte ich die Drohung nicht wahr. Wir fühlten uns unmittelbar zueinander hingezogen, und ich diskutierte nächtelang mir ihr über das Schicksal der Welt, genauso wie damals mit Helen in der Schweiz.

Später erfuhr ich, dass Hannah starke erste Eindrücke von mir gehabt hatte. Als sie mich zum ersten Mal sah, fragte sie einen Bekannten: «Wer ist denn die interessant aussehende Frau da drüben?» Sie erzählte mir, was sie an mir so fasziniert habe, sei die Trauer in meinem Ausdruck gewesen, selbst beim Lachen, und sie hätte gewusst, dass ich tapfer sei. Sie war auch der erste Mensch überhaupt, der mir sagte, ich sei hübsch!

Ich war begeistert, dass Hannah mich so sehr mochte, denn sie war genau jener Typ Mensch, der mich ungeheuer stark beeindruckte, ja fast einschüchtert – intelligent, kultiviert, gebildet. Sie stammte aus einer bemerkenswerten jüdischen Familie aus Deutschland. Ihr Vater war ein berühmter Anwalt, ihre Mutter die erste Frau, die in Deutschland Medizin studiert hatte. Sie war vor dem Krieg nach Israel ausgewandert und hatte dort ein Buch mit dem Titel *Wir lebten in Deutschland* geschrieben. Als ich von diesem Buch hörte, sagte ich zu mir: «Ich habe eine Freundin, die in einem Buch vorkommt, und es wurde erst noch von ihrer Mutter geschrieben.»

Als ich sie kennenlernte, war kurz zuvor ihr Mann gestorben, und wir verbrachten viel Zeit miteinander. Wir unternahmen ausgedehnte Spaziergänge durch den Fort Tyron Park – auch sie lebte und lebt in Washington

Heights –, oder wir sassen einfach am Küchentisch und plauderten stundenlang. Was mich am meisten zu Hannah hinzog, war wohl eine gewisse Ähnlichkeit mit meiner Mutter, nicht nur, was die Körpergrösse anbelangt. Sie war intelligent, und zudem besass sie eine sehr seltene und wunderbare Eigenschaft: wenn man mit ihr redet, richtet sie ihre ganze Aufmerksamkeit auf einen. Dies ist eine Eigenschaft, um die auch ich mich bemühe, im Privatleben ebenso wie auf Sendung.

Sie hatte sich eingehend mit Freud und Jung befasst und praktizierte schliesslich als Jungsche Therapeutin. Ich hatte mich nie einer richtigen Therapie bei ihr unterzogen, aber sie ging immer sehr grosszügig mit Ratschlägen und Erkenntnissen um. Jedesmal, wenn ich einen interessanten Traum hatte, erzählte ich ihr davon, und sie machte sich Notizen in einem Heft, das sie heute noch besitzt. Ich weiss, dass ich nicht die einzige war, die von ihrer Intelligenz beeindruckt war. Als ich mich später einer wirklichen Analyse unterzog, fragte mein Psychiater oft nach meinen Traumschilderungen: «Und was meint Hannah dazu?» In letzter Zeit hat Hannah einige Probleme. Sie sitzt oft am Küchentisch und sagt: «Ich weiss überhaupt nichts mehr.» Doch dann fand ich den Trick heraus. Ich setze mich mit Roggenbrot, Butter und Käse zu ihr, und wenn wir alles aufgegessen haben, sprudelt sie wieder ihr ganzes Wissen heraus.

Als ich mich dazu entschloss, Dr. Ruth zu werden, war Hannah sehr skeptisch. Sie pflegte zu sagen, über Sex zu reden sei doch nur eine Schrulle. Heute ist sie anderer Meinung. Und sie erinnert mich gern daran, dass ich in den Tagen, als ich noch nicht einmal von Dr. Ruth träumte, oft sagte, ich wolle nur zwei Dinge im Leben: einen Kühlschrank und einmal in der Woche eine Putzfrau.

Noch mehr Freunde. In meiner Soziologie-Vorlesung war auch ein junger, gutaussehender Mann namens Lou Lieberman, und cr verhalf mir zu meiner ersten «Sehr gut» Zensur in den USA. Wir arbeiteten gemeinsam an einem Projekt, wo wir Leute in einer kleinen Gruppe in bezug auf ihre Führungsqualitäten beobachteten und herauszufinden suchten, welche Eigenschaften eine Führungskraft braucht, ob es innerhalb der Führungsschicht eine Hierarchie gibt, usw. Wir besprachen unsere Arbeit, und Lou brachte sie dann zu Papier. Er bekam ein «Sehr gut», und mir gab der Professor, der Verständnis für mein noch schlechtes Englisch hatte, ein «Gut».

Lou ist heute Professor für Soziologie am John Jay College in New York, und wir arbeiten immer noch zusammen – vor kurzem erschien ein Buch von uns mit dem Titel *Morality and Sex: The Transmission of Values* für die Academic Press of Harcourt Brace Jovanovich. Zu Beginn dieses Jahres kaufte Lou in meinem Haus eine Genossenschaftswohnung, was mich

Fred und ich gehen
auf ein Kostümfest

nicht nur aus persönlichen und beruflichen Gründen glücklich macht. Lou ist ein hervorragender Koch und Liebhaber von chinesischem Essen, und wenn er unter mir wohnt, weiss ich, dass ich mich mein Leben lang nie mehr ums Essen sorgen muss.

Durch Lou lernte ich seinen Freund Al Kaplan kennen, der mit ihm in der Handelsmarine gewesen war. Und Al machte mich mit zwei neuen Dingen bekannt: mit der Musik von Gilbert und Sullivan – ich liebte es, wenn er «Tit Willow» aus *Mikado* sang – und mit den Naturschönheiten im nördlichen Teil des Staates New York. Wir unternahmen herrliche Campingtouren und auch eine weniger herrliche mit Cynthia und Howard Epstein, auf der ein Sturm unser Zelt wegriss. Al kritisierte mich, ich sei genau wie alle andern Europäer in Amerika, ich ziehe ständig über dieses Land her. (Vergessen Sie nicht, damals wollte ich immer noch nach Israel zurückkehren.) Und er versuchte mich davon zu überzeugen, dass New York wirklich herrlich sei, und ich glaube, sein Einsatz hat sich gelohnt.

In jenen Zeiten an der New School gingen Lou und ich oft in ein israelisches Kaffeehaus, wo es billigen Kaffee gab und man stundenlang plaudern

137

konnte. Im «Sabra» war der Treffpunkt einer sehr interessanten Gruppe. Dazu gehörten nebst Lou und mir ein Priester der Episkopalkirche; ein ägyptischer Kopte namens Eddie George; und ein Israeli namens Abraham. Letzterer war Mitglied der sehr militanten Stern-Gruppe in Israel gewesen, und gelegentlich begann es zwischem ihm und Eddie tüchtig zu knistern. Damals fand ich heraus, dass ich zur Vermittlerin geboren war. Ich sagte: «Schnitt» – auch wenn ich noch nicht beim Fernsehen war – und konnte sie beruhigen.

Eddie und ich waren beide in der Studentenorganisation aktiv und wurden gute Freunde. Es war ein seltsames Gefühl. Damals waren die Ägypter noch mehr als heute unsere Feinde. Und ich hatte da einen Freund aus einem Land, das viele israelische Soldaten getötet hatte. Aber ich konnte meine inneren Konflikte lösen, einerseits weil die Kopten ja auch von den Moslems verfolgt worden waren und anderseits, weil er ein so netter Kerl war. Auch er hielt viel von mir, so viel, das er mich sogar heiraten wollte. Aber ich sah, dass dies ein Fehler gewesen wäre, dass ich zu sehr Jüdin war, um einen Ägypter heiraten zu können, und er verstand mich. Er heiratete sehr schnell ein anderes Mädchen und ist heute Professor für Wirtschaft an der University of Texas.

Der Priester der Episkopalkirche wollte mich ebenfalls heiraten. Er war im Koreakrieg Bomberpilot gewesen und hatte mit Gott einen Pakt geschlossen: Wenn er den Krieg überlebte, würde er Priester werden. Er hatte geträumt, wir würden heiraten, die Leute würden zu uns ins Haus kommen, und ich würde die Schrift in hebräischer Sprache, er in englischer Sprache lesen. Er war gross und sah gut aus, aber ich erkannte, dass auch er nicht der Mann für mein Leben war, und so heiratete auch er ein anderes Mädchen. Leider habe ich ihn aus den Augen verloren, was für mich eher ungewöhnlich ist; ich habe als Kind so viel verloren, dass ich mich jetzt ganz bewusst an die Leute klammere. Wenn Du diese Seiten liest, melde Dich doch bitte.

Im Jahr 1959 machte ich meinen Master mit einer Arbeit über das Thema: Was ist aus den Emigrantenkindern – einschliesslich mir selbst – geworden, die den Zweiten Weltkrieg in der Schweiz verbrachten. Die Haudeks veranstalteten eine grossartige Gartenparty in ihrem Landhaus in Harrison, New York. Ich war überglücklich. Am meisten beeindruckte mich die Tatsache, dass es dort sogar Kellner gab.

Ich war froh, mit einer Universität und einer Fakultät verbunden zu sein, und besuchte begeistert Symposien zum Thema Soziologie in grossen Hotels. Dabei war ich immer sehr beliebt, und zwar aus einem ganz bestimmten Grund. Wenn immer Soziologen mit einem Drink in der Hand und einem Namensschild auf der Brust miteinander sprechen, schauen sie sich ununterbrochen nach irgendwelchen bekannten Persönlichkeiten um, mit denen zu reden sich lohnen würde. Ich hatte nie Mühe, eine Schar um mich herum zu versammeln, weil alle mit mir reden konnten und dennoch eine ungehinderte Sicht auf die andern Anwesenden hatten.

Aber an der New School tauchten Wolken am Horizont auf. Für eine akademische Disziplin wie Soziologie ist ein Master nur eine Stufe auf dem Weg zum Doktorat; dies bedeutete weitere Vorlesungen, eine schriftliche Prüfung, eine mündliche Prüfung und eine Dissertation. Ich bestand die Vorlesungen und (im zweiten Anlauf) auch die schriftliche Prüfung, aber in der mündlichen fiel ich durch.

Zum Teil lag es daran, dass in den höheren Sphären der Soziologie das Hauptgewicht auf die Theorie und auf abstrakte Modelle gelegt wird. Und ich bin nun einmal keine Theoretikerin; ich stehe mit beiden Füssen auf dem Erdboden und befasse mich mit der Wirklichkeit und dem, was machbar ist. Ich hatte also schon Schwierigkeiten, den Stoff zu verstehen. Und hinzu kam noch die ganze Szene bei dieser Prüfung: da sassen fünf eminente Professoren und quetschten mich nach allen Regeln der Kunst aus. Dies allein war schon furchteinflössend; schlimmer war aber die Tatsache, dass diese fünf darauf aus waren, sich gegenseitig zu beeindrucken und zu beweisen, wie clever sie waren. Demzufolge waren ihre Fragen nicht nur theoretisch, sondern manchmal schlicht und einfach unverständlich.

Und da war noch etwas anderes mit im Spiel. In den späten fünfziger und frühen sechziger Jahren waren die Koryphäen auf diesem Gebiet als die «wütenden jungen Soziologen» bekannt. Irgendwie nahmen sie die Neue Linke der späten sechziger Jahre vorweg: es ging ihnen in erster Linie darum, scharfe Kritik an der Diskriminierung in den Vereinigten Staaten zu üben. Und das bereitete mir Schwierigkeiten. Ich wusste um die Diskriminierung in diesem Lande, und ich wusste um die Armen – gehörte ich doch selbst dazu! Aber ich verstand nicht, wie man dieses wunderbare Land kritisieren konnte, dieses Land, das mit Hitler und den Nazis aufgeräumt hatte, das mich aufgenommen und gebildet hatte.

Das Ergebnis war, dass ich zweimal durch die mündliche Prüfung rasselte. Beim zweiten Mal war ich sicher, dass ich bestehen würde, und so hatte Else Katz, die auf Miriam und Joel aufpasste, zu Hause einen Kuchen gebacken. Mit tränenerstickter Stimme musste ich sie anrufen und sagen: «Stell den Kuchen weg. Ich habe es nicht geschafft.»

In Deutschland gibt es kleine Figuren, sogenannte Stehaufmännchen. Sie sind unten mit Blei beschwert, und wenn man sie auf eine Seite legt, stehen sie nullkommanichts wieder gerade.

So bin ich auch. Anstatt mich durch mein Versagen unterkriegen zu lassen, stürzte ich mich einfach ins nächste Vorhaben. Und ich kam sogar zum Schluss, dass das, was passiert war, eigentlich sogar ganz gut für mich war. Hätte ich die Prüfung bestanden, wäre ich an irgendeiner Universität eine langweilige Dozentin für Soziologie geworden.

Hinzu kam auch, dass ich in der Zwischenzeit jemanden gefunden hatte, der mich trösten konnte. Eines schönen Tages anfangs Winter 1961 rief mich Dale Ordes an und sagte: «Ruth, mein Freund George Blau hat ein Auto. Komm, wir gehen übers Wochenende skifahren.» Natürlich sagte ich zu. Ich liess Miriam bei den Schramms in New Jersey, und zu viert – Dale, George, Hans Keizer und ich – fuhren wir nach Bel Air, einem Skiort in den Catskills. Hans hatte ich während meiner Zeit als Marktforscherin kennen- und schätzengelernt. Er war Holländer und hatte schon einen Abschluss in Soziologie von einer holländischen Universität. Wir arbeiteten nebeneinander, und da ich ihn auf Anhieb mochte (er sah gut aus!), begann ich während der Arbeit zu plaudern. Er hatte aber offenbar nicht die gleiche Fähigkeit wie ich, zwei Dinge gleichzeitig zu tun, und so sagte er schon bald: «Ach, hör schon auf zu schwatzen; so kann ich doch nicht arbeiten.»

An dieser Stelle muss ich noch eine andere Episode mit Hans einflechten. Als Miriam noch sehr klein war, tat er mir leid, weil er an Weihnachten so allein und so weit weg von zu Hause war. Es war Heiligabend, und er hatte keinen Weihnachtsbaum. Also gingen wir hinaus auf die Strasse und fanden wirklich einen Weihnachtsbaum, der irgendwie stehengeblieben war. Als nächstes gingen wir zu Woolworth's und erstanden für $ 1.29 eine Schallplatte mit Weihnachtsmusik. Danach ging's flugs zurück in meine Wohnung, und ich dachte: «Mein Gott, da bin ich nun bei mir zu Hause mit einem Weihnachtsbaum und Weihnachtsmusik – ich kann nur hoffen, dass mich nicht der Schlag trifft!»

Wir fuhren also in die Catskills. Dale ist ein sehr fanatischer Skifahrer. Sobald er Schnee sieht, verschwindet er in den Bergen und taucht erst am Abend wieder auf. Nicht nur, dass er leidenschaftlich gern Ski fährt, nein, er glaubt auch, für eine Tageskarte möglichst viele Abfahrten machen zu müssen, damit sich die ganze Sache auch lohnt. Auf diese Weise verlor er damals mehr als eine Freundin. Jedenfalls stand ich nun mit Hans da, was an und für sich nur ein einziges, kleines Problem bedeutete. Wir standen an einem Schlepplift, und Hans war über einsachtzig gross, währenddem ich nur gerade einsvierzig mass. Wenn er den Bügel unter seinem Hintern hatte, spürte ich ihn am Nacken, und wenn *ich* ihn unter meinem Hintern hatte, reichte er ihm gerade so recht an die Kniekehlen.

Oben angekommen, wurde ich dem Präsidenten des Skiclubs vorgestellt, der uns auch die Unterkunft besorgt hatte. Er war nicht sehr gross, und deshalb sagte ich zu George: «Pass auf, das nächste mal fahre ich mit dem kleinen Mann hinauf und treffe dich hier. Dann fahren wir gemeinsam hinunter.» Unterwegs begannen wir zu plaudern. Und wir plauderten den ganzen Tag und die ganze Nacht bis morgens um zwei weiter. Dann schlich ich mich ins Zimmer, das ich mit einem weiblichen Mitglied des Skiclubs teilte, und bekam zu hören: «Lass die Hände von ihm. Er gehört mir.» Wortlos ging ich schlafen. Sein Name war Manfred Westheimer.

Als ich wieder zu Hause war, rief ich Debbie Offenbacher an. Ich sagte zu ihr: «Ich habe den Mann gefunden, den ich heiraten werde.» Sie fragte zurück: «Wie kannst du nur so sicher sein? Du hast ihn doch erst eben kennengelernt.» Aber ich erwiderte nur: «Du wirst ja sehen!»

Ich weiss nicht, warum ich seiner vom ersten Augenblick an so sicher war. Eine wichtige Rolle spielte wohl unsere Herkunft. Fred ist ein Jahr älter als ich, ebenfalls Jude und stammt aus Karlsruhe, wo sein Vater eine Möbelhandlung besass. Im Jahre 1938 wanderte die Familie nach Portugal aus. Aber seine Eltern fragten sich, was wohl geschähe, wenn Hitler auch in Portugal einmarschieren würde, und so schickten sie ihren Sohn mit sechzehn Jahren zu einer Tante in Louisville, Kentucky. Er absolvierte dort die Mittelschule, trat in den Militärdienst ein und studierte nachher am Pratt Institute und am Polytechnic Institute of Brooklyn Ingenieurwissenschaft. Als ich ihn kennenlernte, war er Chefingenieur bei einer Beratungsfirma und lebte natürlich in Washington Heights; seine Eltern waren aber immer noch in Portugal.

Ich glaube, es war mir auch bewusst, wie gut Fred und ich einander ergänzten. Ich bin ein wenig impulsiv, er ist besonnen. Ich gehe gern aus, er bleibt lieber zu Hause. Ich gebe gern Geld aus, er will sparen. Er geht ausgezeichnet einkaufen, mich interessiert nicht, welche Suppe billiger ist. Er mag Routine, ich ziehe Abwechslung vor. Er hasst Lärm, mich stört er nicht. In manchen Fällen würden solche Unterschiede wohl zu einer Scheidung ausreichen, aber irgendwie war mir klar, dass diese Gegensätze sich in unserem Fall anzogen. Hinzu kam, dass er gut aussah, intelligent und nicht zu gross war, eine gute Stelle und ein Auto hatte, Kinder mochte und auf seiner Harmonika jüdische Volkslieder spielen konnte. Was wollte ich mir mehr wünschen?

Meine Prophezeiung sollte eintreffen, aber ich musste tüchtig nachhelfen. Als ich mit Fred auszugehen begann, hatte er noch eine andere Freundin, und ich wusste, dass sie meine grösste Konkurrenz war. Er hatte noch eine Gitarre in ihrer Wohnung, und ich wollte auf keinen Fall, dass er sie dort holen ging. Also machte ich mich mit Dale auf und kaufte Fred eine *neue* Gitarre. Sie kostete achtundzwanzig Dollar – damals ein Vermögen für mich –, aber es lohnte sich.

Ich wusste, dass ich auch einen guten Eindruck machen konnte, wenn er überzeugt war, ich sei eine gute Köchin, was ich aber leider nicht war. Ich hatte zwar in der Schweiz mein Haushaltdiplom gemacht, und von Frankreich her wusste ich noch, wie man ein gutes Essen zusammenstellt, aber seither hatte ich rund zwanzig Jahre lang in verschiedenen Kollektiven und Studentencafés gelebt. Also musste ich mit weiblicher Raffinesse vorgehen. Ich lud Fred an Rosch Haschana, am jüdischen Neujahrsfest, zu mir zum Abendessen ein und bat eine entfernte Verwandte von mir, Käthe Baumann, ein Essen vorzubereiten, das ich dann abholen und bei mir zu Hause als persönliches Meisterwerk präsentieren wollte. Ich hatte auch die andern Gäste gebeten, meine Kochkunst entsprechend zu loben. Dieses Manöver hat Fred mir bis auf den heutigen Tag nie verziehen.

Dann begann er, mich zu seinen Verwandten mitzunehmen, ganz offensichtlich, um ihre Zustimmung einzuholen. In der Regel bestand ich den Test, obwohl seine Tante Recha, die ich sehr gern bekam, mir später gestand, sie hätte bei sich gedacht: «Was bringt Fred da nur für ein kleines Mädchen mit?» Und eine andere Verwandte, die hier ungenannt bleiben soll, sagte: «Du solltest sie nicht heiraten, weil sie ein Kind hat. Das brauchst du doch nicht.» Fred erzählte mir das, und bei dieser Gelegenheit wurde mir klar, dass man seinem Partner nicht immer nur die Wahrheit, die ganze Wahrheit und nichts als die Wahrheit sagen sollte.

Von allem Anfang an schwärmte Fred von Oscawana. Es stellte sich heraus, dass dies ein See unweit von New York City war, wo er und viele seiner deutsch-jüdischen Bekannten im Sommer Bungalows mieteten. Es war ein herrlicher See inmitten von Hügeln, der sehr stark an Europa erinnert. Und sie waren so darauf versessen, dass sie in Gegenwart von Fremden nie davon sprachen.

Ich wollte ein Zimmer im gleichen Haus wie Fred mieten, aber das scheiterte daran, dass die Vermieter keine Kinder wollten, und ohne Miriam hatte ich keine Lust dazu. Aber der Gedanke, Fred wäre jedes Wochenende an diesem See und ich hier in der Stadt, behagte mir gar nicht – vor allem nicht, weil auch die andere Frau da oben ein Zimmer gemietet hatte! Dann erwähnte jemand, der Bungalow neben Freds Haus sei noch für sechshundert Dollar zu mieten. Ich hatte natürlich keine sechshundert Dollar, aber ich begann schnell zu rechnen. Der Bungalow hatte zwar nur drei Schlafzimmer, aber mit dem Wohnzimmer und der Veranda liessen sich ohne weiteres sechs Parteien einquartieren. Hundert Dollar konnte ich mir leisten, und Fred würde auch hundert Dollar beisteuern, weil er nur alle zwei Wochen in sein Haus, so aber jedes Wochenende an den See fahren konnte. Zweihundert Dollar hatte ich also bereits. Dann ging ich zu Cynthia und Howard Epstein. Cynthia hatte ich als Soziologiestudentin an der New School kennengelernt, und Howard war ein sehr erfolgreicher Journalist. Sie besassen einen zweiplätzigen MG, den ich als asozial bezeichnete, weil kein Platz für Miriam und mich war. Ich rief also Howard an, bat ihn, mir zu vertrauen, es sei ein wirklich herrlicher Ort, und ungesehen zwei Anteile zu übernehmen: vierhundert Dollar. Dale und seine Freundin sagten ebenfalls zu, und schliesslich gewann ich auch Debbie, indem ich ihr versicherte, es sei dort oben so ruhig, dass sie mit ihrer Dissertation sicher tüchtig vorankommen würde. So war der Bungalow nach einer einzigen Nacht mein.

Wir verbrachten einen grossartigen Sommer, weil wir eine perfekte Arbeitsteilung durchführten. Cynthia konnte kochen; ich konnte reden und machte davon beim Geschirrspülen reichlich Gebrauch; Dale und Fred konnten alle die kleinen Arbeiten im und ums Haus ausführen. Und dennoch dauerte es seine Zeit, bis ich Fred erobert hatte. Er hatte immer noch den halben Anteil am andern Haus, und die Frau dort verstand sich offenbar auf grossartige Rückenmassagen und leckere Heringssalate. Fred schlief in unserem Bungalow, ging aber jede zweite Woche zum Essen ins andere Haus – schliesslich, so meinte er, habe er bezahlt und wolle nun auch etwas für sein Geld bekommen.

Ende Sommer hatte ich das Gefühl, wenn wir überhaupt heirateten, dann jetzt oder nie. Freddie war vierunddreissig, ein Einzelkind, und stand sehr nahe vor einem lebenslangen Junggesellendasein. Nachdem er elf Jahre lang möbliert gewohnt hatte, war er erst kürzlich in eine eigene Wohnung eingezogen; den Boden hatte er nur mit der *New York Times* belegt, und jetzt wollte er einen Teppich kaufen. So nahm er eines Tages mich und Edith, die Frau seines ältesten Freundes Walter Oppenheim mit zum Teppicheinkauf. Ich wusste, dass er nie heiraten würde, wenn er jetzt einen Teppich kaufte. Edith war wohl der gleichen Ansicht, denn nachdem er eine Stunde lang hin und her überlegt hatte, sagte sie zu ihm: «Warte doch noch ein Weilchen.» Und er war einverstanden. Ein Seufzer der Erleichterung entrang sich meiner Brust.

Ich glaube, Fred erkannte das Unvermeidliche an jenem Tag, als er mit Miriam und mir in seinem Renault ausfuhr. Miriam sagte: «Wenn ihr beide heiratet, ist Freds Auto dann unser Auto?» Fred landete beinahe im Strassengraben. Und kurze Zeit später bei einer Tour auf den Balsam Mountain kam er auf die Frage zurück. Er stellte mir zwei Bedingungen: erstens, wir mussten aus steuerlichen Gründen vor Ende des Jahres heiraten, und zweitens durfte ich zwei Tage lang niemandem ein Sterbenswörtchen davon verraten, bis er mit seinen Eltern gesprochen hatte. Wer soweit gelesen hat, wird unschwer erkennen, welche der beiden Bedingungen für mich schwieriger einzuhalten war.

Ich lernte Freds Eltern erst am Tag vor der Hochzeit kennen, als sie von Portugal her in New York eintrafen. Ich verstand mich ausgezeichnet mit seinem Vater, der völlig mittellos nach Portugal ausgewandert war und dort ein grosses Importgeschäft für Büroartikel mit fünfzig Angestellten aufgebaut hatte. Vor seiner Mutter fürchtete ich mich ein bisschen, denn Fred hatte mir erzählt, sie sei eine sehr ordentliche Frau. Meine Wohnung sah damals noch chaotischer aus als sonst, weil ich mich ja nicht nur um Studium, Arbeit und Tochter, sondern auch noch um die Hochzeitsvorbereitungen zu kümmern hatte. Im letzten Augenblick ramschte ich alles zusammen, was an Papier in meiner Wohnung herumflatterte und stopfte alles in eine Schublade. Die Westheimers kamen zum Abendessen zu Besuch, und prompt öffnete ich im Laufe des Abends völlig gedankenlos jene Schublade, worauf die ganze Herrlichkeit herausquoll. Aber meine Schwiegermutter verhielt sich tadellos. Sie nahm es gelassen hin. Und sie hat seither trotz ihrer Ordnungsliebe und meiner Nachlässigkeit nie eine einzige von meinen Schubladen geöffnet (wahrscheinlich weil sie weiss, was sie erwarten würde).

Am 10. Dezember 1961 feierten wir Hochzeit im Windermere Hotel an der Upper West Side. Alle meine New Yorker Freunde waren da und auch Mathilde, meine Freundin aus deutschen Kindheitstagen. Darüber freute ich mich ganz besonders. Die Hochzeitsnacht verbrachten wir in einem Hotel in den Pocono-Bergen im Nachbarstaat Pennsylvania. Am folgenden Morgen musste Fred geschäftlich nach Kansas City fliegen. Sollte er sich jemals über meine heutige Reiserei beklagen – bisher hatte er es noch nicht getan –, werde ich ihn daran und an alle übrigen Geschäftsreisen erinnern, die er in unseren ersten Ehejahren machen musste.

Nach unserer Heirat dämmerte mir allmählich eine ernüchternde Wirklichkeit: ich würde wahrscheinlich nie mehr nach Israel zurückkehren. Während meiner ganzen Zeit in Paris und New York hatte ich mich als israelische Studentin betrachtet, die ihre Ausbildung abschloss, um dann für den Rest des Lebens nach Israel zurückzukehren. Ich sprach mit Miriam zuerst Hebräisch und erst später Englisch, und ihre ersten Worte waren Hebräisch. Aber Fred war nicht so sehr Zionist. Er mag das kühle Wetter und den Wechsel der Jahreszeiten, und er war schon sehr an Amerika gebunden. Also musste ich auch Amerikanerin werden. Mir war nicht ganz wohl dabei, vor allem, weil mein Leben trotz aller Härten viel leichter war als das

Leben, das ich in Israel kennengelernt hatte. Im israelischen Sprachgebrauch bezeichnet man jemanden, der ins Land kommt, als *olah* – jemanden, der aufsteigt. Jemanden aber, der das Land verlässt, als *yored* – jemanden, der absteigt. Auch wenn ich noch oft nach Israel reisen sollte – ich lehrte dort sogar einmal ganze neun Sommer lang – und beide Kinder in zionistische Sommerlager schickte, ich musste mich damit abfinden, dass ich jetzt *yored* war. Im Jahr 1965 machte ich die ganze Sache schliesslich offiziell und liess mich einbürgern. Ich hatte vor der Prüfung so Angst, dass ich Martha Bernstein als moralische Unterstützung mitschleppte. Aber dann wusste ich, wieviele Mitglieder das Repräsentantenhaus und das Oberste Gericht haben und bestand das Examen. Es war ein bewegender Augenblick für mich, denn ich war inzwischen der festen Überzeugung, die USA seien das grossartigste Land auf der Welt. Ich bin natürlich nicht in allen Dingen immer mit der Regierung einverstanden, aber anderseits hatte sich kein anderes Land Flüchtlingen wie mir gegenüber so grosszügig erwiesen.

Die Wiederangewöhnung ans Eheleben fiel mir nicht schwer. Wir fanden problemlos eine Wohnung, natürlich in Washington Heights. Und Fred und Miriam kamen von Anfang an sehr gut miteinander aus. Als wir heirateten, sagte ich zu ihr: «Du kannst ihn Daddy oder Fred nennen, ganz wie du willst.» Von jenem Tag an nannte sie ihn Daddy. Als Joel auf die Welt kam und zum Beispiel schrie, pflegte Fred zu Miriam zu sagen: «Als du klein warst, hast du auch so geschrien.» Und sie gab zurück: «Wie willst du das wissen? Du warst ja nicht dabei!»

Wir wollten beide noch ein Kind haben, und ungefähr sechs Monate nach der Hochzeit wurde ich schwanger. Genau wie bei Miriam begann ich mit beiden Händen auf dem Bauch und einem breiten Lachen auf dem Gesicht auf und abzugehen, sobald ich nur die geringste Bewegung in meinem Leib spürte. Ich sagte zu mir: «Mein Gott, schau nur, was ich alles kann. Ich kann Babys haben.» Cynthia Epstein war ungefähr zur gleichen Zeit in Erwartung, und ungefähr sechs Wochen vor meiner Niederkunft rief mich Howard aus dem Spital an, um mir mitzuteilen, sie hätten einen Sohn, Sasha Alexander bekommen. Dies beunruhigte mich sehr, denn abergläubisch war ich der Meinung, es gäbe nur eine bestimmte Anzahl von Jungen und Mädchen, und da ich schon ein Mädchen hatte, wollte ich unbedingt einen Jungen. Für Cynthia wäre es doch egal gewesen; warum konnte nicht ich den Jungen haben? Ich freundete mich mit dem Gedanken an, dass ich noch ein Mädchen haben würde, aber – hurra! – ein Junge war zumindest noch zu haben.

Diesmal verlief die Geburt – gelinde ausgedrückt – ganz anders. Ich war nun versichert und wählte deshalb das Columbian Presbyterian, ein sehr elegantes Spital ganz in der Nähe. Es gab wieder einen Kaiserschnitt, diesmal aber ohne Komplikationen, und Dr. Emmanuel Friedman machte seine Sache ausgezeichnet. Er wohnte in Tenafly, New Jersey, ich selbst nur ein paar Häuserreihen vom Spital entfernt. Aber als ich ihn zu Hause anrief, war er noch vor mir im Spital. Ich habe heute noch keine Ahnung, wie er das damals schaffte. Im Spital hatte ich sogar ein Zimmer ganz für mich. Damit Sie sich ungefähr vorstellen können, wie sehr ich mich freute, will ich hier nur sagen, dass meine Telefonrechnung höher war als die Arztkosten, als ich entlassen wurde.

Als Joel zur Welt kam, war Miriam sechs Jahre alt, und sie freute sich sehr über einen kleinen Bruder. Und ich, die ich ja Kinderpsychologie studiert hatte, erstickte geschickt jede Rivalität schon im Keim. Als ich aus dem Spital nach Hause kam, schenkte ich ihr eine schöne Ledermappe für die Schule, da sie nun schon ein so grosses Mädchen war. Und ich sammelte in einer Wundertüte kleine Geschenke für sie. Wenn Leute mir Geschenke für das Baby brachten, zweigte ich stets etwas für Miriams Tüte ab, damit sie sich nicht benachteiligt fühlte.

Unmittelbar bevor ich Fred kennenlernte, hatte ich im Traum Teppiche gekauft. Hannah meinte, es bedeute vielleicht, dass ich irgendwie Wurzeln schlagen wolle, dass mein Leben etwas sesshafter würde. Und wie immer hatte sie recht.

Ich hatte eigentlich nie die Absicht, Hausfrau zu werden, aber mit zwei kleinen Kindern konnte ich auch nicht voll arbeiten. Zum Glück fand ich aber eine Serie von Teilzeitstellen, bei denen es um Untersuchungen über die Patientenpflege an der School of Public Health and Administrative Medicine der Columbia University ging. Leiterin des Projekts war Frau Charlotte Muller, die Ökonomie studiert hatte und mir sehr viel über Forschungsmethoden beibringen konnte. Und es funktionierte ausgezeichnet: wir arbeiteten beide je zwanzig Stunden pro Woche. Ich verdiente fünftausend Dollar, nicht schlecht für eine Halbtagsstelle zu Beginn der sechziger Jahre. Und das Beste war: ich erhielt mein erstes Honorar als Koautorin für mehrere Artikel, die in Fachzeitschriften veröffentlicht wurden. Ein paar Titel mögen eine Vorstellung davon vermitteln, mit welchen Themen wir uns beschäftigten: «Rezepturen und Umgang mit Medikamenten im Metropolitan Hospital», «Anwendung und Kosten von Medikamenten für Patienten mit Myokardinfarkt» und «Anwendung und Kosten von Medikamenten für hospitalisierte Patienten in vier Krankenhäusern von New York City». Mir gefiel meine Arbeit so sehr, dass ich mich dazu entschloss, meine Doktorarbeit über das Gesundheitswesen zu schreiben.

146

Durch eines der Projekte lernte ich den Psychotherapeuten Arnold Bernstein kennen, der ein Buch mit dem Titel *Anatomie der Psychotherapie* geschrieben hatte. Jemand riet mir, ich solle ihn als Patientin aufsuchen. Wie alle deutschen Juden hielt ich so etwas aber für ein Zeichen von Schwäche. Soviel Aufhebens um sich selbst zu machen, war – angesichts der vielen Probleme auf der Welt – Unsinn, dachte ich. Ich wollte nur hingehen, um eine – wie die Psychoanalytiker es nennen – Lehranalyse zu machen, eine Therapie, der man sich selber unterzieht, um zu lernen, wie man sie durchführt. Und ich bin froh, dass ich ging, auch wenn ich mich zurückhielt: ich erzählte ihm nicht alle Einzelheiten aus meiner Vergangenheit, weil es zu schmerzlich gewesen wäre. Er arbeitete in einer Klinik, und ich bezahlte ihm drei Dollar für dreissig Minuten. Dann eröffnete er eine Privatpraxis, wo er nur noch Patienten für fünfzigminütige Sitzungen annahm. Dies war mir nun zu teuer, aber er sagte: «Gut, ich nehme Sie zum halben Preis. Sie reden so schnell, dass eine halbe Stunde ausreicht.»

Im Jahr 1967 war für unser Forschungsprojekt kein Geld mehr vorhanden und ich war wieder arbeitslos. Jemand erzählte mir, die Organisation Planned Parenthood (Familienplanung) suche eine Mitarbeiterin. Und so meldete ich mich bei Stuart Cattell, dem Forschungsleiter, zu einem Gespräch an. Ich bekam den Job auf der Stelle und zudem eine Woche später, als die Projektleiterin kündigte, auch noch *ihren* Job.

Es ging darum, bei zweitausend schwarzen Frauen in Harlem alles über ihre Methoden der Empfängnisverhütung und der Abtreibung herauszufinden. Meine Aufgabe war es, rund zwei Dutzend Frauen, die vorher noch nie etwas mit Familienplanung zu tun gehabt hatten, zu Mitarbeiterinnen auszubilden und zu überwachen. Nach meinem ersten Arbeitstag kam ich nach Hause und sagte zu Fred: «Diese Leute sind verrückt! Die sprechen den ganzen Tag lang nur über Sex! Warum sprechen sie nicht über Literatur, Philosophie oder Politik?» Aber ich gewöhnte mich rasch daran. Innerhalb einer Woche kam ich sogar zum Entschluss, ich wolle mich näher mit diesem Problem befassen. Ich wusste noch nicht, dass ich Sexualtherapeutin werden würde, aber ich meinte, andere Menschen über Sexualaufklärung und Familienplanung aufzuklären entspreche nicht nur meinen Fähigkeiten und Erfahrungen, sondern stelle auch eine wertvolle Dienstleistung dar. Zudem konnte ich Stuart Cattell näher kennenlernen, der ganz in der Nähe von Oscawana wohnte. Wir wurden gute Freunde und gingen oft miteinander wandern, diskutieren, segeln und essen.

Die Frauen, die ich bei Planned Parenthood unterrichtete, waren ausschliesslich Schwarze und Puertoricanerinnen, und die meisten von ihnen hatten zuvor noch nie gearbeitet, geschweige denn so etwas Ähnliches

Hochzeitsfoto
vom 10. Dezember 1961

getan. Und ich bin stolz auf das, was ich dort geleistet habe. Eine junge Frau, die für uns arbeitete, hatte kein Mittelschuldiplom. Wir ermöglichten es, dass ihr ein Teil ihrer Arbeit bei uns für die Schule angerechnet wurde, und so bekam sie ihr Diplom noch während das Projekt lief. Nach Abschluss des Projektes fand ich für jede dieser Frauen eine bessere Stelle, zum Teil in der städtischen Gesundheitsfürsorge, zum Teil in Spitälern.

Ein paar Wochen lang lernten sie, wie man eine Befragung durchführt, wie man einen Fragebogen ausfüllt, usw., und dann war es Zeit, mit der Arbeit draussen zu beginnen. Einmal fragte ich die Frauen, ob ich sie zu ihren Interviews begleiten dürfe – nicht als Aufseherin, sondern einfach als stille Beobachterin und Zuhörerin. Im Laufe der Jahre hatte ich ein starkes Interesse für Familienleben und Kindererziehung in anderen Kulturen entwickelt, und ich fand, dies wäre eine gute Gelegenheit zum Beobachten und Lernen. Und ich wurde nicht enttäuscht.

Aber es kam schon manchmal zu haarsträubenden Episoden. Die Unruhen in Harlem näherten sich ihrem Höhepunkt, und da wagte sich eine einsvierzig grosse, weisse Frau wohlgemut in diesen Stadtteil, um die Bewoh-

148

ner über Geburtenkontrolle zu befragen! Offenbar gab es jedesmal, wenn ich allein auf Besuch ging, Wind, Schnee und Regen, ich musste in einem furchteinflössenden Gebäude vier Treppen hochklettern, und dann war niemand zu Hause. Und selbstverständlich bellte ein grosser Hund in der Eingangshalle.

Aber es gab nie ernsthafte Schwierigkeiten. Ich achtete darauf, dass ich niemals als weisse, aus der Mittelschicht kommende Retterin erschien, die in Harlem Weisheit und Güte verbreitete. Wir hatten auch ein paar freiwillige Frauen von der Upper East Side, und ich hämmerte auch ihnen ein, sie dürften sich nicht so geben, als erwiesen sie den Armen eine Gnade; sie sollten den Eindruck erwecken, als ginge es um eine gemeinschaftliche Zusammenarbeit, das half. Mir war es auch wichtig, dass wir von den Leuten nicht nur Informationen bekamen, sondern ihnen wenn möglich auch halfen. Wenn wir zum Beispiel ein Kind fanden, dass nicht zur Schule ging, wussten wir, wo die Leute anrufen mussten, um etwas dagegen zu unternehmen. Manchmal blieben die Kinder zu Hause, weil sie keine Winterkleidung hatten, und auch dann konnten wir Abhilfe schaffen. So konnten wir nicht nur Leiden mildern, sondern es tat auch unserer Moral gut: wir wussten, dass wir etwas veränderten, nicht viel zwar, aber doch immerhin ein klein wenig.

Damals war mir meine Herkunft eine grosse Hilfe: Ich hatte nicht dieses durch Sklaverei und Unterdrückung verursachte Schuldgefühl vieler Amerikaner, was unter Umständen eine schwere Last bedeuten kann. Einige meiner Kolleginnen konnten aus diesem Grund manchmal ihre Aufgaben nicht mehr erledigen, weil sie Angst hatten, etwas falsch zu machen. Mein Leben hatte mich auch gelehrt, dass ich immer wieder aufstehen und beachtet werden wollte, und ich glaube, diese Einstellung übertrug sich auch auf die Menschen in Harlem. Einmal war ich bei der Leiterin eines Tagepflegeheims, die mit dem inoffiziellen Herrscher von Harlem eine heftige Auseinandersetzung gehabt hatte. Wer anderer Meinung als er war, wurde einfach aus dem Weg geschafft. Ich war an einem Freitagnachmittag dort, als zwei grosse, bewaffnete Männer hereinkamen und sie aufforderten, sofort zu verschwinden und alles liegen und stehen zu lassen. Einen solchen Gewaltakt wollte ich aber nicht dulden; ich erhob mich deshalb zu meiner vollen Grösse von einsvierzig und sagte: «Gut, wir gehen. Aber ihr wartet draussen, bis sie ihre persönlichen Sachen zusammengesucht hat.» Sie waren derart überrascht, dass jemand wie ich so autoritär mit ihnen umging, dass sie das Feld räumten und draussen geduldig eine Stunde lang warteten, bis wir ihre Sachen zusammengepackt hatten.

Diese Jahre bei Planned Parenthood überzeugten mich davon, wie wichtig Empfängnisverhütung und legalisierte Abtreibung sind. Abtreibungen waren damals verboten, und ich wusste, wie falsch das war. In Paris, wo legale Abtreibungen auch nicht möglich waren, liess eine Freundin eine Abtreibung bei einem Arzt vornehmen. Sie wurde nach Hause geschickt, und ihr Freund und ich blieben die ganze Nacht über bei ihr. Mich schaudert heute noch, wenn ich daran denke, denn wir beide hatten ja keine Ahnung von den Risiken: das Mädchen hätte ohne weiteres verbluten können. Was Empfängnisverhütung angeht, ich habe sie selbst immer angewandt – ich hatte ja nur zwei Kinder –, aber vorallem die Arbeit bei Planned Parenthood und die Armut in Harlem, wo die Leute nicht einmal ihre Kinder einkleiden und ernähren konnten, liessen mich erstmals richtig erkennen, wie wichtig sie ist.

Noch während dieser Zeit kam Joel in die Schule, und ich hielt die Zeit nun für gekommen, selbst nochmals die Schulbank zu drücken und mein Doktorat zu machen. Ich ging ganz behutsam vor und belegte zuerst nur einen Kurs am Teachers College der Columbia University. Ich schloss mit «Sehr gut» ab und legte mich dann voll ins Zeug. Ich belegte jedes Semester und jeden Sommer soviel Kurse wie möglich, und 1970 war es dann soweit. Es war nicht leicht. Ich hatte mich immer noch um eine Familie und um eine Halbtagsstelle zu kümmern. Die meisten Vorlesungen am Teachers College werden abends gehalten, weil so viele Studenten arbeiten, und ich erinnere mich an manche kalte, elende, regnerische, verschneite und verhagelte Nacht, in der ich um elf Uhr an der windigsten Strassenecke der Welt, an der Ecke Einhundertundzwanzigste Strasse/Riverside Drive auf den Bus nach Hause wartete.

Was mir damals half, waren die grossartigen Leute an der Columbia University, vor allem Hope Leichter, die Leiterin des Instituts für Gemeinschaftswesen und Familienbeziehungen, und David Goslin, mein Studienberater. David, der heute Leiter der Abteilung für Sozialwissenschaften an der National Academy of Sciences in Washington, D.C. ist, war mir eine besonders grosse Hilfe. Ich hatte eigentlich vor, meine Doktorarbeit als Fortsetzung meiner Master-Arbeit an der New School zu gestalten. Ich wollte herausfinden, was aus den Kindern von Heiden geworden war und wie ihre Kindheitserfahrungen sich auf ihr Leben ausgewirkt haben. Dieses Thema lag und liegt mir natürlich sehr am Herzen und wäre ein äusserst umfangreiches Projekt geworden. Aber am Tag, als alle Doktoranden ihr Dissertationsthema bekanntgeben mussten, und ein anderer Kandidat von seinen Absichten gesprochen hatte, gab David zu bedenken, wir sollten uns nicht für ein Thema entscheiden, das Jahre unseres Lebens in Anspruch nehmen würde, da draussen gäbe es Tausende von NODs, von Leuten, die noch ohne Dissertation seien und sie wohl auch nie beenden würden.

Da durchfuhr mich ein Einfall. Ich beschloss, die Opfer des Holocaust ein andermal zu studieren. Meine Dissertation würde ich über ein greifbareres Thema schreiben, nämlich über das Projekt von Planned Parenthood in Harlem, das kurz vor seinem Abschluss stand. David war damit einverstanden und war mir auch weiterhin oft behilflich. Wenn ich ihm ein Kapitel ablieferte, gab er es mir schon eine Woche später mit seinem Kommentar zurück, und wenn mein Eifer etwas nachliess, stellte er mich in der Halle und sagte: «Wenn Sie mir nicht bald das nächste Kapitel abgeben, lasse ich Sie fallen.» Woraufhin ich sofort nach Hause eilte, um das nächste Kapitel zu schreiben. Natürlich schadete es auch nichts, dass er gut aussah und in Yale doktoriert hatte.

Im Juni 1970 wurde ich zum Doktor promoviert. Ich schnitt so gut ab, dass ich nicht nur mit dem Kappa Delta Pi ausgezeichnet und in die Dekansliste aufgenommen wurde, sondern beim Aufmarsch mit Robe und Doktorhut in der vordersten Reihe figurierte. So sehr im Himmel habe ich mich sonst in meinem ganzen Leben nie gefühlt, das muss ich zugeben. Fred, Joel und Miriam und viele Freunde waren da. Und obwohl normalerweise der erfolgreiche Absolvent ein Geschenk bekommt, machte ich es umgekehrt und schenkte Joel und Miriam als Dank für ihre Hilfe und Unterstützung Armbanduhren. Da stand ich nun, die ich einst nicht einmal die Sekundarschule besuchen durfte, als Doktor der berühmten Columbia University.

Aber an jenem Tag dachte ich nicht nur an meinen Doktorgrad. Freddie und ich wollten schon seit längerem noch ein Kind haben, aber ich wollte eben auch mein Studium abschliessen. Und so hatten wir vereinbart, ich würde zuerst fertig studieren und dann ein Baby haben. Und als ich mit der Prozession aufmarschierte, war ich bereits schwanger.

Meine Freude war aber gedämpft, weil ich wusste, dass sich das Ungeborene in meinem Leib nicht richtig entwickelte. Mein Arzt hatte mir zwar versichert, er höre die Herztöne und es sei alles in Ordnung, aber irgendwie wusste ich einfach, dass etwas nicht stimmte. Und meine Befürchtungen bestätigten sich anfang Juli, als plötzlich Blutungen auftraten. Ich wusste, dass diese Schwangerschaft abgebrochen werden musste. Ich wollte sofort ins Spital gehen. Aber das war gar nicht so einfach. Am 1. Juli war die Abtreibung im Staat New York für legal erklärt worden, und nun platzten die Spitäler beinahe aus allen Nähten. Um ein Bett zu bekommen, musste ich mir irgendetwas einfallen lassen. Und so wartete ich, bis Fred zur Arbeit gefahren und Joel auf einen Schulausflug gegangen war (Miriam war ebenfalls in einem Sommerlager); dann rief ich das Spital an und gab vor, hysterisch zu sein. Ich begann zu schreien und zu weinen und sagte, ich müsse sofort kommen. Und es klappte.

Aber was mich erwartete, war eine Katastrophe. Der Arzt führte eine Auskratzung durch, und mitten drin fiel ich in einen Schockzustand. Wäre ich nicht im Spital mit all seinen Möglichkeiten gewesen, wäre ich heute nicht mehr am Leben. Ich musste mich einer teilweisen Hysterektomie unterziehen (dabei wird die Gebärmutter entfernt; Gebärmutterhals und Eierstöcke bleiben erhalten) und zehn Tage im Spital bleiben.

Ab und zu denke ich noch an jenes Baby. Heute, wo ich dieses Buch schreibe, wäre es achtzehn Jahre alt.

KAPITEL 7

Im Sommer 1970 trat ich meinen Unterrichtsjob an. Das Lehman College in der Bronx, das zur City University of New York gehört, suchte jemanden für einen Kurs über die psychologischen Grundlagen der Erziehung. Ich bekam den Job, weil ich flexibel war. Zunächst wusste man nämlich nicht, ob sich genügend Studenten für den Kurs einschreiben würden, und so sagte ich zum Leiter der Abteilung: «Ich würde liebend gerne hier unterrichten, aber ich muss die Entscheidung nicht jetzt haben. Wenn es nichts für mich gibt, geht das auch in Ordnung.» Aber es klappte, und ich freute mich sehr. Ich sagte: «Wenn Sie eine Stelle für mich freihaben, würde ich gerne bleiben.»

Nachdem ich einen Sommer lang Gastreferentin gewesen war, wurde ich Dozentin, dann Assistant Professor und nach nur eineinhalb Jahren bereits Associate Professor – eine fast unglaublich schnelle Karriere. Aber ich kannte natürlich das Spiel; ich war nicht mehr fünfundzwanzig und frisch von der Universität. Ich publizierte in wissenschaftlichen Zeitschriften, ich nahm an allen Abteilungssitzungen teil, ich war in allen Ausschüssen Mitglied, in denen sie mich drin haben wollten, und ich war sehr gern dort: Ich stolzierte durch die Schule, als ob sie mir gehört hätte.

Das einzige Problem war, dorthin zu kommen. Wir hatten nur ein Auto, Freddies Volvo, und ich nahm den Bus zum Lehman College. Da die Vorlesungen wiederum abends stattfanden, musste ich jeden Abend um zehn mit Sack und Pack bei meinen Kollegen die Runde machen und fragen, ob mich jemand mitnähme. Nicht, dass ich nicht hätte fahren können: Eddie George, mein ägyptischer Freund, hatte es mir damals an der New School beigebracht. Ich hatte Mühe, autofahren zu lernen, und meinen Führerschein bekam ich eigentlich nur, weil ich den Prüfungsexperten in ein so interessantes Gespräch verwickelte, dass er meine Fehler gar nicht bemerkte. Man erinnert sich an die Kochprüfung damals in der Schweiz!

Es war auch nicht, dass wir uns keinen Zweitwagen hätten leisten können. Aber Freddie und ich schreckten in typisch europäischer Manier vor solchen Extravaganzen zurück. Genauso erging es uns mit dem Telefon. In Israel und in Paris hatte ich keins, und als ich dann an der Seaman Avenue eins bekam, hielt ich es für einen unvorstellbaren Luxus. Aber als Miriam ins Teenageralter kam und mit ihren Freunden telefonieren wollte, während auch ich mit meinen Freunden telefonieren wollte, kam es zu Spannungen. Freddie und ich waren einer Meinung: ein Kind sollte kein eigenes Telefon haben. Aber schliesslich schenkte ich Miriam zu ihrem sechzehnten Geburtstag gegen Freddies Willen doch ein eigenes Telefon. Es war für mich eigentlich ein noch grösseres Geschenk, und es war eine der besten Entscheidungen, die ich in meinem Leben je getroffen hatte.

Eines Tages kam Elaine, eine sehr hübsche Blondine und Sekretärin des Dekans am Lehman College herein und sagte: «Schauen Sie sich einmal diesen tollen Wagen an, den ich mir gekauft habe!» Wir begleiteten sie zum Parkplatz hinaus, und da stand wirklich ein toller, kleiner Sportwagen. Und in dem Augenblick sagte ich zu mir: «Jetzt reichts. Ich bin Doktor und ich unterrichte: jetzt kaufe ich mir ein Auto.» Ich lieh mir etwas Geld und schleppte Al Kaplan, der einiges von Autos verstand, zu einem Autohändler an der Fordham Road. Ich kaufte mir für $ 4 700 einen wunderschönen kleinen Toyota Carina, in den ich mich richtig verliebte. Ich hatte immer geglaubt, ich könne nicht autofahren, weil ich die Pedale nicht erreichen würde; aber den Sitz in diesem Toyota konnte man so weit nach vorne schieben, dass alles in Reichweite lag. (Gott sei Dank sind auch die Japaner klein.) Al verbesserte meine Fahrkünste und brachte mir sein sogenanntes Zen des Fahrens bei, unter anderem auch, dass man beim Fahren nicht ans Fahren denken sollte. Ich weiss, es klingt merkwürdig, aber es funktioniert.

Am Lehman College entwickelte ich allmählich eine Spezialität: ich führte junge Lehrerinnen und Lehrer in die Geheimnisse des Aufklärungsunterrichts ein. Als ich an die Schule kam, fragte mich der Direktor, was für Kurse ich geben könnte, und mir schien dies sehr gut zu meiner Ausbildung und zu meinen Fähigkeiten zu passen. In den folgenden Jahren nahm das Interesse an solchen Kursen massiv zu, denn die Leute erkannten, dass sich auch die Schule um die sexuelle Aufklärung der Kinder kümmern sollte. Innerhalb von wenigen Jahren unterrichtete ich nur noch Fächer, die mit Familie und Sexualität zu tun hatten. Mir gefielen diese Themen, und ich wusste, dass ich meinen Studenten etwas Wertvolles mitgeben konnte. Aber ich musste schon bald feststellen, dass ich viel zu wenig über Sex wusste. Studenten stellten mir Fragen, die ich nicht beantworten konnte, und in den Gängen der Schule flüsterten mir meine über einsachtzig grossen Kollegen Fragen über Sex in die Ohren, die ich ebenfalls nicht beantworten konnte.

Also musste ich mich weiterbilden. Im Jahr 1974 besuchte ich eine Seminarwoche am Long Island Jewish Hospital, die mir einiges brachte; aber das

Spital lag viel zu weit entfernt, um da weiterzumachen. Dann sah ich eines Tages, dass Dr. Helen Singer-Kaplan in der Ford Foundation einen Vortrag halten würde. Natürlich wusste ich, wer sie war. Sie war sowohl Ärztin als auch Psychologin, hatte mit Masters und Johnson gearbeitet, die damalige «Bibel» der Sexualtherapie, *The New Sex Therapy*, verfasst, leitete Weiterbildungskurse für Sexualtherapeuten an der Cornell Medical School in New York und war wohl die bekannteste Sexualtherapeutin im ganzen Land.

Ich beschloss, hinzugehen. Nach ihrem Vortrag und einigen Instruktionsfilmen gab es eine Gesprächsrunde. Ich überlegte lange, um eine einzige, gute Frage zu finden. Ich hob die Hand und gab in der Tat den Anstoss zu einer ausgezeichneten Diskussion. Nachher ging ich klopfenden Herzens zu ihr hin, stellte mich vor, erklärte ihr, ich bewundere sie schon seit vielen Jahren und kenne ihr Ausbildungsprogramm. Und dann brachte ich die Frage über die Lippen, ob ich mir einmal eine ihrer Vorlesungen als Gast anhören dürfe. Sie lud mich herzlich dazu ein. Eine meiner Charaktereigenschaften ist die, dass ich nicht warten kann. Das Gespräch fand an einem Donnerstag statt, und am folgenden Dienstag sass ich bereits in einer ihrer Vorlesungen.

Ich besuchte sie drei Monate lang jede Woche. Ich machte den Mund nur auf, wenn ich sicher war, etwas wirklich Gescheites beitragen zu können, erstens weil ich nur Gast war, und zweitens weil ich die einzige Teilnehmerin ohne klinische Erfahrung war. Alle anderen waren entweder Ärzte, Sozialarbeiter oder klinische Psychologen. Aber ich war zufrieden, einfach zuhören zu dürfen. Der Stoff war faszinierend, und mir gefiel die Art, wie Dr. Kaplan ihre Vorlesung hielt. Sie sagte unter anderem: «Lernen Sie von mir. Aber dann müssen Sie Ihren eigenen Weg zur Sexualtherapie finden. Ich kann Ihnen nicht einfach ein Rezeptbuch vermitteln.»

In diesen drei Monaten erkannte ich, dass ich diese Kurse nicht nur besuchte, weil sie mir für meine Lehrtätigkeit am Lehman College von Nutzen waren, sondern weil ich wirklich Sexualtherapeutin werden wollte. Jene Art von Psychosexualtherapie, die ich hier kennenlernte, hatten Masters und Johnson entwickelt, und sie wurde nun von Leuten wir Dr. Kaplan weitergeführt und verfeinert; ich empfand die Methode anregend und sie schien mir auch zu liegen. Im Gegensatz zur traditionellen Psychoanalyse, für die ich nie die Geduld aufgebracht hätte, ist sie kurzfristig und zielt auf Ergebnisse. Sie hat eher etwas mit Verhaltenstherapie zu tun. Die Grundidee besagt, gewisse sexuelle Störungen – wie vorzeitiger Samenerguss, Probleme mit der Libido oder mit dem Orgasmus – könnten mit speziellen Techniken, oft sogar in der Form von «Hausaufgaben», behandelt werden.

Und die Zeit hatte bewiesen, dass es klappt. Diese Methode erschien mir erfolgverheissend und bereitete mir Freude. Hier hatte ich nun endlich die Möglichkeit, meinen Traum, Ärztin zu werden, fast voll und ganz zu verwirklichen.

Gegen Semesterende fragte ich, ob ich offiziell zum Kurs zugelassen werden könnte. Erneut willigte Dr. Kaplan ein. Das Programm umfasste einmal pro Woche einen Seminarnachmittag, den ich schon besucht hatte, und einen Termin pro Woche, an dem wir Dr. Kaplan im Verlaufe einer richtigen Therapiesitzung beobachten konnten. Wir sassen auf der einen Seite eines Einwegspiegels; auf der anderen Seite sassen Dr. Kaplan und ein Patient (dem bekannt war, dass die Sitzung beobachtet wurde, und der dafür die Therapie gratis bekam). Dies brachte mich anfänglich in Verlegenheit. Hier sprachen Leute über die intimsten Einzelheiten ihres Sexuallebens, und wir klebten förmlich am Spiegel und machten uns Notizen. Aber ich gewöhnte mich bald daran, und ich fühlte mich in dieser Gesellschaft äusserst wohl. Die meisten Teilnehmer waren Ärzte, und dass mich die Medizin fasziniert, ist wohl unterdessen hinlänglich bekannt.

Nach ein paar Monaten wurde ich einer kleinen Behandlungsgruppe zugeteilt. Wir nahmen abwechslungsweise die «sexuelle Krankengeschichte» neuer Patienten auf – das heisst, wir mussten herausfinden, wo ihr Problem lag. Zu Beginn war auch das nicht leicht für mich. Ich war es nicht gewohnt, über Sex zu sprechen, und wenn ich gewissen Leuten bei der Diskussion über ihre Probleme zuhörte, errötete ich unwillkürlich. Eine der Lehrerinnen, die mir bei der Überwindung meiner Verlegenheit half, war Mildred Hope Witkin, deren natürliche Einstellung zum Sex ich nachzuahmen suchte.

Ebenfalls eine grosse Hilfe war mir der Psychologe Charles Silverstein, Leiter des Institute for Human Identity, eines Beratungszentrums, das hauptsächlich von Homo- und Bisexuellen aufgesucht wurde. Er war in der gleichen kleinen Gruppe wie ich und merkte bald, dass mir die klinische Erfahrung fehlte. Er sagte zu mir: «Wenn Sie Erfahrungen als Therapeutin sammeln wollen, stellen Sie sich uns drei Stunden pro Woche zur Verfügung, und als Gegenleistung sorge ich für entsprechende Aufsicht und Beratung.» Natürlich sagte ich zu. Seiner Meinung nach sollte ich eine Lesbierin als Beraterin haben, damit ich auch diese Seite des Lebens kennenlernen würde. Damals kannte ich keine lesbischen Frauen und war deshalb ein bisschen ängstlich. Aber er machte mich mit einer wunderbaren Frau namens Kay bekannt, die mich wirklich fabelhaft betreute. Es war für beide Seiten eine gute Sache: sie brauchten für meine Zeit nichts zu bezahlen, und ich wurde kostenlos betreut. Einen Fehler machte Kay aber mit mir. Es fiel ihr auf, dass ich so aktiv und gesprächig war, und sie schlug mir deshalb Meditationsübungen vor. Ich versuchte es genau zwei Sekunden lang und wusste dann, dass das nichts für mich war. Das einzige, was mich beruhigt, ist der Gang zur Synagoge am Freitagabend. Ich sitze dann mäuschenstill und lausche den gleichen Melodien, die ich als kleines Mädchen schon in Frankfurt gehört hatte. Ich werde dann ganz ruhig, und gleichzeitig sind Rabbiner Lehmans Predigten, Bibelauslegungen und Kommentare zu aktuellen Ereignissen intellektuell sehr anregend.

Als ich am Teachers College war, hatte ich Vater Finbarr Corr, einen katholischen Priester, kennengelernt, und durch ihn kam ich zu weiteren praktischen Erfahrungen. Er war inzwischen Direktor einer Beratungsstelle der katholischen Kirche in New Jersey geworden, und ich fuhr jeden Samstag bei Eis, Regen und Schnee nach New Jersey hinunter, um einzelne Leute oder Paare zu beraten, die sich hilfesuchend an ihn gewandt hatten. (Vor wenigen Monaten publizierte Finbarr ein Buch mit dem Titel *From the Wedding to the Marriage,* einen Leitfaden für Priester zur vorehelichen Beratung.)

Nach zweijähriger Ausbildung stellte mir die Cornell Medical School ein Diplom als Psychosexualtherapeutin aus. Und was noch wichtiger war: Barbara Hogan, die meine kleine Gruppe geleitet hatte, sagte mir, ich könne jetzt selbst Beratungen übernehmen; sie stellte mir sogar ihr Büro zur Verfügung. Mein allererster Patient, gleichzeitig ein Patient meines Freundes Asa Ruskin, war nach einem Autounfall von der Hüfte an abwärts gelähmt. Er war zur Zeit des Unfalls verlobt und hatte nun verständlicherweise Probleme mit seiner Sexualität. Ich besuchte ihn in seinem Hotelzimmer, weil es für ihn zu schwierig gewesen wäre, in Barbaras Büro zu kommen. Ich zeigte ihm einen Film mit Techniken, mit denen er eine Partnerin befriedigen konnte. Er wollte ihn zweimal sehen und dann wissen, ob der Mann im Film wirklich auch invalid oder nur ein Schauspieler war. (Er war aber wirklich invalid.)

Mit der Zeit nahm die Zahl meiner Klienten – meist durch Vermittlung – zu, und nach zwei oder drei Monaten eröffnete ich meine eigene Praxis an der Dreiundsiebzigsten Strasse Ost in New York. Ich wollte aber nicht den lieben langen Tag von neun Uhr morgens bis neun Uhr abends dasitzen und mir die Probleme der Leute anhören. Ich brauchte auch den Anreiz des Unterrichtens. Ich wollte also der akademischen Welt auf keinen Fall den Rücken kehren.

In jenen Jahren befasste ich mich wieder mit einem anderen interessanten Projekt. Seit ich es damals als Thema für meine Doktorarbeit fallengelassen hatte, wollte ich mich wieder der Frage widmen, was aus den Kindern von

Heiden geworden war. Als ich nun am Lehman College unterrichtete, hielt ich die Gelegenheit für reif. Für meine Master-Arbeit an der New School hatte ich einen Fragebogen an alle Kinder gesandt, die ich ausfindig machen konnte, und als wir uns in Israel trafen, befragte ich ebenfalls so viele wie möglich – und sogar die Kinder von einigen. Nun waren dreissig Jahre seit Kriegsende vergangen, und das Schweizer Nationalarchiv in Bern gab verschiedene wichtige Akten frei. Am interessantesten für mich waren die Fragebogen, welche die Eltern von uns hundert Kindern vor der Abreise in die Schweiz ausgefüllt hatten; sie enthielten Informationen über ihre Herkunft, ihre Familien, ihre Auswanderungsziele, die Berufswünsche für ihre Kinder. Im Sommer 1974 fuhr ich mit Lieselotte Hilb, die während des Krieges für Emigrantenkinder zuständig gewesen war, nach Bern und liess mir alle Fragebogen fotokopieren. Als ich den in den Händen hielt, den meine Familie ausgefüllt hatte, stellte ich zum ersten Mal fest, dass sie in der Tat ein Visum für die Vereinigten Staaten beantragt hatten.

Im Herbst des gleichen Jahres telefonierte ich mit Käthe Biske-Johannas, einer Schweizerin, die ich durch meinen israelischen Freund Dror kennengelernt hatte. Sie war die Leiterin des Statistischen Amtes der Stadt Zürich und fragte mich, ob ich meine Informationen und eine Kopie der Master-Arbeit einem Mann namens Alfred Häsler zur Verfügung stellen würde. Er war ein bekannter Schweizer Journalist und Chefredaktor der (inzwischen nicht mehr existierenden) Zeitung *Détente*. Er hatte auch mehrere Bücher geschrieben, unter anderem *Das Boot ist voll*, das später auch verfilmt wurde. Es war eine Anklage gegen die Schweizerische Judenpolitik im Zweiten Weltkrieg; es wird geschildert, wie Juden wieder an die Grenze gestellt wurden, gar nicht einreisen durften, usw. Ich nahm Kontakt mit Häsler auf, und er wollte mich zu einem dreistündigen Interview treffen. Er glaubte, dies gäbe eine interessante Geschichte für die Titelseite seiner Zeitung. Ich sagte, ich könne in ein paar Wochen, während der Weihnachtsferien, in die Schweiz kommen.

Als ich Freddie erzählte, was sich ereignet hatte, meinte er, dass ich bis zum Sommer warten könne, da wir ja sowieso, wie jedes Jahr, in die Schweiz fahren würden, um seine Eltern zu besuchen. Warum also soviel Geld für eine weitere Reise ausgeben? Aber ich war unerbittlich: «Wenn dieser berühmte Journalist mich interviewen möchte, fahre ich jetzt – und wenn es nur für drei Stunden ist.» Ich lieh mir das Geld von Hannah und Martha und flog für ein dreistündiges Interview in die Schweiz.

Aus dem dreistündigen Interview wurde dann allerdings ein zehntägiges Interview. Ich war jederzeit für Häsler da, mitten in der Nacht oder in aller Frühe am Morgen. Käthes Mann Arthur, ein pensionierter Mittelschulleh-

Mit Miriam, meiner Tochter

rer, stellte uns das Büro in seiner Wohnung mitten in der Stadt Zürich zur Verfügung. Käthe machte uns Kaffee und Stollen, einen speziellen Weihnachtskuchen mit getrockneten Früchten, den Häsler über alles liebte. Einmal fuhren wir übers Wochenende zu Käthe und Arthurs Haus auf dem Land. Wir sprachen über meine Erfahrungen, den historischen Hintergrund und die Auswirkungen der Ereignisse auf die Kinder. Häsler ist ein interessanter Mann und übrigens nicht Jude. Er hat kein eigentliches Hochschulstudium abgeschlossen und begann seine Laufbahn als Drucker und hat bereits zwanzig Bücher geschrieben. Er ist auch in der Schweiz eine kontroverse Figur. Viele und vor allem jüngere Leute haben genug von seinem mahnenden Zeigefinger, seiner engagierten Einstellung.

Aus diesen Interviews gestaltete Häsler eine vierzehnwöchige Serie für seine Zeitung. Die einzelnen Folgen erschienen jeweils in der literarischen Beilage vom Freitag. Oben, quer über die Seite, verlief eine Chronologie, welche aufzeigte, was in der weiten Welt vor sich ging, währenddem sich unsere Erlebnisse in der Schweiz abspielten. Dies war eine sehr geschickte Aufmachung, denn sie stellte unsere Geschichte in ihren historischen Kontext.

Ich war freudig erregt, als die Serie begann und noch mehr, als sie im Sommer bei meinem Besuch in der Schweiz immer noch lief. Am Freitag kauften überall, wo ich auch hinsah, die Leute diese Zeitung und lasen meine Geschichte. Ich ging sofort zu einem Kiosk und verlangte zehn von diesen Zeitungen. Die Frau muss mich für verrückt gehalten haben, denn sie sagte sehr freundlich: «Verzeihung, aber ist Ihnen klar, dass alle zehn genau gleich sind?» Ich regte mich fürchterlich auf, wenn ich die Zeitung in Abfallkörben entdeckte – am liebsten hätte ich jedes Blatt einzeln wieder herausgeholt. Eines Tages sass ich im Zug, um meine Freundin Ilse zu besuchen. Der Mann neben mir begann meine Geschichte zu lesen. Ich setzte mich kerzengerade hin und begann so viel Lärm zu machen, dass der Mann wohl dachte, ich sei verrückt. Und schliesslich verriet ich ihm, wer ich war.

Mitten in meiner Erregung schoss es mir plötzlich durch den Kopf: «Halt mal! Das sind Zeitungen, die in einem Monat vergilbt sind. Wer liest sie morgen noch?» Also beschloss ich, die Artikel müssten in Buchform erscheinen, und machte mich daran, einen Verleger zu finden. Mit Hilfe meiner Freunde Lieselotte Hilb, Alfred Moser und Tullio De Giorgi fand ich schliesslich einen Verlag, der mein Buch herausbringen wollte... für $ 2700. Aber das konnte mich nicht bremsen. Ich opferte $ 900 von meinem eigenen Geld, was ich mir eigentlich gar nicht leisten konnte, und überzeugte zwei reiche Schweizer, die an der Sache der Juden interessiert waren, ebenfalls je $ 900 beizusteuern. Ich hatte den Eindruck, meinen Teil gut angelegt zu haben. Als das Buch dann erschien, war es sieben Tage lang im Schaufenster der besten Buchhandlung an der Bahnhofstrasse unübersehbar als Buch der Woche ausgestellt: *Die Geschichte der Karola Siegel*.

Das Buch wurde aber kein Bestseller. Es brachte mir nie etwas ein, und – ehrlich gesagt – bin ich selbst der beste Kunde des Verlags. Jedesmal, wenn ich in der Schweiz bin, kaufe ich etwa hundert Exemplare. Ich befürchte, dass die Druckplatten irgendwann weggeworfen werden, und dann möchte ich sicher sein, dass ich genügend Exemplare davon besitze.

Als das Buch 1976 erschien, unterrichtete ich immer noch am Lehman College. Ich arbeitete mit angehenden Lehrerinnen und Lehrern, beteiligte mich an verschiedenen Projekten und war mit vielen Leuten freundschaftlich verbunden. In einem weiteren Jahr würde ich gewählt werden, das heisst eine Stelle auf Lebzeiten haben, und ich war davon überzeugt, dass es klappen würde. Aber dann kam die Katastrophe.

Seit einigen Jahren schon war ich jeweils im Sommer nach Israel gefahren, um dort Kurse zu geben. Im Sommer 1976 war ich in Jerusalem, als ein Telegramm mit der Nachricht eintraf, mein Anstellungsverhältnis sei beendet. Damals steckte die Stadt New York in enormen finanziellen Schwierigkeiten, ja sie war praktisch bankrott, und so musste die City University alle nicht schon fest gewählten Professoren entlassen. Ich rief den Dekan meiner Fakultät von Israel aus an, in der Hoffnung, irgendeinen Ausweg zu finden, aber auch er konnte mir nicht helfen.

Ich war absolut schockiert. Ich ging in einen kleinen Park in Jerusalem, wo es eine kleine Steinmauer gab, lehnte mich dagegen und weinte einfach. Das war meine eigene, ganz private Klagemauer. Meine Freundin Marga war bei mir, und ich weiss noch, dass sie ganz verstört war, weil sie mich in all der Zeit voher noch nie weinen gesehen hatte.

Zu jenem Zeitpunkt war meine Ausbildung als Sexualtherapeutin schon weit fortgeschritten, aber ich hatte nie vor, meine akademische Laufbahn aufzugeben und mich voll dieser andern Tätigkeit zu verschreiben. Wie gesagt, ich brauchte die Anregung des Unterrichtens. Ein Jahr nach meiner Entlassung arbeitete ich dennoch als ausserordentliche Professorin am Lehman College weiter, was aber bedeutete, dass ich nicht zum Lehrkörper gehörte, nicht viel verdiente, keine Sozialleistungen bekam und natürlich keine Anstellungsgarantie. Es war alles andere als ideal. Aber noch im gleichen Jahr bekam ich einen anderen Posten als Associate Professor am Empire State College, einer Abteilung der State University of New York. Ich musste einzelne Studenten über ihre Projekte beraten, was bedeutete, dass ich mich in meinen kleinen Toyota setzen und kreuz und quer im ganzen Staat New York herumfahren musste. Dies war mir auf die Dauer zu mühsam, und so gab ich diesen Job nach einem Jahr wieder auf.

Dann entdeckte ich im akademischen Stellenanzeiger der Sonntagsausgabe der *New York Times,* dass in der Abteilung für Gesundheitswesen des Brooklyn College eine Stelle als Professor für menschliche Sexualität offen war. Das wäre doch etwas für mich. Ich bewarb mich und wurde angenommen. Am Lehman College war ich Associate Professor gewesen, das Brooklyn College konnte mich aber nur auf der etwas niedrigeren Stufe eines Assistant Professors anstellen. Aber mein Bedürfnis, meine akademische Laufbahn fortzusetzen, war so gross, dass ich damit einverstanden war.

Ich musste noch ein weiteres Opfer bringen. Ich wurde gefragt: «Können Sie um acht Uhr morgens unterrichten?» Natürlich verriet ich nicht, dass ich eigentlich kein Morgenmensch bin und vor 10 Uhr morgens eigentlich nicht einmal eine menschliche Stimme hören will. Nein, ich sagte: «Das ist kein Problem.» Und so war ich mit meinem Toyota spätestens am Morgen um sieben auf dem West Side Highway unterwegs nach Brooklyn. (Ich hatte nun einen Toyota Corolla, den mein Sohn Joel übrigens heute noch fährt. Ich mochte dieses Auto sehr, weil sein Name ähnlich wie Karola klang.) Nach einem Semester sprach ich beim Dekan vor und sagte: «Wenn Sie zufällig einen Kurs im Laufe des Nachmittags hätten...» Er hatte, und mir war schon viel wohler.

Ich war sehr gern am Brooklyn College tätig. Es war wie das Lehman College eine Abteilung der City University of New York, die keine allzu hohen Studiengelder verlangte, und so hatte ich in meinen Kursen Schwarze, Puertoricaner, orthodoxe Juden und Griechen – einen Querschnitt durch ganz New York –, und alle sprachen über Sex. Ich fand das grossartig. Meine Studenten hier waren nicht Lehrer, sondern Leute, die sich auf einen medizinischen Beruf vorbereiteten, bereits als Berater/innen in Spitälern arbeiteten oder sonst etwas im Gesundheitswesen tun wollten. Dies war für mich eine grosse Erleichterung, denn zu jener Zeit gab es wenig offene Stellen für Lehrer, und ich unterrichtete nicht gerne Leute, die nachher auf der Strasse stehen würden. Ich hielt auch einen allgemeinen Kurs über menschliche Sexualität, der allen Studenten zugänglich war.

Ich wurde rasch sehr beliebt: sämtliche Kurse von mir waren schon vor Semesterbeginn voll belegt, und das war eine grosse Seltenheit. Einer der Hauptgründe dafür war wohl eine meiner Eigenschaften, der ich auch später in meiner Fernsehsendung treu blieb: Ich stellte nie persönliche Fragen. Damals war eine Methode des Sexualunterrichts für Ärzte und andere Berufsleute, die sogenannte Sexual Assessment Restructuring, in Mode; sie ging davon aus, dass man seine Gefühle und seine Gewohnheiten und Praktiken «auf den Tisch legte», bevor man über Sexualität sprechen konnte.

Ich war nie dafür zu haben. Ich war immer der Meinung, die sexuellen Wünsche oder Praktiken eines Studenten gingen weder mich noch die andern Studenten auch nur das Geringste an. Ich forderte meine Studenten immer auf, von «einem Freund» zu sprechen, wenn sie nicht über sich selbst reden mochten. (Im Gegensatz zu dem, was viele Leute glauben, halte ich es in meiner Fernsehsendung genau gleich. Ich frage einen Gast *nie* nach seinen sexuellen Praktiken, wenn nicht er selbst davon zu reden beginnt.)

Warum ich es so halte, ist ganz einfach: die Leute vergessen nichts. Ich erzähle oft die Geschichte eines Arztes Ende der Vierzigerjahre, der an einem Seminar im Spital teilnahm. Der Kursleiter sagte: «Gut, sprechen wir über das, was Sie sexuell erregt.» Als die Reihe an jenen Arzt kam, sagte der: «Nun, ich muss hier etwas sagen, was ich noch keinem andern Menschen, nicht einmal meiner Frau anvertraut habe. Die gewaltigste Erektion bekomme ich, wenn ich eine Kuh sehe.» Niemand lachte, niemand sagte etwas, denn es waren ja alles höfliche Menschen. Aber es soll mir niemand sagen, sein Assistent sei am folgenden Morgen in sein Büro gegangen, um die Anweisungen für den Tag entgegenzunehmen, und habe nicht nur einen Gedanken gehabt: «Muuuuuh!»

Aber nicht nur die Studenten mochten mich. Der Forschung kommt in der akademischen Welt mehr Gewicht zu als der Beliebtheit, und ich veröffentlichte drei Artikel in jenem Jahr und bekam ein Forschungsstipendium. Zudem wurde jeder Professor von anderen Mitgliedern der Fakultät bei Vorlesungsbesuchen qualifiziert, und meine Qualifikationen waren hervorragend. Und als ich Ende Jahr um die Beförderung zum Associate Professor bat, wurde sie mir nicht verweigert.

Am Ende des folgenden Jahres, als ich auf einer richtigen Erfolgswelle ritt, rief mich die Vorsteherin der Abteilung in ihr Büro und teilte mir mit, ich würde nächstes Jahr nicht wiedergewählt werden. Mit andern Worten: ich wurde gefeuert.

Ich traute meinen Ohren nicht. Ich war hier so beliebt, die Liste meiner Publikationen wurde immer länger, und diese Frau liess mich einfach gehen? Das konnte ich nicht einfach hinnehmen, dagegen musste ich mich wehren. Ich ging zum Direktor des College und sagte ihm, ich sei noch nie in meinem Leben gefeuert worden. Seine Antwort: «Ich kann leider gar nichts dagegen tun.» Ich gehörte einer Professorenvereinigung an und beschloss, von meinem Appellationsrecht Gebrauch zu machen – ein unabhängiger Richter würde entscheiden, ob die Frau das Recht hatte, mich einfach hinauszuwerfen. Normalerweise werden solche Fälle durch die Vereinigung erledigt, aber diese Situation war besonders delikat. Diese Frau war nicht nur die Vorsitzende der Abteilung, sondern auch Präsidentin dieser Vereinigung. Wenn man sich das überlegt, ist es eigentlich ein Widerspruch in sich: das bedeutet nämlich, dass sie gleichzeitig Chefin, also Arbeitgeberin, und Vertreterin der Professoren, also der Arbeitnehmer, war. Mein Eindruck, nicht über die Vereinigung vorzugehen, wurde bei einem Besuch an der Dreiundvierzigsten Strasse bestätigt; alle gaben sich sehr mitfühlend, aber ich realisierte schnell, dass ich von dort keine Hilfe zu erwarten hatte. Also nahm ich mir selbst einen Anwalt und ging vor Gericht.

Mein Fall erregte recht grosses Aufsehen am College. Es erschienen zahlreiche Artikel in der Schulzeitung, und mehr als dreitausend Studenten unterzeichneten eine Petition gegen meine Entlassung. Unter den Kollegen lag die Sache mit wenigen Ausnahmen genau umgekehrt. Es war plötzlich, als ob ich aussätzig oder unsichtbar wäre; ich wurde vollkommen ignoriert. Eine Person, mit der ich gut befreundet gewesen war, weigerte sich sogar, mich telefonisch zurückzurufen. Die einzig mögliche Erklärung lautete: diese Leute wussten, in wessen Macht ihre eigene Position stand, und wollten kein Risiko eingehen.

Das Verfahren schleppte sich dahin; mein Telefon war jeden Abend besetzt, weil ich mit Freunden jeden Aspekt der Situation durchging.

Schliesslich kostete mich die ganze Angelegenheit fünftausend meiner sauer verdienten Dollars. Aber das machte mir nichts aus, weil ich des Sieges sicher war. Gegen alle Argumente meines Anwalts inbezug auf die hervorragende Arbeit, die ich geleistet hatte, brachte die Gegenseite nur zwei Punkte vor: eine fürchterlich schwache Klage, meine Prüfungen seien nicht gut vorbereitet gewesen, und die offensichtlich unwahre Feststellung, man brauche mich nicht. (Wenn dies so war, warum waren meine Kurse dann so beliebt, und warum wurden andere Leute angestellt, um genau die gleichen Vorlesungen zu halten?) Ich verliess die letzte Anhörung ohne den geringsten Zweifel, dass ich gewinnen würde. Und ich verlor. Laut Schiedsrichter musste die Vorsitzende der Abteilung gar keine Gründe für meine Nichtwiederwahl angeben; solche Entscheidungen lagen schlicht und einfach in ihrer Kompetenz.

Ich hätte gegen das Urteil Berufung einlegen können, aber ich hatte genug Geld ausgegeben, genug Tränen vergossen und genug schlaflose Nächte hinter mir. Ich weiss, wann man sich auflehnen und protestieren muss, aber ich weiss auch, wann man aufgeben muss. Da war nur etwas, was ich bedauerte: ungefähr ein Jahr zuvor war ich auf einer Party dieser Frau gewesen und hatte ihr ein wunderschönes, gesticktes Tischtuch aus Portugal mitgebracht. Ich hätte sie am liebsten angerufen und dieses Tischtuch zurückverlangt. Aber all meine Freunde meinten, so etwas gehöre sich nicht, und so übte ich mich eben in Selbstbeherrschung.

Erinnern Sie sich noch ans Stehaufmännchen? Nachdem ich meine Ausbildung bei Helen Singer Kaplan an der Cornell Medical School abgeschlossen hatte, war ich als Adjunct Associate Professor dort geblieben und half nun bei der Ausbildung mit. Hie und da kamen Anfragen, jemand aus der Abteilung menschliche Sexualität möge vor diesem oder jenem Publikum einen Vortrag halten. Wenn ich angefragt wurde, lehnte ich nie ab, auch nicht an einem Samstagabend in New Jersey, auch wenn ich dabei normalerweise nichts oder allerhöchstens fünfundzwanzig Dollar verdiente. Ich sagte mir einfach: «Wenn Leute bereit sind, mir zuzuhören, dann ziemt es sich, dass ich hingehe und zu ihnen spreche.» Anfänglich war ich sehr nervös – das Thema, mein Englisch, die Aufgabe, ihre Aufmerksamkeit zu fesseln stressten mich. Aber mit der Zeit besserte ich mich und verlor meine Nervosität.

Eines Tages kam ein Brief von einer Organisation von Lokalradios mit der Anfrage, ob jemand von uns mit den für öffentliche Belange zuständigen Leitern aller Radiostationen im Raum New York, New Jersey und Connecticut über das Bedürfnis nach Sexualaufklärung sprechen wolle. Damals hatte die Federal Communications Commission (eine Art Aufsichtsbehörde für alle Radio- und Fernsehsender) festgelegt, dass jede Station einen Verantwortlichen für öffentliche Angelegenheiten haben sollte, der jeden Monat einmal von verschiedenen Leuten Vorträge über Belange des öffentlichen Interesses anhören musste. Zu verdienen gab es nichts, aber ich meldete mich wie immer freiwillig.

Ich rief Liz Brody an, die Frau, die den Brief unterzeichnet hatte und erfuhr, dass sich irgendwo ein Missverständnis eingeschlichen habe. Sie sagte: «Jemand aus Ihrer Gruppe hat schon vor ein paar Monaten einen Vortrag gehalten.» Ich fragte, wer das gewesen sei, und sie nannte mir den Namen. Daraufhin entwickelte sich ein Gespräch, und mitten drin änderte sie ihre Meinung und sagte: «Warum kommen Sie nicht trotzdem und halten einen Vortrag?»

Er sollte im St. Mortiz Hotel in New York stattfinden. Ich überlegte mir: «Aha. All diese wichtigen Leute stehen mir fünfzehn Minuten lang zur Verfügung. Sie müssen still sein, währenddem ich rede. Ich werde einen Versuchsballon starten.» Ich sprach über die Notwendigkeit der Aufklärung, über unerwünschte Schwangerschaften und alle andern Probleme. Und am Schluss sagte ich: «Ihr Radioleute seid sehr wichtig.» Ich sagte, sie sollten eine Sendung über diese Probleme ausstrahlen, nicht alle Leute könnten sich meine Vorlesung am Brooklyn College anhören. Die Reaktion war sehr gut, und es tauchten sehr viele interessante Fragen auf. Aber ich hätte mir nie denken können, was nachher geschehen sollte.

Eine Frau namens Betty Elam war bei WYNY, einem New Yorker Kurzwellensender der NBC, für diese Angelegenheiten zuständig. Sie ging zurück in ihr Büro und sprach mit Mitch Lebe, dem Nachrichtenredaktor der Station, der gleichzeitig unter dem Titel *Getting to Know* jeden Sonntagmorgen eine Talkshow moderierte. Sie schwärmte: «Ich habe da eine grossartige Sexualerzieherin und -therapeutin kennengelernt, und ich möchte, dass du sie als Gast in deine Show einlädst.» Mitch, ein sehr netter junger Mann, der frisch verheiratet war, meinte: «Ich will aber nicht über Sex sprechen.» Worauf Betty erwiderte: «Aber ich bin der Boss. Ruf sie an.»

Als er sich mit mir unterhielt, wurde ihm schnell klar, dass ich weder jemanden blossstellen noch peinliche Fragen stellen wollte, und so lud er mich zu seiner Show ein. Noch am gleichen Nachmittag, an dem wir sie aufgezeichnet hatten, rief mich Betty Elam an.

Sie sagte: «Mitch Lebe sagt, Sie könnten alles machen, wenn Sie nur wollten. Ich habe Ihnen einen Vorschlag zu unterbreiten. Wir haben am Sonntagabend von Mitternacht an jeweils fünfzehn Minuten freie Sendezeit. Möchten Sie Ihre eigene Sendung haben?»

Dies spielte sich am 5. Mai 1980 ab.

KAPITEL 8

Betty bat mich um zwei Dinge: ich sollte einen Titel und eine Erkennungs-
melodie für die Sendung liefern. Für die Musik wandte ich mich an meinen
Freund Fred Herman, seines Zeichens Kantor meiner Synagoge in Washington Heights. Ich erwähnte auch beiläufig, dass ich auf der Suche nach
einem Titel sei, und er schlug spontan *Sexually Speaking* (Sexuell gesprochen) vor. In nur einer Stunde hatte er auch die Musik gefunden, die ich
heute noch verwende, einen Barocktanz mit Blockflöte und Trommel von
einem unbekannten Komponisten. Es war perfekt. (Ich liebe diese Musik
heute noch. Manchmal gibt mir Susan Brown, meine Produzentin, zu
Beginn der Sendung das Startzeichen, aber ich halte mich ruhig, weil ich
noch ein paar Takte mehr hören will.)

An einem Dienstagnachmittag fuhr ich zur Rockefeller Plaza 30, zum
Hauptsitz der NBC, wo die Show, die am folgenden Sonntagabend ausgestrahlt werden sollte, aufgezeichnet wurde. In der ersten Sendung hielt ich
einen kleinen Vortrag, wie wenn ich zu einer kleinen Versammlung oder zu
einer Gruppe von Studenten sprechen würde. Ich sprach über Empfängnisverhütung und Sexualtherapie, über Umfragen und neueste Entwicklungen
auf diesem Gebiet, über verschiedene Fälle und verschiedene sexuelle
Mythen. Von allem Anfang an sprach ich sehr offen, aber nicht aufreizend,
denn ich bin der festen Überzeugung, man solle bei einem Gespräch über
sexuelle Dinge weder mildernde noch gezierte Ausdrücke verwenden. Am
Ende der fünfzehn Minuten sagte ich: «Wenn Sie möchten, dass ich über ein
bestimmtes Thema spreche, schicken Sie mir doch einfach einen Brief.»
Nach der Sendung kam Maurice Tunick, der Programmdirektor der Station, zu mir und sagte: «Sie werden bestimmt zum Stadtgespräch.» Davon
wusste ich nichts, aber schon in der dritten Woche wartete ein ganzer Stapel
von Briefen auf mich, und von da an verwendete ich die ganze Sendung darauf, diese zu beantworten.

Eine grosse Hilfe zu Beginn der Sendung war auch der Ingenieur Alex
Cimaglia. Er hörte immer sehr genau hin, was ich sagte, und sein Lachen
und seine Aufmunterung verrieten mir, dass ich auf dem richtigen Weg war.
Zusätzlichen Aufschwung erhielt ich, als er mir erzählte, während der Auf-

nahmen höre die ganze Belegschaft von NBC über ein internes System mit. Es war auch gut, dass Alex verheiratet und nicht irgendein gutaussehender Junggeselle war, denn seine Reaktionen auf meine Themen waren sehr lehrreich. Sie zeigten mir, dass die Leute für meine Informationen bereit waren.

Ich bekam fünfundzwanzig Dollar pro Sendung. Insgesamt bezahlte ich aber sogar drauf, denn die Fahrt nach Manhattan, die Garagengebühr und das Mittagessen kosteten mich in der Regel wesentlich mehr. Fred sagte zu mir: «Du bist doch verrückt. Warum fährst du nicht einmal im Monat hin und zeichnest vier Sendungen auf einmal auf? Dann würde vielleicht etwas herausschauen.» Aber ich erwiderte: «Fred, kümmere du dich um deinen Ingenieurjob und überlass meinen Job mir.» Ich wusste, was ich tat. Wenn Leute mir schrieben, wollten sie die Antwort am folgenden Sonntag, und nicht erst einen Monat später bekommen. Und deshalb war ich bereit, meine Laufbahn am Radio ein bisschen zu subventionieren.

Anfänglich tauchte meine Sendung nicht in der Hitparade auf, und ich musste auf andere Art herausfinden, ob mir überhaupt jemand zuhörte. Den einen Massstab bildeten die Briefe, deren Strom von Woche zu Woche zunahm. Den andern bildeten einfach zufällige Informationen. Mehr und mehr Leute, die ich darauf ansprach, sagten, sie würden meine Sendung hören. Und ich wusste, dass etwas in Gang gekommen war, als ich eines Tages mit einer Freundin in einem Taxi fuhr, und der Chauffeur sich umdrehte und fragte: «Frau Dr. Westheimer?» In jenem Moment wurde mir klar, dass ich nie einen Sprachkurs nehmen würde, um meinen Akzent loszuwerden. Er war mein bestes Markenzeichen.

Nach einem Jahr meinte ich zu Betty Elam, ich möchte gerne Telefonanrufe in einer Live-Sendung beantworten. Ich weiss nicht mehr genau, wie ich eigentlich auf diese Idee kam, obwohl ich natürlich immer für mein Leben gern telefoniert hatte. Trotz meiner Vorliebe für dieses Kommunikationsmittel war ich vorsichtig, denn ich hatte ja keine Ahnung, was für Leute anrufen würden, und ich wusste nicht, ob ich rasch genug antworten könnte. Und zudem würde ich Knöpfe drücken und Maschinen bedienen müssen – nicht gerade meine Stärke. Aber es war für mich einfach der nächste logische Schritt. Betty erklärte sich einverstanden; sie verlängerte die Sendung auf sechzig Minuten und verlegte sie auf zehn Uhr am Sonntagabend.

Es lief von Anfang an sehr gut. Alle Lichter in der Zentrale blinkten auf, und Susan Brown konnte vor Aufregung kaum mehr stillstehen. Kühl wie ein Profi drückte ich den ersten Knopf und sagte: «Sie sind auf Sendung.» Ich wusste nicht, dass dieser Satz dereinst mein Markenzeichen sein würde, es schien mir einfach das zu sein, was der Situation entsprach. Der erste

168

Anruf kam von einer Frau, die keinen Orgasmus haben konnte. Ich begann mit ihr zu reden, als ob sie neben mir sässe, und innerhalb von fünf Minuten war meine Besorgnis vollkommen verflogen.

In technischer Hinsicht bekam ich Unterstützung von Alex sowie von Roberta Altman, der Nachrichtensprecherin, und Steve O'Brien, dem Discjockey, die vor mir auf Sendung waren. (WYNY war und ist weitgehend ein Musiksender.) Sie blieben jeweils bei mir, bis all die richtigen Knöpfe gedrückt und alle Vorbereitungen getroffen waren. Ich stellte fest, dass ich sofort erfassen konnte, wovon die Leute sprachen, sowohl vorder- als auch hintergründig, und das war ermutigend, angesichts meiner Erfahrungen als Therapeutin aber keineswegs überraschend. Ich konnte auch Humor in meine Sendung bringen, genauso wie ich es in meinen Vorlesungen getan hatte. Selbst die Wörter, die ich in meiner Alltagssprache sehr oft brauchte, schienen über das Radio bestens zu klingen, und als ich realisierte, dass mein Lieblingswort «terrific» (grossartig, sagenhaft) ebenfalls zu einem Markenzeichen zu werden begann, rrrollte ich das R noch krrrräftigerrr als zuvor. Ich stellte auch fest, dass es mir rein intuitiv gelang, die Sendung über den Äther zu bringen; ich spürte instinktiv, wann jemand zu lange am Telefon war oder ob das Thema so interessant war, dass ich den Anrufer noch behalten würde. Ich liess mir nie vorschreiben, wieviele Minuten ein einzelner Anruf dauern sollte; ein Sendeleiter versuchte mich einmal zu drängen, aber ich lachte nur.

Es war auch gut, dass ich von Anfang klarstellte, ich sei nicht Ärztin und würde während der Sendung keine Behandlung durchführen. Ich konnte nur aufklären und allgemeine Ratschläge erteilen, so wie sie eine vertraute, gut ausgebildete, bestens vorbereitete und offen sprechende Tante erteilen konnte. Ich stellte keine Fragen, beziehungsweise ich stellte schon Fragen, aber nur solche, die dazu dienten, an Informationen, an den Kern der Sache heranzukommen. Aber ich stellte nicht Fragen, wie sie ein Therapeut stellen würde. Wenn Anrufe von Leuten mit Depressionen, Selbstmordabsichten oder ähnlichen Problemen anriefen, verwies ich sie sofort an kompetente Berater. Und dies muss von Anfang an klar zum Ausdruck gekommen sein, denn es kam sehr selten vor, dass wirklich verzweifelte Menschen anriefen. Susan Brown, die heute noch bei meinen Fernseh- und Radiosendungen bei mir ist, sortierte die Anrufe aus, und sie sagt, es seien auch sehr selten verrückte Anrufe gekommen. Und so musste ich meine «Aus-Taste» auch nur sehr selten benützen. Über weite Strecken hatte ich auch das Gefühl, die Anrufer wüssten schon ziemlich genau, wie meine Antworten ausfallen würden, denn sie beruhten einzig und allein auf gesundem Menschenverstand. Sie riefen an, weil sie eine Bestätigung haben wollten: wenn jemand den Eindruck hat, es sei an der Zeit, seinem Partner den Laufpass zu geben, geht das in Ordnung, wenn jemand anders dies bestätigt. Die Themen, zu denen die meisten Anrufer meinen Rat hören wollten, waren keine Überraschung: vorzeitige Ejakulation und Orgasmusprobleme.

Von der zweiten oder dritten Sendung an hatte ich bereits einen Übernamen: Dr. Ruth. Er entstand absolut spontan und entsprang keineswegs meiner Absicht. Ein junges Mädchen prägte ihn, weil «Westheimer» so schwer auszusprechen war, und er blieb sofort bestehen. Ich hatte – und habe – absolut nichts dagegen, aber ich spreche von mir selbst nie als Dr. Ruth. Ich verwende ihn auch erst seit kurzem für Autogramme, und auch nur dann, wenn viele Leute darauf warten und es einfach zu lange dauert, mit meinem vollen Namen zu unterschreiben.

Zu Beginn tauchte die Sendung noch nicht in den Hitparaden auf, aber ich erahnte den Erfolg, als WYNY T-Shirts anfertigen liess mit dem Aufdruck: «Sex am Sonntag? Natürlich. Nur auf WYNY, ‹Sexually Speaking›, mit Dr. Ruth Westheimer.» Die Leute wurden aufgefordert, schriftlich zu bestellen, und in kürzester Zeit lagen über dreitausend Anfragen vor. Viele Leute erzählten mir, sie hätten meine Sendung bei der Rückfahrt vom Wochenende auf dem Land zurück nach New York «entdeckt». Sie drehten aufs Geratewohl am Wählknopf ihres Autoradios und waren fasziniert von dieser Frau mit dem deutschen Akzent, die über Sex sprach, und von da an hörten sie meine Sendung jeden Sonntagabend. Mir gefiel die Vorstellung von langen Staus auf dem Long Island Expressway, und das Radio aller Autos war auf meinen Sender eingestellt! Das Wissen, dass mir so viele Leute zuhörten, war für mich eigentlich genug, aber WYNY war so freundlich, mein Honorar pro Sendung auf einhundert Dollar zu erhöhen. Und das bedeutete für mich schon ein kleines Vermögen.

Ungefähr um diese Zeit engagierte WYNY die PR-Firma Myrna Post Associates, um etwas Werbung für den Sender zu machen. Ein junger Mann namens Pierre Lehu wurde mir zugeteilt. Ich mochte ihn vom ersten Augenblick an. Er war herzlich und aufrichtig, kein so typischer Werbemann, und er war gebildet: er hatte einen Mastertitel von der New York University. Obwohl Pierre gekommen war, um herauszufinden, wie man mich am besten anpreisen könne, kam es, wie es kommen musste: am Ende redete hauptsächlich er; und ich fand heraus, dass er ursprünglich Franzose, katholisch, mit einer Jura-Studentin verheiratet war und ein Kind hatte. Ich begriff schnell, dass Pierre – genau wie Alex – ein sehr guter «normaler» Mensch war, der mir als Massstab für mein Tun dienen würde. Und seither ist Pierre ein vertrauter Freund und Berater bei all meinen verschiedenen Unternehmungen.

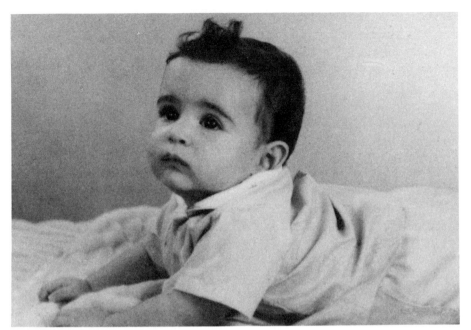

Unser Sohn Joel

Beim ersten Treffen suchte Pierre irgendeinen Anhaltspunkt, an dem er eine Werbekampagne aufhängen konnte, und dabei sagte er etwas, was mich erstarren liess: «Es gibt doch da draussen Hunderte von Sexualtherapeuten und -beratern. Sagen Sie mir, was macht Sie so anders?» Eine gute Minute lang sass ich schweigend da. Dann erzählte ich ihm, mein Kurs am Brooklyn College über die Sexualität von Invaliden sei landesweit der erste seiner Art. Ich sei besonders stolz darauf, dass er von ungefähr gleich viel gesunden und invaliden Menschen besucht würde, weil sie auch gegenseitig voneinander lernen konnten.

Pierre hielt dies für einen guten Aspekt, und so nahm er ein Paket mit T-Shirts, einer Kassette mit ein paar aufgezeichneten Sendungen und eine Presseorientierung über meinen Kurs für Invalide mit und ging damit zu den Zeitungsredaktionen. Und die ersten Resultate waren schon bald spürbar. Ein Reporter der New Yorker Zeitung *Daily News* suchte mich auf (dass er in Harvard studiert hatte, beeindruckte mich natürlich) und schrieb einen netten Artikel über meinen Kurs und meine Sendungen.

Die *Daily News* hat eine der grössten Auflagen im ganzen Land, aber das war alles nichts im Vergleich zum nächsten Artikel über mich. Er erschien in der *New York Times,* die sozusagen meine Bibel ist: auf ihre Lektüre beim Frühstück kann ich heute noch nicht verzichten. Eine sympathische Reporterin namens Georgia Dullea interviewte mich, und am Freitag, 4. Dezember 1981, erschien der Artikel unter dem Titel *A Voice of ‹Sexual Literacy›* (Eine Stimme der «Sexuellen Bildung»). Verzeihen Sie mir, wenn ich hier einen längeren Ausschnitt zitiere:

Eine kleine Frau in mittleren Jahren bestieg auf der Höhe der Siebzigsten Strasse ein Taxi und verlangte mit einem starken, deutschen Akzent, zur Rockefeller Plaza 30 gefahren zu werden. Beim Klang dieser Stimme blühte der Taxifahrer förmlich auf: «Dr. Ruth?»
Ja, es war Dr. Ruth Westheimer, die Gastgeberin der Sonntagabend-Sendung *Sexually Speaking*. Sie unterhielten sich über die menschliche Sexualität, die Sexualtherapeutin und der Taxifahrer, und es dauerte nicht allzu lange, bis letzterer zögernd begann, er habe da «einen Freund, der ein Problem mit seiner Frau hat».
«Mhm», sagte die Sexualtherapeutin und lehnte sich etwas nach vorn. «Erzählen Sie mir doch von Ihrem ‹Freund› und seinem Problem.» Als sie an der Rockefeller Plaza ankamen, lächelte der Taxifahrer, und in der Zentrale von WYNY-FM blinkten alle Lichter, weil so viele Leute mit Problemen Dr. Ruth anriefen – wie sie allgemein genannt wird…
Dr. Westheimer unterscheidet sich von andern sogenannten Psycho-Jokkeys darin, dass sie sich auf sexuelle Fragen spezialisiert hat. Ihre warmherzigen, offenen und oft auch lustigen Antworten kommen mit einem sehr persönlichen Akzent, der zum Nachahmen reizt, aber unnachahmlich ist. «Es ist Grossmama Freud», bemerkte ein Zuhörer…
In der folgenden Stunde unterhielt sich die Sexualtherapeutin auf Sendung mit mehr als zwölf männlichen und weiblichen Anrufern im Alter von zwölfeinhalb bis achtundvierzig Jahren. Sie diskutierte eine Vielfalt von häufigen Problemen wie Orgasmusschwierigkeiten bei Frauen und vorzeitiger Ejakulation bei Männern. Sie ging aber auch auf weniger häufige Probleme ein und betonte dabei wie immer, dass «alles, was zwei Erwachsene in ihrem Schlafzimmer in gegenseitigem Einverständnis miteinander treiben, von ihr aus gesehen in Ordnung ist».
Aber sie ist gegen jede sexuelle Aktivität, bei der der eine Partner Gewalt anwendet oder Druck ausübt. Einem achtzehnjährigen Mädchen, noch Jungfrau übrigens, deren Freund sie erst seit einem Monat kannte und nun mit ihr schlafen wollte, riet Dr. Ruth:
«Tun Sie es nicht. Sie wissen, warum ich das sage. Weil ein Monat eine sehr kurze Zeit ist. Und auch, weil ich aus Ihrer Frage heraushöre, dass er sie bedrängt. Hören Sie auf diese innere Stimme, die sagt, Sie würden gerne noch warten. Sagen Sie ihm, Dr. Westheimer habe Ihnen gesagt, Sie

könnten sich umarmen und küssen und streicheln und Petting machen, aber dass Sie einfach noch nicht ‹dazu› bereit seien.»

«Warten, bis ich bereit bin», wiederholte die Anruferin.

«Unbedingt», bestätigte Dr. Westheimer, «und auch dann nur mit einem guten Verhütungsmittel.»

Dr. Westheimer ist mit einem Ingenieur verheiratet und hat zwei Kinder. Sie gibt zu, dass sie eine eifrige Verfechterin der Empfängnisverhütung ist. In dieser Einstellung sei sie durch die jahrelange Arbeit mit schwangeren Teenagern bei Planned Parenthood nur noch bestätigt worden. Und so wird sozusagen jedermann, der bei *Sexually Speaking* anruft, unabhängig von Alter, Geschlecht oder Art des Problems gefragt: «Sorgen Sie auch für die richtige Empfängnisverhütung?» Ist die Antwort nein, rät Frau Dr. Westheimer den Anrufern, wohin sie sich wenden können, und fügt dann hinzu: «Rufen Sie mich wieder an und sagen Sie mir, wie es geht.»

Dr. Westheimer sagt, der grösste Teil ihrer Briefe stamme von Leuten mittleren Alters, die ihre sexuellen Probleme nicht unbedingt am Radio diskutieren möchten. Viele Anrufe kommen von Universitäten, wo sie häufig Gastvorlesungen hält und beinahe so etwas wie eine Kultfigur geworden ist.

Kürzlich kletterte die nur einsvierzig grosse Sexualtherapeutin an der Fordham University auf eine Kiste, um vor rund fünfhundert applaudierenden Studenten auszurufen: «Was wir heute brauchen, ist sexuelle Bildung. Wir können keine Menschen brauchen, die ihr ganzes Leben lang sexuell unglücklich sind.» An der New York University hat es ein Professor für menschliche Sexualität seinen Studenten als Pflicht auferlegt, Dr. Westheimers Sendung anzuhören.

Nicht alle Anrufe bei *Sexually Speaking* sind ernst gemeint. Aber alle werden so behandelt. Selbst wenn Dr. Westheimer im Hintergrund Kichern hört, schafft sie es, die Frage klar und gleichzeitig in entwaffnender Manier zu beantworten...

Der Artikel gefiel mir mit Ausnahme einer einzigen Aussage sehr gut. Warum musste Georgia den Anrufer zitieren, der mich «Grossmama Freud» nannte? «Tante Freud» wäre mir viel lieber gewesen.

Dieser Artikel hatte unmittelbare Auswirkungen. Alle meine Bekannten riefen mich an, um mir zu sagen, sie hätten ihn gelesen, und darüberhinaus riefen mich viele Leute an, die ich nicht kannte. Dazu gehörte unter anderem auch die Leiterin des grossen Verlagshauses New American Library. Sie fragte mich, ob ich daran interessiert wäre, ein Buch zu schreiben. Nun, ich wollte eigentlich sogar *zwei* Bücher schreiben, eines über Sex und das andere eben die Autobiographie, die Sie jetzt lesen. Ich hatte deswegen schon verschiedene Verleger angeschrieben, war aber nie auf das geringste Interesse gestossen. Nun, eine Mitarbeiterin von New American Library lud mich zum Mittagessen ein – ein vollkommen neues Erlebnis für mich – und sagte, sie möchten, dass ich das Buch über Sex schreibe. Ich fand das grossartig und zeigte mich sehr interessiert. Als Akademikerin war ich der Meinung, nun sei alles geregelt; es wäre mir nie in den Sinn gekommen, noch mit einem anderen Verlag zu sprechen.

Als ich ein paar Tage später einen Anruf von Bernard Shir-Cliff, einem der Herausgeber von Warner Books, erhielt, erklärte ich folglich: «Es tut mir sehr leid, aber ich verhandle bereits mit den Leuten der New American Library.» Aber Bernie sagte: «Ich weiss, aber wir sind sehr an Ihnen interessiert. Was verlieren Sie denn, wenn Sie bei uns vorbeikommen und mit uns sprechen?» Also sagte ich zu.

Und Bernie war clever. Zu diesem ersten Gespräch hatte er Howard Kaminsky, den Direktor des Verlages, das gesamte PR- und Werbepersonal und ein paar andere Mitarbeiter aufgeboten, die alle einstimmig mein Buch herauszubringen wünschten. Und es klappte: ich unterschrieb bei Warner.

Da ich von Beruf nicht Schriftstellerin bin und zudem Englisch weder meine erste noch meine zweite oder dritte Fremdsprache ist, brauchten wir jemanden, der mir in dieser Sache zur Seite stehen konnte. Die Leute von Warner machten mich mit einem Schriftsteller namens Harvey Gardner bekannt, den ich auf Anhieb mochte. Er war sehr gebildet und freundlich, und er hatte jenes Zwinkern in den Augen. Zudem glich er ein wenig Alfred Häsler, dem Journalisten, mit dem ich in der Schweiz so gut zusammengearbeitet hatte. Auch mit Harvey war es wunderbar zusammenzuarbeiten, und ein gutes Jahr später erschien *Dr. Ruth's Guide to Good Sex.*

Auf den *Times*-Artikel folgte auch eine ganze Medienflut. Innerhalb von nur drei Monaten erschienen grössere Artikel über mich im *International Herald Tribune*, in der Londoner *Times,* in den *Soho News* (eine New Yorker Wochenzeitung, die es heute nicht mehr gibt), in *Newsweek,* im *Philadelphia Inquirer* (dieser Artikel wurde von Judy, der Tochter meiner Freunde Ruth und Howard Bachrach verfasst) und im *Wall Street Journal.* Mit dem Artikel im *Wall Street Journal* war ich besonders zufrieden, denn er erschien an einem Freitag. Das hiess, dass die Firmenbosse und leitenden Angestellten die Zeitung über das Wochenende nach Hause nahmen und dass ihre Frauen den Artikel lasen. Und nun wollte auch das Fernsehen mit von der Partie sein. Ebenfalls innerhalb weniger Monate nach dem *Times*-Artikel erschien ich in einem halben Dutzend von New Yorker Lokalprogrammen, sowie in den *CBS Evening News* mit Dan Rather, in *ABC News Nightline* mit Ted Koppel und Ende Februar in *Late Night with David Letterman.* All diese Interviews waren von Pierre arrangiert worden, und er erzählte mir, es würden jetzt rund siebzig Leute pro Tag anrufen, die mich haben wollten.

In weniger als einem Jahr hatte ich mich von einer unbekannten und arbeitslosen Hochschulprofessorin zu einer nationalen Berühmtheit gemausert.

Wie es dazu kam? Ich weiss es ehrlich nicht. Am ehesten liegt die Antwort vielleicht darin, dass die Leute wirklich ein Bedürfnis hatten, über Sex zu sprechen und dass es da nun plötzlich diese kleine, mütterliche Frau mit deutschem Akzent gab, die genau das tat. Ich stand im Ruf, zurückhaltend zu sein, weshalb die Leute vielleicht eher über Dinge sprachen, die sie sonst verschwiegen hätten. Und ich glaube, dass auch mein Akzent in zweifacher Weise tüchtig mitgeholfen hat. Erstens war da diese Assoziation zum Wiener Gelehrten Freud, die mir eine gewisse Legitimität verlieh; und zum zweiten war ich Ausländerin, so dass die Leute sagen konnten: «Einer von *uns* würde nie so reden». So konnten sie mir ohne Schuldgefühle zuhören; und last but not least: «Ich verstehe mein Metier.»

Aus welchen Gründen auch immer, ich war nun plötzlich ein heisser Typ, und das lockte natürlich die Haie an. Ich hatte schon ganz am Anfang beschlossen, ich wolle ohne Agent oder Manager auskommen. Schliesslich war ich kein junges Sternchen mehr, sondern eine gestandene Frau in den Fünfzigern, und ich wollte mir von niemandem mein Leben diktieren lassen. Ich hatte nicht einmal einen Literaturagenten, der für mich den Vertrag mit Warner ausgehandelt hätte – was an und für sich sehr ungewöhnlich war. Mit Hilfe von Pierre, Freddie und meinen Freunden wog ich alle Angebote selbst ab. Ich würde mich selbst nie brillant nennen, aber in zwei Dingen war ich es trotzdem: ich liess mich von niemandem drängen, und ich war nicht erfolgshungrig. Andere hätten sich um diese Angebote gerissen, ich aber wusste von den meisten sehr rasch, dass sie nichts für mich waren. Ich erinnere mich an einen Mann, der meine Radiosendung landesweit managen wollte – fünfzig Prozent für ihn, fünfzig Prozent für mich. Ich antwortete ihm nicht sofort, weil ich keine blitzartigen Entscheidungen treffe, und er hinterliess auf meinem Anrufbeantworter die Mitteilung: «Die Zeit eilt.» Und in dem Augenblick wusste ich, dass wir nie miteinander ins Geschäft kommen würden, weil meine Zeit *nicht* eilte. Ich hatte so lange gewartet, dass ich ruhig noch ein bisschen länger warten konnte.

Eines der Angebote, das mir gemacht wurde, brachte mich mit einem Mann zusammen, der in meinem Leben eine wichtige Rolle spielen sollte, mit John Silberman. Ich erhielt ein Skript für einen Film mit dem Titel *Starry Night with Sprinkles,* in dem ich mich selbst spielen sollte; darin ging es um all die Leute, die mich an einem Wochenende anriefen und ihre verschiedenartigen Beziehungen. Der Vorschlag gefiel mir, aber es gab bei den Verhandlungen ein paar Schwierigkeiten. Eines Tages sass ich in einem Flugzeug – wo ich immer sehr viele interessante Leute kennenlerne – neben einem der ganz grossen Produzenten und fragte ihn, ob er mir einen guten Anwalt aus der Branche empfehlen könne. Er sagte mir, die besten Leute seien bei Paul, Weiss, Rifkind, Wharton and Garrison und verwies mich an Robert Montgomery.

Ich liess mir einen Termin geben, und als ich dort war, fragte mich Mister Montgomery: «Haben Sie etwas dagegen, wenn mein Partner John Silberman dabei ist? Er ist ein begeisterter Anhänger von Ihnen.» John hatte offenbar meinen Namen auf Montgomerys Terminkalender gesehen und gebeten, dabei sein zu dürfen. John erledigte von Anfang an alle meine Angelegenheiten, und wir wurden gute Freunde. Ich mag ihn nicht nur, weil er sehr freundlich, äusserst intelligent, ein Absolvent der Harvard Law School und ein ausgezeichneter Verhandlungspartner ist, sondern weil ich gleich merkte, dass er wirklich an meiner Arbeit interessiert war. Nun ist er mein wichtigster Berater in geschäftlichen Dingen, und ich nehme ihn manchmal auf Reisen mit – nach China zum Beispiel, wo ich für *Lifestyles of the Rich and Famous* hinfahren musste. John ist schon vor mehreren Jahren Teilhaber der Anwaltsfirma geworden, und bei seinem Einstandsessen sagte er, er sei der einzige Mensch, der *von* Dr. Ruth angerufen und um Rat *gefragt* werde. (Nebenbei bemerkt: Der Film wurde nie gedreht.)

Die meisten Haie wollten irgendwie an meine Radiosendung herankommen, aber ich wollte WYNY nicht verlassen. Zum einen hatte dieser Sender meinen Start erst ermöglicht, und ich bin von Natur aus loyal. Zum andern hatte ich gern, dass NBC hinter mir stand: ich war nicht nur eine kleine Frau, die über Sex sprach, sonder eine, die bei NBC über Sex sprach.

Kurze Zeit nachdem meine Sendezeit auf eine Stunde verlängert worden war, belegte ich in der Hitparade Platz eins. Ich wusste, dass die Sendung früher oder später landesweit ausgestrahlt würde: Larry King hatte bewiesen, dass eine landesweite erfolgreiche Talk-Show möglich war. Aber ich wollte nichts überstürzen – ich war nicht in Eile –, und es dauerte drei Jahre, bis ich mich dazu bereit fühlte. Ich ging zu Bob Sherman und sagte: «Okay, jetzt ist es Zeit. Wenn Sie mich haben wollen, beteiligen Sie mich. Wenn nicht, gehe ich woanders hin.» Er meinte, er sei genau der gleichen Ansicht. John Silberman führte die Verhandlungen, und nun war ich, Ruth Westheimer, einsvierzig gross, eine gleichberechtigte Partnerin von NBC für *Sexu-*

ally Speaking. Die Sendung, die auf zwei Stunden ausgedehnt wurde, war ein voller Erfolg und wurde rasch von über neunzig Radiosendern im ganzen Land übernommen. Es war herrlich, einen Anruf aus Seattle oder Buffalo entgegenzunehmen. Abgesehen von ihrer Entfernung und ihrem Akzent (ich begann sie allmählich herauszuhören) waren es die gleichen Menschen wie die New Yorker, die mich schon seit drei Jahren angerufen hatten – nicht mehr und nicht weniger gebildet, intelligent oder verwirrt.

Und damit nahm das Phänomen Dr. Ruth wohl seinen wirklichen Anfang. Ich war keine Lokalgrösse mehr, sondern praktisch jeder Amerikaner im ganzen Land konnte mich an seinem Radio hören.

Ich war ein gern gesehener Gast an Universitäten, wo richtige Dr.-Ruth-Partys veranstaltet wurden. Die Studenten versammelten sich in einem Saal und hörten sich gemeinsam meine Sendung an. Ich weiss, dass sie oft über das lachen, was sie zu hören bekommen, aber das stört mich nie; sie hören zu und nehmen wichtige Informationen auf, und das Gelächter liefert ihnen einen guten Vorwand, überhaupt zuzuhören. Manchmal kommt ein Anruf von so einer Party durch – ich höre die Leute im Hintergrund kichern und weiss, dass es ein Witz ist. Aber ich beantworte die Frage dennoch absolut ernsthaft – vielleicht leidet jemand da draussen genau an diesem Problem, und dann hat er eine Antwort verdient.

Dieser Beliebtheit hatte ich einen gewaltigen Strom von Einladungen zu Vorträgen an Universitäten zu verdanken. (Übrigens: auch wenn ich bei Studenten beliebt bin, machen die jungen Leute dennoch keinen so grossen Anteil meiner Zuhörer aus, wie man denken könnte. Es sind überdurchschnittlich viele junge Zuhörer, die durchkommen, aber das liegt daran, dass es schwierig ist, überhaupt durchzukommen, und junge Leute haben in der Regel mehr Zeit und Geduld als ältere. Unsere Untersuchungen haben ergeben, dass sich die Zuhörerschaft über ein sehr breites Altersspektrum erstreckt.)

Zu Beginn hielt ich Vorträge, wo immer man mich haben wollte, auch wenn ich kein Honorar dafür erhielt. Nun, wo ich bekannter war, konnte ich etwas wählerischer sein. Ich halte nun ungefähr fünfundvierzig Vorträge pro Jahr, die meisten an Universitäten, die andern zum Teil bei Firmensitzungen und Wohltätigkeitsveranstaltungen. Ich halte gerne Vorträge – sie bilden ein herrliches Ventil für meine pädagogischen Sehnsüchte –, und ich bin stolz darauf, dass ich zwei Jahre nacheinander vom College Campus Activity Board (Ausschuss, der Veranstaltungen an Universitäten organisiert) zum «Lecturer of the Year» gewählt worden bin.

Mein neubegründeter Ruhm machte mich auch zu einem beliebten Gast bei Talk-Shows. Zunächst dachte ich eigentlich, ich hätte bei Johnny Carson und David Letterman nichts verloren: «Was soll eine Professorin wie ich in einer witzigen Unterhaltungssendung, die besonders bei jungen Leuten beliebt ist?» Aber dann überlegte ich, dass es unter Umständen doch Spass machen könnte. Ich trat zuerst in David Lettermans Show auf und bin bisher rund ein Dutzend Mal Gast bei ihm gewesen; in letzter Zeit war ich eher bei Johnny Carson und bei der *Late Show* zu Gast. Das Schöne daran ist, dass nie jemand respektlos war und dass mir alle aufmerksam zuhörten. Beim ersten Mal war ich vor der *Late Show* sehr nervös, weil Joan Rivers im Rufe stand, sehr aggressiv zu sein, und ich hatte eine schlaflose Nacht. Aber als es dann soweit war, hörte sie mir jedesmal gespannt zu, wenn ich etwas sagte.

Ich werde oft gefragt, wie David Letterman wirklich sei. Ehrlich gesagt, ich weiss es auch nicht – und zwar nicht zuletzt deshalb, weil Paul Shaffers Band jedesmal, wenn ein Werbespot über den Sender geht, so laut spielt, dass eine Unterhaltung unmöglich ist. Ich kann deshalb nur eins sagen: ich glaube, die Gespräche über Sex machen ihn keineswegs so verlegen, wie er gerne vorgibt.

Die eine Szene aus David Lettermans Show, an die sich jedermann erinnert, ist die Geschichte mit den Zwiebelringen. Ich erzählte David von jenem jungen Mann, der mich am Radio angerufen und gesagt hatte, seine Freundin garniere seinen erigierten Penis so gern mit Zwiebelringen. Natürlich brach ein tosendes Gelächter aus, und David musste sich für einen Augenblick aus dem Blickwinkel der Kameras zurückziehen. Nun zeigen sie jedesmal vor einer Pause ein Bild mit einem Teller voller Zwiebelringe. Kürzlich hielt ich an einer Universität einen Vortrag und ging dann mit ein paar Studenten essen. Noch bevor wir bestellen konnten, zauberte die Kellnerin ganze Teller voller Zwiebelringe auf den Tisch.

Ich erzähle diese Geschichte gerne, weil sie etwas bewirkt, was in meinen Augen immer sehr wichtig war. Sie vermittelt nicht nur eine Lektion – nämlich dass alles, was zwei Erwachsene in gegenseitigem Einverständnis in ihrem Schlafzimmer miteinander tun, in Ordnung ist –, sondern sie vermittelt sie mit Humor. Wie der Talmud sagt: «Eine mit Humor vorgebrachte Lektion ist eine Lektion, an die man sich gut erinnert.»

Ich werde auch immer wieder gefragt, ob es schwierig sei, mit dieser Bekanntheit fertigzuwerden. Und meine Antwort lautet immer: «Nein, überhaupt nicht!» Was hatte sich denn geändert? Jetzt sprachen mich die Leute auf der Strasse an, was mir bestens gefiel, und Reporter stellten mir Fragen, was mir ebenfalls sehr gefiel, und ich bekam jetzt in den Restaurants immer den besten Tisch.

Zum Glück war ich erfahren und alt genug, um mich vom Ruhm nicht überrennen zu lassen. Ich hatte nach wie vor die gleiche Familie, die gleichen Freunde, die gleiche Wohnung, die gleichen Wertvorstellungen. Ich empfing nach wie vor Klienten in meiner Praxis an der Upper East Side in Manhattan. (Die Leute zeigten sich oft überrascht, dass die Telefonnummer im Verzeichnis zu finden war und dass es so einfach war, einen Termin bei Dr. Ruth zu bekommen.)

Dazu unterrichtete ich; natürlich hatte ich keine Zeit mehr für ein volles Pensum, aber ich war Adjunct Professor in West Point, am Adelphi, Marmount und Mercy College, und ab 1979 auch bei Helen Singer Kaplans Programm am Cornell University Medical Center. Letztes Jahr musste ich allerdings aus Zeitgründen diesen Job aufgeben. Dafür habe ich etwas anderes gefunden, was meinen derzeitigen Absichten möglicherweise noch mehr entgegenkommt: ich bin «Wander»-Professorin an der School of Continuing Education in New York. Ich habe keine eigenen Kurse, aber jeder Professor kann mich nach Lust und Laune für einzelne Vorlesungen beiziehen.

Schliesslich bildete ich mich auch selber weiter. Seit ich mein Diplom von der Cornell Medical School erhalten hatte, besuchte ich Kurse über Verhaltenstherapie am New York Hospital, über psychoanalytische Aspekte der Sexualität an der Columbia University Medical School und über Sexualität und jüdische Tradition in zwei verschiedenen Synagogen. Demnächst möchte ich Vorlesungen über Kunstgeschichte belegen.

Freunde und Familie halfen mir, meinen Gleichmut zu bewahren. Fred nahm die Dinge wie üblich sehr gelassen, unterstützte mich, drängte mich aber nie. Manch ein Ehemann wäre auf den plötzlichen Erfolg seiner Frau neidisch geworden, aber nur, weil er selbst im Rampenlicht stehen möchte – was Fred überhaupt nicht interessiert. Wenn ich weg war, sorgte er problemlos für sich selbst, und wenn ich ein ganzes Wochenende nicht zu Hause war, fuhr er nach Oscawana (ich nenne den Ort seine Geliebte, weil er jeden freien Augenblick da verbringt.) Abends, wenn ich arbeiten oder weggehen muss, liest er zufrieden oder sieht sich die Wiederholung seiner liebsten Fernsehsendung *The Odd Couple* an. Er drückt seit kurzem auch wieder die Schulbank, um seinen Master in Betriebswirtschaft zu machen. Und ich bin froh darüber, nicht nur, weil er auf diese Weise etwas zu tun hat, sondern weil ich auch der Meinung bin, je mehr akademische Grade wir in der Familie hätten, desto besser.

Natürlich begannen die Leute auch Fred zu interviewen, wie es denn sei, mit Dr. Ruth verheiratet zu sein. Und Freddie gibt immer die gleiche Antwort: «Die Kinder des Schuhmachers laufen barfuss.» Ich gestatte ihm nicht, meine Vorlesungen zu besuchen, weil ich genau weiss, dass er bei der

Diskussionsrunde am Schluss aufstehen und sagen würde: «Hört nicht auf sie, das ist doch alles nur Geschwätz.»

Zum Glück wurde ich erst als Dr. Ruth bekannt, nachdem Miriam und Joel erwachsen waren und meine Zeit nicht mehr so in Anspruch nahmen; ich glaube nicht, dass ich gleichzeitig Dr. Ruth und vollbeschäftigte Mutter hätte sein können. Miriam und Joel unterstützen mich in meiner neuen Karriere, aber sie haben daneben ihr eigenes Leben zu leben.

Der Zufall wollte es, dass beide nicht in New York waren, als meine Laufbahn als Dr. Ruth so richtig begann. Im Jahr 1981 schloss Joel an der Horace Mann High School ab, einer sehr renommierten Privatschule. Auch wenn wir wenig Geld hatten, sorgten wir doch dafür, dass unsere Kinder auf gute Schulen gingen. Ich war drei Jahre lang im Elternausschuss dieser Schule gewesen und hatte dabei gelernt, wie solche Ausschüsse funktionieren.

Joel meldete sich daraufhin in Princeton an und wurde akzeptiert. Ich freute mich natürlich sehr darüber; ich ging gern nach Princeton zu Besuch, um die efeubedeckten Mauern zu bewundern und mich in den Auditorien umzusehen. Im Frühling seines ersten Semesters begann meine Radiosendung Erfolg zu haben, und ich wurde zu einem Vortrag an seine Schule eingeladen. Ich sagte zu Joel, ich würde nicht zusagen, wenn es ihm peinlich wäre, aber er gab mir seinen Segen. Und dann stand er sogar als erster auf, um eine Frage zu stellen: «In welchem Alter sollte die sexuelle Aufklärung beginnen?» Ich antwortete: «Ich will nicht sagen, von wem diese Frage stammt», und erntete natürlich grosses Gelächter. Und dann sagte ich: «Ob es Ihnen nun gefällt oder nicht, die sexuelle Aufklärung oder Erziehung beginnt im Augenblick der Geburt, denn von diesem Moment an wird die Einstellung zum Sex auf das Baby übertragen.»

Neben seinen Fähigkeiten als Mechaniker erbte Joel von Fred, dem Harmonikaspieler, auch ein paar musikalische Gene, und als er nach Princeton ging, hatte er bereits zusammen mit seinem Freund Michael ein Folk-Duo gegründet und spielte in Kaffeehäusern auf. Als ich einmal nach Princeton fuhr, um ihn spielen zu hören, gaben sie zum ersten Mal ein lustiges Lied mit dem Titel «Jewish Mother Blues» zum besten, und eine Zeile darin lautete: «I've got a mother who talks about certain things on the air.» (Ich habe eine Mutter, die am Radio über gewisse Dinge spricht.) Bei den Schlussfeiern in Princeton gibt es eine alte Tradition: alle älteren Studenten treffen sich vor der Halle und singen miteinander. Bei Joels Abschlussfeier erkannten mich alle und begannen zu applaudieren. Der Zeremonienmeister überreichte mir das Mikrofon und bat mich um ein Lied; ich erklärte ihm, dass ich nicht singen könne, und bat *die andern,* mir ein Liebeslied zu singen. Aber bevor sie begannen, liessen sie all ihre Eltern – die Väter in ihren Anzügen mit

Weste und die Mütter in langen Kleidern – einstimmig ein Wort skandieren: Empfängnisverhütung.

Eine meiner schönsten Erinnerungen an Joels Jahre in Princeton war sein Auftritt im Stück *The Warsaw Ghetto Uprising* (Aufstand des Warschauer Ghettos) von Susan Nanus, das auf den Memoiren von Jack Eisner beruht. Er spielte einen Jungen, der von den Nazis umgebracht wurde und sprach zu den Zuschauern sozusagen aus dem Leben danach. Er sagte, er sei glücklich, zu den Partisanen gehört zu haben, aber was ihn am meisten stolz mache, sei die Tatsache, dass er nicht geweint habe. Dies rührte mich so sehr, weil das auch für mich immer so wichtig gewesen war: nicht zu weinen.

Miriam war sogar noch weiter weg, als mein Erfolg kam. Wie schon gesagt, ich erzog beide Kinder relativ stark zionistisch und idealistisch – ich wollte nicht, dass sie zu verwöhnten jüdisch-amerikanischen Kindern heranwuchsen. Sie gingen beide in zionistische Sommerlager, die nach der Art eines Kibbuz organisiert waren – was viel Arbeit und wenig Lohn für die Begleiter bedeutete. Und bei Miriam kam ich damit sehr gut an. Nach ihrem Abschluss am Barnard College im Jahr 1978 mit einem Bachelor und einem Master im Unterrichten von Englisch als Fremdsprache kündigte sie an, sie wolle von Stunde an in Israel leben. Ich hatte damit gerechnet – sie sogar dazu *ermutigt*–, und ich wusste, dass es sinnlos war, sie davon abbringen zu wollen; ich fühlte mich aber dennoch einsam und ein bisschen verlassen. Es traf mich besonders hart, weil ich seit dem Verlust meiner Eltern immer etwas Mühe gehabt hatte, Abschied zu nehmen; wann immer ich an einem Flughafen oder Bahnhof sehe, wie sich zwei Menschen voneinander verabschieden, bekomme ich ein Würgen im Hals – auch wenn es mir vollkommen fremde Menschen sind. Und so weinte ich viel beim Abschied von Miriam. Aber ich machte keinen Versuch, sie zurückzuhalten.

Sie lebte eine Zeitlang in einem Kibbuz und trat dann in die Armee ein, was mich an Maschinengewehre, Schildwachen und Schrapnell erinnerte. Ich hatte Angst um sie, war aber auch stolz auf sie. Jedes Jahr kam sie nach Hause oder wir besuchten sie; ich wohnte auch der Feier zum Abschluss ihrer Grundausbildung bei. Als sie wieder einmal in Amerika war, hörte sie die Leute von Dr. Ruth sprechen, hatte aber keine Ahnung, wer das war. Ich erklärte es ihr schnellstens; und was dies bedeutete, vermochte ihr ein einziger Telefonanruf klarer zu erläutern, als es mir möglich gewesen wäre. Es gelang mir nämlich problemlos, Plätze für die zu jener Zeit beliebteste Broadway-Show zu bekommen; und anschliessend gingen wir zu Sardi's und sassen mit Harvey Fierstein und Estelle Getty, einem der Stars, zusammen. Und nachher gestand mir Miriam: «Weisst du, es ist schon nicht schlecht, eine berühmte Mutter zu haben.»

Im Herbst 1984 bekam ich Miriam zurück. In jenem Jahr war sie zu den Hohen Feiertagen nach Amerika gekommen und dann wieder nach Israel gefahren. Ungefähr einen Monat später rief mich Joel Einleger an, ein junger Mann, den sie seit ungefähr einem Jahr mit andern Augen sah. Miriam und ich kannten ihn allerdings schon viel länger – denn er hatte meinen Joel in jüdischer Geschichte unterrichtet. Als Miriam nach Israel zurückging, tauschten sie Briefe aus, telefonierten stundenlang miteinander und kamen schliesslich überein, Miriam würde nach New York zurückkehren, um ihrer Beziehung eine echte Chance zu geben. Joel überraschte Miriam mit einem Blitzbesuch, um ihr beim Packen und Abschiednehmen zur Seite zu stehen. Nach ihrer Rückkehr rief mich Joel an und lud mich zu Stephen Sondheims Musical *Sunday in the Park with George* ein, dem damaligen grössten Hit am Broadway. Ich fragte ihn, wie er zu den Karten gekommen sei, und er sagte nur, ein Freund von ihm habe ihm einen Gefallen geschuldet. Natürlich nahmen Freddie und ich die Einladung gern an und vereinbarten, uns vorher in einem Restaurant in Greenwich Village zum Abendessen zu treffen. Als wir mitten drin waren, spazierte Miriam herein und verkündete, sie und Joel hätten sich verlobt und würden in New York bleiben! Sie bekamen später oft zu hören, so etwas hätten sie nie tun dürfen, denn Freddie und ich hätten vor freudiger Überraschung einen Herzanfall erleiden können. Aber ich war so glücklich, dass ich meine Tochter wieder hatte und zudem noch einen so prächtigen Schwiegersohn bekommen sollte, dass ich mir einfach keinen Anfall leisten konnte und wollte. Ich gab für sie eine grosse Verlobungsparty im Lokal der Hebräischen Vereinigung junger Männer und Frauen in Washington Heights. Ich wählte diesen Ort ganz bewusst, um an meine Wurzeln zu erinnern und zu beweisen, dass man auch in Washington Heights eine elegante Party geben kann; zudem war ich seit 1970 auch im Vorstand dieser Organisation. Am 22. Juni 1986 fand dann die Hochzeit im Water Club in New York statt. Als ich mit Miriam den Mittelgang hinunterschritt, war ich gleichzeitig aufgeregt und traurig, aber später, als ich vier Stunden lang getanzt hatte, war ich nur noch aufgeregt. Wie bei Joels Bar-Mitzvah zehn Jahre zuvor, bedauerte ich nur etwas – dass meine Eltern sich nicht mit uns freuen konnten.

Natürlich löste meine Tätigkeit nicht nur positives Echo aus. Ich entdeckte zu meiner Überraschung, dass nur die Worte «Dr. Ruth» schon ein Kichern auslösten. Als Lee Iacocca gefragt wurde, ob er sich als Präsidentschaftskandidat bewerbe, gab er zurück, er ziehe mit mir in den Wahlkampf: «Ich würde allen Leuten sagen, was sie tun sollten, und sie würde ihnen sagen, wie sie es tun sollten.» Jemand schrieb, mein «warmes Lachen erinnere an eine läufige Wüstenrennmaus». Jemand anders setzte mich auf die Liste der doofsten Leute des Jahres, weil ich es fertigbrächte, «dass Sex langweilig klinge». Selbst der Evangelist Robert Schuller kam auf den Plan und sagte: «Ich will Dr. Ruth nichts wegnehmen, aber die wirkliche Autorität in Sachen Liebe ist doch Jesus Christus.» Ich fühlte mich keineswegs beleidigt; er brachte mich ja mit der besten Gesellschaft zusammen!

Und *jedermann* – auch Zeitungsleute, die mich zum Teil «Dokta Ruus», «Doggda Roos» oder ähnlich nannten – versuchte meinen Akzent nachzuahmen. Johnny Carson gelingt es ganz gut, was man aber von den wenigsten andern behaupten könnte. Eines Abends ging ein Freund von mir in ein Kabarett, und nicht weniger als drei der vier Komödianten, die dort auftraten, gaben eine Imitation von Dr. Ruth zum besten. Ich weiss, dass mich Hunderte von Leuten im ganzen Land auf Partys und ähnlichen Veranstaltungen nachahmen. Aber das stört mich in keiner Weise; ich lud sogar Mary Gross, die in *Saturday Night Live* eine hervorragende Imitation bot, als Gast in meine Sendung ein. Ich rege mich über solche Dinge nicht auf, weil ich weiss, dass die meisten Witze durchaus geschmackvoll und gut gemeint sind – und dass sie mein Anliegen nur unterstützen: dass Empfängnisverhütung wichtig ist und dass es absolut in Ordnung ist, über Sex zu sprechen.

Was ernsthaftere Kritik angeht, da kam von allem Anfang an erstaunlich wenig. Ich bekomme ab und zu ein paar Schmähbriefe, und wenn mich die Leute auf der Strasse ansprechen, kommt auf tausend, die meine Arbeit loben, nur gerade einer, der meint, über solche Dinge rede man doch nicht am Fernsehen. (Und für diese Leute habe ich immer die gleiche Antwort bereit: «Ich bin Erzieherin, nicht Missionarin. Wenn Ihnen nicht gefällt, was Sie von mir hören, stellen Sie doch einen anderen Sender ein.») Selbst mit all meinem Gerede über Empfängnisverhütung bin ich in katholischen Kreisen nicht auf grosse Ablehnung gestossen; wie gesagt, ich führte ja sogar voreheliche Seminare mit meinem Freund Vater Finbarr Corr durch. Und bei all meinen Vorträgen, die mich auch in sehr bibeltreue Gebiete, nach Utah, der Hochburg der Mormonen, und andere Gegenden unseres Landes geführt haben, gab es nur zwei Zwischenfälle.

Als ich einmal an der Universität von Oklahoma einen Vortrag hielt, sagte man mir, ein Kandidat für das Amt des Gouverneurs, der aber auf verlorenem Posten stehe, habe mit einer Kampagne gegen mein Auftreten ein paar Stimmen mehr zu ergattern versucht. Ich rief den stellvertretenden Rektor der Universität an und sagte ihm, wenn es für ihn besser wäre, wenn ich auf meinen Vortrag verzichte, würde ich den Vertrag einfach in den Papierkorb schmeissen. Aber er verneinte und erklärte, hier gehe es doch auch um die Redefreiheit. Und so fuhr ich hin. Vorher informierte ich mich aber noch über meinen Kritiker und erfuhr, er wolle zu meinem Vortrag kommen, mich unterbrechen und wegen unmoralischen Verhaltens festnehmen lassen. Ich fand sogar heraus, wo er seinen Platz haben würde – in der vordersten Reihe natürlich.

Während des Vortrages gab ich mir dann alle Mühe und sprach offenbar so interessant, dass der betreffende Herr ganz vergass, mich zu unterbrechen! Ich beobachtete ihn die ganze Zeit aus den Augenwinkeln: er sass mit weit offenem Mund da. Als ich nach dem Vortrag um Fragen bat, stand er unangemeldet auf und rief: «Glauben Sie an Jesus Christus?» Aber bevor ich antworten konnte, schrie ein Student: «Setzen Sie sich! Sie ist Jüdin!» Worauf der ganze Saal in tosenden Applaus ausbrach. Der Mann blieb aber stehen und fragte weiter: «Wissen Sie, was die Bibel über Homosexualität sagt?» Ich zitierte die entsprechende Passage auf Hebräisch, und als er dann zu einer weiteren Frage ansetzte, unterbrach *ich* und sagte: «Verzeihen Sie, aber andere Leute wollen auch noch Fragen stellen.» Am Ende der Diskussion stand er auf, kam zu mir auf die Bühne und wollte mich – wie das in Amerika möglich ist – festnehmen. Die Sicherheitsleute führten ihn zwar aus dem Saal, bevor es soweit kam, aber mir war dennoch nicht wohl bei dieser Sache. Irgendwie erinnerte sie mich an Nazi-Deutschland.

Das andere Ereignis spielte sich in Charlotte, North Carolina, ab, wo eine Gruppe von Fundamentalisten gegen mich demonstrieren wollte. Aber es blieb ruhig – vor allem als sich herausstellte, dass die Gegendemonstration *für* mich sehr viel grösser war. Ein ungutes Gefühl hatte ich aber trotzdem, als ich nach der Ankunft in der Stadt die Lokalnachrichten hörte und sah, dass der Ku Klux Klan in den Ort einmarschierte. Es hatte zwar nichts mit mir zu tun, aber ich machte mir doch Sorgen, als ich die Leute mit ihren weissen Kopfhauben sah. Und so sagte ich ja, als ich nach dem Vortrag (ohne Zwischenfälle) gefragt wurde, ob der Polizist in Zivil meine Hotelsuite die Nacht über bewachen sollte. (Ich rief sogar vorher seine Frau an, um zu erfahren, ob sie auch damit einverstanden sei.) In jener Nacht erzählte er mir aus seinem Leben und wie er zur Polizei gekommen war; ich erzählte ihm dafür von der Haganah, und es war drei Uhr früh, bevor wir schlafen gingen.

Etwas näher ging mir die Sache, wenn ich Kritik von Berufskollegen zu hören bekam. Obwohl ich weiss, dass da einiges gemurmelt und gemunkelt wird (wobei oft auch Eifersucht mit im Spiel ist), ist nur sehr wenig direkt zu mir durchgedrungen. Das aber tat weh; in erster Linie will ich ja, dass die Leute mich mögen, und Kritik sticht halt wirklich, besonders wenn sie von Kollegen kommt.

Zum dramatischsten Vorfall kam es vor ungefähr drei Jahren, als ich vor der Versammlung der American Orthopsychiatric Association in Boston sprach. Nach dem Vortrag wurden mir ziemlich feindselige Fragen entgegengeschleudert – von Psychologen, die ebenfalls Kolumnen schreiben und Radiosendungen machen, in einem Fall sogar von einem Ehemann einer weiblichen Angehörigen dieses Berufsstandes. Eine Frau klagte mich mit schriller Stimme an, ich würde auf Sendung Therapien durchführen. Meine Antwort war, ich könne dabei gar keine Therapie durchführen, ich könne nur erzieherisch wirken. Ein Mann – eben der Ehemann dieser Frau, wie ich später erfuhr – erhob sich und sagte: «Vor sechs Monaten sagten Sie am Radio: ‹Es ist doch wunderbar, seinem Ehemann nackt die Tür zu öffnen.› Wie können Sie es verantworten, so etwas am Radio zu sagen?» Ich erwiderte: «Dies klingt nicht so, als ob ich das je gesagt hätte. Falls doch, hätten mich meine Kollegen am folgenden Tag wohl angerufen und gesagt: ‹Frau Dr. Westheimer, Sie haben einen fürchterlichen Fehler begangen.› Und falls es so gewesen wäre, hätte ich mich am folgenden Tag dafür entschuldigt.» Und so musste auch er sich wieder setzen.

Seither beteiligt sich die American Psychological Association mit *USA Today* an einem speziellen Programm, bei dem die Leute anrufen können und telefonisch beraten werden. Die Tatsache, dass dies die grösste Organisation auf meinem Gebiet tut, war bestimmt mehr als eine Rechtfertigung für mein Tun. Ich bin auch froh, dass mich noch nie jemand beschuldigt hat, ich hätte während der Sendung einen bösen Fehler gemacht.

Am Tag, bevor meine Radiosendung erstmals landesweit ausgestrahlt wurde, rief mich Susan Brown an und sagte: «Ruth, rate mal, wer mit Dir mittagessen möchte! Fred Silverman!» «Wer?»

Susan, die von allem Anfang an mit mir zusammengearbeitet hat, ist immer fröhlich, voller Energie und loyal. Sie klärte mich schleunigst darüber auf, dies sei der frühere Direktor von NBC, ein sehr, sehr berühmter Mann in Radio- und Fernsehkreisen, der nun eine eigene Produktions- und Vertriebsgesellschaft leite. Ich hatte inzwischen gelernt, dass man zusagt, wenn eine solche Grösse einen zum Mittagessen einlädt. Er führte mich in ein exklusives Restaurant und erzählte mir, wie er an einem Sonntagabend auf der Heimfahrt vom Flugplatz zufällig auf meine Sendung gestossen sei. Er habe mich vorher noch nie gehört, und er sei von mir fasziniert gewesen. Ob ich auch am Fernsehen interessiert wäre? Natürlich war ich das, und so forderte er mich auf, zu ihm nach Kalifornien zu fliegen, um einen Produzenten «unter die Lupe zu nehmen». Mir war zwar klar, was dies bedeutete: im Grunde genommen würde der Produzent *mich* «unter die Lupe nehmen». Aber ich schwieg.

Ein paar Wochen später holte mich eine Limousine von meiner Wohnung ab und fuhr mich zum Flughafen. Nach dem Erstklass-Flug nach Los Angeles wartete schon ein weiterer Wagen und fuhr mich zum Treffpunkt. Dem Produzenten gefiel das, was er sah, offenbar sehr gut, denn wir kamen rasch überein, eine Pilotsendung für eine auf mehreren Sendern gleichzeitig auszustrahlende Show aufzunehmen. Ich wollte immer noch keinen Manager, aber während der Verhandlungen für diese Pilotsendung wurde mir klar, dass ich für ein Projekt dieser Art irgendwie einen Agenten brauchte. Fred Silverman erzählte mir eine Sache, sein Geschäftsführer genau das Gegenteil, und das verwirrte mich. Und so wandte ich mich an Lee Stevens, den Direktor der William Morris Agency, der mich schon seit einiger Zeit für sich zu gewinnen suchte und sagte ihm: «Lee, Sie könnten unter gewissen Bedingungen mein Manager sein. Ich bezahle Ihnen eine Kommission für die Geschäfte, die Sie einbringen, aber ich will keinen ‹Exklusivvertrag› mit Ihnen oder einem andern. Und ich will nicht, dass Sie mich je zu etwas drängen, das ich nicht möchte.» Lee war einverstanden, und so ist unsere Vereinbarung heute noch gültig. Es hat sich für mich und wahrscheinlich auch für ihn gelohnt.

Wir handelten alle Einzelheiten aus und nahmen kurze Zeit später die Pilotsendung für eine Gemeinschaftssendung im Studio der New Yorker Fernsehstation Channel 5 auf. Ich wurde in ein prächtiges Kleid eines berühmten Hollywood-Designers gesteckt, das mir zu meiner Überraschung ausgezeichnet gefiel; ich hatte mich zuvor immer mit Stolz als die schlechtest angezogene Professorin von New York bezeichnet. Auch die übrige Ausstattung war sehr schön. Fred Silverman war sich offensichtlich gewohnt, nur erstklassige Angelegenheiten zu arrangieren. Aber genau dieser Aufwand, der in der Pilotsendung getrieben wurde, stellte sich danach als Problem heraus. Vielen Stationen – auch Channel 5 – gefiel die Sendung; für viele andere war sie aber einfach zu teuer, und es wollten nun nicht genügend Sender mitmachen, als dass sich die Serienproduktion auch wirklich gelohnt hätte.

Am gleichen Tag, an dem mir Fred Silverman gestand, er könne die Show nicht verkaufen, suchte ich Bob O'Connor, den Generaldirektor von Channel 5, auf und sagte zu ihm: «Sie haben doch diese Sendung übernehmen wollen, liessen es aber aus Kostengründen bleiben. Warum produzieren wir nicht eine einfachere und weniger aufwendige Lokalsendung?» Der Vorschlag gefiel ihm, und er sagte zu.

Und so zogen wir wie Mickey Rooney und Judy Garland in jenem Film, den ich in Heiden gesehen hatte, eine Show auf. Es war eine Art Erweiterung meiner Radiosendung – ich nahm Anrufe entgegen, empfing nun aber auch prominente Gäste und sprach mit Leuten aus den Publikum im Studio. Die Sendung wurde am Morgen ausgestrahlt, und wir schnitten in der Hitparade recht gut ab. Wegen uns wurde sogar eine andere Show auf einen anderen Zeitpunkt verlegt. Nach den ersten dreizehn Sendungen verpflichtete der Sender uns für weitere dreizehn Folgen. Wir veranstalteten eine Party, und ich tanzte wie noch nie zuvor. Zwei Tage später luden mich John Van Soosten und Paul Noble, zwei leitende Mitarbeiter von Channel 5, zu einem Gespräch ein. Am Vorabend war ich im Gracie Mansion gewesen und hatte erstmals mit Bürgermeister Koch gesprochen, und ich nahm an, sie wollten mich deswegen sprechen. Aufgeregt und voller Vorfreude trat ich ein. Sie begrüssten mich mit den Worten: «Setzen Sie sich.» Da wusste ich, dass sie nicht über mein Nachtessen mit dem Bürgermeister plaudern wollten. Sie teilten mir mit, ihre Muttergesellschaft in Boston wolle meine Show absetzen.

Nun wusste ich ja bereits, wann es Zeit war, sich zu wehren aber auch, wann es Zeit war, aufzugeben. Und dies war eindeutig der Moment um aufzugeben. Ich wusste, dass diese Entscheidung endgültig war und dass ich daran nichts ändern konnte. Dennoch stellte ich eine Frage, welche die beiden Herren überraschte: «Kann ich die bereits aufgezeichneten Sendungen kaufen?» Nun, ich hatte pro Woche tausend Dollar verdient, also insgesamt $13'000; für die Bänder und die Rechte wollten sie $8000. Ich war einverstanden, denn ich wollte sie aus zwei Gründen. Erstens weiss ich, dass Fernsehsender nicht alles auf Ewigkeit behalten, und ich wollte diese Sendung dereinst meinen Enkelkindern vorführen können. Und zweitens – nun, das dürfte klar sein: Ich muss einfach alles aufbewahren.

Die Show für Channel 5 kann wohl kaum als Grosserfolg angesehen werden, aber ein paar Jahre später war ich doch um die gesammelten Erfahrungen froh. Ende 1984 hörte ich über die William Morris Agentur, Mickey Dwyer vom Lifetime-Kabelfernsehen wolle mit mir bei einem Frühstück über eine mögliche Show am Kabelfernsehen diskutieren. Ich bin kein Morgenmensch: Am liebsten sitze ich mit meinem Brot, meinem Kaffee und meiner *New York Times* am Frühstückstisch und plane meinen Tag. Und dabei soll es ruhig sein; ich mag nicht einmal Freddies Geplauder. Aber für das Fernsehen machte ich doch eine Ausnahme und frühstückte mit Mickey Dwyer.

Das Ergebnis unseres Arbeitsfrühstücks war *Good Sex! with Dr. Ruth Westheimer*. (Der Originaltitel lautete *Good Sex with Dr. Ruth Westheimer*, aber die Leute von der Zeitschrift *TV Guide* sahen darin unerwünschte Anspielungen, und um sie zu besänftigen, fügten wir noch ein Ausrufezeichen ein.) Die Sendung war ähnlich wie die Show für Channel 5, mit Interviews und Anrufen, aber es gab ein paar entscheidende Unterschiede. Ich wollte einen männlichen Kollegen in der Moderation, damit die Frauen mir zuhören, aber ihn anschauen konnten. Ich sah mir Dutzende von Probebändern an, aber nur eines stach mir in die Augen. Es zeigte einen Mann aus Philadelphia von italienischer Herkunft, der an der Temple Universität studiert und am Brandeis College Schauspielunterricht genommen hatte, um dann ein Magazin in Philadelphia und eine Talk-Show in Baltimore zu moderieren. Ich sagte mir: «Ein Katholik, der an einer jüdischen Universität Schauspielunterricht nimmt, ist genau das, was ich brauche.» So traf ich Larry Angelo zum Mittagessen, und nachdem wir ein bisschen geplaudert hatten, sagte ich: «Ihr braucht mir niemanden mehr zu schicken – er ist der Mann für mich.»

Mein erster Eindruck von Larry bestätigte sich ein paar Wochen nach der Premiere, als er mich zu einem Vortrag nach Yale begleitete. Auf der Hinfahrt lasen wir im Auto miteinander Gedichte von Goethe – Larry in englischer, ich in deutscher Sprache. Und zum Abschluss dieses wundervollen Tages sangen für uns die Studenten von Yale in Mory's Restaurant.

Jemand bei Lifetime hatte eine interessante Idee für die Show: in der Sendung zeigen, wie es in der Praxis eines Sexualtherapeuten zu und her geht. Ich hatte einen einzigen Vorbehalt anzubringen: ich sagte, die «Klienten» in meiner Show dürften nicht «richtige» Leute mit «richtigen» Problemen sein. Warum nicht? Nehmen wir an, es kommt eine Frau, die im Alter von zwölf Jahren von ihrem Lieblingsonkel missbraucht worden ist. Ich frage sie aus, wir diskutieren am Fernsehen, und nach sieben Minuten sage ich: «Ich danke Ihnen. Ich bin sicher, dass viele Frauen ähnliche Erfahrungen gemacht haben.» Und dann verabschiede ich mich. Wer liest die Scherben auf? Und so kamen wir überein, dass ich mich mit den Autoren der Show beraten, ihnen auf Tatsachen beruhende Modellfälle liefern und sie dann Schauspielern übergeben würde.

Ich muss irgendwie ein Naturtalent mitbekommen haben. Ich hatte kein Lampenfieber – oder bestimmt viel weniger, als wenn ich vor einer Ärzteversammlung sprechen musste. Von Anfang an sagte man mir, ich hätte einen unfehlbaren Instinkt für die Kameraposition während den Aufnahmen, so dass ich einen neuen Übernamen bekam: «One Take» Westheimer. Wenn man sich das Ganze überlegt, war es eigentlich ein sehr gewagtes Programm. Shows mit «sprechenden Köpfen» werden oft als langweilig gebrandmarkt, aber wenn ich Anrufe beantwortete, sahen die Zuschauer oft nur meinen «hörenden Kopf». Aber es kamen keine Klagen. Ich glaube, die Zuschauer spüren, wie sehr mich so ein Anruf fesselt, und dieses Gefühl überträgt sich auch auf sie.

Die Show hatte von allem Anfang an Erfolg. Ich kann die Lorbeeren nicht allein für mich beanspruchen, denn wir alle waren einfach zum richtigen Zeitpunkt am richtigen Ort. Wir gingen in dem Moment zum Kabelfernsehen, als es das einzige Medium für derart explizites Material war und zudem richtig in Mode kam. Das Kabelfernsehen half mir weiter, aber ich trug auch zu seiner Verbreitung bei: Fernsehkritiker bezeichneten mich als den ersten Star dieses Mediums. Nun, schon nach kurzer Zeit empfing man uns auf rund fünfundzwanzig Millionen Geräten im ganzen Land.

Mit dieser Show stieg mein Bekanntheitsgrad sprunghaft an. Ich bekam das auf meinen zahlreichen Reisen zu spüren, wo ich überall erkannt wurde. Und dafür erhielt ich sogar eine wissenschaftliche Bestätigung. Ein Freund von mir führte eine dementsprechende Untersuchung durch. Per Computer ermittelt er, wie oft ein Name, ein Wort oder ein Satz in verschiedenen Publikationen vorkommt. Und bei mir kam er zu folgendem Ergebnis: in drei Grossstadt-Zeitungen wurde ich 1984 insgesamt nur dreimal erwähnt. Ein Jahr später, nachdem die Show ausgestrahlt wurde, waren es bereits siebenundvierzig Mal, im Jahr 1986 schon dreiundneunzig Mal. (Das Interessante daran ist, dass 1986 zweiundvierzig Mal nur von «Dr. Ruth» die Rede war, währenddem im Jahr zuvor mein Nachname nur zwölfmal weggelassen worden war. «Dr. Ruth» war also eindeutig in die Umgangssprache eingegangen.)

Dieser neue Ruhm löste eine wahre Flut weiterer Angebote aus. Zunächst schrieb ich zwei weitere Bücher, *First Love* 1985 und *Dr. Ruth's Guide for Married Lovers* 1986.

(*First Love* ist das Buch mit dem berühmten Fehler. Eine kurze Erläuterung für jene, die es nicht kennen: Am 31. Dezember 1985 bekam meine Verlegerin einen Anruf von einer Buchhändlerin aus Ramsey, New Jersey, die berichtete, das Buch gefalle ihr zwar, aber sie könne es wegen des Fehlers auf Seite 195 nicht verkaufen. Natürlich rief mich meine Verlegerin sofort an, ich schaute nach und in der Tat, aufgrund eines Druckfehlers lautete ein Satz, in dem es darum ging, an welchen Tagen die Aussichten auf eine Schwangerschaft am geringsten sind, jetzt so: «Am sichersten sind die Woche vor und die Woche nach dem Eisprung.» Dies sind aber genau die *unsichersten* Zeiten! Wir riefen sofort alle Bücher zurück, ungefähr so wie Autos mit defekten Bremsen. Die erste Auflage hatte einen weissen Umschlag, und Warner brachte nun eine zweite, korrigierte Auflage mit einem roten Umschlag heraus. Die Käufer konnten ihr altes Buch kostenlos gegen ein neues eintauschen. Aber nur wenige taten es; wahrscheinlich behielten sie das mit dem Druckfehler als Sammelobjekt. Zu meinem Glück – oder Unglück – gab es am 31. Dezember 1985 keine aufsehenerregenden Nachrichten aus der Welt, und so brachte praktisch jede Zeitung und jede Zeitschrift im ganzen Land einen Artikel über meinen Fehler. Die Verfasser von Schlagzeilen konnten für einmal so richtig schwelgen. «Befolgen Sie ja den Rat Ihres Arztes nicht», «Die besten Zeiten sind eigentlich die schlechtesten», usw. Ich hätte nie gedacht, dass ein einziger Druckfehler eine solche Welle auslösen würde. Die Anspielung, die mir am besten gefiel, stand im *Time-Magazin:* da hiess es, der neue Umschlag sei rot, weil ich errötet sei. Auf etwas war ich immerhin stolz: ich versuchte mich nicht herauszureden – ich gab zu, für den Fehler verantwortlich zu sein, weil mein Name auf dem Buch stand.

Mir schienen jeden Tag neue Angebote ins Haus zu flattern. Ich brachte ein Brettspiel «Good Sex» und eine Videokassette «Terrific Sex» heraus. Am Valentinstag 1986 erschien erstmals eine Beratungs-Kolumne, die heute in Zeitungen im ganzen Land abgedruckt wird. Und ich machte Werbespots für Lifestyle-Kondome, für Smith-Corona-Schreibmaschinen, für ein Warenhaus, für das Restaurant Brassiere in New York, für Dr. Pepper Mineralwasser und für Mousse au Chocolat.

Manche Leute warfen mir vor, ich sei zu geschäftstüchtig geworden, aber das erscheint mir absurd. All diese Dinge machen in erster Linie *Spass,* und dazu sind sie eben noch gut bezahlt. Weil sich das alles zu einem späteren Zeitpunkt meines Lebens ereignet hat, mache ich mir auch keine grossen

Sorgen um eine Überreaktion. Zudem glaube ich, dass viele Leute den falschen Eindruck bekommen, ich würde *wirklich alles* tun, bloss weil ich sehr viele Dinge tue. Ich habe weit mehr Vorschläge abgelehnt als angenommen. Wenn mir etwas irgendwie geschmacklos oder fraglich vorkommt, lehne ich es ohne Zögern ab. (Ich sage auch auf der Stelle nein, wenn jemand das Wort «Konzept» oder «exklusiv» benützt.) Ich habe einen Werbespot für Cadillacs abgelehnt, weil ich nicht glaube, dass die Leute, die mir zuhören, sich einen Cadillac leisten können. Ich sagte zu vielen Dr. Ruth-Puppen nein. Ich sagte nein zu einer Kette von Dr. Ruth-Therapie-Kliniken im ganzen Land. Ich sagte nein zu einer Dr. Ruth-Telefonlinie, auf der sich die Leute vorher aufgenommene Ratschläge anhören konnten. Ich sagte nein zu Dr. Ruth-Popcorn. Ich sagte nein zu verschiedenen Theaterstücken und Filmen. Ich sagte nein zu einer Parfum-Reklame. Ich achte aber auch genau darauf wie Projekte, denen ich zugestimmt habe, dann durchgeführt werden. Im Spot für die Smith-Corona-Schreibmaschinen sollte ich ursprünglich das Wort «Psychologie» falsch schreiben. Das lehnte ich ab mit der Begründung, wenn ich nicht wüsste, wie man das schreibt, dürfte ich nicht in diesem Bereich tätig sein.

An einem Freitagmorgen vor zwei Jahren rief mich jemand von William Morris an und fragte, ob ich ein Filmskript von Daniel Vigne lesen wolle. Da mir der Film *The Return of Martin Guerre* von Vigne gut gefallen hatte, sagte ich zu. Ich bekam das Skript postwendend, hatte es aber am Montagmorgen, als um zehn das Telefon läutete, noch nicht gelesen. Es war Daniel Vigne, der mich fragte, wo ich sei? «Was heisst da, wo ich sei. Ich bin zu Hause,» erwiderte ich. «Sie sollten aber zu einer Besprechung bei mir im Hotel sein,» behauptete er.

Ich öffnete schleunigst den Umschlag, und wirklich, da stand, ich solle ihn am Montagmorgen um neun treffen. Leider musste ich aber unbedingt ein Flugzeug erreichen, um weitentfernt einen Vortrag zu halten. Ich entschuldigte mich, und er versprach, sich bis Mittwoch zu gedulden. Ich las das Skript während des Fluges, und es gefiel mir sehr. Ich sollte die Rolle einer reichen Amerikanerin spielen, die Vorsteherin einer Wohltätigkeitsstiftung ist, sich für die Arbeit eines französischen Archäologen (gespielt von Gérard Depardieu) interessiert, der die Überreste der ersten Frau auf Erden entdeckt. Warum interessiert sie sich dafür? Weil die Dame sehr klein ist und die Funde des Archäologen beweisen, das die prähistorische Frau klein und wohlproportioniert war. (Die Rolle war offensichtlich auf mich zugeschnitten, denn ich war ja klein und sprach obendrein französisch; später fand ich allerdings heraus, dass Daniel Vigne mich überhaupt noch nicht gekannt hatte, als er das Drehbuch schrieb.)

Familienfoto mit meinen Schwiegereltern

Als ich ihn am Mittwoch im Hotel aufsuchte, sagte man mir, die Rolle sei bereits anderweitig vergeben worden. Ich entgegnete: «Gut, aber ich möchte Daniel Vigne trotzdem sprechen.» Als ich sein Zimmer betrat, schaute er mich kurz an und sagte aufgeregt: «Also, machen wirs.» Er wusste wohl nicht, dass diese Worte bei mir in der Regel eine ganz bestimmte Bedeutung hatten. Wie es sich herausstellte, wollte er von mir aber nur, dass ich eine Szene aus dem Drehbuch vorlas. Was er hörte, gefiel ihm, und er bot mir die Rolle an. Ich verriet Daniel Vigne nie, was ich über die andere Frau gehört hatte; eine meiner guten Eigenschaften ist, dass ich weiss, wann ich den Mund halten muss. (Ich entdeckte später, dass die Rolle eigentlich für Linda Hunt geschrieben worden war, die sie aus irgendeinem Grund nicht übernehmen konnte, und als ich erfuhr, dass ich anstelle einer Oskar-Preisträgerin engagiert worden war, war ich entzückt.)

Der Produzent sagte mir: «Wir werden zwei Monate lang in Paris drehen.» Ich erwiderte: «Moment mal, ich kann nicht für zwei Monate nach Paris verreisen – ich habe meine Radio- und Fernsehsendungen, und zudem muss ich Klienten in meiner Praxis empfangen. Warum fliegen Sie mich nicht hin und her? Wenn es zu teuer ist, bezahle ich einen oder zwei Flüge aus meiner Tasche.» So etwas hatten sie noch nie zuvor gehört und waren so

192

perplex, dass sie einwilligten. (Es kam so heraus, wie ich vermutet hatte: ich musste keinen einzigen Flug bezahlen.)

Die Dreharbeiten gefielen mir ausgezeichnet, obwohl ich ein kleines Problem hatte – den Text auswendig lernen. Ich vermisste meine kleinen Zettel mit den Stichworten. Aber es war wundervoll, mit Daniel Vigne und den beiden Stars des Films, mit Gérard Depardieu und Michel Aumont, arbeiten zu können. Die aufregendste Szene wurde in einem Auditorium der Sorbonne gedreht, unmittelbar neben dem Zimmer, in dem ich dreissig Jahre zuvor durch die Prüfung gerasselt war, und nur ein paar Meter von unserer Wohnung, ohne warmes Wasser und ohne Heizung, entfernt.

Als der Film abgedreht war, gingen wir in einer kleinen Discothek im Dorf Peranz feiern. Dort drin hing eine sich drehende Anzeigetafel an der Decke, auf der zu lesen war: «Cinéaste Daniel Vigne und die Schauspielerin Ruth Westheimer.» Da stand nicht Dr. Ruth Westheimer oder Dr. Ruth, sondern *Schauspielerin* Ruth Westheimer. Ich wollte die ganze Nacht dort bleiben und tanzen. Aber ich musste am nächsten Morgen um sechs Uhr aufstehen, und so blieb ich nur bis vier Uhr. Die ganze Zeit schielte ich zur Anzeige hin, um immer wieder meinen Namen auftauchen zu sehen.

Der Film war kein weltbewegender Erfolg, weder bei den Kritikern noch an der Kasse. Aber ich war offenbar gar nicht so schlecht, denn die Nationale Vereinigung der Theaterbesitzer verlieh mir den Star of Tomorrow Award, einen Preis, der jedes Jahr dem vielversprechendsten Neuling in der Filmbranche zuerkannt wird. (Auch Dustin Hoffman hatte ihn einmal gewonnen.) Seither habe ich in einer Folge von Shelley Duvalls Kabelfernseh-Serie *Tall Tales* mitgespielt. Michael York spielte Ponce de Léon, ich eine seltsame, alte Frau, die er um das Jugendelixier bittet. Herrlich!

Wie schon mehrmals erwähnt wurde, gehe ich gern ein Risiko ein. Ich habe eine kleine Messingschnecke auf dem Tisch meiner Fernseh-Show. Sie erinnert mich daran, dass eine Schnecke zwar sicher ist, wenn sie in ihrem Haus bleibt, dass sie dabei aber auch nicht vorwärtskommt. Sie macht nur Fortschritte, wenn sie ihren Hals herausstreckt.

Letztes Jahr ging ich ein grosses Risiko ein als King Features, die Firma, die meine Zeitungs-Kolumne betreut, mir die Gelegenheit zu einer Gemeinschaftssendung im gewöhnlichen Fernsehen gab. Dies bedeutete, dass ich die Sicherheit des Kabelfernsehens verlassen und mich auf einen Markt begehen musste, wo die meisten Showprojekte gar nie zur Ausstrahlung gelangen, und die, welche es schaffen, selten älter als ein Jahr werden. Aber es bot mir auch die Chance, von Millionen Menschen gesehen zu werden. Ich wagte den Sprung, und im Januar 1987 flimmerte *Ask Dr. Ruth* (Fragen Sie Dr. Ruth) erstmals durch den Äther.

Während ich an diesem Buch schreibe, wird gerade die letzte von 130 Sendungen aufgezeichnet. Die Show war in mancher Hinsicht ein Erfolg. Wir wurden fast im ganzen Land empfangen – oft über Gemeinschaftsnetze. Wir kamen in New York, Los Angeles und San Francisco gut an, und obwohl wir in Boston abgesetzt wurden (nachdem offenbar verschiedene Werbekunden die Station unter Druck gesetzt hatten), kam es in keiner Stadt zu irgendwelchen Aktionen, um uns aus dem Programm zu verdrängen. In gewissen Städten war der Erfolg weniger gross. Vielleicht lag es daran, dass wir die Wiederholung einer Kabelshow konkurrenzierten, weil ich das Thema nicht als Sensation aufbauschen wollte, oder weil das allgemeine Fernsehen einfach noch nicht bereit war für Dr. Ruth. Jedenfalls beschloss ich letzten Frühling, die Gemeinschaftssendungen aufzugeben und ein Angebot von Lifetime zur Wiederaufnahme meiner Kabelfernseh-Show anzunehmen. Sie ging im Herbst 1987 wieder über den Sender.

Ich verliess das allgemeine Fernsehen ohne Bedauern, aber mit einer aus drei Worten bestehenden Voraussage: «Ich komme zurück!»

KAPITEL 9

Eine Woche im Leben von Dr. Ruth

Montag

Der Montagmorgen ist mir lieb, weil ich mir da gestatte, etwas länger im Bett zu bleiben. Meine Radiosendung läuft am Sonntag von zehn Uhr bis Mitternacht, und ich komme nie vor ein Uhr nach Hause. Wenn ich an diesem Morgen aufstehe, gehen Joel und Fred gerade zu Arbeit. (Joel schloss letztes Jahr in Princeton ab und wohnte noch eine Zeitlang in seinem alten Schlafzimmer. Er arbeitete teilzeitlich als Berater für eine Computer-Firma und bemühte sich auch um Erfolg als Folk-Musiker. Ich finde es herrlich, dass er immer noch Musik macht, wobei ich es wohl weniger herrlich fände, wenn er dieses Hobby zu seinem Beruf machen würde. Letzten Sommer bezog er seine eigene Wohnung im fünften Stock eines Mietshauses ohne Fahrstuhl. (Glücklicherweise ist er nur ein paar Häuserblocks entfernt und kann immer noch seine Wäsche nach Hause bringen.)

Es ist gar nicht schlecht, dass ich allein bin. Ich stehe am liebsten langsam und gemütlich auf und trödle gern noch ein bisschen herum. Fred hört morgens gerne Musik und die Nachrichten, ich habe am liebsten absolute Stille. Es dauert eine Weile, bis ich mich gesammelt habe. Ich trinke ein Glas Orangensaft und eine Tasse Kaffee, esse etwas Toast, lese die *New York Times* und lasse meinen Blick aus dem Fenster schweifen.

Die Aussicht. Jeder Chauffeur, der mich nach Washington Heights fährt (wo wir seit vierundzwanzig Jahren wohnen) – rund sechs Meilen oder mindestens eine halbe Stunde vom Zentrum von Manhattan entfernt –, fragt mich, warum ich mir nicht eine Wohnung an der Park Avenue nehme. Die Aussicht ist mein bestes Argument. Vom Wohnzimmer im zehnten Stock aus haben wir einen herrlichen Blick auf die George Washington Bridge, den Hudson River und die New Jersey Palisades im Hintergrund. Von Joels Zimmer aus sieht man The Cloisters und den Fort Tyron Park genau im Norden, und wenn man seinen Hals etwas streckt, sieht man sogar die Tappan Zee Bridge. Ich könnte stundenlang aus dem Fenster schauen, das Spiel der Sonne auf dem Wasser beobachten oder einen kleinen Schlepper verfolgen, der langsam stromaufwärts tuckert.

Aber es gibt noch andere Gründe, weshalb ich in Washington Heights bleibe. Obwohl die Nachbarschaft in den letzten Jahren etwas schlechter geworden ist, bleibt sie dennoch das Zentrum der deutsch-jüdischen Gemeinschaft in Amerika, das sie seit den dreissiger Jahren ist. Als ich seinerzeit hier einzog, sagte ich: «Wie schön. Endlich ein Ort, an dem alle Leute die gleiche Herkunft haben wie ich.» Und dieses Gefühl ist immer noch da. Ich kann im Fort Tyron Park spazierengehen, in dem das herrliche Museum «The Cloisters» mit Kunstschätzen aus dem Mittelalter steht, ich höre, wie Deutsch gesprochen wird, und werde an Frankfurt erinnert. Wenn die Leute in der Nachbarschaft mit mir sprechen, sagen sie gewöhnlich, sie seien stolz auf mich; und das klingt vielleicht überraschend, wenn man bedenkt, dass ich doch sehr offen über Sex rede und die deutschen Juden eigentlich sehr konservativ sind. Aber so war es auch mit Henry Kissinger, der auch aus dieser Gegend stammt. Sie teilten möglicherweise nicht seine Ansichten, aber sie waren darauf stolz, dass jemand mit seiner Vergangenheit, mit einem *Akzent* es bis in die höchsten Stufen von Einfluss und Gesellschaft gebracht hatte.

Übrigens kann ich Ihnen eine hübsche kleine Klatschgeschichte erzählen, wenn Sie an so etwas interessiert sind: Fred und ich schlafen getrennt. Er schnarcht nämlich und behauptet, schnarchen sei ein atavistischer Instinkt der Männer und stamme aus einer Zeit, als die Männer die Frauen vor wilden Tieren schützen mussten. Ich frage ihn, wie viele wilde Tiere er in letzter Zeit in der Nähe unserer Wohnung gesehen habe. Ich erzähle dies nur, um zu beweisen, dass ein erfülltes Sexualleben auch möglich ist, wenn zwei Menschen in getrennten Räumen schlafen. Ich glaube nicht an diesen Unsinn, wonach Paare alles gemeinsam tun müssen, und dazu gehört für mich auch das Verbringen einer ganzen Nacht im gleichen Bett.

Dies ist für mich verhältnismässig früh für einen Montagmorgen. Um viertel vor neun werde ich abgeholt. Der Fahrer ist Sascha, ein russischer Emigrant, mit dem ich gut befreundet bin, so gut, dass ihn Miriam zu ihrer Hochzeit eingeladen hat. Der andere Fahrer, mit dem ich gut stehe, ist Terry, ein Zeuge Jehovas. Er gab mir alle Unterlagen, die sie in Bezug auf das Familienleben verwenden.

Sascha fährt mich in die Stadt zum Superdupe Studio an der Madison Avenue, wo wir Pierre Lehu und Hank Sagman von der Werbeagentur Grey Advertising treffen. Ich soll dort einen Werbespot aufzeichnen. Auf dem Weg in den Aufnahmeraum begegne ich dem Direktor des Studios. Joel hat demnächst Geburtstag, und so verschaffe ich ihm als Geschenk ein bisschen Studiozeit zu stark reduzierten Ansätzen.

Wir nehmen ein paar Audio-Takes auf; es ist eine Variation des Sprichwortes «Abwechslung macht das Leben süss», das natürlich in Anbetracht der Tatsache, dass ich die Sprecherin bin, einen etwas anderen Unterton bekommt. Das erinnert mich an einen früheren Spot für Dr. Pepper-Mineralwasser; jemand rief mich am Radio an und ich sagte: «Benützen Sie ...» Pause, und jedermann erwartete natürlich «ein Mittel zur Empfängnisverhütung». Aber es ging mit «Eiswürfel» weiter. Dieser Spot gefiel mir so sehr, dass ich sofort dafür sorgte, dass der Texter eine Lohnerhöhung und Beförderung bekam.

Nach den Aufnahmen für diesen Spot hielt ich zufällig einen Vortrag in Dallas, wo sich der Geschäftssitz von Dr. Pepper befindet. Ich organisierte ein Mittagessen mit ein paar Leuten aus der Chefetage, weil ich zusammen mit Lou Lieberman eine Inhaltsanalyse der Briefe durchführen wollte, die ich jeweils bekam; und dafür mussten wir irgendwie zehntausend Dollar auftreiben. Ich hatte mir überlegt, Dr. Pepper wäre die ideale Firma, um mir bei dieser Sache unter die Arme zu greifen. Als mich der für PR zuständige Direktor und ein anderer Abteilungsleiter im Wagen abholten, stiess meine Idee sofort auf Anklang, aber die beiden sagten, es dürfte sehr schwierig werden, das Geld dem Finanzchef zu entlocken, weil der sehr, sehr sparsam sei – es sei sogar schwierig, eine Schachtel Büroklammern bewilligt zu bekommen! Beim Mittagessen lieferte ich dann eine schillernde Beschreibung meiner Idee, und der Finanzchef sagte zu. Ich war so glücklich, dass ich alle rund fünfzehn Leute am Tisch aufforderte, ihm zu applaudieren. Er sagte, sie würden mir einen Check zustellen, aber ich sagte, noch lieber würde ich mit dem Check in der Tasche nach Hause fliegen. Und in der Tat: zwei Stunden später übergab er ihn mir höchstpersönlich in meinem Hotelzimmer.

Wie ich das Geld für die Untertitelung meiner Fernsehshow aufbrachte, ist ein «Westheimer-Manöver». Die Idee kam von meinem Sohn Joel. Die Schwester eines seiner Freunde in Princeton war taub, und Joel lernte diese besondere Zeichensprache, um sich mit ihr unterhalten zu können; eine seiner Arbeiten war ein Computer-Programm «Wie lehrt man Zeichensprache». Ich wusste, dass hörbehinderte Menschen durch Vorurteile und Missverständnisse aufgrund ihrer Behinderung viele Probleme haben, und wollte mein Programm deshalb mit speziellen Untertiteln versehen, die nur mit einem speziellen Zusatzgerät empfangen werden können. Das kostete jedoch Geld, und die Firma, welche die Show produzierte, wollte nicht soviel aufbringen. Eines Tages sass ich in einem Flugzeug neben einem Mann, der sich als Direktor eines grossen Unternehmens entpuppte. Ich erklärte ihm die ganze Angelegenheit voller Begeisterung, und die Folge davon war, dass mir die Firma einen Check über hunderttausend Dollar überreichte – was zusammen mit Joels Check über hundert Dollar unsere Kosten deckte. Es ist in naher Zukunft mit weiteren «Westheimer-Manövern» zu rechnen.

Nach den Aufnahmen gehen wir für ein paar Fotografien in die Halle hinunter, was auch zu diesem Spot gehört. Ich treffe Bill und Marga Kunreuther, Vincent Facchino und Nicole Harris. Zusammen mit Pierre bilden sie, nun, sagen wir in Ermangelung eines besseren Wortes, mein Gefolge. Bill arrangiert die Termine für meine Privatpraxis und kümmert sich um mein Checkbuch. Seine Frau Marga ist für meine Garderobe zuständig. (Marga ist eine entfernte Verwandte von Fred, und ihre dreiundzwanzigjährige Ehe wurde von mir gestiftet. Aber es brauchte drei Einladungen zum Abendessen, bevor die beiden endlich anbissen.) Vincent ist mein Coiffeur, und er macht seine Sache so ausgezeichnet, dass die Leute sagen, ich werde von Jahr zu Jahr jünger. Er machte mich mit Nicole bekannt, einer hervorragenden Make-up-Künstlerin, die einst als Tänzerin in den Folies-Bergères auftrat und die schönsten Beine hat, die ich je gesehen habe.

Es zeigt sich, dass der Fotograf ein Bekannter von mir ist, und er freut sich sehr, mich zu sehen. Der Fototermin dauert ungefähr eine Stunde, und Pierre hat die gloriose Idee, eine der Aufnahmen für den Umschlag zu diesem Buch zu benützen. Zudem habe ich – ein weiteres, typisches «Westheimer-Manöver» – Miriams Freundin Elaine und ihr neues Baby zu diesem Termin eingeladen, damit sie auch zu ein paar Aufnahmen kommt. (Elaine und ihr Mann Richard halfen mir übrigens mehrere Jahre lange, Briefe von Zuhörern zu beantworten.) Nach dem Fototermin gehen wir alle zum Mittagessen. Ich rufe Hank Sagmans Chef bei Grey Advertising an, um ihm zu sagen, was für gute Arbeit er leiste.

Um vierzehn Uhr fährt mich Sascha ins Büro von King Feature, wo eine Produktionssitzung mit den Leuten für meine Fernseh-Show stattfindet. Es ist für mich wichtig, dass diese Mitarbeiter in mir nicht irgendeinen Superstar sehen, der nur am Mittwoch und Donnerstag rasch hereinschneit, wenn die Show aufgezeichnet wird. Und so nehme ich an diesen Montags-Sitzungen teil, wann immer ich kann. Ich verschaffe mir dabei auch gern Bücher und Filmmaterial meiner jeweiligen Gäste, damit ich mich zu Hause informieren kann. Wenn die Leute nicht aus meinem Fachgebiet stammen oder weltbekannt sind, habe ich meistens noch nie etwas von ihnen gehört.

Um fünf fährt mich Sascha zum Flugplatz. Es reicht nicht für einen Umweg nach Hause, weil Washington Heights zu weit weg ist. Das ist wohl der grösste Nachteil, wenn man dort wohnt; wenn ich einmal in der Stadt bin, bleibe ich den ganzen Tag lang weg. Ich kann nicht rasch nach Hause gehen, um mich umzuziehen, und deshalb muss ich immer so viel mit mir herumschleppen.

Um viertel nach sechs geht mein Flugzeug nach Miami, wo ich am folgenden Tag einen Vortag halte. Im Fontainebleau Hotel erwarten mich ein paar Damen von der Organisation, die mich eingeladen hat. Ich unterhalte mich ein paar Minuten mit ihnen, entschuldige mich dann und gehe auf mein Zimmer. Ich weiss, wenn ich mich mit ihnen einlasse, bleibe ich wenigstens zwei Stunden sitzen. Zu Beginn meiner Reisen hätte ich so etwas nie getan, im Gegenteil, ich hätte diese Art von Gesellschaft und Gespräch sogar gesucht. Jemand hätte mich am Flugplatz abgeholt, und wir hätten auf dem ganzen Weg in die Stadt geredet. Ich kann von Natur aus einfach nicht ruhig sein und die Augen zumachen, wenn jemand mit mir ist, auch wenn ich weiss, dass diese Person gar nicht von mir unterhalten zu werden braucht. Aber nun verlange ich einen Wagen oder ein Taxi, und wenn ich im Hotel bin, gehe ich auf mein Zimmer und lasse mich über den Zimmerservice verpflegen. Genau das tue ich auch heute abend. Wenn ich unterwegs in einem Hotelzimmer bin, ist das für mich auch die einzige Gelegenheit, fernzusehen. Schliesslich sollte ich einiges darüber wissen, bin ich doch schliesslich durch ein paar seltsame Zufälle auch in diesem Geschäft gelandet. Aber es hilft mir nicht gross, ich schlafe während einer Show ein, deren Namen ich am folgenden Morgen schon nicht mehr weiss.

Dienstag

Ich stehe um acht Uhr auf und lasse mich massieren. Daran habe ich mich seit kurzem gewöhnt. Ich lasse auch mein Haar frisieren und mein Gesicht schminken, weil ich weiss, dass es sich bei meinen Zuhörerinnen um elegante Damen handelt. Und so bekomme ich in der Hotelhalle oft Komplimente über mein Aussehen zu hören. Die Leute sind meist überrascht, wie frisch ich aussehe. Ich weiss nicht weshalb; vielleicht veranlasst sie mein Image als «Grossmama Freud» zur Annahme, ich sei alt und schlampig. Jedenfalls ist das etwas vom Schönsten, was mir in meinem Leben passiert ist. Eine Freundin erzählte mir sogar, jemand habe sich erkundigt, ob ich ein Gesichtslifting habe machen lassen! Eine andere Bemerkung von (taktlosen) Menschen lautet oft: «Ich habe ja gewusst, dass Sie klein sind, aber dass Sie *so* klein sind, hätte ich nicht gedacht.» Nun, das ergibt irgendwie einen Sinn, denn am Fernsehen sitze ich in der Regel. Aber es stört mich nicht –

wenn ich mich bis jetzt nicht an meine Grösse gewöhnt habe, dann tue ich das nie mehr. Ich fühle mich nur ein bisschen traurig, wenn ich an einer Mutter mit Kind vorbeigehe und das Kind plötzlich sagt: «Mami, hast du diese Zwergin gesehen?»

Nach der Begrüssung gebe ich eine Pressekonferenz. Normalerweise bestehe ich darauf, dass diese nach meinem Vortrag stattfindet, damit die Leute sich anhören, was ich zu sagen habe, und erst dann Fragen stellen können. Aber hier ist offenbar sehr früh Redaktionsschluss, und deshalb mache ich eine Ausnahme. Eine Reporterin fragt mich: «Ist es wahr, dass Sie ein Konzentrationslager überlebt haben?» Ich gebe ihr höflich zu verstehen, das ich nicht gern über diese Dinge spreche, und wenn sie mehr darüber wissen wolle, möge sie doch meine Autobiographie lesen. Es ist für mich einfach zu schmerzlich, so beiläufig über diese Erfahrungen zu reden und nachher über Sex zu sprechen. Nicht nur die Reporter verhalten sich so, manche Leute meinen ebenfalls, ich hätte nichts dagegen, während eines Abendessens über den Holocaust als interessantes Thema zu diskutieren. Aber das ist für mich unmöglich.

Ein ähnliches Problem habe ich beim Mittagessen, das zugunsten von United Jewish Appeal gegeben wird. Der erste Redner ist ein Experte in Sachen Terrorismus. Was er sagt, ist für mich Grund zur Aufregung; ich weiss nicht, wie ich nachher über Sexualität, Erregung und Vergnügen sprechen soll. Ich kann nur eins tun: tief durchatmen, einen grossen Schluck Kaffee trinken und mir einreden, es müsse nun halt einfach sein. In der Regel hilft das.

Ich beginne meine Vorträge immer ungefähr gleich. Nach meiner Vorstellung – und ich bestehe darauf, dass die Person, die mich vorstellt, meine akademischen und klinischen Qualifikationen erwähnt – sage ich etwa: «Ich bin sicher, dass in den vier Wänden dieser ehrwürdigen Institution noch nie Wörter wie Ejakulation, Penis, Vagina, Orgasmus oder Masturbation ausgesprochen worden sind.» Damit entwaffne ich meine Zuhörer vom ersten Augenblick an; wenn sie nervös und auf komplizierte Redewendungen gefasst waren, können sie nun entspannen. Und ich habe angekündigt, worüber ich spreche. Dann nehme ich möglichen Kritikern den Wind noch ganz aus den Segeln, indem ich meine Sex-Philosophie erläutere: man könne Sex nicht isolieren, sondern müsse ihn immer im Zusammenhang mit Liebe, Sorge, Partnerschaft und Familie stellen. Und unversehens bin ich nicht mehr die radikale Wilde, die freien Sex predigt. Ich spreche über etwas, was ihnen auch am Herzen liegt. Weiter sage ich, die Menschen kämen aus verschiedenen Religionen und ethnischen Gruppen und hätten unterschiedliche Moral- und Wertvorstellungen, und wenn sie daran festhalten wollten, solle niemand versuchen, sie davon abzubringen. Ich glaube wirklich an diese Dinge, aber wer soweit mitgelesen hat, weiss, dass ich sie auch noch aus einem anderen Grund sage: es ist für mich sehr, sehr wichtig, dass die Leute mich mögen und billigen.

Das nächste, was ich sage, löst eine gewisse Unruhe aus. Aber ich sage es trotzdem, egal ob ich am Miami oder Boston College vor Jesuiten oder an der Universität von Utah vor Mormonen spreche. Ich sage, ich sei weder Theologin noch Politikerin, sondern Erzieherin, und von meinem Standpunkt aus müsse die Abtreibung legal bleiben. Dann zerstreue ich verschiedene Mythen über Sex, diskutiere Themen wie Empfängisverhütung, Homosexualität, sexuell übertragbare Krankheiten und AIDS, spreche über neueste Forschungsergebnisse und bespreche interessante Fragen, die in meinen Radio- und Fernsehsendungen aufgetaucht sind.

Ich habe in diesem Buch über die Bedeutung von «Lehrmomenten» und Humor gesprochen, und beide kommen nie so sehr zur Geltung wie in meinen Vorträgen. Wenn ich beispielsweise über Masturbation spreche und den Mythos, sie bewirke Haarwuchs in der Handfläche, mache ich in der Regel einen Witz. An der Stanford University schaute ich mich um und sagte: «Sie hier in Stanford können sich offenbar sehr gut beherrschen, aber an der Harvard Law School sah ich viele Anwälte, die verstohlen ihre Handfläche inspizierten.» Und natürlich habe ich die Lacher auf meiner Seite.

Ich erzähle auch eine Geschichte aus meiner Radiosendung, die David Letterman noch *nicht* kennt. Ein Mann sagte kurz vor seiner Hochzeit, seine Verlobte und er lebten schon längere Zeit zusammen, aber in der Hochzeitsnacht wolle er irgendetwas Besonderes tun, das sie von allen anderen Nächten unterscheide. Was er denn tun könne? Für einige Sekundenbruchteile war ich sprachlos, denn diese Frage war noch nie zuvor aufgetaucht. Absolute Stille am Radio ziemt sich aber nicht, und so tue ich, was jeder gute Lehrer tut – ich wiederholte die Frage in anderen Worten. Und schliesslich hatte ich einen Einfall: «Nach der Trauung und nach dem Fest, wenn Sie endlich allein sind, überlassen Sie Ihrer Frau den Vortritt im Badezimmer und lassen sie schon zu Bett gehen. Wenn Sie dann aus dem Badezimmer kommen, tragen Sie nur Krawatte und Zylinder.» Ich war stolz auf diese Antwort, aber der junge Mann übertrumpfte mich mit der Frage: «Und wo bitte soll ich den Zylinder tragen?»

Natürlich passe ich mich meinem Publikum an. Wenn es Geschäftsleute sind, spreche ich über das Thema «Sex in den Medien» und über Probleme, die sie vielleicht mit ihren Kindern haben. Wenn es Studenten sind, spreche ich über Empfängnisverhütung. Und da sich mein Publikum in Miami hauptsächlich aus Jüdinnen zusammensetzt, flechte ich in meinen Vortrag

1970 nach meinem Doktorat an der
Columbia Universität

Joel nach seinem Studienabschluss in Princeton

Elemente aus dem Bereich «Sexualität und die Jüdische Tradition» ein. Dies
ist ein sehr interessantes Thema, und ich verdanke einen Grossteil meines
Wissens darüber Rabbiner Leonard Kravitz (er ist Professor am Hebrew
Union College und eine Autorität über Maimonides; gemeinsam haben wir
auch eine wissenschaftliche Arbeit über dieses Thema veröffentlicht) und
Rabbiner Selig Salkowitz. Rabbiner Kravitz machte mich auf eine Passage
im Midrasch (Gattung des jüdischen Schrifttums) aufmerksam, wonach es
Pflicht des Mannes ist, seine Frau nicht nur zu ernähren und zu schützen,
sondern auch sexuell zu befriedigen. Es steht auch drin, wer seine Frau vor
der Ejakulation zum Höhepunkt bringe, würde einen Sohn bekommen – in
damaligen Zeiten natürlich der Wunsch eines jeden Mannes. Die jüdische
Tradition hat im Grunde genommen sehr viel zum Thema Sex zu sagen,
wobei erstaunlich viel mit unserem heutigen Denken übereinstimmt. Sie
sagt zum Beispiel, der Mann könne nach Lust und Laune mit seiner Frau

202

verkehren, auch von hinten (und damit ist nicht Analverkehr gemeint). Sogar meine Einstellung in Sachen Empfängnisverhütung wird unterstützt, denn nach jüdischer Tradition hat ein Kind erst eine Seele, wenn es geboren ist. Der Talmud lässt sich stellenweise auch ganz poetisch darüber aus. So sagt er zum Beispiel, Sex sei der Vorgeschmack der Welt, die da komme. (Ich zitiere auch gerne einen Satz aus den Schriften: «Wenn ein Mann eine kleine Frau heiratet, soll er sich zu ihr hinunterbeugen und mit ihr reden.»)

Ich spreche normalerweise ungefähr eine Stunde lang und setze dann noch eine Stunde zum Beantworten von Fragen ein. (Weil viele Leute verständlicherweise Mühe haben, vor fremden Leuten intime Fragen zu stellen, gebe ich ihnen auch die Möglichkeit, die Fragen auf einen Zettel zu schreiben und in einen Kasten zu legen.) Heute geht es – wie meist bei einem vorwiegend weiblichen Publikum – in erster Linie darum, wie man sein Sexualleben interessanter gestalten könne, vor allem aber auch um das Problem mit dem Ehemann, der sich sich unmittelbar nach dem Orgasmus umdreht und schlafen möchte. Ich sage, das sei wie so viele andere Dinge eine Frage der sexuellen Bildung. Man müsse den Männern klarmachen, dass die Entspannungsphase der Frau länger dauert; sie müssen mit dem Nachspiel vertraut gemacht werden, was in Tat und Wahrheit ja nichts anderes ist als ein Vorspiel für die *nächste* sexuelle Begegnung.

Offenbar sind die Frauen mit meinem Vortrag zufrieden, denn es kommen über eineinhalb Millionen Dollar für den United Jewish Appeal zusammen.

Am Abend fliege ich dann nach New York zurück und treffe mich mit Larry Angelo zum Nachtessen. Wir besprechen die Show, und anschliessend fährt er mich nach Hause.

Mittwoch

Um halb zehn holt mich Terry ab und fährt mich ins Bellevue Hospital, ein grosses, der New York University angeschlossenes Spital, wo ich so ungefähr alle zwei Wochen in der Geriatrie-Abteilung Psychosexualtherapie durchführe. Vor ungefähr drei Jahren begann ich mich für die Sexualität im Alter zu interessieren, nicht nur, weil man noch nicht viel darüber weiss, sondern weil dieses Thema angesichts der allgemeinen Überalterung der Bevölkerung immer wichtiger wird. Und zudem werde auch *ich* älter, und das Thema bekommt auch für mich zunehmende Bedeutung! Diese Arbeit befriedigt mich sehr, und dies nicht nur, weil ich etwas mit Medizin zu tun habe – ich arbeite mit Ärzten zusammen, und Sie wissen ja, wie gut ich mich dabei fühle. Sie schenkt mir aber auch wertvolle Erfahrungen, weil das Bellevue Hospital beinahe so etwas wie ein Spiegel von New York ist. Fast jedesmal, wenn ich dort bin, wird ein Gefangener oder ein Notfall eingeliefert. Dann wird mir jeweils klar, wie wichtig es ist, dass ich Augen und Ohren für das Geschehen rund um mich offenhalte und mich nicht in meine eigene, kleine Welt einschliesse.

Heute sehe ich einen einzelnen Patienten und ein Ehepaar. Das wichtigste, was ich am Bellevue Hospital gelernt habe, ist die Tatsache, dass man älteren Leuten wirklich neue Tricks beibringen kann. Meine Klienten, die oft von ihrem Arzt oder einem Sozialarbeiter an mich verwiesen werden, decken ein grosses Spektrum der Gesellschaft ab; es sind intelligente und sehr einfache, arme und durchaus Betuchte aus dem Mittelstand dabei. Aber das spielt alles gar keine so grosse Rolle; ich habe festgestellt, dass eine Psychosexualtherapie durchaus möglich ist, sofern die Partner bei guter Gesundheit sind und noch eine gute Beziehung zueinander haben.

Um halb ein Uhr fährt mich Terry ins Studio. Es folgen Coiffure und Make-up, und ich lasse mich maniküren. Es wird alles vom Programm bezahlt, was bedeutet, dass ich für die Hälte aufkomme, da ich ja bei *Ask Dr. Ruth* gleichberechtigte Partnerin mit King Features bin. Alle zwei Wochen unterziehe ich mich auch einer Pédicure, und das bezahle ich ganz allein, weil man meine Füsse am Fernsehen ja nicht sieht. Aber darauf verzichte ich nicht; es gehört zu jenen Annehmlichkeiten, die ich geniesse. (Ausserdem kann ich viel besser tanzen, wandern und skifahren, wenn ich meine Füsse regelmässig pflegen lasse.)

Die Atmosphäre in einem Fernsehstudio hat mich immer amüsiert. Es herrscht ein grosses Kommen und Gehen, jedermann hat eine Tasse Kaffee in der Hand und lässig Pullover über die Schultern gelegt. Ich habe nie begriffen, wie hier überhaupt etwas geleistet werden kann! Ich liess mich gegenüber John Lollos, meinem Produzenten, so oft über «Ihr Fernsehleute» aus, dass er es mir jetzt mit «Ihr Psychologieleute» in gleicher Münze zurückzahlt. Heute weiss ich, dass es da Arbeit *und* Arbeit gibt. Die Fernsehleute sind «kreativ», und währenddem sie umhergehen und Kaffee trinken, überlegen sie sich, wie man die Show verbessern könnte.

Genau wie bei Larry wusste ich auch bei John Lollos auf Anhieb, dass er der richtige Mann für mich ist. Er hatte Fernseherfahrung, aber ich merkte auch schon bald, dass er Köpfchen hat: er hatte sehr viel Theaterregie geführt, und er ist ein begnadeter Musiker. Auch seine Begeisterung über eine gleichzeitig unterhaltende und belehrende Show gefiel mir. Und es schadete auch nichts, dass er gut aussieht und einen blendend weissen Bart trägt. Wie üblich war mein Instinkt richtig: wir hatten und haben eine wunderbare Beziehung.

Normalerweise zeichnen wir am Mittwoch und Donnerstag drei Folgen

auf. Das ergibt zwei lange, hektische Tage – aber es ist jetzt mit der dreissig-
minütigen Gemeinschaftssendung viel besser als bei der sechzigminütigen
für das Kabelfernsehen, von denen drei pro Tag aufgenommen werden. Die
Gäste für die heutigen Folgen sind ein Journalist, der ein Buch über die
Änderungen der Sexualpraktiken infolge von AIDS geschrieben hat; Allan
Carr, der Produzent von *La Cage aux Folles;* und der Komödiant Jackie
Mason. Alles klappt wie am Schnürchen, vor allem mit Jackie Mason. Ich
finde ihn immer sehr lustig, vielleicht weil er einmal Rabbiner war, vielleicht
auch, weil er meiner Generation angehört. Ich habe oft junge Komiker in
meiner Show, und auch wenn ich sie mag und aus Höflichkeit lache, weiss
ich doch manchmal nicht, wovon sie eigentlich sprechen.

Auch Allan Carr mag ich, der schon einmal in meiner Show war und letztes Jahr für mich einen Auftritt bei einer grossen Wohltätigkeitsveranstaltung zur Finanzierung der AIDS-Forschung an der Metropolitan Opera
organisierte. Das einzige Problem dieses Abends war, dass alle anderen
Gäste Entertainer waren – und ich nichts in dieser Richtung zu bieten hatte.
Allan liess einen herrlichen Mantel im Folies-Bergères-Stil dieser Show
anfertigen, der von allen Mitglieder der *La Cage*-Truppen mit einem Autogramm versehen war. An der Wohltätigkeitsveranstaltung zog ich einfach
diesen Mantel an und warf mich in Positur. Es war an einem Sonntagabend,
und ich musste wegen meiner Radiosendung früh weggehen, aber gerade
noch rechtzeitig zum Finale kam ich wieder in die Met zurück. Es hat mir
sehr gefallen.

In den rund drei Jahren seitdem ich Fernsehshows mache, habe ich
unendlich viel Gäste gehabt, und ein paar Namen mögen das Gerücht
widerlegen, dass ich nur über Sex spreche: Beverly Sills, Nell Carter, Cyndi
Lauper, Milton Berle, George Burns, Joan Rivers, David Brenner, Bürgermeister Koch, Ben Vereen, Willard Scott, Erica Jong, Bianca Jagger, Martin
Scorcese, Jerry Lewis, Joel Grey und den Rockstar Ted Nugent.

Zu Beginn war ich bei den Interviews nervös, und ich beging einige Faux-
pas, die Larry und John mich nie vergessen lassen. Ich nannte Henry Man-
cini «Mankini», den Filmregisseur Louis Malle – dessen Namen ich angesichts meiner Zeit in Frankreich eigentlich hätte kennen sollen – «Mallei».
Ich nannte Henny Youngman «Henry» Youngman. Der schlimmste aber
unterlief mir, als ein Bauchredner namens Wayland Flowers bei mir war. Ich
hätte eigentlich seine Puppe namens Madame fragen sollen, ob sie vorhabe,
zu heiraten. Ich stellte die Frage aber stattdessen Wayland Flowers. John
Lollos erzählte mir später, er habe sich oben im Regieraum gefragt: «Ist
diese Frau denn *blind?*»

Ich habe aber auch sehr gute, erinnerungswürdige Interviews durchgeführt. Mein Lieblingsinterview ist das mit Burt Reynolds. Es war schwierig, ihn überhaupt zu bekommen – ja, ich schickte ihm sogar Blumen, etwas was ich vorher und seither nie mehr getan habe. Als er sich endlich einverstanden erklärte, war ich so nervös, dass ich die ganze Nacht vor der Show nicht schlafen konnte, und am Tage selbst wimmelte ich so um Burt herum, dass mir Larry nachher gestand, er sei sich noch nie in seinem Leben so überflüssig vorgekommen. Trotz allem war es ein hervorragendes Interview. Getreu meiner Politik, nie persönliche Fragen zu stellen, stellte ich auch Burt keine, und er belohnte mich dafür, indem er ein paar sehr intime Einzelheiten offenbarte. Es war kurze Zeit nachdem er sich von Sally Fields getrennt hatte, und er sagte mit einer deutlichen Anspielung: «Wenn man jemanden hat, den man liebt, sollte man ihn nicht gehen lassen.» Er erzählte mir auch eine Geschichte, die vorher noch niemand anders gehört hatte. Er wartete einmal am Flughafen von Chicago auf einen Flug und bemerkte eine schöne Frau, die dasselbe Buch wie er las. Sie begannen zu plaudern, gingen etwas trinken und verbrachten schliesslich eine gemeinsame Nacht. Seither hat er nie wieder etwas von ihr gehört. Er sagte, er erinnere sich oft an jene Begegnung, wie schön es gewesen sei, und er denke an jene Frau. Was würde sie wohl denken, wenn sie mit ihren Kindern am Fernsehen einen Film mit Burt Reynolds sah?

In jeder der drei heute aufgezeichneten Folgen gibt es eine Therapiesitzung, und auch da klappt alles wie am Schnürchen. Die eine Schauspielerin beeindruckt mich sehr. Sie spielte eine Frau, die eine Abtreibung machen liess und dies nachher bedauerte. Die Schauspielerin weinte sogar. Diese simulierten Therapiesitzungen jede Woche haben aus mir eine bessere Therapeutin gemacht – genauso wie die Beantwortung der Anrufe am Radio und am Fernsehen. Die Therapiesitzungen dürfen nur sieben Minuten dauern, und auch bei den Anrufen darf man keine Zeit vergeuden. Dieses Drängen der Zeit hat sich auf meine Praxis übertragen: Ich nehme die Krankengeschichte rascher auf und kann das Problem schneller und präziser lokalisieren. Vorher neigte ich wie alle Lehrer dazu, mich zu wiederholen, um auch wirklich anzukommen. Am Fernsehen darf man das einfach nicht, und nun tue ich es auch weniger, wenn ich nicht vor der Kamera stehe. (Ich behalte mir aber das Recht vor, mich zu wiederholen, wenn ich bei Fred etwas durchsetzen will.)

Nach den Shows nehme ich noch zwei Werbespots auf. Beim ersten hatte ich zu sagen: «Dave und Maddie, Maddie und Dave, Sam und Dave. Zweieinhalb Jahre Vorspiel. Auf Beschluss des Kongresses... Ah, ich meine nicht auf Beschluss des Kongresses... Sie wissen, was ich meine.» *Ich* zumindest hatte keine Ahnung, was ich meinte. Es war ein Spot für eine

Folge der Fernsehserie *Moonlighting,* in der die von Cybill Shepherd und Bruce Willis dargestellten Figuren am Ende miteinander schlafen. Ich nahm den Spot auf, nicht nur weil er lustig klang, sondern weil er während der Oskar-Verleihung ausgestrahlt werden sollte, wo man natürlich gern gesehen wird. Später sandte mir der Produzent Glen Caron ein Telegramm mit folgendem Wortlaut: «Ich bin Ihnen etwas schuldig.» Ich weiss noch nicht, wie ich diese Schuld einkassieren soll – vielleicht in Form eines Doppelauftritts von Willis und Shepherd in meiner Show?

Dann kommt ein Spot, für den ich nicht bezahlt werde und der über das militärische Fernsehnetz ausgestrahlt wird. Er wirbt dafür, dass die Leute sich mit Kondomen schützen sollen. Ich mache ihn, weil dieses Netz auch meine Show übernommen hat, aber wer mich und meine Einstellung zu Empfängnisverhütung bei amerikanischen Soldaten kennt, weiss, dass ich ihn auch sonst gedreht hätte. Ein paar Monate vorher hielt ich mich in Washington auf, um an einer Sondersitzung der National Academy of Sciences teilzunehmen, und weil ich schon da war, ging ich ins Pentagon, um die letzten Einzelheiten bezüglich dieses Spots abzuklären. Ich fühlte mich grossartig, als ich – flankiert von zwei Generälen – durch die Gänge schritt, vor allem auch deshalb, weil ich es der amerikanischen Armee zu verdanken habe, dass ich mich überhaupt hier befinde. Heute ändere ich vor dem Ablesen den Text ab. Ursprünglich begann ich mit: «Soldaten, ich liebe euch.» Aber das passt mir nicht so richtig, und darum sage ich jetzt: «Soldaten, ich respektiere euch.»

Nachher feiern wir eine Champagnerparty, weil die Bewertung unserer Samstagabend- oder besser Sonntagmorgensendung in New York so ausgezeichnet ausgefallen ist. Die Party heute abend ist aber kein Einzelfall; ich lege Wert darauf, dass wir besondere Ereignisse immer feiern. Und selbst wenn es nichts zu feiern gibt, bestehe ich auf einer gewissen Übergangszeit nach der Show. Denn wenn die Scheinwerfer erlöschen, geschieht das ganz plötzlich – es gibt im Studio keine Dämmerung. Ich meine, man sollte das allen angehenden Schauspielern mit auf den Weg geben: die Schwierigkeit besteht darin, von einer Situation, in der man im grellen Scheinwerferlicht steht und jedermann auf einen schaut, in eine Situation zu wechseln, in der es dunkel ist, und man nur noch nach Hause gehen kann. Um dieses Gefühl der Bedeutung und Anregung zu verlängern und den Teamgeist zu fördern, laben wir uns nach jeder Aufnahme an Wein und Käse.

Anschliessend fahre ich mit Pierre, John, Lollos und Larry in einen sehr modischen New Yorker Nachtclub, zu Nell's, wo eine Party mit Catherine Deneuve zu Ehren ihres neuen Parfums stattfindet. Es ist eine aufregende Party: da sind unter anderem auch Lauren Bacall, Pat Lawford und Tammy

Grimes anwesend. Da ich nicht sehen kann, was vorne vor sich geht, rät mir Pierre, mich auf das Sofa zu stellen. (In *Village Voice*, einer New Yorker Wochenzeitung, stand nachher zu lesen, ich sei herum«gehüpft».) Ich lerne Catherine Deneuve kennen, die mir auf französisch sagt, sie habe meinen Film zweimal gesehen und bewundere mich sehr. Ich versuche, sie in meine Show einzuladen, aber das scheint ihr zu widerstreben. Mit Raquel Welch habe ich auch kein Glück. Wissen denn diese Frauen nicht, dass ich keine persönlichen Fragen stelle? Etwas Gutes hat die Party aber trotzdem: ich lerne nämlich den Präsidenten von Avon kennen, der mir eine Menge von Werbegeschenken verspricht – Mützen, Schirme, T-Shirts, und so weiter und so fort. Ich weiss nicht warum – vielleicht eben, weil mein Vater Kurzwarenhändler war –, aber ich liebe diese Werbegeschenke. Wenn sie irgendwo verteilt werden, will ich immer unbedingt auch eins bekommen. Zu Hause lege ich meine Beute dann in eine grosse Schachtel, aus der meine Besucher dann wieder passende Geschenke erhalten.

Ich komme auf der Party auch zum Tanzen, und das macht mir grossen Spass. Ich habe immer geglaubt, ich sei zum Tanzen zu klein, aber seit kurzem weiss ich, dass ich es kann, und es gefällt mir riesig. Ich gehe in Diskotheken und amüsiere mich königlich – nur darf ich Fred nie mitnehmen. Wir waren letztes Jahr miteinander an einer Party in einer Diskothek, und Fred hielt sich den ganzen Abend mit beiden Händen die Ohren zu. Also holt mich eben Larry oder John Silberman zum Tanzen.

Nach der Party gehen wir ins Restaurant «B.Smith's» zum Nachtessen. Der Tisch ist viel zu hoch für mich, und so verlange ich das Telefonbuch von Manhattan, um mich daraufzusetzen. Ich bin stolz, dass ich dies heute ohne Hemmungen tun kann; früher war es mir immer viel zu peinlich. Heute kann ich in einer kleinen Stadt sogar *drei* Telefonbücher verlangen! Einer der Vorteile, die meine Karriere als Dr. Ruth gebracht hat, besteht eindeutig darin, dass ich mir viel mehr herausnehmen kann. Das Essen ist hervorragend. Ich nehme Pilzsuppe und Fisch, und ich esse alles auf, was für mich eher ungewöhnlich ist.

Die Gewohnheit, mit John und Larry essen zu gehen, geht auf die Zeit der Kabelfernseh-Show zurück. Damals war die letzte Show um elf Uhr abends zu Ende, und nach Wein und Käse gingen wir in die «Brasserie», ein ausgezeichnetes Restaurant, das zudem rund um die Uhr offen ist. Diese Abendessen sind für mich zu einem wichtigen Bestandteil der Woche geworden. Wir reden über die Show und andere Dinge, und dabei ist unsere Freundschaft wirklich gewachsen. Heute lässt der Taxichauffeur John bei seinem roten Sportwagen aussteigen, mit dem er nach New Jersey fährt, und bringt mich dann nach Hause. Dann bringt mich Larry nach oben bis zur Tür, und wieder passiert das gleiche wie damals in Frankfurt, als ich mich als kleines Mädchen nicht von meiner Freundin Mathilde verabschieden konnte. Nachdem mich Larry nach oben begleitet hat, will ich mich so ungern verabschieden, dass ich ihn wieder nach unten zum Wagen begleite.

Donnerstag

Um zehn Uhr holt mich Terry ab und fährt mich zum Helmsley Palace Hotel, wo Vincent und Nicole sich um Frisur und Make-up kümmern. Dann gehen wir zu Fuss ins Waldorf hinüber, wo ich beim Mittagessen der International Radio and Television Society über «AIDS und Medien» spreche. Ich habe eine sehr klare Meinung über AIDS. Zunächst einmal müssen wir unbedingt aufhören, die Schuld der einen oder andern Gruppe von Menschen zuzuschieben, und wir müssen die schwierige Aufgabe vorantreiben, ein Heilmittel zu finden. Bis dahin gibt es allerdings – und das betone ich immer – keinen «safe sex», also keinen sicheren Sex, sondern nur *«safer sex», sichereren Sex*. Ich empfehle Kondome, aber ich weiss, dass sie nicht hundertprozentigen Schutz bieten. Und wenn mich Homosexuelle am Radio anrufen, weil sie Angst haben, mit AIDS angesteckt zu werden, sage ich ihnen, ich könne nicht spezifisch medizinische Fragen beantworten – dafür gäbe es spezielle Beratungsstellen –, aber ich rate ihnen, ihre sexuelle Aktivität auf Masturbation zu beschränken, sofern sie keinen festen Partner haben. Die heutige Situation ist gefährlich.

Wie gesagt, die einzige Lösung liegt darin, ein Heilmittel zu finden, und ich habe meine Zeit oft in irgendeiner Weise zugunsten der AIDS-Forschung zur Verfügung gestellt. Letzten Frühling nahm ich an einer europaweiten AIDS-Konferenz in Luxemburg teil. Und ich bin stolz, sagen zu dürfen, dass ich dieses Jahr vom Fund of Human Dignity, einer Vereinigung von Homosexuellen, den Preis als Erzieherin des Jahres bekommen habe.

Manchmal fragen mich die Leute, ob mich das Thema Sex nicht allmählich langweile. Es sollte eigentlich offensichtlich sein, dass ich nicht davon besessen bin; und wirklich, Leute, die mit mir zusammen sind, zeigen sich manchmal davon überrascht, dass ich in meinem Privatleben kaum je über Sex spreche – und schon gar nie Leute nach Ihrem Sexleben frage! Im Gegenteil, es kommt mir immer ein bisschen verdächtig vor, wenn Leute in Privatgesprächen unmässig viel und oft über Sex sprechen. Was für einen Eindruck versuchen sie denn so verzweifelt zu machen? Aber beruflich fasziniert mich das Thema nach wie vor. Sex ist nicht wie eine Diät, mit starren und festen Regeln; Sex hat alle möglichen Vernetzungen und wirft Fragen inbezug auf sehr viele andere Themen auf.

Sexualität hat mit Fantasie, mit Träumen, mit dem Unterbewusstsein, mit der Familie zu tun. Sie spielt in Politik, Religion, Psychologie, Medizin, Literatur, Kunst, Philosophie, Geschichte, Anthropologie und Soziologie eine Rolle, und sie ist eine wichtige Komponente in jeder Phase des menschlichen Lebens – von jüngster Kindheit an bis ins hohe Alter. Nein, ich bin der Fragen zur Sexualität noch nicht überdrüssig und werde es wohl auch nie sein.

Vor dem Hotel gebe ich ein paar Autogramme. Manche Leute halten das für eine dumme Mode – jemanden auf einem Blatt Papier unterschreiben zu lassen und das dann aufzubewahren. Aber ich weiss, dass es dabei eigentlich gar nicht so sehr um die Unterschrift geht. Wenn ich ein Autogramm schreibe, hat mich die betreffende Person für zehn oder fünfzehn Sekunden ganz für sich; und auf dieses Erlebnis, auf diese persönliche Aufmerksamkeit sind Autogrammjäger aus, und da spiele ich gern mit. Wenn mich Leute um ein Autogramm bitten, ist es fast so, als ob ich sie interviewte – ich frage sie nach ihrem Namen, ihrem Beruf, und so weiter. Manchmal wollen die Leute auf der Strasse auch mehr von mir als nur ein Autogramm. Sie treten oft an mich heran und flüstern irgendein Problem in mein Ohr und schauen mich dann erwartungsvoll an. Und wenn ich ihnen innerhalb einer Minute helfen kann – und das ist oft der Fall –, dann mache ich es gerne.

Ich habe auch festgestellt, dass ich gewisse Dinge tun muss, um etwas zum Schutz meiner Seele vorzukehren, denn wenn ich allen Leuten ständig zuhöre, werde ich traurig. Ich habe entdeckt, dass mir die Leute viel weniger ihr Herz ausschütten, wenn ich nicht allein bin. Sie lächeln, winken, sagen etwas – zum Beispiel dass ihnen mein Programm gefällt –, aber sie stellen mir keine Fragen. Und so organisiere ich halt eine Begleitung – Pierre, John Lollos, John Silberman, Larry oder sonst jemanden –, wenn ich irgendwo zu Fuss hingehen muss.

Auf dem Weg zum Auto lege ich ein paar Münzen in den Hut eines Blinden und sage: «Hier, bitte.» Und zu meiner Überraschung antwortet er: «Danke, Dr. Ruth!»

Dann gehts ins Studio, wo wir drei weitere Folgen aufzeichnen. Die Gäste sind der Komiker Jerry Seinfeld und Peter Ustinov. Zu meiner Freude entdecke ich im Publikum zwei ehemalige Teilnehmer meines früheren Kurses über «Sex und Invalidität» am Brooklyn College; der eine ist blind, der andere an den Rollstuhl gefesselt. Nach dem Interview mit Ustinov – eine Riesenfreude für mich, ihn überhaupt bei mir zu haben –, erzählt er mir, er habe zu Hause in der Schweiz eine Satellitenantenne und sehe sich meine Show oft an. Einmal habe er sie zusammen mit einem hohen UNO-

Beamten aus Genf angeschaut. Das beeindruckte mich am meisten, denn als ich ein Teenager war und die UNO gerade so recht ins Leben gerufen wurde, glaubte ich sehr an diese Institution. Ich hoffte, sie könne alle künftigen Kriege verhindern. (Damals war ich wirklich voller Ideale. Ich glaubte nicht nur felsenfest an die UNO, sondern auch an den Zionismus und die damals neu propagierte Weltsprache, Esperanto.)

Ich gehe immer von der Annahme aus, mit Dr. Ruth könne es vom einen Augenblick zum andern vorüber sein – keine Autogramme, keine Pédicure, und keine Partys mehr, Schluss mit Reisen nach China und Kenya. Ich glaube, diese Befürchtung gehört einfach zu meiner Flüchtlingsmentalität. Die Folge davon ist, dass ich all diese Dinge mit noch grösserer Begeisterung geniesse; anderseits habe ich aber auch nicht mein Herz an sie verkauft. Ich bin überzeugt – wie viele junge Leute auch –, solange man nicht verhungere und ein Dach über dem Kopf habe, sei Geld absolut unwichtig.

Meine Einstellung hat sich insofern geändert, als ich jetzt realisiere, wie schön es ist, im Leben etwas Luxus und Sicherheit zu haben. Ich würde zwar nie um Geld spielen und nie an der Börse spekulieren, aber ich habe doch Investitionen getätigt, und es ist gut zu wissen, dass mich keine Sorgen um Geld belasten werden, wenn meine Fernsehzeiten einmal vorbei sind. Und es ist schön, wenn man Spenden machen und sich anstelle der U-Bahn ein Taxi leisten kann. Früher bereiteten mir Taxis immer Kopfschmerzen, weil sie so viel teurer als die U-Bahn waren. Aber dass Geld in meinem Leben grosse Veränderungen bewirkt habe – davon kann keine Rede sein.

Genauso hänge ich nicht daran, dass ich eine Berühmtheit bin, und ich weiss, dass ich damit keine Probleme haben werde, wenn es dereinst vorbei sein wird. Hingegen werde ich mit Sicherheit die Gesellschaft der Leute rund um meine Show vermissen. Nicht nur Larry und John. Auch Leute wie Dean Gordon, der fast zwei Meter grosse Bühnenmeister, der früher an der Metropolitan Opera war. Er ist intelligent und aufmerksam, und ich mag die anmutigen, fast an einen Dirigenten erinnernden Anweisungen seiner Hände. Seine Reaktionen sind mir genauso wichtig wie die von Alex zu den Zeiten meiner Radiosendung; und wenn ihm etwas gefällt, weiss ich, dass es in Ordnung ist. Findet er etwas besonders gut, schneidet er Grimassen und gibt Geräusche von sich, als ob er sich beim Liebesspiel einem Höhepunkt nähern würde. Ich gebe mir dann alle Mühe, nicht zu lachen, aber wenn Sie mich je am Fernsehen aus keinem ersichtlichen Grund lachen sehen, ist wahrscheinlich Dean schuld daran.

Um halb sieben bringt mich ein Wagen zum Flughafen. Ich soll vor der American Orthopsychiatric Association in Washington einen Vortrag halten. Mittlerweile ist Ihnen wohl klar geworden, dass mein Pensum ziemlich vollgepackt ist. Zugegeben, dies ist eine besonders hektische Woche; normalerweise arbeite ich wohl im Durchschnitt zehn Stunden pro Tag, sieben Tage in der Woche. Ich werde oft gefragt, wie ich das durchstehe. Ich habe eigentlich keine Antwort darauf. Zum Teil ist es wohl einfach meine Natur – ich habe immer sehr viel Energie gehabt und die Fähigkeit, mich voll auf etwas zu konzentrieren und dabei auf nichts anderes zu achten. Es ist aber wohl auch eine Frage der Einstellung. Wenn ich etwas nicht mag, dann sind es Leute, die sich beklagen, die sich langweilen, die sagen, sie seien müde. Dafür habe ich keine Zeit. Ich glaube, wenn man wirklich gesund ist, kann man sich dazu erziehen, energiegeladen zu sein, genauso wie man Kinder dazu erziehen kann, besonnen zu sein oder die Natur zu lieben. Natürlich ist es auch wichtig, dass ich all meine Aufgaben gern erledige.

Ich mag Washington, nicht nur weil ich dort oft fabelhafte Dinge erlebe – Besuche im Pentagon, Treffen mit Kongressabgeordneten, Nachtessen mit Mitgliedern der Akademie der Wissenschaften, usw. Nein, in Washington logiere ich auch in meinem Lieblingshotel, dem Park Hyatt. Sein Direktor ist ein grosser Verehrer von mir, und er reserviert mir immer die beste Suite. Sie ist so prächtig, dass ich beim Schlafengehen kaum weiss, wo ich das Radio abstellen muss. Also schliesse ich einfach den Schrank, in dem die ganze Anlage untergebracht ist, und öffne ihn am nächsten Morgen wieder, um mich fröhlich Mousse au Chocolat preisen zu hören!

Freitag

Beim Treffen begegne ich Povl Toussieng, einem befreundeten Psychiater, mit dem ich oft Workshops veranstaltet habe. Ich erinnere ihn daran, dass er mir einen der besten Ratschläge gegeben hat. Als ich am Brooklyn College gefeuert wurde, erzählte ich ihm, wie unglücklich ich sei. Er riet mir, ja nicht einen Psychiater aufzusuchen – dies würde meine natürliche Begeisterungsfähigkeit dämpfen. Nun frage ich ihn, ob er glaube, recht gehabt zu haben. Er glaubt es immer noch und ich ebenfalls.

Das Hotel stellt mir einen Mercedes mit einem nigerianischen Chauffeur zur Verfügung, und so kann ich die prächtige Matisse-Ausstellung in der National Gallery of Art besuchen, bevor ich mein Flugzeug nach Kansas City besteige. Auf dem Flug komme ich mit meinem Sitznachbar, einem Offizier der Navy ins Gespräch. Seine Frau arbeitet für einen Kleiderfabrikanten. Wir diskutieren die Möglichkeit, dass sie eine Vereinbarung aushandelt, wonach ich kostenlos Kleider für meine Show bekomme, und dafür für die Firma werbe. Zudem verspreche ich ihm einen Gratis-Vortrag für die fünftausend Mann grosse Besatzung eines Schiffes. Er meint, er würde es sich überlegen.

Ich lerne gerne Leute in einem Flugzeug kennen. Einmal sass ich neben dem Direktor einer Pharmazeutik-Firma, und seither bin ich für sie als Beraterin tätig. Vor ein paar Wochen lernte ich eine Modeschöpferin aus Beverly Hills kennen. Ich bekam zwei wunderschöne Kleider, ein schwarzes und eines aus Samt und dazu einen Gast für meine Show, nämlich ihren Ehemann. Er ist Neurologe am UCLA Hospital und hatte interessante Dinge über die Bedeutung der Neurologie bei der Sexualtherapie zu berichten. Ein andermal bekam ich spontan einen Gast für meine Radiosendung. Ich lernte eine Gruppe von Mormonen kennen, wir kamen ins Gespräch, und weil Sonntag war, lud ich sie an jenem Abend in meine Show ein. Wir plauderten noch etwas weiter, und ich fand heraus, dass einer von ihnen kurz vor seinem Master in Sozialarbeit stand. Ich bat ihn, in meiner Show etwas über das Familienleben der Mormonen zu erzählen, und es ergab sich ein sehr gutes Interview.

Eine meiner Bekanntschaften war Marvin Traub, der Direktor von Bloomingdale's. Er sass in der Reihe hinter mir, sprach mit meinem Sitznachbarn und erkannte mich offensichtlich nicht. Der Start verzögerte sich, und während wir auf dem Flughafen von Dallas festsassen (für drei Stunden, wie es sich herausstellte), schaltete jemand den Fernseher in der Kabine ein. Und wer war auf Sendung? Natürlich ich! Marvin Traub glaubte seinen Augen nicht zu trauen und stellte sich dann vor. Von jener Begegnung sind mir noch ein paar wunderschöne Werbegeschenke geblieben.

An diesem Abend halte ich an der Northwest Missouri State University einen Vortrag. Wie an den meisten Universitäten ernte ich bei meinem Abgang eine lautstarke Reaktion – Klatschen, Stampfen und Rufe. Aber wenn ich beginne, ist es meistens mäuschenstill. Das betrachte ich als meine grösste Leistung als Rednerin – mit einem Thema, das sonst nur Kichern und nervöses Husten auslöst, intensive Aufmerksamkeit zu erzeugen.

Ich versuche, möglichst wenig Vorträge an Freitagabenden zu buchen, denn die Freitag- und Samstagabende versuche ich für Freddie und unsere Freunde freizuhalten. Und zudem gehe ich gern in die Synagoge, wann immer ich kann. Und ich gehe, weil ich immer noch gläubige Jüdin bin und der Erinnerungen wegen. Ich sitze gern da und höre mir die Gebete und Melodien an, mit denen ich aufgewachsen bin.

Kürzlich stiftete ich meiner Synagoge einen Vortrag zur Erinnerung an die Kristallnacht vom 9. November. Ich konnte selbst nicht teilnehmen, weil ich ausser Land war, aber man sagte mir nachher, das Haus sei fast aus den Nähten geplatzt wie an Kol Nidre, dem Abend vor Jom Kippur. Besonders gern hörte ich, dass mein Sohn Joel dort gewesen sei und zum Andenken an die sechs Millionen von Hitler ermordeten Juden und insbesondere zum Andenken an meine eigene Familie eine Kerze angezündet habe. Es erfüllt mich mit tiefer Freude, dass Miriam und Joel, obwohl ich sie nicht orthodox erzogen habe, sich immer noch so stark mit der Religion und der jüdischen Gemeinschaft verbunden fühlen. Als meine Freundin Ilse aus der Schweiz zu Besuch war, vertraute sie mir an, Joel habe ihr erzählt, Miriam und er hätten beschlossen, einmal im Monat den Sabbat gemeinsam zu feiern – sie wollten am Freitagabend gemeinsam essen, die Lichter anzünden und die Sabbat-Gebete sprechen. Es ist herrlich zu wissen – um meiner selbst, aber auch um meiner Eltern willen –, dass ohne mein besonderes Zutun etwas vom jüdischen Erbe und der Seele, die ich ihnen mitgegeben habe, geblieben ist.

Samstag

Auf dem Rückflug von Kansas City arbeite ich an meiner Zeitungskolumne. Normalerweise funktioniert das so: Harvey Gardner, mein Mitarbeiter, geht die rund 250 Briefe, die pro Woche eintreffen, einmal durch und sortiert jene aus, die beantwortet werden müssen. Ich diktiere dann die Antworten und er schreibt sie anschliessend und schickt sie mir nochmals zur Kontrolle. Ich habe erwähnt, dass Dr. Pepper die Studie von Lou Lieberman finanzieren wollte. Nun, die Ergebnisse liegen vor, und sie sind faszinierend. Lou analysierte ungefähr sechshundert Briefe. Hier ein paar Tatsachen, die er herausgefunden hat: Der Löwenanteil der Briefe, nämlich einundvierzig Prozent, stammte von Leuten, die wegen sexuellen Problemen Rat suchen – das ist keine Überraschung. Bei dreizehn Prozent ging es um Selbstwertgefühle und verschiedene physische (aber nicht sexuelle) Probleme. Drei Prozent kamen von Leuten, die mit ihrer eigenen Geschlechtsidentität nicht fertig wurden, und zehn Prozent passten in keine dieser Kategorien. Zwei Drittel der Briefe waren von Frauen (aber im Gegensatz zu den Briefen der Männer, die sich eher auf die Männer selbst bezogen, bezogen sich die Briefe der Frauen meistens auf Männer). Achtzig Prozent der Schreiber wollten einen Rat, nur zehn Prozent wollten Informationen. Daraus schlossen Lou und ich, Medienberater wie ich hätten allmählich die Rolle übernommen, die früher Familienmitglieder, Pfarrer und Lehrer innegehabt hätten – nämlich die Rolle des Ratgebers.

Was sexuelle Störungen anging, waren mit je achtzehn Prozent Impotenz und mangelndes Interesse an Sex die häufigst genannten. (Diese Briefe wurden interessanterweise fast alle von Frauen geschrieben.) Fünfzehn Prozent stammten von Frauen, die nicht zum Orgasmus kommen, elf Prozent von

Männern mit vorzeitigem Samenerguss. Am verwirrendsten war die Entdeckung, dass nicht weniger als zehn Prozent der Briefe Frauen betrafen, die beim Geschlechtsverkehr regelmässig Schmerzen haben.

Am Samstag nehme ich rasch eine Dusche, ziehe mich um und fahre dann um halb elf in meine Praxis an der Upper East Side von Manhattan. Ich habe die Autofenster immer geschlossen, denn es macht mir riesig Spass, beim Fahren aus voller Kehle falsch zu singen.

Von mittags bis fünf Uhr empfange ich Klienten (ich nenne sie nicht Patienten, da ich ja nicht Ärztin bin). Es sind in der Regel zwischen zwölf und fünfzehn Besucher pro Woche, mit denen ich mich in dieser Zeit befasse. Und das ist eine gute Zahl für mich. Ich weiss, dass ich keine gleich gute Therapeutin wäre, wenn dies mein voller Beruf wäre. Ich wäre unfähig, Tag für Tag acht Stunden stillzusitzen und mir die Probleme anderer Leute anzuhören.

Die Leute sind oft überrascht, dass sie bei Dr. Ruth einen Termin bekommen, aber weil meine Art Therapie sich in der Regel nicht über lange Zeit hinweg erstreckt (höchstens über drei oder vier Monate), sind oft Termine frei, wenn sich die Leute zwei oder drei Wochen gedulden. Natürlich müssen sie flexibel sein, weil ich hie und da einen Termin absage oder die Beratung auf dem Rücksitz eines Autos durchführen muss. Manchmal wirkt sich die Tatsache, dass ich bekannt bin, positiv auf die Therapie aus: die Leute freuen sich, bei mir zu sein, und darum geben sie sich Mühe und setzen sich ein. Psychosexualtherapie ist für mich heute noch eine befriedigende Tätigkeit. Natürlich hat sie ihre Grenzen. Sie schafft physiologische Probleme nicht aus dem Weg; es gibt zum Beispiel Männer, die rein physisch keine Erektion bekommen können. Und sie ist auch nutzlos, wenn noch eine andere Psychopathologie zugrundeliegt. Mit anderen Worten: wenn jemand mit klinischen Depressionen zu mir kommt, oder wenn sich ein Ehepaar mit einer grundsätzlich nicht harmonischen Beziehung an mich wendet, dann kann ich nicht helfen; auch ich habe meine Grenzen. Ich könnte mich zum Beispiel nicht mit einem Mann abgeben, der Kinder sexuell belästigt. Ihn würde ich sofort an einen Psychiater verweisen. Und trotz allem, was ich über die Dinge gesagt habe, die sich zwischen Erwachsenen in der Intimsphäre ihres Schlafzimmers in gegenseitigem Einverständnis abspielen, könnte ich kein sadomasochistisches Paar behandeln, weil man sich als Sexualtherapeut vorstellen muss, was da in ihrem Schlafzimmer vor sich geht; und das ist nun etwas, was ich mir überhaupt nicht ausmalen kann. Es kommt auch vor, dass ich Klienten einfach ablehne, weil ich sie nicht mag.

Aber abgesehen von diesen Ausnahmen kann ich sehr vielen Leuten helfen. Ich freue mich ganz besonders, wenn meine Freunde – oder manchmal sogar meine Kinder – Leute an mich verweisen. Da haben wir es mit einer Behandlungsform zu tun, die es vor zwanzig Jahren noch nicht einmal gab, und jetzt macht sie so vielen Leuten das Leben angenehmer. Und in allererster Linie: ich kann so ein bisschen meinen Kindertraum ausleben, nämlich Ärztin zu sein.

In letzter Zeit haben mich öfters junge Männer aufgesucht, die homosexuelle Erfahrungen gemacht haben, aber eigentlich kein homosexuelles Leben führen möchten. Dass ich mit ihnen arbeite, bedeutet nicht, dass ich etwas gegen Homosexualität hätte; es bedeutet nur, dass ich ihnen helfen will, das zu erreichen, was sie selbst erreichen wollen. Und ich erziele dabei gute Resultate.

Einmal kam am Radio ein Anruf von einem jungen Mann, der von sich sagte, er sei orthodoxer Jude und fürchterlich verzweifelt, weil er nur in Erregung gerate, wenn er in Magazinen Männer anschaue. Er klang so verzweifelt, dass ich ihn bat, dranzubleiben, damit ihm Susan Brown meine Telefonnummer geben konnte. Ich wusste, dass seine Besorgnis sehr akut war, weil das orthodoxe Judentum Homosexualität strikte ablehnt. In einem Gebet heisst es sogar, ein Mann, der mit einem anderen Mann wie mit einer Frau schlafe, solle getötet werden. Dieser Mann suchte mich in der Praxis auf, und im Gespräch fand ich heraus, dass er auch beim Betrachten von Frauen eine Erektion bekommen konnte. Ich versuchte, seine Besorgnis zu zerstreuen, indem ich zu ihm sagte: «Schauen Sie, Sie sind bisexuell. Sie wollen nicht als Homosexueller leben, also tun Sie es nicht. Aber Sie brauchen wegen der Gedanken, die Ihnen durch den Kopf gehen, keine Schuldgefühle zu haben.» Ich riet ihm, den Mund zu halten und keiner Menschenseele über seine homosexuellen Gedanken zu erzählen. Ich brachte ihm bei, wie er an Männer denken und dabei in Erregung geraten und dann umstellen und an Frauen denken konnte. Es ist noch nicht lange her, dass er geheiratet hat.

Am Samstagabend kommt Al Kaplan zum Essen herüber. Er, Freddie und ich geniessen es, dazusitzen und über alte Zeiten zu plaudern. Ich liebe ein gutes Gespräch. Ich erlernte die Kunst der Konversation in Frankreich, wo die Leute stundenlang am Tisch sitzen und plaudern können. Und ich bin sehr heikel, was das Gesprächsthema angeht. Ich mag nicht einen ganzen Abend lang Klatsch hören, ebensowenig macht es mir Spass, wenn ein Witz den andern jagt, und ich mag es nicht, wenn besprochen wird, was getan werden muss und wann.., diese Dinge werden sowieso erledigt. Weshalb also noch kostbare Zeit verlieren, indem man darüber spricht? Nein,

Miriams Hochzeit mit Joel Einleger

ich mag Gespräche über Ideen, die Art Konversation, die mal humorvoll, mal ganz ernsthaft ist. Wenn ich in einer anderen Zeit leben könnte, möchte ich im neunzehnten Jahrhundert in den Salons von Madame de Staël leben, wo all die Schriftsteller, Maler und Staatsmänner ihre intellektuellen Gespräche führten. Ich glaube, eine Talk-Show hat eine gewisse Ähnlichkeit mit diesen Salongesprächen.

Nach dem Abendessen ruft Miriam an. Sie und ihr Mann Joel haben vor kurzem eine Wohnung im New Yorker Stadtteil Riverdale gekauft – so nahe, dass ich mit dem Wagen in fünfzehn Minuten bei ihnen sein kann, und mein Joel besucht sie sogar per Fahrrad! Sie arbeitet an der Columbia Universität an ihrem Doktorat in Erziehung; sie spezialisiert sich auf das Thema, wie Lehrer einander helfen können. Einmal hielt ich eine Gastvorlesung in einem ihrer Kurse, und ich war gerührt, als sie bei der Vorstellung sagte: «Dies ist nicht nur Dr. Ruth, nicht nur meine Mutter, sondern eine meisterhafte Lehrerin.»

Heute abend erzählt sie mir eine interessante Geschichte von einem Kurs, den sie diese Woche über Sexualaufklärung gegeben hat. Sie bediente sich einer Technik, die ich auch oft anwende – sie stellte sich zu Beginn der Stunde vor die Wandtafel und liess die Studenten wählen, worüber gesprochen werden soll. Ich hatte ihr einmal erzählt, ich hätte das am Lehman College oft gemacht, und das einzige Thema, das nie zur Sprache gekommen sei, wäre Masturbation gewesen. Miriam sagt, genau das gleiche sei diese

Woche auch bei ihrer Gruppe der Fall gewesen. Aus gewissen (moralischen) Gründen bleibt dieses Thema tabu.

Um elf Uhr dreissig schauen wir uns *Saturday Night* live an. Der Produzent Lorne Michaels hat mich schon gefragt, ob ich eventuell Lust hätte, diese Show zu moderieren. Ich habe sie noch nie gesehen, und ich meine, es ist höchste Zeit, einmal zu erfahren, worum sich das alles dreht. Die meisten Witze bekomme ich überhaupt nicht mit.

Um ein Uhr sitze ich endlich in *meinem* Wohnzimmer mit *meinem* Mann und *meinem* Freund und sehe mir *meine* Show an. Ich muss es noch einmal sagen: Was für ein Land!

Sonntag

Sobald ich aufstehe, gehe ich meiner liebsten Beschäftigung der ganzen Woche nach. Ich schlage in der Sonntagsausgabe der *New York Times* die Seite mit der Hitparade der Radio- und Fernsehsendungen auf. Da sehe ich, welchen Rang *Sexually Speaking* mit Dr. Ruth Westheimer einnimmt. Als ich zum ersten Mal in dieser Hitparade stand, ganz am Anfang der Show, war es ein herrliches Gefühl – da war ich selbst in meiner Bibel, in der *New York Times*. Jetzt, wo ich es jede Woche schwarz auf weiss sehe, weiss ich, dass das ganze nicht einfach ein Traum ist.

Heute kommt es aber noch besser. Im gleichen Teil lese ich zudem, dass Joel und sein Partner am Sonntagabend im Speakeasy Club auftreten. Im Laufe des Nachmittags unternehme ich mit ihm einen langen Spaziergang durch die Nachbarschaft. Wir sprechen über die zweiwöchige Reise der ganzen Familie (samt Miriam und ihrem Joel) nach Israel. Sie ist besonders aufgeregt, weil Joel Einleger zum ersten Mal seit zehn Jahren wieder ein Pessachfest mit seiner in Israel lebenden Schwester feiern kann.

Zu Hause arbeite ich dann ein bisschen an diesem Buch. Ich muss zugeben, wenn ich gewusst hätte, wie schmerzlich das alles wieder sein würde, wenn ich darüber schreibe, hätte ich wohl abgelehnt. Ich hatte gehofft, es wäre erlösend, aber ich habe festgestellt, dass die schmerzlichen Erinnerungen kein bisschen weniger schmerzlich sind, nachdem ich darüber geschrieben habe.

Dann ist es Zeit, ins Rockefeller Center zu fahren, wo meine Radiosendung stattfindet. Heute abend habe ich sogar zwei zweistündige Sendungen – die eine live, die andere als Aufzeichnung, weil ich nächste Woche nicht in der Stadt bin. (Die Zuhörer wissen natürlich, wann eine Sendung aufgezeichnet wird, damit sie anrufen können.)

In dieser Radiosendung trat «Dr. Ruth» zum ersten Mal auf, und sie liegt mir immer noch am Herzen. Selbst wenn ich einen aufregenden Sonntag hinter mir habe, betrete ich das Studio immer mit einem Gefühl aufgeregter Erwartung und der absoluten Entschlossenheit, mich in den nächsten zwei Stunden nur auf die Anrufe zu konzentrieren.

Die rund zwölf Anrufe von heute abend sind typischer Durchschnitt. Es kommen Fragen über Vaginalgeruch, einen Freund, der sich plötzlich als verheiratet entpuppt, über Empfängnisverhütung, vorzeitige Ejakulation, wie sagt man seinen Freunden, dass man homosexuell ist, usw. Eine gute Frage über Kondome kommt von einer Dr.-Ruth-Party am Ithaca College.

Es passiert auch etwas, was in letzter Zeit immer häufiger vorkommt. Ein siebzehnjähriges Mädchen ruft an und erzählt ganz leise, damit die Eltern es nicht hören, sie habe sich mit einem fünfundvierzigjährigen Mann eingelassen. Ihre Freunde und Eltern wollen, dass sie ihn aufgibt, aber sie liebt ihn. Was tun? Ich widerstehe gewaltsam meinem ersten Impuls, wie eine Mutter zu sprechen – sie hat ja bereits eine. Also versuche ich, Mitgefühl zu zeigen, genau zuzuhören und rate ihr schliesslich, mit einem Aussenstehenden darüber zu reden, mit jemandem, der gefühlsmässig unbeteiligt ist, zum Beispiel mit einem Schülerberater. Später kommen noch drei genau gleiche Anrufe, der eine von einer Frau, die in der gleichen Situation steckt und dankbar ist, dass ihre Eltern sie zum Abbruch dieser Beziehung gebracht haben. Es freut mich, dass meine Sendung auch zum Dialog zwischen den Hörern taugt.

Wenn ich nach der Show wieder zu Hause bin, lasse ich mir ein Schaumbad einlaufen und entspanne mich. Ich überlege mir, wie glücklich ich bin, dass ich so viele faszinierende Dinge tun kann. Ich glaube, es gibt nichts in meinem Leben, das ich ändern möchte. Nun ja, ein paar vielleicht doch: Ich möchte, dass Joel bald heiratet, und schlussendlich möchte ich Enkelkinder haben. Dann möchte ich mindestens ein gelehrtes Buch schreiben. Nach wie vor bin ich nur Associate Professor an der New York University, und ich weiss, dass ich ein akademisches Buch publizieren muss, um als Professor gewählt zu werden. Vielleicht ist es bald so weit; ich arbeite nämlich zur Zeit mit Lou Lieberman daran.

Und noch etwas: Tanzschuhe. Trotz Massagen und Pédicure tun mir meine Füsse nach dem Tanzen weh. Ich glaube, ich werde mir ein paar Massschuhe leisten, damit ich die ganze Nacht tanzen kann, und sich meine Füsse fühlen, als hätte ich acht Stunden geschlafen. Denn jetzt, wo ich das Tanzen entdeckt habe, möchte ich nie mehr damit aufhören.

EPILOG

1986

Vor ungefähr einem Jahr flog ich nach Frankfurt. Es war nicht das erste Mal, dass ich zurückgekehrt war. Freds Eltern zogen vor etwa zehn Jahren dorthin, als sein Vater in Pension ging, und die politische Lage in Portugal angespannt war. Nach Amerika wollten sie nicht kommen, weil sie die Sprache nicht kannten, und so gingen sie eben nach Deutschland zurück. Freds Vater starb bald darauf, aber wir besuchten seine Mutter oft.

Aber für mich war diese Reise anders. Mit dieser Autobiographie ist ein Kapitel meines Lebens zu Ende; und ich weiss, dass ich nie mehr am Haus meiner Eltern vorbeigehen werde, selbst wenn ich wieder nach Frankfurt käme.

Diesmal flog ich als «Dr. Ruth», die bekannte Sexualtherapeutin, nach Frankfurt; meine Bücher waren auch in Deutschland erschienen, und sogar meine Kolumne erscheint in Zeitungen. Wo immer ich hinging, wurde ich angesprochen und interviewt. Und mehr als einmal sprachen Radioreporter von mir als «einer Deutschen, die in Amerika lebt». Aber da unterbrach ich sofort: «Ich bin nicht Deutsche. Ich bin Amerikanerin deutsch-jüdischer Abstammung.»

Und da war noch etwas anders auf dieser Reise. Zum ersten Mal wehrte ich mich nicht dagegen, traurig zu sein.

Ich nahm ein Taxi nach Wiesenfeld, wo meine Grosseltern gewohnt hatten. Die Fahrt dauerte nur eineinhalb Stunden – und dabei hatte ich immer geglaubt, es sei eine Weltreise gewesen. Das Dorf sah immer noch gleich aus, nur die Strassen waren jetzt asphaltiert. Ich war glücklich, dass es sogar noch Gänse gab – ich machte eine Aufnahme der Tiere, die wohl Urururur-enkel jener Gänse waren, die ich einst freigelassen hatte. Ich klopfte an die Tür des Hauses, in dem meine Grosseltern gewohnt hatten und erklärte, wer ich war. Keine Überraschung: die Leute, die dort wohnten – es waren Deutsche – hatten nie von meiner Familie gehört. Aber sie baten mich herein, und ich durfte mich umschauen. Das Haus schien noch genau gleich zu sein – nur etwas kleiner natürlich, und an den Wänden hingen Bilder von Jesus und dem Papst.

Ich ging auch in die Synagoge im Dorf. Sie war niedergebrannt und in einem schrecklichen Zustand. Sie wurde nur noch als Lagerschuppen benützt. Ich ging hinein und bemerkte ein paar lose Platten auf dem Boden, die sehr alt aussahen. Ich nahm eine mit. Wahrscheinlich habe ich gegen das deutsche Gesetz verstossen, aber damit kann ich leben.

In Frankfurt besuchte ich dann den neuen Friedhof, weil Freds Vater, den ich sehr gern hatte, dort begraben liegt, und ich ging zum alten Friedhof, in dem meine Grossmutter jeweils das Grab meines Grossvaters und jenes von Paul Ehrlich besucht hatte. Und da stand ein Grab mit der Aufschrift, es sei für alle Opfer der Nazis, die nicht richtig bestattet werden konnten. Ergriffen blieb ich minutenlang davor stehen.

Schliesslich ging ich zum Haus, in dem ich aufgewachsen war. Die Brahmsstrasse sah noch genau gleich aus, genauso wie das Spital gegenüber und der kleine Park. Seltsamerweise schienen auch die Fahrräder fünfzig Jahre später noch an der genau gleichen Stelle zu stehen. Aber es hatte sich natürlich dennoch viel verändert. Ich klopfte an die Tür meines Hauses – aber ich hörte dieselbe Geschichte wie in Wiesenfeld. Niemand hatte von meiner Familie gehört, und es hingen Bilder von Jesus an den Wänden, die den jetzigen Bewohnern, einer jugoslawischen Familie gehörten. Ich erkannte den Gang, in dem ich mit meinem Roller herumgetobt war, die Stelle, an der ich meinen Puppenwagen hin und hergeschoben hatte, dann das Zimmer, in dem meine Grossmutter geschlafen hatte und meinen eigenen kleinen Alkoven.

Und noch einen Ort musste ich besuchen: den Bahnhof. Das Gebäude selbst war einige Zeit zuvor umgebaut worden, sah also ganz anders aus als vor fünfzig Jahren, als ich den Zug in die Schweiz bestieg. Auch einige Strassen sahen nicht mehr gleich aus wie damals, und so konnte ich die Stelle nicht mehr finden, von der aus meine Mutter und Grossmutter mir zum Abschied gewinkt hatten. Aber es spielte eigentlich keine Rolle. Das Bild ist mir fünfzig Jahre lang klar und deutlich in Erinnerung geblieben, und ich brauchte eigentlich keine Auffrischung. Ich werde es auch für den Rest meines Lebens nicht vergessen.

DANK

Nebst all den Menschen, die in dieser Autobiographie erwähnt sind, habe ich unzähligen weiteren Freunden, Verwandten, Kollegen, Klienten, Zuhörern, Lesern und Zuschauern für ihre Ermutigung und ihre konstruktive Kritik zu danken. Sie alle waren mir eine grosse Hilfe. Ich wünschte, ich könnte sie alle namentlich erwähnen.

Ich danke den Mitarbeitern des Fernseh- und Zeitungskonzerns King Features-Hearst Corporation unter der Führung von Frank Bennack, Bruce Paisner und Joe D'Angelo; dem Lifetime Cable Network und seinem Präsidenten Tom Burchill; dem NBC-Radio und seinem Direktor Randy Bongarten.

Mein Dank gebührt auch Marga und Michael Miller, Ezra Nothman (Putz) aus Israel, Ilse Wyler-Weil, Pierre Lehu, Susan Brown, John Lollos, Larry Angelo, Al Kaplan, Dale Ordes, Gigi Simeone, Lou Liberman und John A. Silberman, die mich beim Verfassen dieses Buches mit Rat und Tat unterstützt haben und Helen Singer-Kaplan, M.D., Ph.D., die mich zur Sexualtherapeutin ausgebildet hat.

Ferner danke ich Rabbiner Robert Lehman, Rabbiner Leonard Kravitz, Rabbiner Selig Salkowitz, Frederick C. Herman, Julius und Marguerite Westheimer, Evelyn und Nathan Kravetz, Ph.D., Arthur Snyder, M.D., William Sweeney, M.D., Else Katz, Vincent Facchino, Nicole Harris, Avi Feinglass, Harvey Gardner, Hirsch Cohen, Dean Gordon, Martin Herman, Fred Zeller, Lieselotte Hilb, Fred Moser, Marcella und Tullio DeGiorgi, George Bloch, Marguerite Bleuler, Ruth Bernheim, Lilo Spaelti und Alfred A. Häsler, die alle in meinem Leben eine wichtige Rolle spielen; dazu Mike Glaser, Cliff Rubin, Olena Smulka, Mary Cuadrado sowie Marga und Bill Kunreuther, die mir während der Entstehung dieses Buches geholfen haben, mich und meine Zeit zu organisieren.

Dr. Mark J. Blechner, ein ausserordentlicher Therapeut half mir, Licht in meine Jugendjahre zu bringen, die ich zuvor stets im Dunkeln verborgen gehalten hatte.

Ben Yagoda löste diese schwierige Aufgabe mit seinen schriftstellerischen Fähigkeiten, seiner Geduld und seinem Verständnis und wurde mir zudem ein guter Freund.

© 1989 Benteli Verlag, 3018 Bern
Übersetzung aus dem Amerikanischen: Dieter W. Portmann
Die Originalausgabe von Dr. Ruth Westheimer:
«An Autobiography, All in a Lifetime»
ist 1988 bei Warner Books Edition, New York, erschienen.
Gestaltung und Lektorat: Benteliteam
Satz und Druck: Benteli AG, 3018 Bern
Printed in Switzerland

ISBN 3-7165-0652-4